풀
ㄷ
ㅂㅌ
ㄱ ㅅㅏ
   ㄴㅑ
   ·ㅣ

포도밭 그 사나이

초판 1쇄 찍은 날 § 2005년 7월 11일
초판 4쇄 펴낸 날 § 2006년 9월 1일

지은이 § 김랑
펴낸이 § 서경석

편집장 § 문혜영
편집책임 § 이종민
편집 § 한지윤

펴낸곳 § 도서출판 청어람
등록번호 § 제1081-1-89호
등록일자 § 1999. 5. 31
어람번호 § 제5-0047호

주소 § 경기도 부천시 원미구 심곡1동 350-1 남성B/D 3F (우) 420-011
전화 § 032-656-4452 팩스 § 032-656-4453
http://www.chungeoram.com
E-mail § eoram99@chollian.net

ⓒ 김랑, 2005

ISBN 89-5831-633-0 03810

목 차

프롤로그

문 두드리는 소리가 들리긴 하는데 도저히 눈이 떠지지 않았다. 자신의 방문을 두드리는 소리라는 것도 모르고 계속 뒤척거리는데 문이 벌컥 열렸다.

"일어나요!"

누군지 버럭 소리를 질렀다.

"네?"

지현이 눈도 뜨지 못하고 반사적으로 네? 하고 물었다.

"일어나요!"

남자 목소리였고 꽤나 무뚝뚝했다.

지현이 가까스로 눈을 뜨고 고개를 돌리자 방문 앞에 웬 시커먼 남자가 서 있었다.

"누구세요?"

"일어나요. 아침 먹어요."

"네?"

"거참, 몇 번을 말해요? 일어나서 아침 먹으라고요!"

남자가 버럭 화를 내더니 방문을 쾅 닫고 가버렸다.

"뭐야? 아니, 누군데……."

불쾌감이 치솟아 벌떡 일어났던 지현은 텅 빈 방을 보고 이곳이 서울 자신의 방이 아니라 당숙 할아버지네 집이라는 것을 깨달았다.

"아참, 할아버지네 왔지? 아니, 그런데 저 사람은 뭐야?"

지현이 방문을 활짝 열었을 때 지현에게 소리치던 남자는 어디로 갔는지 보이지 않았다. 아직 날도 채 밝지 않아 어두컴컴한데 여자 혼자 자는 방문을 열어젖히는 경우는 무엇이며 또 언제 봤다고 신경질을 내는 건가. 예의가 없어도 너무 없다.

지현은 방에서 나와 자신의 뾰족한 하이힐을 신고 마루로 건너가 집 안으로 들어갔다. 할아버지는 보이지 않고 주방에는 불이 켜져 있었다. 지현이 주방을 들여다보자 웬 남자가 주방에서 상을 차리고 있었다.

"누구세요?"

지현의 물음에 남자가 고개를 돌려 그녀를 쳐다봤다. 지현을 쳐다보는 남자의 표정이 가관이었다. 저 표정을 어떻게 표현할까? 한심하다는 것도 아니고, 우습다는 것도 아니고, 진짜 삐딱한 표정이다.

"김 영감님 포도밭에서 일해요."

"할아버지 포도밭이요? 일꾼이에요?"

"그래요."

"아니, 그런데 누구 맘대로 내 방문을 열어젖히고 일어나라느니, 밥을 먹으라느니 신경질을 내는 거예요?"

지현이 쌀쌀맞게 따졌지만 남자는 아랑곳하지 않은 채 되레 화를 냈다.

"귀밥 좀 파요!"

"뭐, 뭐요?"

"잠귀가 그렇게 어두워서 어떻게 농사를 지으려고 왔어요? 여섯 번이나 부르고 문까지 두드리는데도 못 일어나니."

남자가 말끝에 희미하게 혀를 찼고 지현은 불쾌해졌다.

"내가 농사를 어떻게 짓거나 말거나 댁이 무슨 상관이에요?"

"영감님이 밭 물려준다는 말에 발 벗고 뛰어온 모양인데 자격이 있다고 생각합니까?"

"자격? 무슨 자격요?"

"포도밭을 물려받을 자격이 있다고 생각하냐고요."

"여보세요!"

지현이 매서운 눈초리로 노려봤다.

"그건 댁이 상관할 일이 아니에요. 그건 할아버지와 내 일이에요. 어디서 일꾼 주제에 남의 가정사에 팥 놔라 콩 놔라예요?"

허리에 척 손을 올려놓고 일꾼 주제에 이것이 감히 어느 안전이라고 함부로 주둥이를 놀리느냐는 듯 호통을 쳤지만 실은 속 여리고 겁 많은 지현인지라 남자가 밭 물려받을 자격 운운하며 소리칠 때부터 심장은 오그라들고 있었다.

지현이 제법 근엄하게 호통을 쳤지만 남자는 우습다는 듯 콧방귀를 꼈다.

"세수나 해요."

"뭐요?"

"그런 꼴을 한 채 손도 씻지 않고 밥을 먹겠다니……."

남자가 한심하기 이를 데 없다는 얼굴로 중얼거리며 국 냄비 뚜껑을 열고 국을 푸기 시작했다.

지현은 민망함에 얼굴을 더듬으며 재빨리 주방을 나와 자신의 방으로 들어왔다. 핸드백을 뒤져 콤팩트를 꺼내 얼굴을 비춰보던 지현은 방바닥에 이마를 받아버리고 싶은 기분이 됐다.

어젯밤에 맹 노인네에 가신 할아버지를 기다리다 그냥 잠이 들었던 모양이다. 서울에서 김천으로 출발하기 전에 온갖 솜씨를 다 부려 화장을 하고 속눈썹까지 붙이고 속눈썹이 휘날리도록 마스카라를 떡칠했는데 자는 동안에 피지가 분비되면서 마스카라는 중환자처럼 눈 주위에 번졌고 인조 속눈썹은 반쯤 떨어져 엉뚱한 데 가서 붙어 있고 립스틱은 어느새 다 지워져 없어져 버렸다. 헤어스타일은 더 가관이었다. 귀신도 그런 귀신이 없을 정도로 완전히 쑥대밭이었다.

"아으~ 쪽팔려."

지현은 얼른 엉뚱한 곳에 붙어 있는 속눈썹을 뜯어내고 클렌징크림을 듬뿍 덜어 얼굴에 시커멓게 번져 있는 마스카라와 메이크업을 박박 문질러 닦아냈다.

냉큼 방에서 나온 지현은 마당 수돗가로 달려나와 물을 받아 세수를 했다.

"클렌징폼을 깜빡하고 안 챙겼네."

수돗가에는 여자 피부에 결코 좋을 것이 없는 강산성 비누밖에 없었다. 클렌징폼을 안 갖고 왔다고 세수를 안 할 수는 없고 지현은 속히 클렌징폼을 사야겠다고 생각하며 강산성 비누의 거친 거품을 얼굴에 문질러 세수를 했다.

지현이 기초화장까지 끝낸 후 부엌으로 가 기웃거리며 동태를 살펴보니 남자는 그새 아침을 다 먹었는지 상을 치우고 있었다. 씹지도 않고 삼키는 모양이다.

"배고프면 알아서 차려 먹어요."

남자가 퉁명스럽게 말했다. 누가 저더러 밥 차려달랬나?

"밥 안 먹어요. 커피 마실 거예요."

지현이 남자와 똑같이 퉁명스럽게 대꾸하며 싱크대를 뒤지는데 남자가 커피 없어요 하고 중얼거렸다.

"커피 없어요?"

"마시는 사람이 없어요. 영감님이나 나나 커피 마시면 밤에 잠 못 자서 안 마셔요."

'촌스럽긴……'

지현이 입술을 실룩거리는데 남자가 싱크대 앞에 서더니 설거지를 했다.

"저기요, 그런데 할아버진 어디 계세요?"

"영감님은 마을 어르신들하고 온천 관광 가셨어요."

"뭐라구요? 어딜 가셨…… 온천이요?"

지현이 기함한 얼굴로 소리쳤다.

온천이라니, 땅 물려주겠다며 오라 해놓고선 김천에 당도한 다음날, 땅 주겠다던 할아버지가 온천엘 갔다니!

이것이 무슨 사건인고 하니 발단은 첫새벽에 걸려온 당숙 할아버지의 한 통의 전화에서 비롯됐다. 자그마치 일만 평의 포도밭을 물려주겠다며 온 식구의 눈이 순식간에 뒤집어지게 만든 전화 말이다.

하나

"그러니까 그게 무슨 말씀이십니까?"

[못 알아듣는 척은 와 하는 기고? 니놈 딸년한테 내 포도밭을 물려주겠다고 몇 번을 말하노?]

당숙의 말에 형만은 일순간 멍해져 버렸다. 이 노인네가 노망이 들었나. 포도밭을 물려주겠다니, 것도 지현이한테? 몇 년 만인지 기억도 나지 않을 정도로 이 노인네가 살아 있는지 어쩐지도 모를 만큼 소원하게 지냈던 당숙이 갑작스레 첫새벽에 전화해서는 포도밭을 물려주겠단다.

"지현이한테 포도밭을 물려주시겠다고요?"

[이놈아가 밤참을 잘못 먹고 잤나, 와 같은 말을 또 하는 기고!]

성질 사나운 오촌 당숙이 버럭 화를 냈다.

성질 나쁘고 말이 걸기로 유명해 돌아가신 아버지도 어쩌다 우리 문중에 저런 놈이 나왔는지 모르겠다며 '개쌍눔'이라고까지 욕을 하며 가까이하기를 멀리했던 노인네다. 아버지뿐이 아니라 혈연 관계에 얽힌 모두가 당숙을 멀리했다.

환갑이 지나고서야 고약하던 성질이 소금에 절인 배추마냥 반쯤은 숨이 죽었지만 젊은 시절 오죽 거칠고 사나웠으면 오촌 당숙을 낳으신 작은 종조모께서 당숙을 수태하셨을 동안 개고기를 많이 먹어 죄받은 것이라 하셨을까. 저 건넛마을까지 소문난 개차반이라 저 성질을 누가 버텨낼까 싶어 시집오겠다는 처녀도 없었고 당숙 당신도 장가들 생각이 아예 없더란다. 팔자에 드세게 든 역마살에 휘둘려 툭하면 집을 나가 소식도 없이 떠돌다 몇 년 만에 불쑥 나타나 깽판을 쳐 문중 사람들의 치를 떨게 만들었단다.

작은 종조모께서 먼저 돌아가시고 작은 종조부께서도 위독하셨을 때야 역마살을 떨쳐 내고 들어앉았다는데 그때 당숙의 나이가 마흔이 훌쩍 넘었을 때였다고 한다. 그래도 저놈이 오래 붙어 있을 놈은 아니라고, 작은 종조부 돌아가시면 어느새 땅 팔고 집 팔아 챙겨 날아버릴 놈이라고 생각했다는데 모든 문중 사람들의 예상을 깨고 한 번 들어앉은 집에서 칠순이 넘도록 꼼짝을 안 한 것이다. 그리고 그곳에서 당숙은 혼자 포도밭을 가꾸고 있었다.

형만의 아버지께서 살아 계실 땐 집안에 대소사가 있을 적에 몇 년에 한 번씩이라도 만나 인사도 드리곤 했지만 아버지께서 돌아가신 후로는 거의 연락이 없었다. 사 년 전엔가 작은 당숙모께서 돌아가셨다는 연락을 받고 김천에 내려갔다가 잠깐 인사를 드린 적이 있으니 사 년 만인가 보다. 전화번호는 어떻게 알고 전화를 하셨나. 어쨌든 다 좋은데 대뜸 포도밭을 물려주겠다니, 것도 지현이에게. 이걸 믿어야 하나 말아야 하나.

"제 말씀은 어떻게 우리 지현이한테 물려주시려고 하나 해서요."

[형수 돌아가셨을 때가, 그때 지현이도 왔었제?]

"그랬죠. 데리고 갔었죠."

[가가 몇 살이고?]

"올해 스물여섯입니다."

[그리 됐나. 시집 안 갔제?]

"무슨 벌써 시집입니까."

[스물여섯인데 아직도 안 치우면 우짤라고 그라노.]

"요즘은 옛날하고 달라서 여자들도 시집 일찍 가고 그러지 않습니다."

[우예 됐든 간에 그때 보니까 아가 얌전하니 야무지고 됐더만.]

당숙의 말에 형만은 하마터면 웃음을 터뜨릴 뻔했다. 얌전하고 야무지다니, 지현이 저걸 어떻게 하면 좋을까 싶을 만큼 할 줄 아는 게 없어 큰일이다 하고 있는 중인데 말이다. 비싼 돈 들여 대학 공부 가르쳐 놨는데 취직이 안 되어서 이 년째 놀고먹고 있었다. 대학 나왔는데 자존심에 아르바이트를 어떻게 하며 또 같은 과 친구들은 대기업에 취직했는데 내가 뭐가 모자라 쥐꼬리만한 월급 주는 중소기업에 들어가냐며 그냥 퍼질러 놀고 있었다. 그렇다고 집안일을 돕기를 하나, 덜렁대기는 천하 일등이라 설거지하다가 그릇 깨먹기 일쑤고, 어쩌다 청소라고 해놓은 꼴을 보면 한심하기 그지없고, 초장에 버릇을 잘못 들이는 바람에 속옷 빨래도 제 손으로 하는 법이 없었다. 과일 좀 깎아보라고 하면 제 손가락을 잘라놓고, 스물여섯이나 먹는 동안에 대체 뭘 가르쳤나 싶게 밥 하나도 제대로 짓는 법이 없이 다섯 번 중 세 번은 설익히든지 다 태워놓든지, 생각만 해도 뒷골이 당겼다.

[회사 다니나?]

"아, 예, 회사 다닙니다."

백조 생활 365일로 치면 꽉 채워 이 년, 햇수로 삼 년째 접어드는데 차마 놀고먹습니다란 말은 못하겠어서 직장 다니는 척 얼버무렸다.

[좋은 회사가?]

포도밭 물려주겠다는 사람이 그냥 물려주면 그만이지 사람 곤란하게 뭘 그리 꼬치꼬치 캐묻나 싶다.

좋은 회사? 이보다 좋은 회사가 또 어디 있겠는가. 아침에 친절하게 흔들어 깨워 밥 먹여줘, 종일 침대에서 뒹굴게 해줘, 지루하다 하면 컴퓨터 하게 해줘, 돈 한 푼 못 벌어오는 주제에 외출할 때는 꼬박꼬박 용돈 줘, 얼마나 늘어지게 좋은 직장이자 회사인가! 직장은 집이요! 직책은 백조!

[월급은 많나?]

"월급이야 뭐…… 지 용돈 할 정도는 되죠. 집에 조금 보태기도 하고요."

[여무네. 그러면 여 와서 농사지으라 하면 안 한다 하겠네.]

"예? 농사요?"

형만이 깜짝 놀라 되물었다. 농사라니, 요즘은 남자들도 하기 싫어하는 일을 놀고먹는데 이골이 난 지현이더러 하라고? 아니, 그럼 포도밭을 물려주겠다는 게 농사를 지으란 말인가? 그러면 그렇지.

[내 평생을 바친 포도밭인데 그냥 주겠나. 와서 일 년이나 이 년이라도 농사를 지어야지. 내가 와 조카들한테 안 주고 지현이한테 주겠다는지 아나? 느그한테 줬다간 내 죽기 전에 홀랑 다 팔아묵을 기라 그란다. 아이가?]

'당숙님, 평생을 바치신 것은 아니지요. 젊은 시절엔 내내 떠돌아다니셨으니. 어찌 되었든 간에!'

"그거야…… 하지만 지현이가……."

포도밭이 몇 평이라 했더라? 젊은 시절엔 더도 덜도 없이 개차반 딱 고것이었지만 집에 들어앉으면서부터는 당신의 지난날을 후회하신 것인지 기력이 떨어져서인지, 좌우지간에 종조부께서 물려주신 포도밭을 끝내주게 잘 가꿔서 김천 포도밭의 반이 당숙 것이라는 얘기를 들었던 것 같다. 그것을 돈으로 환산한다면 자그마치!

절대 포기할 수 없는 유산이었다.

지현이가 죽으면 죽었지 농사지으려는 못 간다 버틸 게 분명하지만 두들겨 패서라도 내려 보내야 했다.

[지현이 한번 내려 보내라. 내가 붙들고 얘기를 좀 해볼란다. 지현이 가도 농사 못 짓겠다 하면 죽기 전에 착한 일 한번 하는 셈치고 나라에 기부나 하던가.]

기부라니! 나라에 포도밭도 기부하나? 그렇게 놓칠 수는 없다.

"내려 보내겠습니다."

[주소는 알고 있제?]

"그럼요."

[됐다 그라만.]

"저 그래도 다시 한 번 주소를 좀……."

형만이 주소를 받아두는 게 좋을 것 같아 서랍을 뒤져 메모지를 찾으며 말하고 있는데 일방적으로 전화가 끊어져 버렸다. 집안 내력인가 보다. 아버지도 당신 할 얘기 끝나면 여지없이 끊어버리셨는데 말이다.

"무슨 소리예요?"

잠결에 포도밭이 어쩌고 하는 소리를 들은 옥숙이 누운 채로 물었다.

"당숙이셔."

"어떤 당숙요?"

"당숙이라 해봤자 한 분밖에 더 살아 계셔?"

"망나니 당숙요?"

"어."

"그런데 포도밭이 어떻다구요?"

"노인네가 노망이 들었나? 지현이한테 포도밭을 물려준대."

"지현이한테 포도밭을 왜 물려…… 뭐라구요!"

옥숙이 전기에 감전된 듯 벌떡 일어났다.

"지현이한테 뭘 물려, 아니, 포도밭을 우리 지현한테 물려준다구요?"

옥숙이 흥분했는지 더듬거리기까지 했다.

"그러시겠다네. 그런데 와서 일 년이든 이 년이든 농사를 지으라 하셔서 말이야."

"농사요?"

옥숙의 얼굴이 금세 일그러졌다.

"아니, 남자도 아니고 우리 지현이가 농사를 어떻게 지어요?"

"그러게 말이야."

"에잇, 그 노인네 괜히 사람 갖고 장난치시는 거 아니에요?"

"그건 아닌 것 같아. 나나 다른 조카들한테 물려주면 대번에 팔아치울 거라 그래서 안 팔아먹을 녀석 찾다가 지현일 생각하셨나봐."

"지현이 뭘 보구요?"

"작은 당숙모 돌아가셨을 때 지현이 데리고 갔었잖아. 그때 지현이를 잘 보셨던 모양이야."

"어머나, 오호호호호."

옥숙이 갑자기 자지러지게 웃기 시작했다.

"왜 웃어?"

"그때 여보, 지현이 사랑니 나느라 아파서 말도 제대로 못하고, 제대로 먹지도 못하고, 가만히 있었잖아요. 그래서 얌전하게 보신 모양이다."

"그랬나?"

"그런데 지현이 저것이 농사지으라고 하면 거품 물 텐데."

"하지만 포도밭이 얼마나 넓은데. 김천 땅 반이 당숙 거야."

"그거 팔면 얼마나 할까요?"

"엄청나겠지. 그래도 길게 이 년간은 농사를 지으라고 하시잖아. 안 그럼 나라에 기부하시겠대."

"나라에 포도밭을 기부해요? 포도밭도 기부가 되나?"

"하여튼 뭐, 그냥은 못 주시겠다 그거지."

"아이, 뭐야, 첫새벽에 바람만 잔뜩 집어넣고……."

김샜다는 표정으로 자리에 도로 눕던 옥숙이 발딱 일어나더니 지현의 방으로 달려갔다.

"일어나, 일어나 봐."

"왜, 엄마."

"일어나. 일어나, 얼른!"

눈도 못 뜨는 지현을 옥숙이 억지로 일으켜 세웠다.

"왜 그래?"

"하루 종일 먹고 뒹굴고 잠만 자는 것이 한심해 죽겠어, 정말!"

"어우, 왜 그러는데?"

지현이 얼굴을 일그러뜨렸다.

"너, 김천 가."

"김천 가라니?"

"김천에 가라고."

"김천엔 왜? 갑자기 무슨 김천이야."

지현이 도로 누우려는데 옥숙이 지현의 등을 찰싹 소리 나게 때렸다.

"김천 가라고!"

옥숙의 외침 소리가 집 안을 흔들었다.

뾰족한 하이힐이 김천 개령면 포장되지 않은 마을 길을 뒤뚱거리며 걷고 있었다. 한 손엔 핸드백, 한 손엔 여행용 가방을 질질 끌며 마을 길을 걷던 지현은 멈춰 서더니 쪼그리고 앉아 발목을 비볐다. 한동안 외출을 하지 않아 하이힐을 오랜만에 신고 보니 여간 불편하고 괴로운 것이 아니었다.

서울에서 온 티는 내야겠다며 요즘 한창 유행하는 하늘하늘한 꽃무늬 시폰 스커트, 스팽글 나시에 볼레로를 받쳐 입고, 10㎝ 하이힐을 신고 갖은 멋을 다 냈는데 멋 두 번 냈다간 발목이 부러질 지경이었다.

"대체 당숙 할아버지네 집이 어디야."

다시 일어선 지현은 황망한 얼굴로 넓디넓은 시골 마을을 쳐다봤다.

우리나라 땅 덩어리가 암만 좁다 좁다 해도 여기 김천 시골 마을에 와보니 좁긴커녕 드넓기 짝이 없었다. 사방이 탁 트여 땅 장사꾼들이 보면 노는 땅이 지천에 깔렸네 할 판이었다.

"얼마나 더 걸어야 하는 거야?"

지현은 목덜미로 흘러내리는 땀을 닦아냈다.

"가야지, 가봐야지."

지현은 다시 걷기 시작했다.

"똑똑히 들어. 무조건 할 수 있다고 해."

김천으로 오기 전 보름 밤, 보름 낮을 귀가 따갑도록 윽박지르던 엄마의 목소리가 고막을 때렸다.

"내가 어떻게 농사를 지어?"

"너더러 지으래? 정 안 되면 나도 가고 아버지도 가시면 돼. 그게 몇 평인 줄 아니? 돈이 얼마인 줄 알아? 너 농사 못 짓겠다고 안 간다고 하면 나라에 기부하신다잖아."

"기부하시라 그래."

"미쳤어!"

엄마가 두 주먹을 불끈 쥐고 소리쳤다.

"너도 알다시피 우리가 물려받은 재산이 있니, 특허 받을 재주가 있길 하니. 할아버지 갖고 계시던 손바닥만하던 땅 뙈기 큰아버지랑 시골 작은 아버지가 다 팔아먹는데도 물러 터진 네 아버지 그거 좀 떼어달라는 소릴 못해서 홀랑 뺏겼잖아. 게다가 이 집 마련하는 데 이십육 년 걸렸어, 자그마치 이십육 년이야. 스물일곱 평 아파트 하나 장만하는데 이십육 년이나 걸렸다고."

엄마의 일장연설, 아니, 일장푸념이 시작됐다.

"내 친구들은 무슨 팔자가 그렇게나 좋은지 어릴 적엔 우리 집 대문도 제대로 못 쳐다보던 것들이 사모님 소리 들으며 기사 딸린 외제 차 타고 다니는 꼴 보면 내 배알이 얼마나 틀어지는 줄 알아? 그년들은 돈이 많아 새끼들 다 유학 보내서 외국 무슨 대학에 다니네 대학 나와 어디 연구소에서 일하네 하는데 넌 뭐냐? 넌 뭐냐고. 창피해서 동창회 나가기도 싫어."

엄마의 일장푸념은 푸념을 지나쳐 한탄으로 진화하고 있었다.

"너 그년들, 엄마 친구들 말이다. 그년들 동창회 올 때 어쩌고 나오는지 알아? 무슨 디자이너 작품이네 하는 옷들만 입고 오고 목이며 팔이며 손가락까지 아주 보석 광고하러 나왔나 싶게 주렁주렁이다. 이거 봐라, 네 아버지가 결혼 이십 주년 때 해준 가짜 진주 반지. 엄마는 이거 하나야. 동창회라고 입고 나갈 옷이 있나 다들 외제 차 끌고 오는데 엄마 혼자 버스 타고 전철 갈아타며 나갔어. 그년들 일부러 나 기죽이고 우습게 만들려고 동창회를 꼭 호텔에서 하고 지랄이라니까. 그년 경숙이 년, 이 반지를 보더니 요렇게 눈을 샐쭉하니 하고 비웃더니만 지년이 끼던 반지 빼서는 선물이라며 날 주는데 그년 목을 졸라버리고 싶더라니까. 내가 그러고 다녔어. 당신, 알아요? 내가 그러고 다녔다고. 그런데 당신이 나한테 해준 게 뭐가 있어요?"

한탄으로 진화를 거듭하던 푸념은 드디어 몸부림에 가까운 공격으로 탈바꿈했다.

"나도 양복 두 벌로 십 년이나 버티고 있잖아."

아버지가 민망한 얼굴로 한마디 걸쳤다.

"그러게 손바닥만한 땅 떼기라도 좀 나눠달라는 말을 왜 못했냐고! 그거라도 나눠 받았으면 최소한 서른 평 아파트는 차고앉았을 것 아니야. 양복 두 벌로 십 년 버틸 일은 없었잖아."

"이 사람이, 갑자기 그 소리는 또 왜 하나?"

"엄마 어릴 적엔 마을 사람들이 우리 아버지 땅 밟지 않고서는 마실도 못 다녔었는데. 그 땅이 다 어디로 갔나. 내가 요 모양 요

꼴로 살게 될 줄 누가 알았겠냐고."

"처가가 잘살았던 건 옛날 일이지, 옛날에 못살았던 집이 어디 있어?"

아버지가 쓸데없이 엄마 속 긁는 소리를 하자 엄마가 쪼아대는 듯한 눈초리로 아버지를 노려봤다.

"상.중.하. 상은 상류층, 중은 중산층, 그리고 하가 뭔 줄 알아? 서민? 좋게 말해 서민이지, 하빠리라는 말이야. 하빠리로 살고 싶은 사람이 누가 있겠어. 기회만 잡을 수 있다면 어떻게든 하빠리 면하고 중산층이라도 올라가려는 게 사람이야."

순간 엄마의 날카로운 눈빛이 지현의 얼굴에 내리꽂혔다.

"이제야 뭔가 풀리려나, 말년엔 나도 팔자가 늘어져 하빠리 면하게 되나 보다. 생각지도 못한 땅이 호박이 되어서 와글와글 굴러오는데 왜 싫다는 거야?"

"엄마, 나는……."

"나는이고 너는이고! 무조건 가!"

엄마가 지현을 입도 못 떼게 몰아붙였다.

"너가 기어이 안 간다면 엄마 확 뛰어내려 죽어버릴 거야."

"어허, 이 사람. 죽긴 왜 죽어. 그리고 우리 집 일층이야. 뛰어내려도 안 죽어."

"돈 천오백만 원이 없어서 일층으로 왔잖아! 천오백만 원만 더 있었어도 팔구층으로 올라갈 수 있었는데!"

엄마가 펄펄 뛰며 소리쳤다.

"잔말 말고 무조건 가! 무조건 가서 땅 주신다면 냉큼 받아 줘어! 농사는 내가 가서 뼈가 부서지더라도 지을 테니까!"

그렇게 강제로 떠밀려 김천까지 내려오고 말았다. 생각해 보고 자시고도 없었다. 숨넘어갈 듯이 펄펄 뛰며 몰아붙이니 도리가 없었다.

"무조건 농사짓는다고 해. 무조건 '네' 하라고!"

농사를 지으라는데 무조건 네 하라니.

떠밀려 오긴 했지만 지현은 시골 처녀가 되어서 농사를 지을 생각만 해도 기통이 막혔다. 농사를 지으라고? 어머나, 세상에. 농사라니. 농사가 화단에 재미 삼아 상추 심는 일이더냐!

길은 왜 이렇게도 험하고 멀기만 한지. 사실 별로 험하지는 않았다. 요즘은 시골 길도 잘 닦아둬서 험할 것은 없었지만 하여튼, 길고도 멀었다. 이것이 다 10㎝ 하이힐을 신고 시골에서 폼 내려던 허영 때문이었다. 급기야 절뚝거리기까지 하며 시골 길을 걷는데 뒤에서 요란한 굉음이 들리는가 싶더니 경운기 한 대가 오고 있었다.

"여기요! 저기, 아저씨!"

지현이 손을 흔들며 소리치자 경운기가 지현의 옆에서 멈췄다.

"저기요, 아저씨, 말씀 좀 여쭐게요. 여기 이 주소로 가려는데 어디쯤이죠?"

지현이 당숙 할아버지의 집 주소가 적힌 쪽지를 내밀었다. 지현에게서 쪽지를 받아 든 남자가 상당히 못마땅하다는 표정으로 그녀를 아래위로 훑어봤다. 얼굴이 새까맣게 탄 전형적인 시골 남자였다.

'저 남자 표정이 왜 저래?'

죄지은 것 없이 민망해지려는데 남자가 쪽지를 지현에게 다시 돌려줬다.

"저기 길 끝에서 왼쪽으로 꺾으면 파란 대문 집이 나옵니다. 그 집이에요."

"아, 예. 고맙습니다."

지현이 고맙다고 인사하기 무섭게 시골 남자는 가버렸다.

"좀 태워주지."

지현은 다시 가방을 움켜쥐고 시골 길을 뒤뚱거리며 걸었다.

길 끝에 다다라 왼쪽으로 꺾어 또 한참을 걸은 끝에야 남자가 말한 집이 한 채 나오긴 했는데 아무리 봐도 파란 대문은 아니었다. 칠을 한 지 십 년은 넘은 것이 분명했다. 벗겨지고 녹이 나서 과연 이 대문에 파란색 페인트가 칠해졌던 것이 사실일까 싶을 만큼 낡고 더러웠다. 그나마도 대문 기둥에 어렴풋이 파란색 페인트가 남아 있어 대문이 파란색이긴 했구나 짐작할 수 있을 정도였다.

대문은 반쯤 열려 있었는데 노상 이렇게 열어놓고 사는 듯했다.

"계세요?"

지현이 대문 안으로 한 발짝 들여놓는 순간이었다. 갑자기 개 짖는 소리가 들리더니만 어디선가 누군가의 무슨 일이 생기면 나타나는 짱가도 아니고 어디서 시키면 똥개 두 마리가 지현을 향해 쏜살같이 달려나왔다.

"어머나!"

지현이 소스라치게 놀라 핸드백과 가방을 떨어뜨리며 소리를 지르는데 지축이 울릴 듯한 고함 소리가 들렸다.

"저리 가! 개놈의 새끼들아!"

고함 소리가 들리자마자 똥개들이 지현에게서 떨어지더니 미련을 못 버린 듯 어슬렁거리다 꼬랑지를 내리고 사라졌다.

지현은 개들이 사라졌는데도 그 자리에서 꼼짝도 못하고 선 채로 벌벌 떨고 있었다. 저만치 마루에 웬 할아버지 한 분이 앉아 담배를 태우고 계셨다. 가물가물하지만 당숙 할아버지인 것 같았다. 돌아가신 할아버지와 전혀 닮은 구석이 없지만 그래도 어쩐지 비스무레한 분위기가 풍기는 듯하고.

"누구요?"

똥개들한테 버럭 소리를 질렀던 할아버지가 지현에게 물었다. 그 할아버지 목청 한번 크다.

"네, 전 그러니까…… 당숙 할아버지를 찾아왔는데요?"

"아, 니가 지현이가?"

"예? 예, 제가 지현이에요."

"들어온나."

당숙 할아버지가 맞았다.

"네, 할아버지."

지현은 아직도 놀란 가슴이 진정되지 않아 숨을 몰아쉬며 핸드백과 가방을 집어 들고 마루로 걸어갔다.

"걸어왔드나?"

"네."

"택시 타지, 와."

"마을 입구에서 내려줬어요."

"여까지 오자 하면 오는데 와."

"그래요? 몰랐어요, 할아버지."

지현은 마루에 걸터앉으며 땀을 닦았다.

"니 내 알겠나?"

"네, 알아요, 할아버지."

"알만 됐다."

통명스러운 경상도 말투.

당숙 할아버지가 화가 났나 싶을 만큼 할아버지의 경상도 억양은 통명스럽고도 강했다. 이제 막 도착한 지현에게 화가 날 일이 있을 리야 없겠지만 하여튼 할아버지는 성이 난 사람처럼 표정도 심술맞고 억양도 거칠었다.

지현은 할아버지 집에 온 지 단 오 분이 지났을 뿐인데 괜히 왔다고 생각했다. 엄마가 아무리 살 떨리게 가슴에 맺힌 한을 토하고 또 토해도 절대 죽어도 못 온다 버틸 것을 후회됐다.

"이 방 니가 써라. 싹 치아났다."

할아버지가 마루에서 내려서서 오른편에 있는 방문을 열어젖히며 말했다.

"네, 할아버지."

지현은 할아버지가 싹 치워됐다는 방을 보고는 말문이 막혔다. 아무것도 없었다. 완전, 완벽하게 텅 비어 있었다. 가구는 물론이

고 이불 하나 없었다. 방은 뭐 때문에 저다지도 넓은지 휑한 기분
마저 들었다.

"이불은 이따 저녁따베 주께."

"네, 네. 저, 잠깐 짐 좀 내려놓을게요."

"오야."

지현은 방으로 들어와 조심스럽게 방문을 닫는 즉시 털썩 주저
앉았다.

"세상에, 이게 뭐야? 말도 안 돼."

지현은 싹 치워놨다는 말이 무색하게 지저분한 벽지를 보며 한
숨을 내쉬었다. 장판도 마찬가지였다. 줄곧 불을 땠는지 옛날에
땐 흔적인지는 몰라도 아랫목은 누렇다 못해 까맣게 타 들어가 눌
어붙어 있었다.

"정말 싹 치워놨네."

싹 치워놨다는 말은 그야말로 완전하게 싹 비워놓았다는 말이
었다.

"아, 미치겠다."

지현은 황당한 기분으로 텅 빈 방에 앉아 있다가 일어났다. 오
던 길에 경운기 몰고 가던 남자를 만났던 때부터 오줌이 마려웠는
데 집 안에 들어서다 똥개 때문에 놀라 들어갔던 배뇨기가 다시
느껴진 것이다.

"일단 일부터 보고……."

지현은 방문 앞에 서서 옷매무새를 고치고 머리카락을 가지런
히 매만졌다.

"얌전하게, 정숙하게."

당숙 할아버지가 사랑니 앓느라 끙끙대는 지현을 전혀 다르게 해석하는 바람에 지현은 졸지에 정숙하고 얌전한 처녀가 되어버렸다.

지현은 조심스레 문을 열고 나갔다.

"어디 갈라고?"

마루에 걸터앉아 있던 할아버지가 물었다.

"화장실요."

"변소는 저기다."

할아버지가 손으로 가리킨 곳은 벽돌로 대충 지어 시멘트를 바르고 대문과 마찬가지로 십 년쯤 전에 페인트 칠을 하고 그대로 방치해 놓은 외관상 매우 불결해 보이는 뒷간이었다.

"할아버지, 집 안에는 화장실 없어요?"

지현이 뒷간은 매우 불결하고 불편해 사용할 수 없음을 표시 내지 않으려고 억지로 미소까지 지으며 물었다.

"안 그래도 니 오만 집 안에 변소를 한 개 만들라고 사람 부를라고 했다."

"그럼 지금은 집 안엔 화장실이 없는 거네요?"

"걱정하지 마라. 니 온다 케서 화장실도 싹 치아났다."

화장실도 싹 치워났다? 지현이 묵을 방처럼 너무 잘 싹 치우는 바람에 변기마저도 없는 것이 아닐까?

지현은 불현듯 빨간 종이 줄까 파란 종이 줄까 하며 똥 누던 사람 심장 빼먹는다는 화장실 귀신이 떠올라 공포에 사로잡혀 뒷간으로 걸어갔다.

뒷간 왼편에는 개 우리도 아닌, 그냥 개 두 마리가 올라가 앉아 있을 만한 작은 평상이 있었고 지현이 집 안에 들어섰을 때 쏜살같이 달려나왔던 새까만 똥개 두 마리가 어느새 묶여 있었다.

지현이 뒷간으로 다가가자 똥개 두 마리가 언제부터 친했다고 꼬리까지 흔들며 아양을 떨어댔지만 지현은 전혀, 조금도 똥개들에게 정이 가지 않았다. 지현은 똥개들의 아양을 의도적으로 무시했다. 눈빛으로 '나한테 친한 척하지 마!' 하고 강하게 쏘아주며.

뒷간 오른편에는 지붕이 만들어져 있는 오픈된 창고가 있었는데 경운기 한 대가 세워져 있었다.

"으~ 냄새."

뒷간 가까이에 다다르자 냄새가 코끝을 찌르며 파고들었다. 지현이 슬쩍 고개를 돌리자 그때까지 계속 쳐다보고 있었는지 당숙 할아버지가 맞다, 거다 하고 말씀하셨다. 지현은 네, 하고 다소곳하게 미소 지으며 대답한 후 고개를 돌리고 얼굴을 일그러뜨리며 뒷간 문 손잡이를 붙들었다.

"못살아, 정말."

지현은 이를 악물고 문을 열었다.

"헉."

문을 열자 오래 묵은, 부패한 그것의 냄새가 코를 찌르다 못해 온몸에 확 끼쳐 왔다.

지현은 코든 입으로든 숨을 쉬지 않기 위해 기술적으로 피부 속의 근육과 뼈를 움직여 틀어막고 화장실 안으로 들어갔다. 절대 아래를 내려다보지 않으리라 다짐했지만 변기 모양을 띤 그것은 아래가 뻥 뚫려 있어 자칫 잘못하면 쑥 빠져 변소 귀신과 대면할 수도 있었기에 보지 않을 수 없었다. 빠지지 않으려고 조심하며 다리를 벌려 자리를 잡고 스커트를 끌어 올리고 팬티를 내리고는 얼른 볼일을 보는 동안에 금방이라도 밑에서 변소 귀신이 스멀거리며 기어나올 것 같아 미칠 지경이었다. 지현이 도망치듯 화장실을 빠져나온 시간은 불과 십 초였다. 십 초 만에 세 시간 묵힌 소변을 발사하다니, 기록이다.

"싹 치아나서 괜찮제?"

할아버지가 진심인지 부러 그러시는지 다소 천진해 보이는 표정으로 물었다.

"네? 아, 네."

지현은 일그러지려는 얼굴을 억지로 잡아 펴며 미소 지었다.

"저, 할아버지."

"와?"

"저 잠깐 마을 구경 좀 하고 올게요."

"구경할 게 뭐 있다고. 인자 저녁 묵어야지."

"잠깐 둘러볼게요. 오다 보니까 너무 한적하고 조용해서 좋더라구요."

한적하고 조용해서 좋았다니, 그런 새빨간 거짓말을.

"그래라."

지현은 방에 놓아두었던 핸드백을 꺼내 들고 재빨리 당숙 할아버지 집을 나와 집에서 멀찌감치 떨어지자 휴대폰을 꺼내 집으로 전화를 걸었다.

"엄마!"

엄마가 전화를 받자마자 지현은 빽 소리를 질렀다.

"나 여기서 못살아. 절대 못살아!"

[도착했어?]

"화장실! 나 죽는 줄 알았단 말이야."

[화장실이 왜?]

"완전 시골 화장실. 밑이 뻥 뚫린 거 말이야. 더럽고 무섭고 나 빠져 죽는 줄 알았어."

지현이 찢어질 듯한 목소리로 짜증을 냈다.

[화장실 만든다고 했는데?]

"이제 사람 부르려고 하신대. 아직 만들지도 않았어."

[조금만 기다려. 사람 부른다 했다면서.]

"밤엔 어떻게 해! 낮에도 빠져 죽을 것 같은데 밤엔 어떻게 하냐고."

[한두 살 먹은 애도 아니고 왜 빠져.]

"무섭단 말이야. 냄새 엄청 나. 나 여기서 못살아, 엄마!"

[못살긴 왜 못살아! 쓸데없는 소리 하지 마!]

"엄마가 와서 살아, 엄마가!"

[요강을 하나 사서 보내줄까?]

"요강?"

[그래, 밤엔 그거 쓰면 되잖아.]

"엄마!"

지현이 빽 소리를 질렀다.

[하여튼 버텨. 화장실도 곧 만든다고 하셨다면서. 버텨, 버티라고.]

"나 못 버텨. 정말 미쳐, 엄마. 내 방이라고 치워놨다는데 아무것도 없어. 옷장이며 서랍장이며 암것도 없어, 암것도."

[그게 무슨 큰일이라고. 엄마 네 아버지랑 막 결혼했을 때 이불장 하나 하고 서랍장 하나밖에 없었어. 아예 아무것도 없으면 넓고 좋지 뭐.]

"엄마!"

[시끄러워. 넌 고생 좀 해봐야 해. 가만 앉아서 주는 밥 먹고 대학 공부 시켜놨더니 취직도 못하고 팽팽 놀고먹어 놓고선 무슨. 공부한다 생각하고 버텨.]

"정말 이러기야, 엄마?"

[잔말 마. 그런 소리 하려면 전화하지 마.]

"엄마, 내가 취직할게. 취직할게, 엄마, 응?"

[이 년 넘게 못한 취직을 이제 와서 무슨!]

"할 수 있어. 취직할게, 엄마. 취직한다고! 여보세요, 여보세요?"

지현은 어이없는 얼굴로 끊어진 휴대폰을 쳐다보다가 폴더를 닫았다.

"허, 기막혀."

지현은 자신의 인생에 먹구름이 제대로 끼었다고 생각하며 노을이 지기 시작한 아름다운 시골 하늘을 노려보고 있었다.

지현은 할아버지가 담아주신 밥을 보고 기함한 얼굴이 되어버렸다. 커다란 스텐 밥주발에 마치 봉분처럼 동그랗게 꾹꾹 눌러 담은 밥. 천하장사도 아니고 저 많은 밥을 어떻게 먹으라고.

"할아버지, 밥이 너무 많아요."

"한창 젊은 처녀가 그 정도는 먹어야지."

"아니에요. 너무 많아요."

지현은 얼른 밥그릇을 들고 일어났다.

"남기지 말고 다 묵어라."

할아버지가 내리찍듯 말했고 지현은 차마 덜겠다는 말을 못하고 도로 앉아 밥을 먹기 시작했다.

반찬은 의외로 많았다. 김치에 나물 서너 가지에 된장찌개에 조기까지 올라와 있었다. 지현이 왔기 때문에 특별히 조기까지 구워 내신 것인지는 몰라도 서울 집에서보다 반찬이 더 많았다. 지현은 시골 사람들은 반찬도 몇 가지 없고 잘 못 먹고 사는 줄 알았는데 전혀 틀린 생각이었다고 생각하며 제법 맛이 좋은 반찬들을 곁들여 밥을 먹기 시작했다.

"찌개 할아버지께서 끓이셨어요?"

"오야."

"맛있어요, 할아버지."

"맛있나? 많이 묵어라."

"네."

"니 혼인할 사내는 있나?"

"아뇨."

지현이 고개를 저으며 문득 규진과 태오를 생각했다. 혼인할 사내? 흥, 혼인할 사내는 없고 매정한 사내놈들만 있었다.

"직장에 니 좋다는 사내 없었나?"

'사내가 아니라 직장이 없는데요, 할아버지.'

"없어요."

"직장에는 뭐라 하고 왔노?"

"휴가 받았어요."

"휴가? 며칠이나?"

"좀 오래요. 한 보름."

"보름? 그라마 니 보름 있다 갈 기가?"

"아, 글쎄, 그게 일단은 아버지가 할아버지를 뵙고 오라고 하셔서요. 할아버지가 저 보자신다고. 자세한 내용은 잘 모르거든요. 그래서 무턱대고 사표를 내기도 그렇고……."

애초에 없던 직장을 다니는 척하며 말하려니 짜깁기가 힘들었다.

"니 농사 한번 지아볼래?"

"농사요?"

지현은 당장에 예! 라는 대답이 나오지 않아 실없이 웃기만 했다.

"와 웃노? 싫나?"

"그게 아니라…… 제가 잘할 수 있을까 해서요. 한 번도 해본 적 없는데 포도밭 물려주신다고 하니 밭에 대한 욕심만 앞서서 '예,

할 수 있어요' 해놓고선 제대로 못하면 결국 시커먼 속만 드러날 것 같기도 하고…….”

“착하네.”

농사지을 생각이 절대 없는데 억지로 떠밀려 왔다는 말은 차마 못하겠고, 농사짓기 싫다는 말을 빙빙 둘러댄 것인데 할아버지는 그 말을 전혀 다르게 해석하셨다.

“내가 그래서 니한테 물려준다는 거 아이가. 니한테 할 말은 아니지만 니 말고 다른 조카 손주새끼들 완전히 문디 새끼들인기라. 이노무 새끼들이 즈그 아부지들이 내로 개망나니 취급했다고 즈그도 내를 개망나니 취급하마 상대도 안 하고 인사를 한번 오는 법이 있나. 그래도 남한테 주느니 내 핏줄한테 주자 싶어가 느그 할배 땅 물려받아서 농사지을래 했더만 줄라면 그냥 주지 와 농사는 지으라카냐며 이 새끼들이 눈알을 아래우게로 치키뜨마 달가들더만.”

“아, 예…….”

경상도 할아버지와 아버지가 계셨기에 경상도 말은 웬만하면 알아듣는 편인데 당최 당숙 할아버지가 무슨 말을 하는지 겨우 반정도 알아들었다. 하지만 욕을 하고 있다는 것은 분명하게 알 수 있었다. 무려 네 번이나 ‘새끼’가 나왔으니까. 그리고 목소리는 왜 그다지도 큰지 지현 자신에게 하는 소리가 아닌데도 자신이 욕을 먹는 기분에 움츠러들었다.

“그래도 양심이 있으마 몇 년이라도 지 손으로 포도도 한번 길러보고 그래야 안 되겠나.”

"그, 그렇죠······."

지현은 무너지려는 표정을 끌어 올리려고 노력하며 대답했다.

'결국엔 농사꾼 지현이 되는구나.'

"묵어라. 농사지을라만 그 밥은 다 묵어야 된다."

"네······."

반찬이 다 맛이 좋아 보통 때보다는 많이 먹었지만 이젠 더 들어갈 자리도 없는데 밥은 아직 밥그릇에 반이나 남아 있었다. 한 숟갈만 더 먹어도 모조리 넘어올 판인데 할아버지가 남기지 말고 다 먹으라 하셨기에 지현은 억지로 한 숟갈 더 입속으로 밀어넣다가 현기증을 느꼈다.

"할아버지."

"와?"

"저기, 정말 도저히 더는 못 먹겠어요."

"배부르나."

"네."

"그라면 고만 묵어라. 억지로 먹다가 탈날라."

불호령이라도 내려칠 줄 알았는데 대번에 그만 먹으라니. 이럴 줄 알았으면 진작에 그만 먹는다 할 걸.

"피곤할 텐데 들어가 자라."

"아니에요, 제가 설거지할게요."

"아이다, 드가 자라."

"아니에요, 할아버지."

지현이 빈 그릇을 하나씩 싱크대에 옮겨놓기 시작했다. 화장실이 밖에 있어서 생활하는 데 편하라고 생겨난 것들, 가령 싱크대 같은 것도 아예 없을 것이라 생각했는데 낡긴 했지만 싱크대도 있고 가스레인지도 있었다. 물론 전자레인지는 없었지만.

지현은 낯선 곳이다 보니 모든 게 서툴렀지만 당숙 할아버지께서 얌전하고 야무진 처녀로 알고 있기에 비슷하게라도 야무진 척을 해야 했다. 냉장고에서 나물 통들을 꺼내 남은 나물들을 도로 담아놓는데 지현이 먹다 남긴 밥을 할아버지가 전기밥통에 털어 넣으셨다.

"제가 남긴 건 내일 아침에 제가 먹을게요."

"오야."

지현이 행주를 들고 지저분해진 상을 닦는 것을 가만히 보고 계시던 당숙 할아버지가 꽤 만족스러운 표정이 됐다.

"도시에서 살다 오니까 불편체?"

"괜찮아요. 시원하고 조용하고 좋아요."

전혀 마음에 없는 소리를 하자니 귀 뒤가 근질거렸다. 물론 시원도 하고 조용도 하지만 언제부터 시원하고 조용한 걸 좋아했다고.

"할매가 있었으면 더 편했을 기구만. 그래도 우짜겠노. 할배가 장가를 안 가서 할매가 없는데."

"할머니가 아닌 할아버지가 계신다고 나쁘고 그렇지는 않아요."

지현이 상냥하게 웃으며 말했다.

"내일은 포도밭이랑 가서 구경도 하고 농사를 우째 짓는가 살

피바라.”

“네, 그럴게요.”

“인자 니 땅 될 낀데 잘 살피봐야지.”

“네, 제가 잘해야 될 텐데…….”

땅은 좋은데, 농사라니.

“도시 사람들 어디 가서 포도를 키아봤겠노. 그래도 배우다 보면 재밌다.”

“네…….”

포도 키우는 일이 재밌다는 할아버지의 말에 지현이 억지로 미소를 지었다.

절대 못해요, 땅을 그냥 넘기시든지 아니면 나라에 기부를 해버리세요 하고 소리치고 싶었지만 눈앞에서 가슴을 치며 한을 토해내던 엄마의 얼굴이 생각나 차마 그럴 수도 없었다.

“몇십 년을 포도만 보고 살았다 아이가. 인자 기력이 딸려서 포도밭 한 바꾸 도는 것도 힘들고, 그래가 누구한테 팔아묵고 꽃놀이나 다니까 하다가 생각을 해보니까 포도밭 팔아묵은 돈 언제 다 써보고 죽겠노 싶기도 하고, 부모님한테 물려받은 재산인데 팔아묵는 것도 잘하는 짓은 아닌 것 같고. 할배한테 자식이나 손자가 있으면 골치 아플 일도 없는데 자식도 없제, 손자도 없제. 있제, 할배가 포도밭 물리준다카니까 저 망태 할배가 노망이 들었는갑다 하더라 아이가.”

당숙 할아버지의 말에 지현은 순간 뜨끔함을 느꼈다.

노인네 노망든 것이 아니냐는 말은 아버지와 어머니도 몇 번이

나 반복한 것이기 때문이다.

"내가 와 니를 생각했는지 아나?"

"저도 모르겠어요."

지현도 사실 그 부분이 몹시 궁금했다. 멀어도 한참 먼 조카 손녀한테 왜 그 넓고 엄청난 포도밭을 물려주려는 것인지. 아버지도 아니고 지현에게 말이다.

"내한테 동생 놈이 둘이나 있고 조카 놈도 다섯이나 있는데 아까 말했제? 그것들이 다 후레자슥들이데이. 할배요 하고 인사하는 꼬라지를 한 번 못 봤다 아이가. 그래도 니 아부지는 내하고 촌수도 먼데 시골에 내려오면 꼭 인사를 하고 내가 지한테 해준 것도 없는데 건강하냐고 챙기기도 하고 내한테 술 사다 준 놈은 느그 아부지밖에 없다."

"그러셨어요?"

아버지한테 그런 얘기는 전혀 듣지 못했는데 고작 술 한 병 사다 드린 게 당숙 할아버지한테는 꽤나 감동적인 일이었던 모양이다.

"그라고 니가 어릴 때도 할배한테 인사도 잘하고 아양도 떨고, 거 누고, 재수 돌아가셨을 때도 할배한테 인사한 놈은 니밖에 없었다. 다른 놈들은 다 짝다리 잡고 삐딱하이 서서는 눈까리는 요래 꼬라 뜨고 저기 할배가, 넘이가 하는 낯짝으로 쳐다보고 있고. 새빠질 놈들."

조카부터 조카 손자들까지 자신을 가족 취급하지 않고 무시했던 것을 할아버지는 모두 기억하고 마음에 끼고 있었던 모양이다.

가만, 그런데 내가 당숙 할아버지한테 아양을 떨고 인사를 잘했나? 지현의 머리 속에는 전혀 기억에 없었다. 다만 사랑니 앓느라 독 품은 과부마냥 어금니를 악물고 할아버지 표현처럼 눈깔을 꼴아 뜨고 있었던 것밖엔. 어쨌든 할아버지가 그렇다고 하니 뭐 나쁠 건 없는 것 같았다.

"니가 팔아묵더라도 한 이 년은 니 손으로 포도를 키워보고 그라고 팔아묵어라."

"네. 그런데 정말로 저 주시는 거예요?"

"니 줄라고 오라 했지. 쓸데없이 뭐 한다고 니로 오라 했겠노."

"네……."

지현은 좋아해야 할지 싫어해야 할지 모를 얼굴로 애매하게 미소를 지었다. 요즘 손바닥만한 밭 떼기라도 하나 가지고 있으면 부자라는 소리를 듣는데 하물며 그 엄청난 포도밭을 통째로 물려주신다는데 당연 좋아 까무러칠 일이었지만 이 년 동안 팔자에도 없는 농사를 지어야 한다니 까마득했다. 땅이라면 백 번이라도 넙죽 받겠는데 그것에 붙은 단서가 지현의 가슴을 압박하고 있었다.

"니 그라마 설거지할래?"

"네? 아, 네. 제가 할게요."

"그라만 할배는 요 앞에 맹 노인네 잠깐 갔다 오께."

"네, 그러세요."

맹 노인이라는 분이 누구신지는 모르겠지만 설거지하는 동안에 지키고 서서 감시하시면 어쩌나 했는데 다행이었다.

"포도 농사를 어떻게 지으라고…… 물려만 받으면 엄마, 아버지가 내려오셔서라도 하시겠다 했으니 모르겠다, 나도."

지현은 상을 접어 한쪽에 세워두고 설거지를 시작했다. 손바닥 만한 부엌을 샅샅이 뒤졌지만 고무장갑은 없었다. 아무래도 필요 가 없어서 사다 두지 않으신 것 같았다. 할 수 없이 맨손으로 해야 했다.

"습진 생길 텐데……."

요즘은 좋은 수세미도 많이 나와 있는데 대체 이 수세미 하나로 몇 년을 썼는지 설거지용 수세미로는 보이지 않는 수세미 흉내를 낸 물건이 뭉쳐져 있었고, 지현은 이런 기본적인 것도 갖춰지지 않았는데 어떻게 여기서 살라고 떠민 것인지 모르겠다며 부모님 을 원망하면서 그릇에 거품을 묻혔다. 고무장갑을 끼지 않아 그릇 은 손 안에서 도망가려고 미끌거리지, 수세미는 거칠기 짝이 없지 절로 인상이 찌푸려졌다.

밥그릇과 국그릇은 그나마 스테인리스 그릇이라 깨뜨릴 염려가 없었지만 접시 몇 가지는 유리 제품이라 조심스러웠다.

"내일 당장 고무장갑부터 사야겠네."

설거지를 끝내고 한 가지도 깨뜨리지 않아 다행이라고 생각하 며 부엌을 나와 마루에 걸터앉은 지현은 유난스럽게 밤이 빨리 온 다고 생각했다.

"서울처럼 조명이나 가로등 같은 게 없어서 그러나, 되게 어둡 고 조용하네."

할아버지가 오시면 인사는 하고 방에 들어가야지 하며 기다리 는데도 맹 노인네 가신 할아버지는 돌아오실 줄을 몰랐다. 문소리가 나면 다시 나와야지 하며 방에 들어간 지현은 언제 가져다 놓은 건지 요와 이불과 베개가 구석에 가지런하게 놓인 것을 보고 픽 웃었다.

"이불이라도 들여놓으니 덜 휑하네."

지현은 이불을 깔고 일단 누웠다. 아직도 배가 꺼지지 않아 벅찼다.

"아, 배부르다."

부른 배를 살살 문지르던 지현은 볼 것도 없는 방 안을 둘러보다 한숨을 내쉬었다.

"진짜 조용하다."

밖에 있는 똥개 두 마리도 잠이 들었는지 고요 그 자체였다.

"심심해서 어떻게 사냐? 마루에 텔레비전도 없는 것 같던데……."

천장을 올려다보며 혼자 중얼거리던 지현은 어느새 잠이 들어 버렸다.

문 두드리는 소리가 들리긴 하는데 도저히 눈이 떠지지 않았다. 자신의 방문을 두드리는 소리라는 것도 모르고 계속 뒤척거리는데 문이 벌컥 열렸다.

"일어나요!"

누군지 버럭 소리를 질렀다.

"누구세요?"

"거참, 몇 번을 말해요? 일어나서 아침 먹으라고요!"

남자가 버럭 화를 내더니 방문을 쾅 닫고 가버렸다. 아니, 이 무슨, 어느 개그우먼 말마따나 땡볕에서 벼락 맞은 시츄에이션인가.

이렇게 된 것이다. 포도밭 물려주겠며 사람을 불러놓고선 웬 시커먼 남자 하나 짱 박아두고 할아버지가 온천에 가버린 사건 말이다.

이 무례한 남자는 어디서 생겨난 사내이기에 이다지 싸가지가 없을까. 말만한 처자 혼자 자는 방문을 버르장머리없이 벌컥 열어젖히질 않나, 잘난 척은 오지게 하며 따따부따 돼먹지 못할 충고를 쏴대질 않나.

어찌 되었든 그래 봤자 일꾼이라니 무엄한 사내에게 제대로 한방 먹여주려 허리에 척하니 손 올려놓고 따지고 들었는데 화장 안 지우고 자는 바람에 우스운 꼬라지라 쪽만 팔렸으니. 바닥에 머리통 박고 싶은 심정으로 세수를 하고 다시 남자와 대면을 하였더니 할아버지 온천 가셨단다.

열두 남매를 낳아 뼈마디 속속들이 골이 빠져 한여름에도 뜨신 온천 물에 쑤시는 삭신 담가야 되는 할머니도 아니고 장가도 안 가신 할아버지가 무에 관절 오그라 붙을 일이 있다고 한여름에 주책이지, 웬 온천이람. 가시면 곱게 가실 것이지 저 무례한 남자는 어이하여 짱 박아두셨을꼬.

"이 더운 때 무슨 온천을…… 언제요?"

지현이 시계를 들여다보자 이제 겨우 새벽 다섯 시 삼십 분을 지나고 있었다. 지현이 잘못 봤나 싶어 재차 확인했지만 분명히 시곗바늘은 새벽 다섯 시 삼십 분을 막 지나고 있었다. 무슨 극기 훈련 받는 것도 아니고 새벽 다섯 시에 곤히 자고 있는 사람을 깨웠다는 얘기가 아닌가. 아니, 그건 그렇고 이 새벽에 이 찌는 듯이 더운 날 온천 관광을 가셨다니. 어젠 한마디도 없으셨는데 말이다.

"원래 온천 가기로 되어 있던 거예요?"

"예."

"아무 말씀 없으셨는데. 온천을 가셨다면, 그건 그렇다 치고 그럼 전, 내 포도밭은, 아니, 할아버지가 오늘 포도밭이랑 보여주신다고……"

"나하고 가면 돼요."

"아저씨요?"

지현의 눈살이 찌푸려졌다. 보자마자 성질이나 피우고 한심한 여자 취급하는 저 남자와 포도밭엘 가야 한다니.

남자는 설거지를 끝내더니 부엌을 나가 버렸다.

"할아버지도 안 계시고 할 일도 없는데 이 시간에 사람은 왜 깨우고 난리야? 어우, 기막혀. 온천이라니, 이건 또 무슨 난리야?"

지현이 구시렁구시렁 부엌을 나오는데 남자가 똥개들을 어루만져 주고 있는 것이 보였다. 태어나면서 지금까지 한 번도 목욕을 안 시킨 것이 틀림없지, 불결해 보이기 짝이 없는데 남자는 뭐가 좋다고 저런 똥개들을 어루만져 주는지. 남자의 애무에 자지러질 듯 발랑 배를 드러내고 누운 똥개들 하며. 가관이다.

지현은 얼른 방으로 들어와 집으로 전화를 걸었다.

[온천이라니?]

단잠에 빠져 있었던 듯 엄마가 비몽사몽 간에 전화를 받았다. 지현은 엄마가 전화를 받자마자 온천부터 외쳤다.

"어젠 한마디도 없었는데 온천 가셨대. 여기서 아는 사람이라곤 할아버지밖에 없는데 온천에 가버리셨다고!"

[목욕하러 가셨나 보지.]

"목욕탕이 아니라 온천이라고!"

[온천에서도 때는 밀잖니.]

"엄마!"

지현이 사람 속에서 열불이 나 죽겠는데 이 무슨 한가한 소린가 싶어 바락 소리를 질렀다.

[몇 시니?]

"이제 겨우 다섯 시 사십 분인데 웬 시커먼 남자가 다섯 시에 날 깨웠어, 엄마. 다섯 시, 새벽 다섯 시!"

지현이 밖에 똥개들과 함께 있는 남자에게 통화 소리가 들릴까 봐 목소리를 낮추며, 하지만 어금니를 박박 갈아대며 말했다.

[시커먼 남자? 무슨 시커먼 남자?]

"몰라. 할아버지 포도밭에서 일하는 일꾼이라는데, 아니, 다 필요없고 엄마, 나 서울 갈래."

[미쳤어!]

엄마가 찢어질 듯이 소리를 질렀다.

"할아버지도 없는데 어쩌란 말이야!"

[할아버지가 있든 없든 포도밭이 네 손에 들어올 때까지 버티란

말이야!]

지현과 엄마가 서로에게 소리를 질러대는 통에 아버지까지 일어나셨는지 이 새벽에 웬 악다구니를 그렇게 써대냐고 잔소리하는 소리가 들렸다.

[그것만 말해. 할아버지가 너 포도밭 주신대 안 주신대?]

"그건, 그건…… 농사지으면 주신대."

[답은 나왔네. 거기서 한 발짝도 움직이지 마.]

"엄마, 포도밭에 눈이 멀어 딸을 이런 시골에 처박아두고 양심에 가책이 느껴지지 않아?"

[내가 널 술집에 팔아넘겼니, 오지 원주민 추장한테 바치길 했니, 양심의 가책은 무슨. 아닌 말로 대한민국 사천오백만 국민한테 물어봐, 이 년 농사짓는 대가로 그 넓은 땅 준다 하면 다들 발가벗고라도 달려나갈 거야, 이것아.]

"엄마……."

지현이 울음 섞인 목소리로 애원하는데도 엄마는 딱 잘라 버티라고 말하고는 일방적으로 전화를 끊어버렸다.

"엄마, 엄마? 아우, 못살아!"

지현이 꺾어놓듯 휴대폰 폴더를 닫고 바닥에 주저앉는데 벌컥 방문이 열렸다. 지현이 깜짝 놀라 쳐다보자 남자가, 온통 새까맣고 눈 흰자위만 하얀 남자가 지현을 쳐다봤다.

"뭐예요?"

"밭에 갈 거니까 따라와요."

"지금요?"

이제야 동이 트기 시작했는데 이 시간에 밭엔 왜?

"할 일 많아요."

남자가 변소 옆 오픈된 창고 앞에 세워둔 경운기로 향해 걸어가며 말했다. 지현이 기막힌 얼굴로 남자를 노려봤지만 남자는 개의치 않고 경운기로 가 요란한 굉음을 일으키며 시동을 건 후 경운기가 통과할 수 있도록 대문을 활짝 열어젖혔다.

'가만가만. 저 남자 어제 그 남자 아니야?'

분명했다. 할아버지 집으로 오던 길에 경운기를 몰고 가던 그 남자. 사람 불쾌하게 만드는 표정으로 지현을 훑어보고는 집을 알려주고 휑하니 가버렸던 그 남자.

'인정머리없기는.'

"포도밭이 어디예요?"

"가보면 알아요. 준비해요."

"알았어요."

지현은 신경질적으로 대꾸하고 방문을 쾅 닫아버렸다.

"이 새벽에 포도밭엔 왜 간다고 난리야?"

지현이 불만스럽게 중얼거리며 핸드백에 핸드폰과 지갑을 챙겨 넣고 급하게 화장을 지우느라 활짝 열어두었던 여행 가방을 닫은 후에 방에서 나왔다.

그새 경운기는 집 밖에까지 나가 있었다. 지현이 경운기로 다가가자 남자가 생각이 있는 여자냐는 얼굴로 지현을 쳐다봤다.

"그 차림으로 갈 거예요?"

"내 차림이 왜요?"

"밭에 갈 거예요, 다방 가는 게 아니라."

"알아요. 밭에 가는 줄 안다고요."

"삐딱 구두에 치마 입고 가겠다고요?"

"삐딱, 삐딱 구두?"

지현은 고개를 숙여 자신이 신고 있는 하이힐을 내려다봤다.

"무식하게 하이힐 보고 삐딱 구두가 뭐야."

지현이 비웃으며 중얼거렸다.

"다른 거 신어요."

"다른 신발 없어요."

"미치겠네."

남자가 혼잣말로 중얼거리는 소리가 들렸다.

"바지 없어요?"

"바지 없어요."

잘 때 입으려고 가져온 파자마 바지가 하나 있긴 했지만 파자마
를 입고 밭에 가는 건 더 우스운 일이었다.

"타요?"

"문 닫아요. 대문."

남자가 신경질적으로 말했고 지현은 한껏 남자에게 눈을 흘기
며 대문을 닫았다.

"이제 타요?"

"타요."

지현은 낑낑거리며 경운기로 올라가 남자 옆에 앉았다. 경운기
는 곧 움직였고 지현은 바람에 스커트가 펄럭거리자 재빨리 두 손

으로 스커트를 붙들었다.

포도밭으로 가는 동안에 남자는 지현에게 단 한 마디도 하지 않았다. 뭐, 말을 시켜도 좋은 대꾸가 나가지 않았을 것이 분명하니 말을 안 시키는 게 좋긴 했지만 할아버지 집에서 제법 먼 거리에 있는 포도밭까지 가는 동안 옆에 지현을 없는 사람마냥 무시하는 것 같아 좋지만도 않았다.

집에서 출발할 때만 하더라도 어둑한 기운이 남아 있었는데 들을 지나고 밭을 지나 포도밭에 도착하자 어느새 날이 환하게 밝았다. 여름은 여름이다, 동이 이토록 빨리 트는 걸 보니.

남자가 경운기 시동을 끄고 내리자 지현도 따라 내렸다.

"여기서부터 저기 끝까지가 영감님 밭이에요."

남자가 가리키는 손가락 끝을 눈동자로 좇으며 지현은 생각보다 무척 넓다고 생각했다.

'진짜 돈 되겠네.'

"들어와요."

남자가 앞서 포도밭으로 들어갔고 지현은 남자를 뒤따랐다.

밭 안으로 들어가자 향긋하고 달콤한 포도 향기가 확 끼쳐 왔다. 포도밭에 다다랐을 때부터 달콤한 향기가 난다 했는데 포도나무가 가득한 밭으로 들어오자 진동했다. 향긋하고 달콤하고 사랑스러운 향기다.

"잘 봐둬요. 이 정도로 자란 건 열흘쯤 뒤에 수확할 거예요."

남자가 제법 탐스럽게 영근 포도송이를 가리키며 말했다.

"맛있겠네요."

"맛이야 두말할 것 없고."

"정말 넓네요."

지현이 포도 나무들이 빼곡하게 자리한 포도밭을 휘이 둘러보며 말했다. 탐스럽게 영근 포도 알만큼이나 포도밭이 탐스럽게 느껴졌다.

'이게 대체 다 몇 평이야?

지현은 이 넓은 땅을 돈으로 환산했을 때의 금액을 상상하자 꿀꺽 침이 삼켜졌다. 포도 나무에 포도가 아니라 돈다발이 걸려 있는 듯한 착각도 들었다.

"엄청나네."

그런데 이상하게 포도 나무들마다 돌보다는 크고 바위보다는 작은 돌덩이들이 매달려 있었다.

"돌들은 왜 매달아놓은 거예요?"

"키가 너무 많이 자라지 않도록 매달아둔 거예요. 포도 나무가 너무 크면 작업할 때 힘들거든요. 그래도 개중엔 돌 매달고도 키가 크는 나무도 있어요."

"정력이 좋은 나무네요."

지현의 말에 택기가 어이없는 듯 픽 웃었다.

지현이 포도 향을 맡으며 천천히 안으로 들어가는데 남자가 지현을 불러 세웠다.

"구경은 일하면서 하면 되니까 일 시작합시다."

"무슨 일요?"

포도 나무에 걸려 있던 돈다발들이 순식간에 타 들어가는 듯 택기의 일 시작하자는 말이 지현의 귀에 파고들었다.

"밭에 일하러 온 거예요, 놀러온 게 아니라."

"어제 도착했는데 오늘부터 일이에요?"

"일하러 내려온 거 아니에요?"

남자가 또 퉁명스럽게 말했고 지현이 도저히 못 참겠다는 듯 허리에 두 손을 척 걸쳐 놓고 남자를 노려봤다.

"일하러 왔어요. 아니, 일이 아니라 일단 할아버지가 와보라 하셔서 온 거예요. 그리고 어제 할아버지가 오늘 포도밭을 둘러보라고만 하셨지 일하란 말씀은 없었어요."

"나한텐 오늘부터 하나씩 가르치라고 하셨어요."

"뭐예요?"

'오자마자 일을 하란 말이야?'

지현의 얼굴이 벌레 씹은 듯 일그러졌다. 좋다, 그건 그렇다 치자. 하지만 저 남자 태도 정말 마음에 안 든다. 아침부터 사람 개 잡듯 하면서 말이다.

"아, 좋아요. 그런데 뭣 때문에 그렇게 신경질적이에요? 아니, 아저씨가 나한테 일을 가르치면 가르치는 거지 왜 죄인 다루듯 하냐고요!"

지현의 목소리 톤이 높아지자 목장갑을 끼던 남자가 동작을 멈추고 지현을 쳐다봤다.

"일하겠다고 온 사람이 바지 하나 안 가져오고 신발도 제대로 안 챙겨온 걸 보니 한심해서 그럽니다."

"이보세요, 아저씨. 일하러 온 거 아니라구요!"

"나 총각이에요. 장택기, 그게 내 이름입니다. 아저씨라 부르지 말아요."

'이름 진짜 촌스럽네.'

"좋아요, 장.택.기.씨!"

지현이 장택기라는 이름에 힘을 양껏 줘서 불렀다.

"어쨌거나 당장에 일을 배우러 온 게 아니라 할아버지가 포도밭을 물려주신다고 하셔서 포도밭도 둘러보고 어떤가 살펴보라 해서 그래서 온 거예요. 오늘부터 일하려고 온 게 아니라고요."

"이 년 동안 농사 안 지으면 안 준다 하셨다면서요. 땅 물려받는 대가로 이 년 동안 농사짓겠다 하고 온 거 아니에요?"

'아니, 이 남자 할아버지하고 어떤 관계인데 이다지도 소상히 알고 있지?'

"그건, 하여튼 오늘부터 당장 일하겠다 한 게 아니다 그 말이라고요."

"이봐요, 철없는 아가씨. 영감님이 왜 나한테 아가씨 일 가르치라고 한 줄 알아요? 하는 것 보고 싹수가 있으면 물려주고, 영감님 평생을 쏟아 부은 밭을 가만히 공짜로 받아 팔아치울 누런 싹수 같으면 물려주지 않기 위해서예요. 난 뭐 좋아서 아가씨같이 철없는 여자 일 가르쳐 보겠다 한 줄 알아요?"

택기의 말에 지현은 누런 속을 들킨 것 같은 기분에 얼굴이 붉게 달아오르는 것을 느꼈다. 뭐, 이런 고집불통에 약삭빠른 노인네가 다 있나. 그냥은 못 주고 이 년 농사지으면 주겠다 해서 억지로 오긴 왔지만 정말 제대로 배우나 감시자까지 붙여놓을 줄은 몰랐다.

"농사를 짓더라도 물려받고 싶으면 군소리 말고 배워요."

택기가 일침을 가하듯 말하고는 지현에게 목장갑을 툭 던져 주었다.

"할 일 많으니까 꿈지럭거릴 생각 말아요."

"아니, 무슨 일을…… 아, 기막혀."

무슨 이런 똥 같은! 땅이고 뭐고 네놈 때문에 비위 상해 못해먹겠다고 돌아서 나가려고 목장갑을 집어 던지려던 지현은 순간 시퍼런 살기를 내뿜던 엄마의 표정이 떠오르자 멈칫했다.

'내 팔자야.'

"꿈지럭거리지 말고 빨리 따라와요!"

"걱정 말라고요!"

지현이 빽 소리를 질렀지만 택기는 거들떠보지도 않고 앞서 가 버렸다.

지현은 택기가 던져 준 목장갑을 든 채 속 터져 죽겠다는 얼굴로 택기의 뒤통수를 노려보다가 신경질적으로 목장갑을 꼈다.

"두고 봐, 할아버지만 오시면 저 싸가지없는 태도 다 일러바칠 테니까. 내가 이 밭만 물려받으면 넌 당장 그날로 잘릴 줄 알아."

지현이 이를 갈며 택기 뒤를 따랐다.

"여기 보이죠? 이 정도로 영근 포도송이만 찾아서 이렇게 감싸 주는 거예요."

남자가 제법 잘 자라고 익은 포도송이에 종이 감싸는 시범을 해 보이며 말했다.

"여기 있는 포도에 다 해요?"

지현이 막막하다는 얼굴로 물었다.

"며칠 해야 해요. 오늘 하루에 다 끝내지는 못하고. 조금 있음 마을 아주머니들이 도우러 오실 거예요."

"다행이네."

지현이 택기가 건네주는 종이를 받아 드는데 택기가 지현의 손목에서 달랑거리는 핸드백을 쳐다봤다.

"그거 들고 일할 거예요?"

"그럼 어디다 둬요?"

"밑에 내려놔요."

"누가 훔쳐 가면 어떻게 해요?"

"누가 훔쳐 가요? 여긴 도둑 없어요."

택기가 어린아이 야단치듯 말하고는 가버렸다.

택기의 뒤통수를 찢어져라 노려보던 지현은 하는 수 없이 포도 나무 밑에 핸드백을 내려놓고 포도 나무에 걸린 실한 송이를 찾아 택기를 흉내 내며 기웃거리기 시작했다.

"이 정도면 돼요?"

지현의 외침에 택기가 쳐다보더니 고개를 끄덕였다.

"잘해요, 실수하지 말고."

"실수 안 해요!"

실수하지 말라는 택기에게 빽 소리를 지른 지현은 이것도 하나 못할까 봐 타박이냐고 구시렁거리며 포도를 올려다봤다.

"이렇게 감싸서 여길 여며주고……."

지현은 택기가 시범을 보였던 대로 그대로 따라 하며 첫솜씨 치고는 상당히 결과가 좋다고 생각하는 순간, 멀쩡하던 포도송이가 뚝 떨어졌다.

"헉."

지현이 깜짝 놀라 고개를 홱 돌리는데 택기가 혈압 오른 얼굴로 지현을 노려보고 있었다.

"떨어졌네."

지현이 민망해하며 말하자 택기가 다가오더니 바닥에 떨어진 포도송이를 집어 들고 종이를 풀었다.

"지금 작업하는 상품들은 모두 서울에 있는 백화점에 납품할 상품들이에요. 당도가 가장 뛰어난 상품이거든요."

소리치진 않았지만 택기의 표정으로 봐서 화를 억누르고 있다는 것이 대번에 느껴졌다.

"먹어봐요."

택기가 포도송이를 내밀었고 지현이 포도 알을 따서 입에 넣어보았다. 정말 달았다. 지금까지 먹어본 포도 중에서 최고로 달고 맛났다.

"와, 진짜 맛있네요."

지현이 감탄을 하자 다시 한 번 택기의 표정이 사나워졌다.

"최고로 이윤이 많이 남는 상품인데 조심하지 않고 떨어뜨려 못쓰게 만들면 어쩝니까?"

아니나 다를까.

"이래서 무슨 일을 하겠어요?"

"처음이라 그래요. 난 잘한다고 한 건데…… 너무 첫날부터 몰아붙이니까 긴장해서 그렇다구요."

지현이 볼멘소리로 항변했다.

"조심 좀 합시다."

지현은 포도 맛이 딱 떨어진다고 생각하며 휙 돌아서서 종이로 감쌀 다음 포도를 찾았다.

"내가 해봤어야지, 처음부터 다 잘하는 사람이 어딨냐고."

지현이 투덜거리며 포도를 감쌀 종이를 펼쳤다.

서툴다 보니, 그리고 두 번은 떨어뜨리지 않게 너무 조심하다보니 택기가 세 개를 쌀 동안 겨우 한 개 감쌌다. 작업 속도가 느려도 떨어뜨려 내다 팔지 못하게 되는 것보다는 나을 것 같아 실수하지 않으려고 애를 쓰는데 택기는 그것도 불만스러운 모양이었다.

"빨리 해요."

"하고 있어요!"

지현이 날카롭게 대꾸하고는 다른 포도 나무를 올려다봤다. 저만치 알맞은 포도가 달려 있는데 까치발을 해도 손에 닿지가 않았다. 개중엔 돌을 매달고도 키가 자라는 정력 좋은 녀석들이 있다더니 그 케이스였다.

"저기요, 높아서 손이 안 닿아요."

"사다리 써요."

택기가 저쪽에 있는 사다리를 가리켰다.

"좀 갖다 주지."

지현이 하여튼 인정머리없는 인간이라고 고시랑대며 사다리를 가져다 포도 나무 밑에 세웠다. 지현은 조심스레 사다리로 올라갔다. 잠깐 뒤뚱했지만 곧 괜찮아졌다.

"운동화를 하나 가져올 걸 그랬나?"

아까부터 느낀 거지만 하이힐은 정말 아니었다. 포장도로도 아니고 흙 밭을 걷자니 뾰족한 굽이 푹푹 들어가고 자꾸 뒤뚱거려 발목도 아팠다. 벗고 다녔음 싶은데 고운 흙이라 할 수도 없어 맨발은 힘들 것 같았다.

사다리 위에서 위태롭게 작업을 끝내며 안도의 한숨을 내쉬는데 너무 한쪽으로 체중이 실렸던 모양이다. 기우뚱하더니 지현은 사다리와 함께 그대로 바닥에 처박히고 말았다.

"악!"

지현이 비명 소리에 고개를 돌렸던 택기가 못 볼 것을 본 것처럼 재빨리 고개를 돌려 버렸다.

"아, 아파."

손도 아프고 팔꿈치도 아프고 무릎은 쑤시고 창피하기는 어디 쥐구멍에라도 숨었음 싶게 이를 데 없고. 지현이 버둥거리며 일어나려다 보니 스커트가 홀렁 뒤집어져 속옷이 다 보였다.

"아우, 정말 쪽팔려."

지현이 오만상을 다 쓰며 스커트를 끌어 내리고 얼른 일어났다. 여기저기 쑤시고 아픈 데마다 피부가 벗겨져 상처가 났거나 빨갛게 성이 나 있었다. 그래도 아픈 건 둘째 치고 창피해서 견딜 수가 없었다.

"아, 아파. 아, 쪽팔려."

지현이 돌아서서 아픈 데를 문지르고 있는데 언제 왔는지 택기가 척 지현의 손목을 잡았다.

"봅시다."

"놔요."

지현이 택기의 손을 쳐내려고 했지만 택기는 지현의 팔목을 움켜잡고 팔에 난 상처를 살폈다.

"침 발라요."

택기의 처방은 간단했다. 침 바르기.

택기는 별것 아니라는 얼굴로 하던 일 하러 가버렸고 지현은 씩씩거리며 손가락에 침을 찍어 상처에 발랐다.

한참은 죽도록 일한 것 같은데 잠깐 쉬자는 말이 없어 지현은 계속 택기의 눈치를 보고 있었다. 발목은 끊어질 것 같고 허리도 아프고 고개를 쳐들고 있었더니 목이 꺾일 것만 같은데 택기는 입에 바위를 달아놓았나 꾹 다물고 일만 하고 있었다. 볕은 쨍쨍 내리쬐기 시작해 얼굴은 따갑지 땀이 나서 겨드랑이같이 접히는 부분은 흥건하게 젖어 있었다.

"선크림도 안 바르고 모자도 없는데 얼굴 다 타겠네."

지현이 목장갑 낀 손으로 볕을 가리려고 애를 쓰는데 저만치서 한 무리의 아낙들이 포도밭으로 들어오는 게 보였다.

"오셨어요?"

택기가 그들에게 반갑게 인사하자 아낙들도 인사했다.

지현은 아낙들을 보며 활짝 웃는 택기를 보자 뭐 저런 남자가

다 있나 싶다. 지현에게는 못 잡아먹어 으르렁거리더니 사람 차별
하나.

아낙들은 단체로 가서 구입했는지 똑같이 긴팔에 오색찬란한
헐렁한 고무줄 바지를 입고 넓은 챙이 달린 모자에 수건을 덮어
써 효과적으로 볕을 차단하는 차림새를 하고 있었다.

"이리 와요."

택기가 한쪽에 서서 구경하는 듯하고 있는 지현을 부르자 시골
아낙들이 일제히 지현을 쳐다봤다.

"영감님 손녀예요."

"아, 김 영감님이 말씀하시던 그 손녀구나."

"온다카는 말은 들었는데 언제 왔드노?"

"어제 왔습니다."

"김 영감님하고는 한 개도 안 닮았네."

"촌수가 얼매나 먼데 닮아. 처자가 그 영감재이 닮으마 그기 낯
짝이가."

"영감님 밭에서 일 도와주시는 분들이세요. 인사해요."

"안녕하세요."

지현이 인사를 했다.

아낙들도 인사를 받아주고 웃는 얼굴은 하고 있었지만 지현의
옷차림을 아래위로 적나라하게 훑어보는 시선이 예사롭지가 않았
다.

"일 배우러 왔다면서 저러고 온 기가?"

"서울서 왔다메."

"암만 서울서 와도 그라지 속이 다 보이는 치마에다 저 구두는
또……."

서울서 온 서울 사람이라고 폼 좀 내보겠다며 신경 써서 골라
입은 옷인데 시골 아낙들 눈에는 아름답다거나 세련됐다기보다는
꼴사납게 보이는 모양이었다. 가릴 것 다 가린 데다 서울서는 완
전 먹어주는 옷차림임에도 지현은 갑자기 발가벗은 나체가 된 기
분이 되어 얼굴이 새빨개져 버렸다.

"그라마 우리는 저 밑에서 해갖고 올라오께."

"예, 오늘도 수고 좀 해주세요."

택기가 시골 아낙들에게 말하자 아낙들이 장갑을 끼고 지현을
곁을 지나가며 흘낏거렸다.

"아따, 오늘도 억수로 더울라는갑네. 벌써부터 이래 더버가 우
짜노."

"낮에는 디갔다 오야겠다."

아낙들이 떠들며 지나가고 난 후 지현이 시무룩한 얼굴로 서 있
는데 택기가 미간에 주름을 잡고 지현을 쳐다보다가 따라오라고
말했다.

지현은 군소리없이 택기를 따라갔다.

택기는 경운기에 오르더니 타라고 했고 지현은 여전히 시무룩
한 얼굴로 경운기에 올랐다. 지현은 택기 옆에 앉자마자 하이힐부
터 벗었다. 택기는 지현의 손에 들린 하이힐을 쳐다보다가 경운기
를 몰고 집으로 향했다.

집으로 온 지현이 뚱한 얼굴로 마루에 걸터앉아 있는데 택기가

할아버지 방 맞은편에 있는 방에 들어갔다 나오더니 바지 하나를 들고 와 지현에게 건넸다.

"입어요."

"누구 거예요?"

"내 바지예요."

지현은 내가 왜 당신 바지를 입냐고 쏘아붙이려다 별수없이 바지를 받아 들었다. 얼마나 딱하고 한심했으면 자기 바지를 갖고 왔을까.

"저, 그런데 거기 살아요?"

지현의 물음에 택기가 예 하고 무뚝뚝하게 대꾸했다.

'어제저녁엔 없던 사람이 갑자기 어디서 생겨난 거야?'

지현은 바지를 들고 방으로 들어와 가방에서 티셔츠 하나를 찾아 꺼낸 후 입고 있던 옷을 모두 벗고 택기의 바지를 껴입었다. 그런데 이건 도저히 입을 수가 없는 바지였다. 허리가 26사이즈인 지현이 입기에는 너무 컸다. 허리는 허리대로 돌아다니고 기장은 말할 것도 없고 허벅지며 엉덩이며 온통 남아돌아 스타일이 순식간에 구겨졌다.

"이걸 어떻게 입으라고."

"다 입었어요?"

"잠깐만요!"

문 밖에서 택기의 목소리가 들리자 지현은 화들짝 놀라며 얼른 티셔츠를 껴입는데 티셔츠를 껴입는 동안에 바지가 훌렁 벗겨졌다. 지현은 씩씩거리며 바지를 다시 추켜 입고 허리를 꼭 여며 붙잡고는 방문을 열었다.

"너무 커서 못 입겠어요."

"이걸로 묶어요."

택기가 방 안으로 나일론 끈을 툭 던져 주었다.

"이 끈으로 묶으라고요?"

"기장은 접어 입어요."

"끈으로 허리를……."

지현이 항의하려는데 택기가 문을 닫아버렸다.

"별꼴이야, 정말."

지현이 씩씩거리며 나일론 끈으로 묶어 매고 바지단을 몇 번이나 접어 올린 바지를 입고 나오자 방문 밑에 시커먼 장화 한 켤레가 놓여 있었다.

"그거 신어요."

"비도 안 오는데 무슨 장화예요?"

"신을 만한 게 그것밖에 없어요."

"아무리 그래도 그렇지……. 알았어요."

지현은 뚱한 얼굴로 장화 속으로 발을 집어넣었다. 장화도 커서 터덜터덜 끌고 다녀야 할 판이었다. 하지만 하이힐은 발목이 무너지는 것 같아 더는 신고 있을 수가 없었기에 터덜터덜 끌고 다니더라도 장화를 신는 쪽이 나을 것 같았다.

"갑시다. 아가씨 때문에 집에 왔다 갔다 하느라 쓸데없는 데 시간 낭비해서 바빠요."

하여튼 말하는 폼 하고는, 지현은 정말이지 저놈의 예쁘게 생겨

먹지 못한 입을 쫙 찢어버렸으면 좋겠다고 생각하며 경운기에 오르는데 배에서 꼬로록 하고 바람 빠지는 소리가 들렸다. 그냥 모른 척해주면 좋으련만 택기가 고개를 돌리더니 지현의 배를 쳐다봤다.

"배고파요?"

"안 고파요."

지현이 짜증난 목소리로 대꾸했다.

"그럼 갑시다."

택기는 다시 경운기를 끌고 밭으로 향했다.

지현은 택기에게 들키지 않으려고 조심하며 슬쩍 손목시계를 들여다봤다. 서울에서도 아침은 거의 안 먹고 커피 한 잔으로 때웠기에 아침 거르는 것쯤이야 문제도 아닌데 새벽부터 안 하던 일을 하며 돌아다니다 보니 몹시 배가 고팠다. 이렇게 배가 고픈 것을 보니 점심 시간이 가까워졌을 것이라 기대하며 시계를 봤는데 아뿔싸, 이제 막 아홉 시가 지나고 있었다.

'이제 아홉 시? 해가 중천인데, 아홉 시라고?'

믿을 수 없었다. 배가 고파 창자가 비틀어지는 것 같은데 이제 겨우 아홉 시라니. 정확히 정오에 밥을 먹는다 하더라도 무려 세 시간은 더 기다려야 했다. 서울 같았으면 아직도 이불 속에서 뒹굴고 있을 시간인데 말이다.

밭에 도착하면서부터 점심 시간이 될 때까지 지현은 지옥을 헤매야 했다. 고작 열 개의 포도를 감쌌을 뿐인데 시장기는 극에 달해 눈이 뒤집혀질 지경이었다. 살면서 이렇게 배가 고파보긴 처음이었다.

아직도 퍽 곱다고는 할 수 없는 시선으로 흘낏거리는 아낙들 눈치 보랴, 게으름 피운다고 잔소리해 대는 택기 눈치 보랴, 게다가 배는 고파 돌아가실 지경이지, 갑자기 자신이 퍽 불쌍하게 느껴져 울컥 서러움이 치받치려는데 눈앞으로 탐스런 포도송이 하나가 쑥 다가왔다. 지현이 고개를 돌리자 택기가 먹어요 하고 말했다.

"백화점에 납품한다면서요."

"배고파 헐떡거리는 꼴 보기 싫어 그래요."

"아니, 누가 헐떡거렸다고…….."

지현이 발끈해서 항의하려고 하는데 택기가 손에 포도송이를 쥐어주고 가버렸다.

이놈의 포도 안 먹는다고 뒤통수에다 던져 버리려던 지현은 살짝 돌아서서 포도 알을 따먹기 시작했다. 자존심 세우기엔 배가 너무 고팠기 때문이다.

"진짜 맛있다."

정말 달고 맛있었다. 배가 고파서인지 처음 밭에 와서 맛본 포도보다 더 맛났다. 지현은 눈 깜짝할 사이에 포도 한 송이를 먹어치웠다. 포도 한 송이를 먹고 나자 어질어질 현기증까지 느낄 만큼 괴롭던 시장기가 가셨다.

하고 싶지도, 배우고 싶지도 않은 일을 억지로 하자니 당연히 진도는 나가지 않았다. 곁에 택기라는 감시자가 있으니 하기 싫다고 놀 수도 없고 이놈의 시간이 중풍에 걸렸나 어찌나 느리게 흐르는지 내가 전생에 무슨 죄가 있어 이 고생을 하나 하는 푸념이 절로 나왔다.

주리를 틀어버리고 싶을 만큼 더디게 가던 시간이 드디어 점심을 먹어줄 때가 되었다는 것을 알리자 아낙들과 택기가 일손을 놓고 일어났다.

"한풀 죽으면 다시 오세요. 점심 잡숫고 한숨 주무시고요."

"그라자."

아낙들이 먼저 밭을 나가고 택기가 아낙들의 뒤를 따랐다. 지현은 어째 자신에게는 가자는 말 한마디 안 하는 거냐 생각하며 밭을 나오는데 경운기에 가득 올라탄 아낙들을 보고 깜짝 놀랐다.

'뭐야? 저 아줌마들이 왜 경운기에 다 타고 있는 거야?'

"빨리 타요."

택기가 재촉했고 지현은 경운기 짐칸에 탄 아낙들을 흘낏거리며 택기 옆에 앉았다. 아낙들을 다 태워다 줄 모양이다.

"처자는 몇 살 묵었는교?"

경운기가 밭을 떠나 얼마 달리지 않았을 때부터 뒤에 탄 아낙들의 질문이 쏟아지기 시작했다.

"스물여섯이에요."

"많이 묵었네. 시집 안 가는교?"

"네? 아직은 생각이 없어요."

"시집을 뭐 생각으로 가나."

"예쁘장하이 생겼구만. 애인 없는교?"

"애인요?"

지현은 있다 없다 딱 잘라 말하기 싫어 웃음으로 얼버무렸다. 스물여섯 되도록 애인도 없다면 능력이 모자라는 것으로 간주될 것이고 없는 애인 만들어내자니 것도 우습고.

"있는 갑네."

"있겠지. 나이가 스물여섯이라는데 애인 하나 없겠나."

아낙들은 단지 웃음으로 얼버무렸을 뿐인데 지현에게 애인이 있는 것으로 단정 지었다.

"직장 다니는교?"

"네……."

직장 얘기가 나올 때마다 찔리는 지현이었다.

"월급은 얼매나 받는교?"

아니, 사촌도 오촌도 사돈의 팔촌도 아니고 오늘 처음 본 아가씨한테 직장에서 월급은 얼마 받는지까지 묻는 건 또 무슨 경운지. 월급 받아본 적이 없는 백조라는 것을 알면 또 얼마나 한심해들 하실까.

"서울서 회사 다니는 사람이 농사는 우째 짓겠노?"

"김 영감님도 참 희한하제. 머시마도 아이고 가시나한테 뭐 한다고 포도밭을 물려준다는 기고."

"김 영감님 손주들인가 하는 머시마들이 그래 꼴같잖다대."

"와 아닌나. 거 누고, 장조칸가 하는 사람도 글코 밑에 손주들도 글코 싸가지가 밥통이란다. 내가 꼬라지 봤다 아이가. 내가 누군고 싶어가 이래 치다보는데 모리는 사람이라꼬 인사도 안 하더라."

"거 누꼬? 허여이 백대가리 해가 시내서 가시나들 댈따 놓고 다

방인가 한다는 그 사람이 장조카라캤드나?"

"다방하는 사람은 조카가 아이고 아재 아들이라 안 카대? 아재
아들이, 그 다방 한다는 사람 말다. 성질 대가리가 그래 지랄이라
카드라. 아래우도 몬 알아보고 술만 처묵었다카면 빨가벗고 달가
든다데."

"아재 아들은 또 누고? 장조카는 정수기 팔러 댕긴다카드만. 거
와, 안 있나. 수돗물 요래가 받아묵는다는 거 그거."

"아, 그랬드나."

"하여튼 간에 그래 뽄따리들이 없단다. 오죽이 띠꺼부마 머시
마들 놔뚜고 가시나한테 준다 카겠노."

"암만 그래도 저래 가지고 무슨 농사를 지을 끼라고. 마 택기한
테나 주지. 그 영감재이도 엉가이 난리다."

알아듣는 낱말 반, 못 알아듣는 낱말 반 지현은 나름대로 열심
히 짜깁기를 하며 아낙들의 말을 해석했다. 시골에서는 이웃 집
밥 숟갈이 몇 개인지도 다 알고 지낸다더니 그 말이 맞는 모양이
다. 피가 섞인 지현이조차도 전혀 모르는 집안 사정을 마을 아줌
마들이 더 소상히 알고 있는 것을 보니. 어쨌거나 할아버지가 지
현에게 포도밭을 물려주는 것이 아낙들에게는 못내 불만스러운
모양이다.

"택기 총각이 욕보겠네."

"누가 아이라노. 아까 하는 거 보이 저래가 뭣을 하겠노 싶더라
이."

"마 시끄럽다. 또 아나, 택기 색시 될지?"

"색시는 무슨, 홍아가 들으면 눈이 히딱 디비질라고."

"홍아가 와? 홍아가 택기하고 좋은 갑지? 야, 택기야."

"예."

"니 홍아하고 좋게 지내나?"

아낙의 물음에 택기는 그냥 웃기만 했다.

'홍아가 누군지는 모르지만 좋아하는 모양이네, 웃는 걸 보니.'

지현은 괜히 입술을 비죽거리며 고개를 돌렸다.

"홍아하고 딱이제."

홍아라는 사람하고 택기가 딱이라는 말을 듣자 지현은 갑자기 홍이가 누군지 무척 궁금했다.

잠시도 쉬지 않고 떠들던 아낙들을 한 사람씩 다 내려주고 나자 갑자기 너무 조용해져서 이상해진 기분으로 집으로 돌아왔다. 아낙들이 있을 때엔 그래도 한 번씩 어울리지 않던 미소라도 짓던 택기는 아낙들을 다 내려주고 지현과 둘만 남자 치통 앓는 사람처럼 금세 퉁명스러운 표정이 되어버렸다. 아낙들에게는 웃어주는 걸 보니 이유없이 24시간 성이 나 있는 것은 아닌 듯하니 지현과 있을 때만 북북거리는 걸 보니 지현이 마음에 들지 않는 것이 분명했다. 택기의 마음에 들 필요도 없고 택기에게 잘 보일 이유도 없으니 무시하면 그만이지만 가만 보니 한동안은 싫어도 부딪쳐야 할 사람인데 뚱하게 굴자 몹시 불편했다.

집으로 돌아온 지현은 마당 수돗가에 쭈그리고 앉아 재빨리 손을 씻고 부엌으로 달려가 찌개 냄비에 불을 붙이고 냉장고에서 반찬을 꺼내 상을 차리기 시작했다. 살다 살다 이렇게 배가 고파보기도 처음이었고 찌개 끓는 냄새에 위장이 뒤집어질 것 같은 기분도 처음이었다.

지현이 상을 차리고 밥통을 열어 밥을 퍼 담고 있는데 인기척이 느껴졌다. 택기라는 걸 알았기에 알고도 일부러 모른 척하는데 택기가 밥통 옆에 뭔가를 던지듯 툭 내려놓았다. 지현이 쳐다보자 일회용 커피믹스였다.

'나 일회용 안 먹는데.'

이런 소릴 입 밖으로 내면 얼마나 밉상맞을지. 그나마 일회용이라도 생겨나 준 것이 감사했다.

지현이 이게 웬 거냐는 얼굴로 쳐다보자 택기는 아무 말도 없이 수저통에서 수저 두 벌을 찾아 상 위에 놓고 다 끓은 찌개를 상 위에 올려놓았다. 지현이 밥공기를 올려놓자 또 아무 말 없이 먹기 시작했다.

"커피 어디서 났어요?"

"전에 본 기억이 있어서 뒤져 봤더니 있네요."

"고마워요."

지현이 고맙다고 말하면 뭘요, 라든지 괜찮아요 하는 대꾸가 나와줘야 하는데 택기는 또 말이 없었다.

지현은 입술을 삐죽거리며 눈을 흘긴 후 밥을 먹기 시작했다. 이십육 년을 살아오면서 지금 이 순간만큼 맛있는 밥을 먹은 적이 없는 것 같다. 나물 몇 가지에 찌개가 전부였지만 밥이며 찌개에 무슨 특이한 단맛을 집어넣었을까 싶게 달디달다. 지현이 허겁지겁, 사흘 밤낮을 굶은 각설이마냥 퍼 넣는데 택기가 일어나더니 커다란 주전자에서 물을 따라 지현의 밥그릇 옆에 놓아주었다.

"고마워요."

볼이 터져 나가도록 한가득 밥을 밀어 넣고 꾹꾹 씹으며 지현이 인사치레를 했지만 이번에도 역시 가타부타 대꾸가 없다.

지현이 택기가 따라준 물을 마시다가 문득 오늘 처음 본 사람하고 단둘이 밥을 먹는데 어째 요만큼도 거북하다거나 불편한 게 없을까 생각했다. 겉으론 털털한 척해도 실상 낮도 제법 가리는 편이고 쓸데없이 까탈을 부려 요만큼만 비위가 상해도 잘 체해서 며칠씩 고생하는 은근히 스트레스를 잘 받는 성격이었다. 워낙에 위장이 뒤틀릴 듯 배가 고파 낮을 가리고 어쩌고 할 새 없이 일단 먹고 살기 위해 밥을 퍼먹고 있지만 서울에서 같으면 절대 안 할 짓인 것은 분명했다.

택기는 어느새 지현이 담아준 밥 한 그릇을 뚝딱 해치우고 모자랐는지 처음보다 두 배는 더 꾹꾹 눌러 담아오더니 그마저도 순식간에 게 눈 감추듯 했다.

'진짜 많이 먹는다.'

저 밥이 어디로 다 들어갈까 싶은데 전혀 벅차지도 않는 표정이었다.

"더 먹어요."

"아뇨, 배불러요."

"일하다 보면 배가 금방 꺼지니까 더 먹어요."

"맛있기는 한데 더는 못 먹겠어요."

지현이 일어나 빈 그릇을 싱크대에 옮겨놓고 반찬들을 도로 냉장고에 집어넣는데 택기가 당연하다는 듯 설거지를 시작했다.

"저기요, 내가 할게요."

"커피나 마셔요."

택기가 퉁명스럽게 말했다. 설거지는 자신이 할 테니 마시고 싶어하던 커피를 마시라는 뜻일 텐데 어째 억양이 너무 퉁명스러워 괜히 얼쩡거리지 말고 커피나 마시며 놀라는 소리처럼 들렸다.

'고맙다가도 밉지.'

지현은 설거지하고 있는 택기의 커다란 등짝을 노려보며 주전자를 찾았다.

"작은 주전자 없어요?"

"작은 주전자엔 막걸리를 담아 드시기 때문에 술 냄새 날 거예요. 여기다 끓여요."

택기가 냄비를 하나 찾아주었다. 지현은 냄비에 물을 받아 가스레인지에 올려놓았다.

"잠 못 자서 커피 안 드시죠?"

"예."

'그럴 줄 알았지.'

물이 끓는 동안에 설거지하는 남자 옆에 우두커니 서 있으려니 것도 참 난처했다.

"그런데 할아버진 언제 오세요?"

"2박 3일 가셨어요."

2박 3일. 지현은 손가락으로 날짜를 꼽아보았다. 글피에나 오시겠네.

설거지를 늘 했는지 능숙했다. 자신은 고무장갑을 안 끼면 미끌
거려 그릇 깨뜨릴까 엄청 신경 쓰이는데 택기는 투박한 손으로 손
쉽게 설거지를 하고 있었다. 그러고 보니 손이 참 컸다. 마디마디
가 굵기도 하고 손 자체가 두꺼웠다.

'딱 마당쇠 손이네.'

팔뚝은 제법 두꺼운 편이었지만 전체적으로 몸은 마른 편에 속
했다. 키는 178㎝쯤 될까? 작업복이다 보니 입고 있는 티셔츠는
후줄근했고 바지도 마찬가지였다.

"물 끓어요."

"네? 네."

지현은 택기 훔쳐보기를 끝내고 얼른 컵에 커피믹스를 넣고 물
을 부었다. 솔솔 커피 향이 퍼져 나오자 지현은 저절로 행복한 미
소를 지었다.

"한풀 꺾이면 시작할 거니까 쉬어요."

설거지를 끝낸 택기가 부엌에서 나가며 말했다.

지현이 커피가 담긴 컵을 들고 나왔을 때 택기는 보이지 않았
다. 한낮의 볕에 똥개들도 지쳤는지 축 처진 꼴로 자고 있었다.

지현은 툇마루에 앉아 홀짝홀짝 커피를 들이켰다. 마셔보니 인
스턴트 커피 맛도 괜찮다 싶었다. 커피를 다 마신 지현은 우두커
니 앉아 있다가 슬그머니 드러누웠다. 조용하고 한적하고 살랑살
랑 불어오는 바람에 시원하고 배도 부르고 기분이 좋아지고 있었
다. 드러누워 개 우리 옆에 세워진 경운기와 팔자 늘어지게 잠든
똥개와 그 중간에 있는 화장실을 쳐다보던 지현은 까무룩 잠이 들

었다.

"일어나요."

택기의 목소리에 지현이 눈을 뜨자 택기가 손에 챙이 넓은 모자를 들고 지현을 내려다보고 있었다.

"깜빡 잠들었네요."

조금만 더 잤음 싶은데 저 심술맞은 남자가 더 자게 해주진 않을 것이 뻔해 안 일어나지는 몸을 억지로 일으키는데 택기가 들고 있는 모자를 내밀었다.

"써요."

누군가가 애용하던 것이 분명한 때가 많이 탄 모자였다. 때뿐만이 아니라 스타일도 전혀 고려하지 않은 촌스런 모자였다.

다른 모자는 없냐는 말이 목구멍까지 튀어나왔지만 지현은 꾹 참았다. 누구의 것인지는 몰라도 지현을 생각해 주는 마음에서—과연 그럴 리가 있겠냐마는—구해온 모자일 테고 또 아까 오전 작업으로 아낙들이 쓰고 있던 챙 넓은 모자가 얼마나 유용하게 쓰이는지를 뼈저리게 느꼈던 터였다.

"갑시다."

"네."

지현은 정말 쓰고 싶지 않은 모자를 손에 들고 아까처럼 경운기에 올라탔다.

오후 작업을 끝내고 다시 집으로 돌아왔을 때 지현은 때려죽여도 아무것도 못할 만큼 녹초가 되어 있었다. 손가락 하나도 까딱 못할 정도로 지쳐 버린 지현은 대충 씻고 택기가 지어준 밥도 반

쯤은 졸면서—그래도 담아준 밥은 꿀처럼 달게 다 먹어치웠다—먹고
방으로 들어오자마자 쓰러져 잠이 들었다. 그리고 다음날 새벽 다
섯 시 어김없이 택기가 지현을 소리쳐 깨웠다.

잠관 에피소드.

포도밭에서 일한 지 이틀째 근육통이 절정에 달한 지현이 참다
참다 택기에게 혹시 굴러다니는 파스가 있냐고 물었다. 택기가 방
에 들어가 파스를 들고 나왔고 지현은 택기 방엔 없는 게 없는 모
양이라 생각하며 파스를 받아 들고 방에 들어와 어깨와 쑤시는 팔
다리에 덕지덕지 붙이기 시작했다. 팔이나 다리는 불편없이 붙였
는데 어깨에 붙일 때는 머리카락이 들러붙어 몇 번 떼어냈다가 고
쳐 붙여야 했다. 누가 붙여줬으면, 아쉽게라도 택기가 붙여줬으면
싶은 그때 문득 드라마에서 본 장면이 떠올랐다.

드라마 다모.

등장인물:하지원과 이서진.

배경:종이 꽃 날리는 풀밭.

종사관: (하얀 가루를 뿌리면서 몹시 마음이 아픈 듯)아프냐.

채옥: (괴로움을 참으며 눈물이 맺힌 눈으로)네.

종사관: (여인네들 애간장 녹일 얼굴로)나도 아프다……. 날 아프게
하지 마라.

못살아, 하는 감탄이 절로 나오던 장면. 그 장면을 연상하며 파

스를 붙인다 쳤을 때.

경상도 김천.
등장인물:김지현과 장택기.
배경:단내 맡고 날아든 날벌레 풀풀 날리는 포도밭.
택기:(엄지손가락으로 지현의 어깨를 꾹꾹 누르며 다소 은근한
목소리로)여가 아픈교?
지현:(에로틱 음성)아, 아! 거기예요!
택기:(파스를 붙이고 딱 때리며)뭣이 그래 아프다 해쌌는교!

"내가 미쳤지."
지현은 파스가 들러붙는 머리카락을 떼어내며 스스로 기막힌
듯 중얼거렸다.

두울

뒤척뒤척 잠을 못 이루던 지현은 결국엔 일어나 앉았다. 도저히 견딜 수가 없었다. 아무리 이상 기온이라지만 날씨가 열 푹푹 내는 인삼차라도 한 통 들이켰는지 7월 초밖에 안 됐는데 왜 이렇게 더운지. 도저히 끈적거려 잠이 들지 않았다. 시골이라 앞뒤가 툭 터져 문을 열어두면 바람이 솔솔 잘 들어왔지만 문제는 낮 동안 포도밭에서 노가다 뛰며 쉴 새 없이 흘린 땀에 있었다.

노가다, 딱 노가다였다.

점심 먹고 참 먹는 시간 외엔 잠깐 앉을 새도 없이 포도 포장 일을 해야 했다. 목을 쳐들고 일하다 보면 나중엔 바늘로 찌르는 것 같았다. 금방이라도 꼴딱 넘어갈 것 같아 쭈그리고 앉으면 꾀부리지 말라며 택기가 그 듣기 싫은 퉁명스런 목소리로 쥐어박았다. 쑤셔대는 것도 못 견디겠지만 온몸이 푹 젖도록 흘린 땀을 닦아내지 못해 끈적거리는 것은 더 견딜 수가 없었다. 서울 같으면 아무 것도 눈치 볼 것 없이 화장실 들어가 샤워기만 틀면 그만인데 당숙 할아버지네엔 씻을 수 있는 곳이 오로지 한 군데 마당 수돗가 밖에 없었다.

"잠들었을 거야."

지현은 수건을 물에 적셔 몸을 닦아내기라도 해야 할 것 같아 조심스레 방문을 열고 밖을 내다봤다. 쥐 죽은 듯 조용했다. 수건을 집어 들고 살며시 방에서 나온 지현은 택기의 방을 건너다봤다. 불이 꺼져 있었다. 다행이었다.

지현이 움직이자 잠귀 밝은 똥개들이 몸을 일으키는 것이 보였다.

"누워 자, 이 똥개들아."

지현이 낮게 윽박지르자 정말 알아들었는지 똥개들이 다시 눕는 게 보였다.

지현은 수돗가로 가서 콸콸 소리가 나지 않게 반쯤만 수도꼭지를 열고 대야에 물을 받기 시작했다. 수건에 물을 적신 지현은 택기 방을 흘낏거리며 옷 속으로 젖은 수건을 집어넣어 끈적거리는 몸을 닦아내기 시작했다.

"화장실 만들려고 사람 부른다더니 온천에 가버리시면 어쩌자는 거야?"

지현이 투덜거리며 일어나 치마를 걷어 올렸다. 적신 수건을 꼭 짠 지현이 허벅지 안쪽을 문질러 닦아내고 있는데 갑자기 택기 방문이 벌컥 열리더니 택기가 나왔다. 곧 마루 불이 켜졌다. 지현이 깜짝 놀라며 서둘러 추켜올렸던 치마를 내리는데 택기가 약간 찡그린 얼굴로 젖은 수건을 들고 서 있는 지현을 쳐다봤다.

"뭐 해요?"

"씻고 싶어서요."

지현의 말에 택기가 말없이 지현을 쳐다보다가 신발을 신고 마당으로 내려서더니 대문으로 가서 열려 있던 대문을 닫았다. 대문이 열려 있는 줄도 몰랐는데 활짝 열어둔 모양이다. 하긴 뭐, 지현이 오면서부터 지금까지 대문을 제대로 닫고 잔 적은 없지만 말이다.

"물 데워줘요?"

"아니에요. 그냥 좀 닦아내기라도 하려구요."

"불 켜놓고 닦아요."

"안 잤나 봐요? 자는 줄 알았는데……."

택기는 아무 말 없이 그대로 방으로 들어갔다.

지현은 밤중에 잠 안 자고 부시럭거린다고 잔소리할 줄 알았는데 웬일로 가만있네 생각하며 마저 몸을 닦아내고 머리까지 감은 후 방으로 돌아왔다. 지현은 그제야 어느 정도 개운함을 느끼며 잠이 들었다.

다음달 새벽에 밭으로 가는 길에 혹시 마을 안에 목욕탕은 없냐는 지현의 말에 택기는 딱 잘라 없다고 대꾸했다. 목욕탕이 없다면 날마다 수건을 물에 적셔 닦아내는 수밖에 없다는 뜻이었다.

그나마 수건으로 몸을 닦아내던 것도 할아버지가 오시면서 끝장나고 말았다. 나이 드신 양반들 물이든 뭐든 헤프게 쓰는 것 딱

질색한다는 것은 알지만 해도 너무했다. 땀을 콩죽처럼 흘렸는데 안 씻고 어떻게 살라고. 오밤중에 늘 하던 대로 수건을 물에 적셔 끈적거리는 몸 닦아내다가 할아버지한테 눈물이 쏙 빠지도록 혼쭐이 났다.

"세수 하만 됐지 뭐 한다고 오만 데를 다 딱노! 날마다 머리는 뭐 한다고 감고!"

얼마나 기막히게 혼쭐이 났는지 다음날부턴 눈치 보여 닦아내지도 못했다.

땅 준다 오랄 땐 언제고 물도 마음껏 못 쓰게 하니 내가 왜 이런 눈칫밥을 먹고 살아야 하나 서러워 살 수가 없었다. 엄마에게 전화를 걸어 또 한바탕 눈물 바람을 일으키며 처절한 하소연을 퍼부었지만 역시나 소용없었다.

온천 가셨던 할아버지가 2박 3일 여행을 끝내고 오시자 지현은 할아버지가 안 계신 동안에 죽도록 부려먹던 택기가 좀 달라지려니, 너무 고되서 집에 오자마자 쓰러지던 생활도 끝나려니 했는데 할아버지가 오셨다고 해서 달라지는 것은 아무것도 없었다. 물도 못 쓰고 오히려 더 나빠졌다. 원래 계획은 할아버지가 오시는 즉시 한 가지도 빠뜨리지 않고 모조리 고해바치는 것이었다. 할아버지가 돌아오시던 날은 너무 늦었고 피곤해 주무시겠다 하셔서 말할 수 없었고, 다음날 새벽 오늘날까지 살이 에이도록 감내해야 했던 핍박에 대해 구구절절 쏟아놓을 결심으로 냉큼 부엌으로 달려갔는데 부엌에서 새어나오는 할아버지와 택기의 대화에 소리에 우뚝 멈춰 서고 말았다.

"아는 좀 우뜰드노? 배울라 카드나?"

"예, 서툴긴 하지만 열심히 하려고 합니다."

"밭 물려준다고 하니까 내리오기는 했을 낀데 일 안 할라고 꾀 부리고 안 카드나?"

"꾀를 부리진 않습니다, 영감님."

"니가 보이 어떻노? 밭 물려주면 대번에 팔아묵을 것 같드나?"

"글쎄, 잘 모르겠습니다."

택기가 저렇게 말할 줄은 몰랐다. 대번에 기본이 안 되어 있다고, 일할 생각은 않고 밭 물려받을 것에만 눈이 멀었다 그렇게 말할 줄 알았었다. 지현에게 하는 것으로 봐서 가차없이 깎아내릴 줄 알았는데 택기라는 남자 의아할 정도로 지현을 후하게 편들어 주고 있었다.

택기가 지현을 감싸는 바람에 할아버지한테 택기라는 남자가 자신에게 어떻게 했네, 포도밭 일이 너무 힘들어 절로 눈물이 날 정도네 하며 고해바치려던 계획을 수정해야 했다. 지현이 잘근잘근 씹으려던 남자는 할아버지께 지현에 대해 두둔하는 말을 했는데 지현이 그런 사람을 두고 안 좋다고 말하면 할아버지가 지현을 곱게 보지 않을 것이 분명했기 때문이다. 그리고 가만히 생각해 보니 한두 살 먹은 어린아이도 아니고 쟤가 나만 보면 툴툴거려요, 쟤는 내가 한심해 죽겠나 봐요, 하는 푸념을 쏟아내자니 몇 년 만에 본 데다 촌수로 따지자면 할아버지와 퍽 친하지도 가깝지도 않고 또 보나마나 너 일 배우러 온 거 아니냐? 하는 대답이 나올 것 같았기 때문이다. 퍽 가깝다 할 수 없는데도 포도밭을 물려주시겠다는 할아버지가 참으로 요상스럽긴 하지만 말이다.

어쨌거나 할아버지가 계시면 택기가 맘 놓고 꾸짖지는 못할 것이라 기대했는데 그렇지도 않았다. 택기는 할아버지가 계시든 안 계시든 지현이 실수할 때마다 지나치는 법 없이 꼬집었고 할아버지는 못 본 척하셨다. 할아버지 역시 지현에게 그닥 도움이 되어 주지 못하는, 무늬만 아군일 뿐이었다.

지현이 아낙들과 함께 서울 백화점에 납품할 포도들을 첫 수확해 포장을 마친 후 박스에 담고 있는데 택기가 지현을 불렀다.

"왜요?"

"따라와요."

지현이 택기를 따라 밖으로 나가자 택기가 트럭 문을 열어주었다. 처음 보는 트럭이었다. 포도밭을 물려받겠다는 일념으로 김천에 내려온 지 열흘, 새벽에 포도밭으로 나올 때나 일을 끝내고 들어갈 때는 언제나 경운기를 탔었는데 웬 트럭인가 싶었다.

"어디 가요?"

"시내요."

택기가 운전석에 오르며 말했다.

"시내요?"

지현이 보조석에 올라타자 택기가 곧 트럭을 출발시켰다.

"시내엔 왜요?"

"장 서요."

"장이요?"

택기는 지현을 데리고 장으로 갔다. 개령면에 묻힌 후 마을 밖으로 나온 것은 열흘 만에 처음이었다.

지현을 데리고 장으로 온 택기는 무엇을 사겠다고 메모를 해두었는지 지현이 장을 구경할 틈을 허락하지 않았다. 제법 큰 장이었고 서울에 있는 재래 시장과는 또 다른 구경거리와 특색이 있는 곳인지라 지현은 호기심이 가득했는데 택기가 빠른 걸음으로 앞만 보고 걸었기 때문에 지현은 그 뒤를 쫓아가느라 구경이고 뭐고 할 겨를이 없었다.

"얼른 장 보고 밭에 가야 해요. 장 구경은 다음에 해요."

지현이 곁눈질로라도 구경하느라 뒤쳐지자 택기가 말했다.

"다음에 또 와요?"

"5일장이에요."

택기가 뭘 사려는 걸까 궁금해하는데 택기가 멈춰 선 곳은 신발 난전 앞이었다. 싸구려 운동화와 온갖 신발들이 즐비하게 진열된 난전.

"운동화 하나 골라요."

택기가 말했고 지현은 이런 운동화를 나더러 신으라냐는 듯 불만스러운 얼굴로 진열된 운동화를 훑어봤다.

"발이 몇이에요?"

"235예요."

"이거 신어봐요."

택기가 몇 가지 운동화를 들어보더니 하나를 바닥에 내려놓으며 말했다. 멋이라고는 하나도 없는 그냥 흰색 운동화였다.

지현은 불만스러웠지만 언제까지나 무거운 장화를 터덜거리며 끌고 다닐 수 없었기에 택기가 골라준 신발을 발에 꿰었다. 멋은 하나도 없는 운동화였지만 무거운 장화를 끌고 다닌 탓인지 솜처럼 가볍게 느껴졌다. 저런 싸구려 신발을 어떻게 신나 했는데 신고 보니 장화보다 백 배는 좋았다.

"괜찮아요?"

"가볍네요."

"됐어요, 그럼. 얼마예요?"

"만오천 원입니다."

"만삼천 원에 합시다."

"이천 원이나 깎으면 안 되지. 천 원 빼줄게."

주인이 천 원만 빼준다는데도 택기는 아무 소리 없이 만삼천 원만 꺼내 건넸다.

"이천 원은 안 된다니까."

주인이 오만상을 다 쓰며 손을 저었다.

"많이 파세요."

택기는 지현이 벗어둔 장화를 들고 가버렸다. 지현은 어쩔 줄 몰라 하며 신발 주인과 저만치 걸어가는 택기를 번갈아 쳐다보다가 도망치듯 신발 난전을 떠났다. 슬쩍 돌아보니 신발 주인은 택기에게 받은 돈을 허리에 차고 있던 돈 가방에 쑤셔 넣으며 웃고 있었다. 오만상을 쓰며 이천 원은 안 된다는 주인한테 많이 팔라며 냉큼 돌아서는 택기는 무엇이며, 오만상을 쓰는 것으로 봐서 팔 생각 없으니 당장 신발 벗으라 할 것 같더니 금세 웃어 젖히는 신발 주인은 또 무엇인지.

택기가 다음으로 들른 곳은 옷을 파는 난전이었다.

"바지 두어 장 사요."

참 우스운 얘기지만 지현은 지금껏 택기의 바지를 얻어 입고 있었다. 택기에게 첫날 얻어 입은 바지를 빨아서 널어놓는 바람에 택기의 다른 바지 한 장을 또 얻어 입게 됐는데 지현에게 바지를 두 장이나 빌려주는 바람에 택기는 열흘 동안 같은 바지만 입고 있었다.

"두어 장 사고 내 바지는 돌려줘요."

"집에 빨아놓은 거 하나 있어요."

"빨리 골라요. 들어가야 해요."

택기가 재촉하는 바람에 천천히 고를 여유가 없었다. 그런데 바지라는 것이 난전에 뭉텅이로 나열된 '몸뻬'라고 불리는 고무줄 바지밖에 없었다. 게다가 색상은 하나같이 엽기적인 것들이었다.

"나더러 저걸 입으라구요?"

지현이 너무 심하지 않냐는 얼굴로 묻는데 택기가 몸뻬 한 장을 집어 들었다.

"얼마예요?"

"한 장에 오천 원씩이야."

물건을 팔면서 손님에게 저렇게 관심없는 장사꾼은 처음이었다. 사려면 사고 말라면 말라는 식으로 손님이 와도 눈을 맞출 생각도 하지 않고 장사꾼인 아줌마는 난전 저 끝에서 배달된 것으로 보이는 국밥을 먹고 있었다. 택기는 지현과 달리 장사꾼의 그런

태도가 전혀 노엽지 않은 모양이었다.

"손님 왔는데 저렇게 관심이 없어도 되는 거예요?"

지현이 다소 불만스러운 어조로 속삭이며 말하자 택기가 뭐 그런 걸 불만스러워하냐는 듯 지현을 이상한 사람 보듯 쳐다봤다. 서울 같으면 저런 식으로 장사해서는 하루도 못 넘기고 망하고 말 것이 분명한데 오히려 지현을 이상한 사람인 듯 쳐다보다니, 지현은 무슨 외계에 와 있는 듯한 기분이었다.

택기는 지현에게 이게 어떠냐 저게 어떠냐 하는 의견을 전혀 묻지 않고 몸뻬 두 장을 집어 들더니 바로 계산했다. 웬일로 신발 가게에서와는 달리 깎지도 않았다.

"갑시다."

"그걸 어떻게 입어요?"

"싸구려라 그래요?"

"아줌마나 할머니들이 입는 것을⋯⋯."

"멋 부리다 고생해 봤잖아요. 일할 땐 편한 게 제일이에요."

지현이 아무리 항의를 해도 기어이 입힐 생각인 모양이었다.

'내가 입나 봐라.'

지현이 택기의 뒤통수를 노려보며 씩씩거리는데 택기가 장터를 빠져나오더니 근처에 있는 슈퍼마켓으로 들어갔다.

슈퍼마켓을 보자 지현은 사야 될 것들이 몇 가지 생각났고 얼른 따라 들어가 고무장갑과 수세미를 찾아 들고 클렌징폼을 찾기 위해 슈퍼마켓을 한 바퀴 뺑 돌았지만 클렌징폼은 없었다. 하는 수 없이 미용 비누를 골라 들고 계산대로 나오는데 택기가 계산하고 있는 게 보였다.

"이것두요."

지현이 고무장갑과 수세미, 그리고 미용 비누를 내밀자 택기가 고무장갑과 수세미는 갖다 놓으라고 했다.

"고무장갑 있어야 해요. 수세미도 그렇고……."

"샀어요. 갖다 놔요."

"샀어요?"

계산대 위를 보자 정말로 고무장갑과 수세미가 있었다. 고무장 갑이나 수세미 말고도 지현이 쓰던 브랜드는 아니지만 어쨌든 할 아버지 집에선 구경도 못하던 샴푸도 있고 린스도 있었다. 지난번 에 어떻게 샴푸도 없고 린스도 없냐고 항의한 적이 있었다.

"집에 샴푸나 린스를 쓸 사람도 없고 영감님께선 주욱 비누로 그냥 감으셨기 때문에 없는 거예요."

비누로 머리 감는 사람을 미개인 취급할 이유는 없었기에 뭐라 할 수는 없지만 질 좋은 샴푸에 린스 맛을 보았던 머리카락이 비 누 맛을 본 후로 억세고 거칠어져서 빗질도 힘들었기에 지현에게 는 불만일 수밖에 없었다. 머리 감고 빗을 때마다 투덜거리는 걸 들었던 모양인지 택기가 슈퍼에 들른 김에 챙긴 것 같았다. 샴푸 와 린스는 그런 사연이 있으니 그렇다 치지만 고무장갑과 수세미 가 필요한 건 어떻게 알았을까 생각하며 있던 자리에 도로 내려놓 고 돌아오자 계산을 끝낸 택기가 나오라는 듯 한번 쳐다보고는 밖으로 나갔다.

차를 세워둔 곳으로 돌아와 차에 올라타고 안전띠를 매는데 택기가 뭔가를 내밀었다. 막대 아이스크림이었다.

"먹어요."

지현은 고맙다 어떻다 말도 없이 받아 들고 껍질을 까서 빨아먹기 시작했다. 시원한 걸 먹었으면 좋겠다 생각하던 참이었다. 택기도 운전을 하면서 막대 아이스크림을 하나 까서 먹었는데 멋대가리라곤 없이 움푹움푹 베어서는 쩍쩍 씹어 먹었다.

집으로 돌아온 택기는 슈퍼에서 사 온 물건들을 부엌에 가져다 놓더니 몸뻬를 들고 와 지현에게 건네며 당장 자신의 바지를 돌려달라고 했다.

"바지요?"

"벗어요, 빨리. 그리고 이거 입어요."

택기가 장에서 사 온 몸뻬를 내밀며 말했다.

"이거 입기 싫어요."

"입든지 말든지 내 바지 줘요."

"저기 하나 빨아놓은 거 있거든요? 그거 드릴게요. 이 옷은 며칠만 더 입고……."

"두 개 다 줘요."

택기가 단호하게 말했다. 기어이 몸뻬를 입히려고 일부러 바지를 돌려달라는 게 틀림없었다.

지현이 일그러진 얼굴로 택기를 노려보다가 택기의 손에 들린 몸뻬를 낚아채고는 방으로 들어와 문을 쾅 닫아버렸다.

"뭐, 좋은 바지도 아니고 몇 년 입은 때 탄 바지 한 장 가지고 되게 재네."

지현은 툴툴거리며 허리춤에 묶어두었던 나일론 끈을 풀고 훌러덩 바지를 벗어 던져 버렸다.

"아이 씨…… 이걸 어떻게 입어?"

몸뻬를 들어 펼쳐 보자 황당함은 더했다.

"아무도 없는 집에서 입을 것도 아니고 사람들 있는 데에 이걸 어떻게 입고 가?"

지현이 속이 상해 씩씩거리고 있는데 밖에서 빨리 나오라고 재촉하는 택기의 목소리가 들렸다.

"알았다구요!"

지현이 신경질이 뻗친 목소리로 빽 소리를 지르고는 고무줄 바지를 입었다. 고무줄 바지라 헐렁헐렁 편하고 시원했지만 온갖 잡스런 색의 꽃무늬 하며 펑퍼짐한 엉덩이에서 허벅지까지 통으로 뚝 떨어지는 라인 하며 도대체 종아리 부위에서 발목까지 뜬금없이 좁아지는 통은 또 무슨 조화인지. 거울이 없어 비춰보진 못하지만 이루 말할 수 없이 우스운 꼴일 것은 분명했다.

"빨리 나와요!"

택기가 소리 질렀고 지현은 알았어요! 하고 악쓰듯 소리치고는 문을 열어젖혔다.

"여기 있어요!"

지현이 던질 기세로 바지를 내밀자 택기가 지현이 입고 있는 몸뻬를 흘깃 쳐다봤다.

"뭘 봐요?"

지현이 물어뜯을 듯한 얼굴을 하고 소리치자 택기는 무심히 고개를 돌렸다.

"갑시다."

지현은 방 안에서 한 발짝도 움직이고 싶지 않은 기분으로 방문 앞에 서서 택기를 노려보다가 힘없는 놈이 어쩌겠나 싶어 택기의 트럭에 올라탔다.

트럭을 타고 밭으로 가는 동안에 지현은 불만을 표출하는 방법으로 계속해서 눈앞을 어지럽히는 우스꽝스럽게 화려한 몸뻬 바지의 꽃무늬를 손톱으로 긁어댔다. 손톱으로 긁는다 해서 엽기에 가까운 꽃무늬들이 나아질 리가 없지만 말이다.

'안 되겠어, 서울에 한번 다녀오든지 엄마한테 전화해 트레이닝 바지라도 보내달래야지.'

서울에 가는 것보다 엄마한테 옷을 보내달라고 하는 게 좋을 듯했다. 서울에서 엄마가 옷을 보내주면 이 몸뻬 바지를 더는 안 입어도 된다고 생각하자 불만스러워 죽겠던 기분이 조금 나아지는 것 같았다. 그래도 여전히 황당한 스타일의 바지를 입고 있어야 하는 것이 지현을 괴롭히고 있었다.

밭에 도착하면 분명히 지현이 입은 우스꽝스러운 몸뻬 패션을 두고 아낙들이 놀릴 것이란 생각에 완전히 저기압인 기분으로 밭으로 들어서는데 지현을 기다리고 있는 건 아낙네들의 놀림이 아닌 웬 처녀였다. 처녀는 택기와 지현이 들어서자마자 마치 이산가족을 만나는 듯한 얼굴로 하고 택기에게 달려왔다.

"오빠!"

"어, 홍이 왔구나?"

홍이? 택기가 홍이라고 부르는 처녀를 지현은 왠지 뾰족해진 기분으로 쳐다봤다.

"언제 왔어?"

"조금 전에요."

"잘 다녀왔어?"

"네."

홍이라는 처녀는 택기에게 착 달라붙어 지현은 본체만체하고 밭으로 들어갔다.

지현은 저만치 걸어가는 택기와 홍이의 뒷모습을 곱지 않은 눈길로 쳐다보다가 아낙들이 아직도 포장하느라 정신없는 곳에 끼어들었다.

"장에 갔다 왔드나?"

"네? 네."

"바지 샀나?"

"네."

"시원하고 편하제?"

"네, 좋아요."

지현은 마음에도 없이 좋다고 대답했다. 입기 싫어 죽겠어요 라고 말할 수는 없으니 말이다.

아낙들의 일손을 도우며 슬쩍 택기와 홍이가 사라진 쪽을 쳐다봤지만 대체 어디까지 들어갔는지 보이지도 않았다.

"홍아가 택기 보드만 물 만났네."

"쟈들 혼인을 시키야 되지 않겠나?"

"홍아 애미도 마음에 있는 갑던데."

"택기가 홍아를 처자로 생각 안 하는 갑든데?"

"와, 택기도 홍아 좋아하는 것 같더만."

아낙들이 주고받는 말들을 조합해 보니 아무래도 택기와 홍아는 예사로운 사이가 아닌 듯했다.

'여자 친구도 있었던 모양이네?'

이상했다.

'뭐지? 이 이상한 기분은?'

택기에게 여자 친구가 있다는 것이 왜 지현에게 흥! 하는 기분이 들게 만드는지 알 수가 없었다.

택기에게 여자 친구가 있는데 그게 뭐 어떻단 말인가. 지현만 보면 퉁명스럽게 굴고 흠집 찾아내려고 도끼눈을 하고 있는 사람인데 여자 친구가 있거나 말거나 그게 어떻다고. 저런 퉁명스런 남자에게도 여자 친구가 있었네? 저런 남자 뭐가 좋다고? 하며 깔보는 그런 기분은 아닌 것 같았다. 지현은 정말 묘한 감정을 느끼고 있었다.

서운하다 해야 하나? 왜, 무엇 때문에 서운하지? 택기와 만난지 얼마나 됐다고. 둘 사이에 그동안 말 못할 썸씽이 있었던 것도 아니고 정이 들었을 리 만무한데.

그럼 내 것은 분명 아닌데도 내 것을 빼앗긴 기분이라고 해야하나? 그건 또 무슨 망측함인지. 보자마자 마음이 쏙 빼앗길 만큼

근사한 외모를 가진 것도 아니고 24시간 볕에 노출되다 보니 시커
멓게 탄 얼굴에 눈과 이빨만 하얀, 그렇다고 말을 곱게 하나, 알뜰
살뜰 챙겨 주는 마음 씀씀이에 반할 구석이 있나, 아니, 지현이나
택기나 서로에게 첫눈에 반할 매력이 없음에도 콩깍지가 끼어 반
했다 치자. 그래서 너는 내 것, 나는 네 것 하며 낯간지럽게 서로
의 몸주가 되겠다 합의한 적도 없다. 그러함에도 내 것도 아니면
서 내 것을 빼앗긴 기분이라니.

지현은 이런 기분이 말이 돼? 하면서도 복잡망측한 기분이 들
어 괜히 울적해졌다.

포도밭 안으로 들어간 택기와 홍이가 오랫동안 돌아오지 않는
것에 대해 지현이 시큰둥해진 표정으로 신경을 쓰고 있는데 택기
와 홍아는 한참 만에야 포장을 하고 있는 지현이 있는 곳으로 돌
아왔다. 저 깊고 넓은 포도밭 안에서 두 사람이 무엇을 하고 나오
는지는 모르지만 홍이라는 처녀의 얼굴은 붉게 상기되어 있었다.

"택기야, 홍아가 니 보고 싶어서 빨리 왔단다."

아낙의 말에 홍아가 아니에요 하며 얼굴을 붉혔다.

"쟈가 서울 갔다 오더만 더 예뻐졌네."

"뽀얗게 달덩이 같구만."

'칫, 서울 갔다 왔다고 예뻐지다니 말이 돼? 달덩이는 무
슨⋯⋯.'

지현이 괜스레 입을 삐죽거리며 홍이를 쳐다봤다.

홍이라는 처녀의 외모를 애써 깎아내리며 삐죽거리긴 했지만
홍이라는 처녀, 제법 예쁘고 귀여웠다. 전혀 시골 처녀답지 않게

말이다. 지현은 자신이 왜 시골 처녀에게 밀리는 기분을 느껴야 하냐며 목에 힘을 주려고 했지만 이상하게도 자꾸만 기가 죽었다. 지현보다 못할 게 없었다. 나았으면 나았지 아무리 깎아내리려고 해도 홍이라는 처녀, 참 괜찮았다. 결코 인정하고 싶지 않지만 말이다. 그리고 더 이상한 것은 왜 아낙들이고 택기고 홍이라는 처녀에게 지현을 소개하지 않는지였다. 홍이라는 처녀 역시 아주 깨끗청결하게 지현을 없는 사람 취급하고 말이다.

홍이라는 처녀와 인사를 나눈 것은 일을 다 끝내고 경운기에 오를 때였다. 택기의 옆 자리는 분명히, 아니, 반드시 지현의 자리인데 경운기에 올라타려고 보니 홍이가 지현의 자리를 떡하니 차지하고 있었다. 거긴 내 자리니 비켜달라는 말은 차마 못했지만 지현은 자신의 지정석을 아무런 양해 없이 일방적으로 빼앗긴 것 같은 기분에 불쾌해하며 아낙들과 함께 짐칸에 올랐다.

"인사해. 김 영감님 손녀야."

택기가 그제야 홍이에게 지현을 있는 사람 취급하며 소개했다. 퍽도 빨리 소개하네.

"안녕하세요."

홍이가 살포시 미소를 머금고 인사했다. 살포시 미소를 짓자 처음 인상보다 홍이라는 처녀 훨씬 더 예뻐 보였다. 홍이가 더 예뻐 보이는 바람에 지현의 염장은 더 꼬이고 있었고. 그리고 분명 경상도 억양인데 다른 아낙들과는 달리 곱고 부드러웠다.

"안녕하세요."

지현도 미소를 머금고 인사했다.

그것으로 끝이었다. 홍이는 앞만 보고, 아니, 택기만 쳐다봤고 더 이상 아무도 지현에게 말을 걸지 않았다.

지현은 짐칸에 탄 아낙들과 어울려 앉아 있자니 아낙들과 자신이 전혀 달라 보이지 않는다는 걸 깨달았다. 아낙들과 달라 보이지 않고 동일시될수록 앞에 택기와 함께 앉은 홍이와는 엄청난 차이를 보이고 있었다. 아낙들은 적어도 열 살에서 많게는 스무 살이나 지현보다 나이가 많았는데도 아낙들이 입고 있는 몸뻬와 똑같은 찬란한 빛깔의 몸뻬를 입고 때가 엄청 탄 챙 넓은 모자에 수건을 뒤집어쓰고 있자니 누가 봐도 동네 아낙이었다. 시골 마을 아낙들을 비하하려는 것은 아니지만 서울에서 꽃치마 휘날리며 김천 마을에 당도한 것이 얼마나 됐다고 시골 아줌마 꼴이 됐나 속상했다. 내가 이런 바지를 입고 있는 걸 친구들이 알면 뭐라고 할까 갑자기 인생이 마구 한심스러워지는 기분도 들었다. 그래도 한때는 대학 다닐 때만 하더라도 꽤 잘 나가던 김지현인데.

꽤 잘 나가던? 아주 솔직히 말하자면 그건 아니다. 그렇게 잘 나간다 할 수 없었다. 눈에 확 띄게 예쁜 것도 아니고 몸매가 속된 말로 쭉쭉빵빵도 아니고 적당한 키에 적당히 통통한 몸매에 아주 박색은 아닌, 아니, 예쁘장하다는 말은 들을 정도의 외모. 그래도 그때그때 유행하는 옷이나 액세서리를 발빠르게 준비해 착용하고, 인기있는 노래는 한 곡도 빠뜨리지 않고 줄줄 꿰고, 물 좋다는 클럽에서 놀며 춤추고 놀았는데. 단지 취직 운이 없어서 백조 생활 이 년 한 것 빼곤 서울 처녀의 기본은 다 챙기고 살았는데 말이다. 그랬던 김지현이 시골에서 몸뻬 바지 입고 포도밭 농사짓느라 막노동하는 걸 알면 친구들이 뭐라고 할까?

성격 좋고 남에게 싫은 소리 안 하고 분위기 잘 맞추고 해서 주위에 친구가 많았다. 여자 친구도 많고 남자 친구도 많고 사귄 남자도 둘이나 되고.

사귀던 남자 둘?

지현은 자신이 만나고 헤어졌던 남자들이 생각나자 앞에 앉은 홍이와 택기의 뒤통수를 괜스레 째려봤다.

'누군 사귀던 사람 없나? 되게 티내네.'

또다시 뾰족한 기분이 기어올랐다. 아니, 아까부터 뾰족해져 있던 기분이 더 사나워진 것이다.

지현이 사귀었던 두 남자 중 한 남자인 규진이 놈은─한때 열렬히 사랑했던 남자에게 놈이라는 단어를 가차없이 붙이는 이유에 대해 설명하겠다─사귀던 중 군에 입대하게 됐는데 고무신 거꾸로 신지 않을 거라는 약속을 입대 영장이 나온 날부터 훈련소에 입대하던 날 아침까지 백만 번은 받아내더니만 정작 지가 군화를 거꾸로 신는 바람에 파토가 났다.

'배신하지 않기' 약속을 받아내는 방법도 가지가지여서.

"훈련이나 기합은 조금도 겁나지 않아. 단지 네가 그리워서 못 견딜 것 같아."

하는 소리도 했고,

"이 년은 너무 긴 시간인데 어떻게 너한테 기다려 달란 말을 할 수가 있겠어. 마음은 찢어지겠지만 혹시라도 너한테 좋은 남자가 생긴다면 붙잡지 않을게."

하는 소리로 미리부터 그리움과 슬픔으로 가슴 아프게 하기도
했고,

"매일매일 네 생각 하면서 잘게. 널 그리워하기 전에 잠들지도
모르지만, 어느 날 생각지도 못했는데 너의 편지를 받게 된다면
며칠 동안 나는 너무 행복해서 잠도 못 잘 거야. 그런 생각만 해도
난 벌써 눈물이 나. 어젯밤엔 군에 가져가려고 지갑에 끼워둔 네
사진 보면서 울었어."

하는 소리를 해서 규진이 놈 가슴팍 부여잡고 펑펑, 누가 보면
일가족이 몰살당했나 오해할 만큼 통곡하게 만들기도 했었다. 얼
마 지나지 않아 규진이 놈이 줄줄 준비된 멘트처럼 날렸던 오장
녹여내던 그 말들이 '입영 열차 안에서'라는 흘러간 노래 가사라
는 것을 알고 어이가 없어 실소를 터뜨렸지만 말이다.

하여튼 그래서 남자들만 득실거리는 군에서 무슨 수로 군화를
거꾸로 신을 수 있을까 했는데 알고 보니 것도 얼마든지 가능한
일이었다.

규진은 군에 가서 지현에게 말고도 과에서 가깝게 지내던 여자
친구들에게 모두 편지를 보냈단다. 처음부터 구린 심보가 있어서
가 아니라 단지 군에서 여자에게 편지를 많이 받는 놈으로 칭송받
고 싶어서였단다. 여자에게 편지를 많이 받는 것이 어째서 남자를
우쭐하게 만드는 것인지는 몰라도 군에서는 그것이 상당한 능력
으로 평가되는 모양이었다. 참 희한한 종족이다.

입소식 때도 그렇고 퇴소식 때도 그렇고 지현은 강원도에 있는

훈련소까지 면회를 갔었다. 하지만 그 후에 자대 배치를 완전 오지로 받는 바람에 가고 싶어도 쉽게 갈 수가 없었다. 얼마나 오지였나 하면—퇴소식 때 규진이가 진짠지 거짓말인지 엄청나게 허풍조로 말했던 얘기다—부대를 둘러싸고 있는 산은 6.25 전쟁 때 치열한 전투를 벌였던 장소라 시체가 엄청나게 매장되어 있단다. 워낙은 험하고 위험해서 시체를 일일이 발굴할 수도 없고 그럴 돈도 없어서 그냥 내버려 두었는데 전투 지역에 아무렇게나 매장된 시체 가루가—시체 가루라는 말이 과학적으로 타당한 말인지는 모르겠지만—공기 중에 날아다니기 때문에 군화나 혹은 훈련으로 벗겨진 발뒤꿈치나 상처에 침투하게 되면 엄청난 부작용을 일으켜 염증이 보통 상처의 열 배는 더 심각해진단다. 그러면서 규진이 자신도 발뒤꿈치가 까졌는데 거기 시체 가루가 들어가는 바람에 이 지경이 됐다면서 군용 양말까지 벗어가며 보여주었었다. 밤에 너무 쑤시고 아파서 잠도 못 잘 지경이라면서. 그 당시엔 신발에 까진 상처치고는 상당히 위중해 보였던 것은 사실이다. 그 후로 시체 가루에 의한 부작용 심각한 발뒤꿈치 상처는 어떻게 됐는지 모르겠지만 말이다.

여하튼 그리하여, 훈련소가 있던 곳보다 더욱 오지 부대로 배치를 받게 되어 한 번 들어가면 휴가 때 부대에서 터미널까지 태워주는 지프차가 아니면 나올 수도 없는 그 멀고 먼 오지 부대까지 찾아간 친구가 있었으니 오지랖 쓸데없이 넓어 낄 때 안 낄 때 구분 못하고 아무 자리나 나대던 영지란 친구였다. 규진은 영지라면 무슨 일이 있어도 답장을 바리바리 보내줄 것이라 생각했고 규진뿐 아니라 영지를 아는 모든 사람은 영지가 그렇게 해줄 것이라는 것에 이의가 없었다. 지현도 부지런히 답장을 쓰고 답장이 오기 전에 편지도 보내고 했는데 이 오지랖 한정없이 넓은 영지도 그랬던 모양이다. 규진이 편지를 보내면 즉각 답장을 해주며 얼마나 힘드니 건강은 어떠니 늘어지게 안쓰러워해 준 모양이다.

규진이 입대하고 시간이 제법 지났을 무렵 지현에게 면회를 와 달라는 편지를 보내왔는데 규진이 지목한 날짜가 하필 중간고사 기간이었고 도저히 어찌해 볼 도리가 없었기에 안타깝지만 못 간 다는 답장을 보냈었다. 그런데 전국의 대학생들이 일제히 중간고사에 매달려 있을 그때 우리의 슈퍼오지랖 영지는 강원도 오지까지 규진이를 만나러 간 것이다.

그래, 원래 영지는 나쁘게 말해 오지랖이 넓은 것이지 좋게 말하면 친절하고 착하고 다정한 아이니까 그럴 수도 있다고, 지현 대신 좋은 일 해주었다고 생각할 수도 있지만 사건은 서울에서 산 넘고 물 건너 찾아온 규진의 여자 친구를 어여삐 보신 부대의 상관께서 덜컥 외박을 허락해 주신 것에서 시작됐다.

애인이 아닌 여자 친구 영지와의 외박을 허락받고 시내로 나온 규진은 하룻밤 부대 밖에서 잘 수 있게 되었다는 것만으로도 기뻐 날뛸 지경이었단다. 그런데 밥을 먹고 다방 커피를 마시며 얘기를 하는 것까지는 좋았는데 소주 한 잔이 들어가면서부터 상황이 달라졌다고 한다. 영지도 술을 제법 하는 터라 소주 한두 병은 우습게 비워 버렸고 알코올 기운에 알딸딸해지자 영지는 버스표 끊어놓은 것도 까맣게 잊어버렸으며 규진은 일 년여 만에 여자를 보자, 것도 알코올에 젖은 채 보게 되자 눈이 확 뒤집어진 모양이다. 여관으로 직행했고 그 다음이야 말 안 해도 뻔한 작태가 벌어졌을 것이고.

이 즈음에서 과연 때려죽일 놈이 누구인지 찾아보자.

단순 과 친구를 애인으로 착각해 산 넘고 물 건너 오지 부대까지 찾아온 정성을 어여삐 여겨 외박증을 난발한 부대 상관이냐, 오란다고 중간고사는 뒷전이고 초등학교 때 이 년간 투포환 선수로 활동한 경력이 있는 엄청난 체력을 앞세워 시외버스, 시내버스 몇 번씩 갈아타며 오지 부대로 내달린 영지냐, 애인은 못 온다던 그 험한 곳까지 달음질쳐 준 영지가 고마워 소주 한 병에 눈 돌아 아낌없이 정자를 쏟아내어 준 규진이 놈이냐. 누굴 때려잡으면 해결을 날까? 누구 한 사람을 집어낼 것이 아니라 지현에게는 세 사람 모두 원수였다.

아, 잠깐. 여기서 짚고 넘어갈 것이 있는데, 생각할수록 괘씸한 짓을 저지른 규진이 놈이 입대 하루 전날인지 이틀 전날인지 필사의 전투마냥 배신하지 말라며 쏟아낸 몇 가지 멘트와 더불어 배신하지 않겠다는 징표로 잠자리를 요구했었다.

"도장 콱 박아두고 가면 마음이 편할 것 같아."

하는 쌍스런 표현도 서슴치 않았고,

"날 사랑한다는 증거를 보여줘."

하는 삼류 영화에서나 나올 법한 대사도 있었다.

나중엔 손모가지 틀어쥐고 학교 코앞에 있는 여관 입구까지 끌고 갔었다.

그날의 결론은, 지현의 월경 둘째 날, 흔한 표현대로 펑펑 쏟아지고 있을 때라 규진의 필사의 사투도 끝장났다.

어디까지 얘기하다 샛길로 샜지? 하여튼 규진과 영지의 외박 정사 사건이 그때 한 번뿐이었다면 술기운에 눈이 도는 바람에 그 랬으려니 했을 것이다. 또 영지나 규진이 둘 다 입을 꽉 다물어 버 렸다면 지현이 영원히 모른 채 넘어갔을 수도 있겠지만 술기운에 눈이 도는 짓이 두 달에 한 번씩 정기적이 되어버리는 바람에 사 건이 커졌다. 게다가 영지는 영지대로 친하다고 믿는 친구들한테 요만큼씩 조만큼씩 규진과의 관계를 털어놓았고, 규진은 규진대 로 친구 놈들에게 영지와의 관계를 털어놓으면서 순식간에 지현 의 귀에도 그간의 규진과 영지의 합방 전말이 들어오게 됐다.

물론 처음엔 펄펄 뛰었다. 군에 있는 규진에겐 장문의 편지를 써 보내며 온갖 욕을 바가지로 퍼붓고 결별을 선언하는 한편 영지 에게 역시 서슬 퍼런 친구로서의 절교를 선언했다. 하지만 맺고 끊는 것에 탁월한 실력을 가졌던 지현이 아닌지라 용서해 달라고 매달리는 규진의 애끓는 답장을 받아보니 또 마음이 흔들렸다. 악 착같이 실수였다고 우기는 한편, 영지가 자꾸만 찾아오는 통에 사 단이 났다며 영지를 임자 있는 남자를 꼬드긴 나쁜 년으로 왜곡시 켰다. 지현은 규진의 왜곡에 동참해 전보다 더욱 영지를 천하의 나쁜 년으로 매도했고. 거기다 온갖 신은 물론이요, 조상까지 끌 어다 붙이며 다신 실수하지 않으리라, 너만 사랑하리라 믿어달라 맹세하는 규진의 편지에 지현은 살짝꿍 넘어간 것이다.

그런 놈, 뭐 봐줄 게 있다고 한심스레 휘둘렸나 규진이 편지를 보내면 흥! 하면서도 답장을 보냈고 휴가를 나오면 만나는 내내 툴툴거리고 영지와의 관계 때문에 상처받았던 가슴을 보상받느라 쏴붙이면서도 규진이 휴가를 나왔다며 만나달라 하면 거절하지 못하고 나갔다. 이 대목에서 알 수 있듯이 지현은, 스스로 아픔을 벌어들이는 미적지근한 성격을 가졌다. 불필요한 인정이 너무 많고 물러 터진 성격. 결국엔 지현에게 다른 남자가 생기면서 위태롭고 뒤죽박죽이던 규진과의 관계는 끝이 났지만 말이다.

아니, 그런데 어쩌다 규진의 얘기까지 나왔지? 두 번째 남자 얘기 다음에 하련다.

아낙들을 차례로 내려주고 마지막으로 홍이를 내려줄 차례가 되었을 때 홍이가 경운기에서 내려서며 저녁을 집에 와서 먹으라고 하는 소리가 들리자 지현은 상념에서 벗어나며 귀가 저절로 쫑긋 세워졌다.

"집에 같이 가세요."

"김 영감님 손녀 집에 데려다 주고."

택기의 물음에 홍이가 지현을 쳐다봤다. 쳐다보는 그 눈빛이 그만 여기서 걸어가면 안 되겠냐는 듯한 뭐 그런 눈빛이었다. 지현은 절대, 그렇게는 못하겠네 하는 눈길로 홍이를 쳐다보다가 뭐하러 이런 심술을 부리나 싶어 한풀 꺾이며 일어났다.

"걸어갈게요."

지현의 말에 홍이의 얼굴이 다시 빛나는데 지현을 말린 사람은 택기였다.

"데려다 줄게요."

"괜찮아요, 걸어갈게요. 금방인데요 뭘."

지현은 속 넓은 사람처럼 미소까지 지었다. 누구를 위해 미소를 짓는지는 모르겠지만.

"내리지 말아요. 데려다 줄게요."

택기가 기어이 지현을 말렸다. 지현은 은근히 홍이보다 자신이 우선이라는 생각에 한결 재미나진 기분으로 못 이긴 척 다시 앉았다.

"이따 시간 되면 들를게."

"정말 올 거죠?"

"그래 시간 되면⋯⋯."

말끝을 흐리며 택기가 경운기를 몰자 홍이가 아쉬운 얼굴로 택기를 쳐다봤다. 지현은 일부러 홍이의 시선을 피하다가 저만치 멀어졌을 때야 택기의 뒤통수에 대고 말했다.

"걸어갔어도 되는데 그랬어요."

"영감님 저녁도 챙겨 드려야 해요."

"제가 챙길 수 있어요."

택기는 아무 대답도 하지 않고 집을 향해 경운기를 몰았다.

"아까 그 홍이 씨란 분 이름이 그냥 홍이에요?"

"강난홍이에요."

"난홍 씨⋯⋯."

'강낭콩이라 하지 왜?'

"집에 도착하면 얼른 난홍 씨 집에 가세요."

택기는 아무 말 없이 집으로 왔고 지현이 씻는 동안에 택기는 저녁을 차렸다.

"김 영감 있소?"

지현이 씻고 있는데 노인 한 분이 집으로 들어섰다.

"누고?"

"전 할아버지 손녀예요."

"아, 당손녀인갑네."

"네."

"할배는?"

"잠깐만요. 할아버지, 할아버지!"

지현이 외쳐 부르자 할아버지가 아니라 택기가 나왔다.

"안녕하셨어요, 영감님 잠깐 나가신 모양입니다."

"어, 택기네. 그라마 이거 김 영감 오거든 드리라."

할아버지가 소주병을 지현에게 내밀었고 지현이 받아 들었다.

"지금 딱 묵을 때 됐다고 한 잔 묵고 주무시라 케라."

"예."

"저녁 묵었나?"

"지금 먹으려고요."

"오야, 묵으라."

"안녕히 가십시오."

"안녕히 가세요."

"오야."

할아버지가 나가자 택기도 다시 부엌으로 들어가려는 듯 돌아
섰다.

"아까 그분 집에 안 가세요? 홍이라는 분이요."

"저녁 만들어놓고 갈게요."

"제가 할게요. 다 씻었어요. 가보세요."

지현이 퍽 생각해 주는 척하며 말했지만 택기는 그냥 부엌으로 들어가 버렸다. 지현은 택기가 알았어요 하고 냉큼 홍이의 집으로 달려가지 않는 것에 은근히 기분 좋아하며 수건으로 젖은 얼굴을 닦다가 노인이 주고 간 소주병 안에 무슨 부유물이 떠 있는 것을 보고 코를 바짝 들이대고 쳐다봤다.

"이게 뭐야? 무슨 열맨가?"

코를 바짝 들이대고 소주병 안을 들여다보던 지현은 그만 기겁을 하며 소주병을 집어 던지고 비명을 내질렀다.

"아악, 아악!"

지현의 비명 소리에 늘어져 있던 똥개들도 놀라 짖어대자 택기가 달려나왔다.

지현이 내던진 소주병이 깨지면서 안에 든 그것, 지현을 기겁하게 만든 그것들이 마당에 흩어졌고 지현의 비명 소리는 더욱 찢어지게 하늘로 치솟아올랐다.

"왜 그래요?"

"아악, 아악!"

택기가 마당으로 뛰어나오자 지현은 팔짝 뛰어오르며 택기의 목을 끌어안았다.

"아악!"

지현의 비명 소리는 멈출 줄을 몰랐다.

지현이 택기의 목에 매달린 채 발버둥치며 비명을 질러대자 택기는 지현을 달랑 안아 마루 위에 올려놓고 마당에 흩어진 그것들을 빗자루로 쓸어 담기 시작했다.

지현은 도망치듯 부엌 안으로 들어가 버렸다.

택기가 마당의 그것을 다 수습하고 부엌으로 들어왔을 때 지현은 싱크대를 붙잡고 헛구역질을 하고 있었다. 택기는 지현에게 다가와 눈물에 콧물까지 흘리며 헛구역질을 하는 지현의 등을 두드려 주다가 물을 한 잔 따라주었다.

비위가 상해 버린 지현이 계속 치밀어 오르는 헛구역질을 참아 보려고 헐떡거리며 안 먹겠다고 손을 저었다.

"마셔요."

"싫어요, 싫어요."

지현이 손을 내저었다.

"그거 뭐예요? 소주병 안에 들어 있던 거 그거 뭐예요?"

지현이 울상인 얼굴로 물었다.

"갓 태어난 들쥐 새끼예요."

"무슨, 들쥐 뭐요?"

지현이 다시 헛구역질을 했다.

"어르신들이 관절염에 좋다는 속설을 믿으셔서 가끔 술을 담아서 드시는데⋯⋯."

택기가 픽 웃으며 설명했다.

"그걸 먹는다⋯⋯."

지현은 그대로 기절해 버렸다.

잠시 후, 깨어난 지현은 정신을 차리자마자 저녁에 마당에서 본

소주병 안에 든 갓 태어난 들쥐 새끼들이 생각났고 또다시 헛구역
질을 해대는데 문 밖에서 할아버지와 택기의 얘기 소리가 들렸다.

"뭐라? 깼다고?"

할아버지의 마땅치 않아하는 목소리.

"많이 놀랐나 봐요. 기절까지 하더라고요."

좀 재밌어하는 듯한 택기의 목소리.

"그기 뭐가 무섭다고, 아까버라."

정말 아까워하는 듯한 할아버지의 목소리.

"우욱."

지현은 또 헛구역질을 했다.

"박 영감님 서운해하실 테니 드셨다고 하세요."

"우욱."

"알았다. 그기 뭐가 무섭다고 깨. 아까버레이."

"할머님도 좋아라 안 하실 거예요."

'할머니는 또 누구야?'

"어? 그래? 오야, 알았다. 디가 자라."

"예, 주무세요."

할아버지가 방으로 들어가시는 소리가 들리고 지현이 두통을
느끼며 이마에 손을 대는데 노크 소리가 들렸다.

"왜요?"

"깼어요?"

"네."

"알았어요."

방 앞에 있던 택기의 그림자가 사라졌다. 지현은 뭐 저런 엉뚱한 남자가 다 있냐는 얼굴로 일어났다.

"뭐야, 깼냐고 묻더니 알았다고 가버리는 건? 이상한 사람이야, 정말. 아, 머리 아파."

지현은 낯을 찡그리며 도로 드러누웠다.

"아이씨…… 오줌 마려워."

누웠던 지현은 다시 일어나 앉았다.

집 안에 화장실 만든다 한 지가 언젠데 아직도 감감무소식이었다. 할아버지 온천 다녀오시고도 한참이 지났는데 화장실 공사할 기미는 보이지 않았다. 김천에 온 첫날부터 열흘이 훌쩍 지난 지금까지 화장실에 갈 생각만 하면 덜컥 겁부터 났다.

화장실 만들 생각을 하지 않으니 조금 있으면 익숙해지겠지 기대하고 있었는데 익숙해지기는커녕 백 날이 지나도 저 변소와는 친해질 것 같지 않았다. 오죽이 겁나고 무섭고 불결했으면 밤에 자다가 화장실 가고 싶어질까 되도록 물도 마시지 않았다. 작은 놈이야 잽싸게 끝내고 나온다 치지만 큰 놈일 경우엔 시간이 제법 걸리는 바람에 더 죽을 지경이었다.

"벌써 캄캄해졌는데……."

지현이 망설이며 문을 열자 밖엔 비까지 내리고 있었다.

"어머, 웬일이야?"

지현이 황망한 얼굴로 저만치 컴컴한 변소를 쳐다보고 있는데 갑자기 시커먼 그림자가 쓱 나타났다.

"깜짝 놀랐잖아요!"

"밥 먹어요."

택기가 밥상을 지현의 방에 놓아주었다.

"밥이요?"

"못 먹었잖아요."

"별로 먹고 싶지도 않아요."

"먹어요. 허기져요."

택기가 돌아서려는데 지현이 급하게 택기를 불렀다.

"왜요?"

"저기, 비 오네요."

저기 비 온다니, 싱겁긴.

"그런데요?"

"저, 그게…… 황당하겠지만, 저기 화장실에 좀 같이 가주실래
요?"

지현의 말에 택기가 화장실을 한번 쳐다보더니 다시 지현에게
고개를 돌렸다. 댁이 화장실까지 경호원을 붙이고 다녀야 할 만큼
귀한 몸이냐는 듯 다소 아니꼬운 표정이었다.

"그게, 화장실 너무 무섭고, 할아버지가 화장실 만들어주신다
고 했는데 소식도 없고, 비도 오고, 빨간 종이 줄까, 파란 종이 줄
까……."

"종이 있다고 해요."

"네?"

"요즘은 엠보싱 24롤 사다 놓고 쓴다고 하든지."

"그걸 유머라고 해요?"

제법 웃기려고 한 소리 같은데 지현이 황당하다는 얼굴로 쳐다
보자 택기가 민망했는지 픽 웃었다.

"나와요."

택기가 말했고 지현이 발딱 일어났다.

택기가 낮에 장에서 사준 운동화를 신고 택기에게 바짝 붙어 화
장실로 간 지현은 택기가 화장실 문을 열고 불을 켤 동안 코를 막
고 있었다.

"들어가요."

"저기요."

"왜요?"

"저, 그러니까…… 가지 마세요."

지현이 약간 기가 죽은 얼굴로 말하자 택기가 알았어요 하고 대
답했다.

얼른 화장실 안으로 들어온 지현은 늘 그랬듯이 아래를 보지 않
으려고 애쓰며 바지춤에 손을 댔다. 화장실 천장을 무엇으로 만들
었는지 후둑후둑 비 떨어지는 소리가 괴기스럽기 그지없다. 지현
은 오싹 공포를 느끼며 바지를 내리고 앉았다. 그런데 이상하게
밖에서 전혀 인기척이 느껴지지 않았다.

'가지 말라고 했는데.'

갑자기 공포가 확 끼쳐 오자 지현은 온몸에 소름이 돋는 걸 느
꼈다. 밑은 시커멓지 긴장하다 보니 볼일은 빨리 해결이 안 됐다.

"저기요! 밖에 있어요?"

지현이 소리쳐 부르자 있다고 대답하는 소리가 들렸다.

"가지 마세요!"

"알았으니까 구멍에 잘 맞춰요. 옆으로 튀기지 말고."

"걱정 말아요. 난 앉아서 눠요!"

지현이 아랫배에 힘을 줘 볼일을 보는데 갑자기 노랫소리가 들렸다. 택기가 부르는 노랫소리였다.

"가슴이 왜 이렇게 뛰는지 나는 잘 몰라요, 얼굴이 빨개지는 이유를 나는 잘 몰라요. 그대만 보면 내 가슴에 또 분다 분다 하얀 바람⋯⋯."

'누구 노래야?'

누구 노래든 택기의 노랫소리가 들리자 지현은 한결 안심이 됐고 무사히 볼일을 끝내고 밖으로 나왔다. 택기는 그때까지 노래를 부르고 있었다. 변소 앞에서 비를 맞으며.

"난 몰라, 참 정신없이 말을 했지만 그대 코끝으로 웃는 것 같아⋯⋯."

택기의 노래는 지현이 밖으로 나오자 끝났다. 퍽 잘한다고도 할 수 없고 그렇다고 못한다고도 할 수 없는 그냥 그런 노래 솜씨. 그래도 음정이나 박자는 썩 잘 맞추는 편이었다. 지현이 모르는 노래다 보니 제대로 부른 노래인지는 모르지만.

"고마워요."

"밥 먹어요."

"저, 택기 씨."

택기 씨라고 부르는 소리에 택기가 좀 어색하다는 얼굴로 지현을 쳐다봤다. 그러고 보니 택기 씨라고 부른 게 오늘이 처음인 것 같다. 지현은 할아버지 방에 불이 꺼진 것을 확인하고 목소리를 낮췄다.

"저, 할아버지한테 말씀 좀 해주세요."

"뭘요?"

"안에 화장실 만들어달라구요. 내가 말하면, 안 해주실 것 같아요."

"알았어요."

"그리구요, 화장실 만드는 길에 달랑 변기만 놓지 말고 씻을 수 있게 해달라고 해주세요."

지현의 말에 택기가 물끄러미 쳐다봤다.

"트집 잡으려는 게 아니고 목욕하고 싶어서요."

"알았어요."

"부탁할게요."

"알았어요."

지현은 고마운 듯이 미소를 지어 보이고 방으로 들어와 택기가 차려다 준 상을 쳐다봤다.

"이상하네. 나한테 성질낼 땐 뭐 저런 인간이 있나 싶은데 은근히 자상하단 말이야."

지현은 택기가 신경 써주는 것이 싫지 않은 표정으로 택기가 차려다 준 밥을 먹기 시작했다.

택기가 깨우기 전에 웬일로 휴대폰 알람 소리를 듣고 발딱 일어난 지현은 정신을 차리려고 애쓰며 부엌으로 건너갔다. 할아버지네 집에 와서 어제까지 겨우 밥만 했지 반찬은 택기가 만들었었다. 원래 솜씨가 있는지 아니면 남자들만 살다 보니 솜씨가 늘었는지 몰라도 택기는 나물이고 찌개고 썩 솜씨가 좋았다.

어제 미개스러운 술에 놀라고 비위가 상해 저녁을 거른 지현을 위해 귀찮아하지 않고 상을 봐준 택기에게 조금이라도 보답을 할까 하는 생각에 지현은 된장찌개를 끓이기로 했다.

늘 쓰던 양은냄비를 꺼내고 된장을 찾아 풀고 냉장고를 뒤져 호박, 감자, 버섯, 두부를 찾아 알맞게 잘라놓은 다음 된장 푼 물이 끓길 기다리는 동안에 쌀도 씻어 밥을 안쳤다. 된장 푼 물이 끓자 지현은 준비해 둔 재료들을 집어넣은 다음 소금으로 간을 하고 푸르르 끓어오를 때 간을 봤다. 그런데 뭔가 이상했다.

"물이 너무 많이 들어갔나? 된장이 적었나?"

싱거웠고 지현은 소금을 더 넣는 것보다는 된장을 조금 더 푸는 게 나을 것 같아 된장 한 숟갈을 더 풀어넣었다. 그런데 맛이 좋아지기는커녕 텁텁한 맛에 짠맛이 겹쳐 더 이상해졌다.

"된장을 너무 넣었나?"

지현은 할 수 없이 물을 더 넣었다. 그래도 맛이 이상했다. 된장도 같은 된장이고 재료도 같은데 택기가 만들었을 때와는 완전히 달랐다.

"뭐가 빠졌지?"

지현은 소금을 조금 더 넣었고 짠맛이 나자 물을 더 넣고 그 짓을 반복하다가 어느 순간 미각이 마비되어 버렸는지 이만하면 됐네 싶은 맛이 찾아졌다.

"됐어."

지현이 양은냄비의 뚜껑을 닫는데 택기가 들어오더니 웬일이냐는 얼굴로 쳐다봤다.

"된장찌개는 내가 끓였어요. 국은 택기 씨가 끓여줘요. 밥도 안 쳐서 다 됐어요."

"찌개 냄새 좋네요."

"괜찮게 된 것 같아요."

"국은 그만두죠, 찌개 있으니까."

택기와 같이 상을 차리고 할아버지가 오셔서 식사를 시작했다.

지현이 찌개가 담긴 양은냄비를 상에 내려놓고 뚜껑을 여는데 할아버지와 택기의 표정이 이상해졌다. 그래도 두 사람은 아무 말 하지 않고 숟가락으로 일단 맛을 보았는데 맛을 보고 난 후의 표정이 더욱 이상해졌다.

"이기 국이가 찌개가."

할아버지가 물었다.

"네?"

사실 좀 애매하긴 했다. 싱겁다 싶어 된장을 풀었다가 짜져서 물을 더 넣었고 다시 싱거워지자 소금을 넣고 하는 바람에 오밀조밀 모여 있어야 할 재료들이 한강에 빠진 듯 둥둥 떠다니고 있었다.

"그게 말이죠, 받아들이는 사람에 따라 다른데요. 국이 될 수도 있고 찌개가 될 수도 있고, 말하자면 멀티 푸드죠."

"쿡."

택기가 웃음을 터지려는 걸 겨우 참았다. 지현은 얼굴이 새빨개지고 말았다.

"다시다가 없어서……."

지현이 새빨개진 얼굴로 중얼거리는데 택기가 웃음을 참기 위해 어금니를 틀어물었는지 턱 근육이 실룩거리는 게 보였다.

"며루치 좀 꺼내온나, 고추장하고."

택기가 냉장고에서 멸치와 고추장을 꺼내 상에 올려놓자 할아버지는 밥을 물에 말더니 멸치를 고추장에 찍어 순식간에 한 그릇을 비우고는 나가셨다.

"맛없어요?"

"맛이 왜 없겠어요. 멀티 푸든데."

"놀리지 말아요."

지현이 이를 갈며 노려보자 택기가 웃음을 참으며 부엌을 나갔다.

"어쩌지? 그렇게 맛없나?"

지현이 숟가락으로 국물을 떠서 입에 넣다가 뱉어내고 말았다.

"아깐 괜찮았는데. 똥개들이나 줄까?"

지현은 실패한 된장찌개에 밥을 말아 똥개들에게 가지고 갔다.

"내가 특별히 주는 거야. 맛있게 먹어."

지현이 밥을 가져다 주자 환장하고 달려들었던 똥개들이 딱 한 번 할짝거리더니 고개를 돌려 버렸다.

"뭐야, 똥개들도 못 먹을 만큼 맛없단 말이야? 이것들이 어디서 편식이야? 먹어!"

지현이 약이 올라 씩씩거리고 있는데 택기가 다가왔다.

"먹어라. 멀티 푸드랜다."

택기가 또 놀렸다.

지현이 택기를 노려보다가 문득 좋은 생각이 떠올랐다.

"음식 귀한 줄 모르고 이놈들이, 때끼!"

지현이 때끼 발음을 택기와 거의 비슷하게 하자 막 돌아서던 택기가 고개를 휙 돌리고 지현을 쳐다봤다.

"때끼! 이 녀석들한테 하는 말이에요."

지현이 시치미를 딱 뗐다. 택기가 지현을 노려보다가 돌아섰다.

"어서 먹어, 택기!"

택기가 또 고개를 휙 돌렸다.

"아, 오늘 날씨가 좋네."

지현은 고소하다는 얼굴로 어기적어기적 방으로 들어갔다.

택기도 기막힌 듯 픽 웃더니 자기 방 쪽으로 걸어갔다. 지현은 키득거리고 웃으며 방으로 들어와 문을 닫기 전 다시 한 번 똥개들에게 소리쳤다.

"택기! 고얀 놈."

"아이, 진짜!"

택기가 열받은 얼굴로 쫓아오는데 지현을 재빨리 문을 닫아버렸다.

"오우, 고소해."

지현은 한 방 먹인 것에 기뻐하며 회심의 미소를 지었다.

어제저녁에 택기가 차려다 준 밥상을 받을 때만 하더라도 은근히 자상하다 싶었는데 오늘 보니 자상은 무슨 뭐 저런 인간이 다 있나 싶게 굴었다.

똥개들 데리고 택기! 하며 약 올린 것에 대한 보복인지 하루 종일 사람이 살 수가 없을 정도로 들볶아댔다. 하여튼 그놈의 성질. 사람 염장 지르는 데 뭐 있다.

지현은 딴에는 일이 손에 좀 붙는다 싶어 이만하면 제법인데 하며 자화자찬하기 무섭게 택기로부터 잔소리가 날아왔다.

"아직도 모르겠요? 백화점 납품용이 어떤 물건인지 몇 번을 말해요?"

"내가 보기엔 이 정도면 딱인 것 같은데……."

"이거 안 보여요? 이 안에 알이 다 영글지 않았잖아요. 사나흘은 더 둬야 하는 걸 따버리면 어쩌냐고요! 맹꽁이 같으니라고."

진짜, 그럴 수도 있지. 소머즈도 아니고 육백만 불 사나이도 아니고 그 안에 있는 포도 알까지 어떻게 다 보라고.

"진짜 어지간히 지랄해 대네."

꽁무니 따라다니며 잔소리라 욕이 절로 나왔다. 욕이 나오는 동시에 모멸감에 눈물이 날 정도였다. 저 빌어먹을 장택기 앞에서는 울지 않으리라 어금니를 틀어물며 참았지만 한번 욕을 먹고 나면 서러운 기분이 오전 내내 계속돼 더욱 일이 손에 잡히지 않았다.

택기가 저럴 때마다 땅이고 뭐고 다 때려치우고 싶은 마음이 굴뚝같았다. 더럽고 아니꼬우면 관두면 그만이지만 도저히 참을 수가 없어 관뒀다 해도 서울에 있는 엄마가 사람 속은 모르고 펄쩍 뛸 것이 분명했다. 거기다 이대로 관두면 저놈의 장택기만 회심의 미소를 짓게 만들 것 같아 한편으론 오기도 생겼다.

택기에게 욕먹고 풀이 죽어버린 지현은 고개를 처박은 채 택기와도 다른 아낙들과도 눈을 마주치지 않았다. 욕을 하려면 지현 혼자 있을 때 하든지 꼭 아낙들이 우글거리는 데서 욕을 퍼붓고 창피를 줘서 더 괘씸하고 분했다.

중간에 참이 배달됐지만 지현은 생각없다며 다른 사람들이 참을 먹을 동안에 혼자 포도밭에 앉아 택기를 욕하고 있었다. 이렇게 소심한 성격이 아니었는데 환경이 사람 성격까지 바꾼다고 도저히 사람들과 어울려 아무 일 없었던 것처럼 참을 먹을 수가 없었다. 있는 대로 성질을 퍼부어놓고 그런 적 없었다는 듯 태연한 택기 낯짝을 보는 것도 거북하고. 참을 먹는 동안에라도 마주치지 않고 혼자 있자 부글거리던 속이 조금 가라앉는 것 같았다.

"참 안 먹어요?"

언제 왔는지 택기가 누그러진 목소리로 물었다.

지현은 아무 대답도 없이 일어나 포도밭 안쪽으로 들어갔다. 네놈하고 상대도 하기 싫다는 일종의 무언의 시위였다.

"참 안 먹고 일 어떻게 하려고 그래요?"

"꼴 보기 싫으니까 따라오지 말아요."

지현이 날이 선 목소리로 경고했다.

"좀 잘할 수 없습니까? 잘하면 나도 잔소리할 일 없고 서로 좋잖아요."

"당신하고 말하기 싫다고요!"

지현이 홱 돌아서며 소리쳤다.

"일을 못해 욕을 먹든 아니꼬워 관두든 건 내가 알아서 할 테니까 말 시키지 말아요.”

“포도밭 물려받으려면 일을 제대로 배워야 할 것 아니에요. 지적하는 소리 듣기 싫어하면서 뭘 배우겠어요?”

“닥쳐요! 이 대략 중뷁아!”

지현이 자신도 모르게 빽 소리를 질렀다.

이 대략 중뷁라니, 그 말은 예정에 없던 말이었는데 불쑥 튀어나오고 말았다. 택기와 아낙들이 참을 먹는 동안에 혼자 포도 나무 아래 앉아 택기를 씹으며 중얼거리던 말이었다. 대략 중뷁 주제에 어지간히 잘난 척하고 있네 뭐 이런 소리를 하며 씹었었는데 그만 그 말이 입 밖으로 튀어나와 버린 것이다.

택기의 표정을 보니 어이가 없고 불쾌해 어쩔 줄 모르겠는 모양이었다.

지현도 자신이 내뱉어놓고도 민망해 홱 돌아서서 도망치듯 택기에게서 반경 10m 이상 도망쳐 버렸다.

“아이, 젠장. 갑자기 대략 중뷁이 왜 튀어나와?”

지현이 후회하며 머리를 긁적거렸다.

지현이 택기가 있던 자리를 쳐다보자 열받아 가버렸는지 보이지 않았다.

“그러게 상대하기 싫다는데 왜 따라와서는 잘난 척이야.”

지현은 대략 중뷁이 나온 원인을 애써 택기에게 떠넘겼다.

“인신공격은 안 하려고 했는데…… 못 알아들었을 거야. 설마 인터넷 용어를 알겠어.”

지현이 일터로 돌아왔을 때 택기는 아낙들과 어울려 일을 하고 있었다. 지현은 택기의 기분이 어떨까 싶어 택기의 표정을 살폈지만 표정은 늘 그랬듯이 약간 심통맞은 무표정이었다.

지현은 택기가 보복을 하기 위해서라도 잔소리 폭격을 퍼부을 것이라 각오하고 있었지만 웬일로 택기는 더 이상 잔소리를 늘어놓지 않았다. 지현이 몇 가지 실수를 했음에도 말이다.

일을 끝내고 집으로 돌아오는 길에 아낙들을 먼저 내려준 택기는 집이 아니라 다른 곳으로 갔다.

"어디 가는 거예요?"

"들를 데가 있어요."

대답 소리가 그렇게 나쁘지 않았다.

'사과해야겠지?'

지현이 흘깃거리며 택기를 쳐다봤다. 표정도 그렇게 나쁘지 않았다.

"저기요, 아까 그 말은 사과할게요."

"무슨 말요?"

"그거요…… 아까…… 대략 중뷁……."

지현이 우물거리며 말했다.

"사과할게요. 나도 모르게 그냥 나온 말이에요. 뭐, 사실 그게 뭐 그리 나쁜 뜻이 아니지만……."

지현은 시골에 있는 택기가 채팅 용어에 대해 잘 알고 있진 않을 것이라 기대하며 말했다.

"사과 안 해도 돼요. 즐 반사."

택기의 대답이 끝나자마자 지현이 화들짝 놀라며 택기를 쳐다봤다.

"허!"

황당했다. 모를 줄 알았는데 모르기는커녕 반사까지 할 줄 알다니.

"따라 들어오셈."

택기가 어느 집 앞에 경운기를 세우고 내려서며 말했고 지현은 더욱 황당한 얼굴로 택기를 쳐다보다 따라 들어갔다.

"할머님, 저 왔습니다."

"어, 왔어?"

시골 할머니답지 않게 몹시 고운 할머니가 부엌에서 나왔다.

"김 영감님 손녑니다."

"아, 그렇구나. 아이고, 예쁘게 생겼네."

"안녕하세요, 할머니."

"저거 가지고 가라."

할머니가 평상 위에 놓인 김치 통을 가리키며 말했다.

"잘 먹겠습니다, 할머니."

"떨어지면 또 말해라."

"예."

"그 옆에 그것도 가지가라. 찌짐하고 나물이다. 정구지 찌짐도 있다. 오늘 할배 제사다."

"그러세요? 잘 먹겠습니다."

"가서 얼른 저녁 묵어라."

"예."

택기가 커다란 김치 통을 들고 지현이 나물과 전이 든 대나무살 소쿠리를 들고 다시 한 번 다소곳하게 인사하고 할머니 집을 나왔다.

"채팅도 해요?"

지현이 경운기에 오르며 물었다.

"시골 사람이라 모를 줄 알았어요?"

"의외네요."

"시골에서도 인터넷 다 해요. 시간이 없어서 자주 못할 뿐이지."

지현이 택기 옆에 놓인 김치 통을 열었다.

"맛있겠다. 할머니께서 김치를 담아주시나 봐요?"

"김치는 할머님한테서 계속 얻어먹고 있어요."

"인심 좋으시네요."

지현이 김치 통 뚜껑을 닫은 후 소쿠리 위에 덮인 천을 걷으며 말했다.

"그렇죠."

"그런데 찌짐이 뭐예요?"

"전이에요. 전을 경상도에선 찌짐이라 해요."

"아, 지짐의 센 발음이구나."

"맞아요."

"정구지는 뭐예요?"

"부추요."

"부추를 경상도에서 정구지라 해요?"

"예."

"특이하네요. 잔소리할까 봐 물어보는데요, 찌짐 하나 먹어봐도 돼요?"

"먹어요."

지현은 생선전 하나를 집어 들고 입에 넣었다.

"오늘은 다른 반찬 없어도 되겠어요."

"맛있어요?"

"배고파서 그런지 정말 맛있네요. 하나 줘요?"

"줘봐요."

지현이 전을 집어 건네자 택기가 얼른 입에 넣었다.

거기까지는 좋았다. 아니, 할머니가 주신 김치와 전과 나물로 밥상을 차렸을 때까지만 해도 좋았다.

할머니가 주신 김치라고 하니까 할아버지는 그 어느 때보다도 맛나게 저녁을 드셨는데 네 숟갈째 문제가 터졌다.

"이 나물하고 찌짐은 지현이 니가 했드나?"

"아뇨, 할머님이 주셨어요. 할아버지 제사라고 하셨던가? 김치 랑 같이 주셨어요. 맛있죠, 할아버지?"

"뭐라?"

갑자기 할아버지가 소리를 질렀다.

"영감재이 제사라? 그라마 이 나물하고 찌짐이 할매 영감재이 제사 음식이란 말가!"

할아버지는 당장 상이라도 뒤엎을 태세로 고함을 내지르셨다.

지현은 뭐가 잘못됐는지, 자신이 뭘 잘못했는지도 모른 채 겁을 먹고 멍한 얼굴로 할아버지를 쳐다봤다.

"뭐 한다고 찌짐하고 나물은 받아와뜨노!"

할아버지는 상이 들썩거릴 정도로 수저를 내려놓으시고 벌떡 일어나시더니 나가 버리셨다.

지현은 영문도 모른 채 그 자리에 굳어버린 얼굴로 휑하니 나가 버리시는 할아버지를 쳐다보고 있었다.

"정말 미치겠다."

지현 역시 수저를 내려놓고 말았다.

"내가 뭘 잘못한 거예요?"

"잘못한 거 없어요. 먹어요."

"못살겠네요. 땅이고 뭐고 다 때려치우고 서울 가든지 해야지. 낮엔 밭에서 젊은 경상도 남자한테 종일 욕먹고, 밤엔 집에 와서 늙은 경상도 남자한테 욕먹고. 내가 이러고 살 이유가 없잖아요. 진짜 불쾌하네요."

지현이 일그러진 얼굴로 일어나려고 하자 택기가 지현을 붙잡았다.

"지현 씨한테 역정 내시는 거 아니에요. 앉아서 먹어요."

"체하겠어요. 안 먹을래요. 미안한데요, 설거지도 택기 씨가 하세요. 똥 누다 벼락 맞은 기분이라 암것도 하기 싫어요."

지현은 부엌을 나와 방으로 들어와 버렸다.

도대체가 도저히 이해 못할 성격이다. 아무리 좋게 생각하려고 해도 상식적으로 이해를 못할 일이었다. 대체 김치에 반찬 싸주신 할머니의 영감재이라는 분의 제사 음식과 무슨 곡절이 있는지는 모르겠지만, 조금 전 할아버지의 태도는 학을 떼게 만들었다.

"저러니 평생 결혼도 못하시고 혼자 홀아비로 늙으시지."

택기가 아무리 지현에게 역정을 낸 것이 아니라 해도 지현은 불쾌해서 견딜 수가 없었다. 지현은 하루 종일 구겨졌던 기분이 가까스로 풀어졌나 싶었는데 결국 종국에도 구질거린다며 일찌감치 이불을 펴고 누웠다.

"자요?"

밖에서 택기가 불렀다.

"자려구요."

"문 열어도 돼요?"

"열어요."

문이 열렸고 택기가 고개를 디밀었다.

"포도라도 먹고 자요."

"됐어요. 생각없어요."

지현이 심드렁한 얼굴로 말했다.

"지현 씨한테 역정 내신 거 아니에요."

"그렇더라도 몹시 불쾌해요."

"영감님 성격이려니 하세요."

"성격이려니 하겠지만 경상도 남자하고는 결혼하면 안 되겠다는 생각이 절실하게 드네요. 잘래요. 문 닫아줘요."

"알았어요."

택기가 문을 닫아주었고 지현은 눈을 감았다.

내일은 한바탕 비라도 쏟아져 쉬었으면 좋겠다고 생각하며 잠을 청했다.

휴대폰에서 알람이 울리자 지현은 반사적으로 발딱 일어났다.

나흘째 되던 날인가 보다. 그날 할아버지가 온천 여행에서 돌아오시기로 되어 있던 날인데 그날 새벽에 택기가 지현을 깨우며 얼마나 몰아붙이는지 눈물이 쏙 빠질 정도였다.

"며칠쨉니까? 알아서 일어날 수 없어요? 여자가 그렇게 게을러서 뭘 하겠어요?"

지현은 하도 기가 막히고 창피스러워 벌게진 얼굴로 택기 얼굴만 노려봤었다.

"언제까지 밥을 해다 바쳐야 해요? 농사 일 배우러 온 사람이 여태도 일 제대로 못해, 일 못하면 일어나 밥이라도 해야 할 것 아닙니까?"

어찌나 몰아붙이는지 택기가 성이 난 얼굴로 가버리고 나자 저절로 눈물을 찔끔거리며 울었었다. 어디에든 쓸모가 없는 짐짝 취급을 받고 보니 분하고 속상하고 창피하고. 그날 새벽부터 얼마나 속을 끓였나. 그래서 다음날부터는 새벽 다섯 시 알람이 울리기 무섭게 발딱 일어나 부엌으로 달려갔다. 잠이 덜 깨다 보니 부엌에 달려오긴 했는데 뭘 해야 할지도 모르겠고 해서 멍하게 서 있기 일쑤였지만 그 후로 늦게 일어난다고 욕은 먹지 않았다.

이불을 개켜놓고 후닥닥 밖으로 나오는데 비가 내리고 있었다.

"비 왔으면 했더니 정말 비 오네. 비 오는데 설마 일 안 하겠지?"

지현이 막 내려서는데 방문 앞에 똥개가 앉아 있다가 지현이 나오자 꼬리를 흔들었다.

"너 왜 거기 있어, 똥개야."

욕하는지도 모르고 똥개가 꼬리를 흔들었다.

"나 너 별로 안 좋아해. 그만 가봐."

지현이 가라고 손을 내저은 후 신발을 신으려는데 신발 옆에 웬 털 뭉치가 있었다.

"이게 뭐야?"

지현은 날이 채 밝지 않아 어둑어둑한 중에 털 뭉치를 집어 들었다.

"무슨 털이야? 보드랍네."

뭉쳐져 있던 털을 펴보던 지현은 털 뭉치에 달려 있는 어떤 동물의 대가리를 보는 순간 번개를 맞은 듯한 얼굴로 털 뭉치를 공중으로 날리며 찢어져라 비명을 내질렀다.

"아악! 아악!"

"이기 무슨 소리고!"

지현의 비명 소리에 놀란 할아버지가 쫓아나오고 택기도 달려나왔다.

"뭐고? 무슨 일이고?"

"왜 그래요?"

"저거요, 저거요."

지현이 오돌오돌 떨며 곧 쓰러질 듯한 얼굴로 자신이 집어 던진 털 뭉치를 가리켰다.

"저기 뭐고?"

택기가 털 뭉치를 집어 들더니 얼른 돌돌 뭉쳐 개 우리 옆 쓰레

기통 안에 집어넣었다.

"뭐고?"

"토끼 껍데기요."

어떤 동물의 대가리는 바로 토끼의 대가리였다.

"저 똥개새끼가 물고 와서 내 방 앞에 놔뒀어요."

지현이 진저리를 치자 할아버지가 헛기침을 하셨다.

"누가 토끼를 잡아묵었는 갑네."

"예, 그런가 봐요."

"정말 못살아. 개새끼가……."

자신도 모르게 욕이 나와 버렸는데 택기와 할아버지가 벙한 얼굴로 쳐다봤다.

"아니, 개 아들놈이……."

할아버지는 일부러 토끼 껍데기를 물고 온 똥개를 걷어찬 후 방으로 들어가셨다.

"나한테 해코지하려고 물어온 거라구요. 내가 미워하는 줄 알고."

"해코지하려고 물어온 게 아니라 잘 보이려고 물어온 거예요. 잘 봐달라고."

"뭐라구요?"

"쟤들은 선물이라고 생각하면서 물고 온 거라구요."

"누가 그래요?"

"개를 안 키워봐서 그러는 모양인데 사람한테 특히 한집에 사는 주인을 해코지하는 개는 없어요. 좋아해 달라고 친해지고 싶어서 개들이 먼저 노력하는 거예요."

택기가 훈계하듯 말하자 지현은 괜히 똥개들에게 미안한 생각이 들었다.

"아니, 잘 보이고 싶음 토끼 코트를 물어오든지 하지. 토끼 껍데기 가지고 뭐 하라고……."

벌쭘하고 할 말이 없어진 지현은 얼른 부엌으로 들어왔다. 밥솥에 밥을 안치고 국을 뭘 끓일까 냉장고를 뒤지는데 택기가 들어왔다.

"국 뭐 끓이죠?"

재료만 있으면 뭐든 끓여낼 수 있는 실력이 절대 아니면서도 지현은 일단 그렇게 물었다.

"미역 담가놨어요. 미역국 끓이면 돼요."

"내가 끓일게요."

"내가 끓일게요. 멀티 푸드는 그만 먹읍시다."

"알았어요! 택기 씨가 끓여요. 근데 누구 생일이에요?"

"아니요, 영감님이 미역국을 좋아하세요."

"우리 할아버지도 미역국 좋아하셨는데, 사촌이시라 식성이 비슷한가 봐요. 그런데 아침은 드신대요?"

"드실 거예요."

"어제 할머니 댁에서 얻어온 나물이랑 전은 내놓으면 안 되겠죠?"

"안 내놓는 게 좋겠어요. 나물 새로 무치죠 뭐."

"나물 무치는 것 좀 가르쳐 줘요."

지현의 말에 택기가 여자가 남자한테 나물 무치는 걸 가르쳐 달라고 하나는 얼굴로 쳐다봤다.

"디지털 나물이 될까 싶어서요."

택기가 픽 웃더니 물을 올려놓고 뒤꼍에서 시금치를 가지고 왔다.

"시금치는 어디서 났어요?"

"마을에서 키우는데요 뭐. 집집마다 그냥 나눠 먹고 해요."

"인심이 참 좋아요."

"인심은 시골 못 따라오죠."

별로 다듬을 것이 없긴 했지만 택기는 익숙한 솜씨로 시금치를 다듬더니 끓는 물에 집어넣었다.

"보이죠? 이렇게 냄비 끝에 보글거리고 거품이 생기면 꺼내야 해요. 시금치는 많이 데치면 안 되는 거 알죠?"

"알긴 알죠. 실전이 약해서 탈이지."

택기는 데친 시금치를 건져 내 찬물에 헹궈낸 다음 물기를 빼고 스테인리스 그릇에 담고는 다진 마늘과 소금, 깨소금, 참기름을 집어넣었다. 그리고 양념 통 하나를 꺼내더니 처음 보는 가루를 뿌렸다.

"다시다예요?"

"집에서 만든 양념이에요. 김치 주신 할머님이 만들어주셨어요. 멸치, 말린 버섯, 마른 새우, 그 외에도 여러 가지 집어넣고 갈았어요."

"아, 서울에선 그냥 다시다 사다 썼는데."

"여기서도 아주 안 쓰는 건 아닌데 할머님이 만들어주시니까 이걸 쓰는 거예요."

택기가 맨손으로 조물조물 시금치 나물을 무쳤고 먹어보라며 지현에게 내밀었다. 역시 맛이 좋았다.

"맛있어요."

택기가 접시에 나물을 담았고 지현은 시금치 나물을 상에 올렸다.

"있죠, 할아버지 미워서 어제 할머니가 주신 나물 확 내놓을까 봐요."

지현의 말에 택기가 픽 웃었다.

"택기 씨가 할아버지 오시라 하세요. 불벼락 떨어질까 봐 말하기 싫어요."

"그래요."

택기와 함께 부엌으로 들어오시는 할아버지의 표정을 보자 지현은 저절로 한숨이 새어나왔다. 웃고 살아도 다 못살 인생인데 어쩜 저렇게 고약한 표정을 하고 계실까 싶었다.

할아버지, 많이 웃기만 해도 오래 산대요 하고 말하고 싶었지만 쓸데없이 욕을 벌 것 같아 참았다.

어젯밤만큼이나 심통맞은 표정의 할아버지와 아침을 먹고 설거지를 끝내고 밖으로 나오자 비가 아까보다 더 거세게 내리고 있었다.

"오늘 일할 수 있어요?"

"비와서 일 못해요."

지현이 다행이라 생각하며 비 내리는 걸 쳐다보고 있는데 할아버지가 방에서 나오셨다.

"어디 가시려구요?"

"밭에 갔다 오께."

할아버지는 우산을 찾아 들고는 반가워 꼬리치며 덤벼드는 똥개들을 한 방씩 걷어차고는 나가 버리셨다.

"비 오는데 밭엔 왜 가시는 거예요?"

"둘러보러 가시겠죠."

오랜만에 쉬게 되어서 기분이 좋아진 지현은 날마다 비 왔으면 좋겠다고 생각하며 방으로 들어와 개켜놓은 이불에 기댔다. 늘 잠이 모자랐는데 잠이나 더 자볼까 하고 눈을 감았지만 잠도 오지 않고 그렇다고 텔레비전이 있길 하나 책이 한 권 있길 하나 할 게 아무것도 없자 심심해졌다. 그토록 하기 싫은 일을 쉬게 됐는데 막상 일을 쉬자 심심하고 이상했다.

"할아버지도 안 계신데 할아버지 방에 가서 텔레비전 볼까?"

지현은 일단 커피를 한 잔 만들어서 할아버지 방에 가봐야겠다고 생각하며 밖으로 나오자 똥개들에게 밥을 주고 있는 택기가 보였다.

"다시는 토끼 껍데기 물어오지 말라고 얘기 좀 해줘요."

"알았어요."

"할아버지 금방 오실까요?"

"왜요?"

"심심해서, 텔레비전 볼까 해서요."

"영감님 방 텔레비전 고장났어요. 내 방에 가서 봐요."

"택기 씨 방에도 텔레비전 있어요?"

"예."

'내 방에만 없네.'

지현이 방에서 나와 부엌에서 커피 한 잔을 만들어 밖으로 나오자 택기가 방문을 열어주었다.

"들어가서 봐요."

"들어가도 돼요?"

"예."

택기의 방은 할아버지 맞은편 방이었다.

택기가 방에 먼저 들어갔고 지현이 조심스레 택기를 따라 들어갔다. 택기의 방은 꽤 넓었다. 택기의 방에도 별다른 가구는 없었다. 오래된 장롱 한 짝이 있었고, 책상이 있었고, 책상 위에 컴퓨터가 있었다. 3단 서랍장 위에 텔레비전이 올려져 있었는데 택기의 방에서 가장 눈에 띄는 것은 벽면 한쪽을 가득 채운 책이었다. 책하고는 담 쌓고 사는 사람처럼 보이는데 무슨 책이 저렇게 많나 싶었다.

택기가 텔레비전을 켜자 아침 드라마가 방영되고 있었다. 지현은 문을 등지고 앉아 드라마를 보며 커피를 마셨다. 택기는 곧 방에서 나갔다. 보지 않던 드라마라 내용이 어떻게 돌아가는지도 모르면서 제법 재밌게 본 지현이 드라마가 끝난 후 채널을 돌리기 위해 무릎으로 기어서 텔레비전 앞으로 다가가는데 밖에서 여자 목소리가 들렸다.

"오빠? 오빠 없어요?"

지현은 멈칫하며 고개를 돌렸다.

"오빠?"

"웬일이야?"

택기가 부엌에서 나가는 것이 유리문에 얼비쳐 보였다.

"비 와서 일 안 나갈 거 알고 왔죠."

목소리를 들어보니 홍이라는 여자가 틀림없었다.

'꼭두새벽에 남의 집에 왜 온 거야?'

택기의 방에 걸린 시계를 보자 아홉 시가 가까워진 시간이다.

'꼭두새벽은 아니네. 하여튼 왜 온 거야?'

지현은 또 알 수 없는 심술이 슬그머니 기어올라 왔다.

"왜?"

"점심 드시러 집에 오라고."

"점심?"

"영감님은요?"

"밭에."

"영감님 점심도 챙겨 드려야 해요? 손녀딸 있으니까 괜찮지 않아요?"

홍이가 그렇게 말했고 지현은 입술을 삐죽거리며 보이지도 않는 홍이를 향해 눈을 흘기다가 다시 문께로 기어와 문 밖으로 고개를 내밀었다.

"엄마가 수제비 끓인다고 오빠 올 수 있으면 오라 해서요."

"그래?"

"점심 드시러 오세요. 같이 먹어……."

택기에게 함박 웃고 있던 홍이가 택기의 방문 뒤에 있던 지현과 눈이 마주치자 즉시 표정이 싸늘해졌다.

"안녕하세요."

지현이 먼저 인사를 하자 홍이도 마지못해 안녕하세요 하고 인사를 했지만 표정은 여전히 좋지 않았다.

"거기 오빠 방 아니에요?"

홍이가 불만스러운 듯 택기에게 물었다.

"텔레비전 보고 싶다 해서."

"할아버지 방에도 텔레비전 있잖아요."

말하자면 저 여자가 왜 오빠 방에 있는 것이냐, 몹시 못마땅하다 그 뜻이었다. 지현은 홍이가 무슨 뜻으로 말하는지 알면서도 전혀 모르는 척 생글 웃고 있었고.

"영감님 방에 있는 거 고장났어."

택기는 보았을까? 두 여자 사이의 불꽃 튀기는 눈싸움을.

홍이의 곱지 못한 시선이 지현에게 내리꽂히고 있었다. 택기의 방에 들어앉은 지현이 못마땅해 태울 듯한 눈길을 쏘아대고 있는 홍이에 맞서 지현은 묘한 승리감에 찬 눈길로 홍이의 눈빛 광선을 되받아치고 있었다. 미소까지 머금은 채.

"오빠, 수제비 드시러 오세요."

홍이가 상황을 역전시켜 보겠다는 듯 슬며시 택기에게 팔짱을 꼈다. 너 택기 오빠한테 팔짱 낄 수 있어? 난 낀다 뭐 이런 표정으로.

'웃기네.'

"알았어."

택기가 알았다고 대답하자 홍이의 표정은 더욱 가관이었다.

"이따 오세요."

홍이가 택기에게 살짝 체중을 실으며 기대는 제스처까지 해 보인 후 지현에게 잘 있으란 인사도 없이 가버렸다. 택기 역시 지현에겐 관심없는 듯 다시 부엌으로 들어가 버렸다.

지현은 입술을 비죽거리며 텔레비전으로 다가가 마구 채널을 돌려댔다. 볼만한 것도 없고 보고 싶은 것도 없어진 지현은 텔레비전을 끄고 살며시 부엌으로 들어갔다. 택기는 종이에 뭔가를 그리고 있다가 고개를 들고 지현을 쳐다봤다.

"커피 한 잔 더 마시려구요."

지현은 이미 한 잔을 마셔서 더 마시고 싶은 생각이 없었지만 핑곗거리는 커피밖에 없었다.

택기는 다시 고개를 숙이고 그리던 그림을 계속 그렸고 지현은 가스레인지에 물을 올렸다.

"두 사람 사귀나 봐요?"

지현이 관심없는 척 물었다.

"……."

택기는 이렇다 저렇다 대답이 없었다.

"예쁘던데요?"

"……."

택기가 아무 대꾸를 하지 않자 지현은 혼자 떠든 것 같아 민망해졌다.

"나도 수제비 좋아하는데……."

괜히 할 말이 없어진 지현이 혼잣말로 중얼거리며 실없이 커피 한 잔을 더 만들어 들고 부엌에서 나와 택기의 방이 아닌 자신의 방으로 들어왔다.

커피가 가득 든 잔을 앞에 놓고 지현은 한참 동안 멍한 얼굴로 앉아 있었다.

"책이라도 한 권 가져올 걸 그랬나?"

혼자 실없이 중얼거리며 두 잔 중 한 잔을 집어 들고 마시려는데 김천에 내려와 열하루가 지날 동안 한 번도 울리지 않던 휴대폰이 울렸다. 발신자에 '연희'라고 찍혀 있었다. 지현은 무척이나 반가워하며 냉큼 휴대폰을 열었다.

"연희야."

[김천엔 왜 간 거야?]

"어떻게 알았어?"

[집에 먼저 전화했었어. 왜 간 거야?]

"일이 있어서. 잘 지냈니?"

[잘 지내고 있는데 언제 오니?]

"모르겠어."

[모르겠다니? 야, 우리 회사에 자리 나서 너 소개했단 말이야.]

"뭐? 정말이야?"

지현의 눈빛이 빛나기 시작했다.

[내 옆 자리 언니 아기 낳더니 도저히 안 되겠는지 사표 냈어. 이번 달이 끝이야. 그래서 내가 너 소개했단 말이야.]

"정말이지?"

[정말이지, 그럼. 너 면접 보게 오라셔, 사장님이.]

연희는 회계사 사무실에서 일하고 있었는데 사무실은 여의도에 있었고 제법 큰 회계법무 회사였다. 월급도 괜찮고 보너스도 제때 나오고 월차까지 쓸 수 있는 좋은 조건의 회사였다.

"언제 갈까?"

[내일이라도 와.]

"내일? 잠깐만, 어쩌지?"

[못 오니?]

"아니, 그게……."

[그리고 이번 주 토요일에 동창회 있어. 취직 딱 해서 폼나게 동창들 만나면 좋잖니.]

폼나게…… 그래, 폼날 것 같았다.

"얘, 내가 십 분 후에 전화해서 언제 갈 건지 알려줄게."

[알았어. 너 여기 박 터지는 줄 알지? 시간 끌지 마.]

"알았어. 기다려, 십 분이야."

[알았어.]

지현은 전화를 끊자마자 곧 엄마에게 전화를 걸었다.

[취직?]

"엄마도 알잖아. 연희네 회사 좋은 거. 걔가 자리 나서 나 소개했데. 면접 보러 오래."

[그래? 어쩌지?]

갑자기 괜찮은 취직 자리가 나서자 엄마도 흔들리는 모양이었다.

"엄마, 나 내일, 아니, 오늘 밤 기차로 올라갈게."

[얘, 그럼 포도밭은 어떻게 해? 농사지어야 주신다 했다면서.]

"엄마, 농사짓자고 취직 자리를 놓쳐? 거기 결혼해서 아기 낳고도 애 봐줄 사람만 있으면 다닐 수 있단 말이야. 내가 정말로 이 시골에서 포도 농사나 지으며 쑤셔 박혀 있었음 좋겠어?"

[그건 아니지만…… 그래도 포도밭이 날아가잖아.]

"엄마!"

[아빠한테 전화해 보고 엄마가 금방 연락해 줄게. 응?]

"시간없단 말이야."

[오 분만 기다려, 오 분만.]

속이 타 들어가는데 오 분만 기다리라던 엄마는 무려 한 시간 이십 분이나 기다려도 연락을 안 해줘 지현이 하게 만들었다.

[시골에서 버텨.]

"엄마!"

[버텨. 아빠랑 의논했는데…… 포도밭을 포기하기엔 너무 아까워, 얘.]

엄마가 김천으로 내려가라고 강제로 떠밀고 처음으로 진심으로 미안한 목소리로 말했다.

[나도 너무 아깝고 속이 상하는데 그래도 그 포도밭 팔면 돈이 얼마니? 직장 다니는 것보다는 훨씬 더 떵떵거리며 살 수 있잖니.]

"엄마, 내 꿈은 농사꾼이 아니란 말이야."

지현은 갑자기 억울함이 치받쳐 올라 울음을 터뜨렸다.

[얘, 지현아.]

"몰라, 난 갈 거야!"

지현은 휴대폰에 대고 빽 소리를 지른 후 전화를 끊어버렸다.

"말도 안 돼."

지현은 속이 상해 흘러내리는 눈물을 신경질적으로 닦아냈다.

"아, 몰라. 갈 거야."

딸의 인생이 달린 문제인데 취직을 포기했으면 했지 포도밭은 포기 못한다는 엄마와 아버지는 또 뭔지. 기막히고 어이없는 건 지현밖에 없었다. 그래그래, 다 좋다고 치자. 지현도 날마다 가서 봤으니 포도밭이 얼마나 드넓은지는 알고 있었고, 돈으로 환산했을 때 아무리 싸게 잡아 평당 만 원씩만 쳐도 그게 얼만가. 거액의 유산을 눈앞에 두고 다달이 백만 원 조금 넘을까 말까 한 월급과 바꾸거나 비교하는 것은 어리석은 짓일 것이다. 하지만 그 유산 때문에 시골에 처박혀 고생하는 사람은 지현 자신이었다. 유산에 눈이 벌게져 무엇이든 불사하겠다는 엄마나 아버지가 아니라 바로 지현 말이다. 여차하면 달려오겠던 엄마는 지현이 아무리 죽는 소리를 해대도 달려올 생각도 하지 않았고 아버지와는 통화도 한 적이 없었다. 힘드냐, 고생스럽냐, 그래도 조금만 버텨봐라 하는 위로 한 번 해주지 않았다. 딸이 김천 시골 구석에 처박혀 황당한 몸뻬 바지 입고 한 푼 품삯도 못 받고 노역을 사는데도, 선크림을 떡칠하고 모자를 쓰고 수건을 두르고 별 장치를 다 해도 어느새 볕에 그을려 거뭇거뭇 촌년 다 됐고, 싸구려 운동화 신고 터덜거리는 경운기나 타고 다니는데도 안쓰러워하지도 않았다. 생각해 보니 너무 서운했고 서운한 게 도가 지나치자 분하고 열받았다. 분하고 열받자 어디 두고 봐, 내가 유산만 받아봐라 엄마, 아버지는 국물도 없어! 하는 오기까지 나왔다.

"생각할수록 열받네."

지현이 발딱 일어나 앉았다.

"땅 물려받고 싶음, 엄마나 아버지가 와서 농사를 짓지 왜 나한테 그러냐고!"

펄펄 열이 끓어올랐다.

"지현이 니나 조카 손주들이 아니라 니 애비처럼 조카놈들한테 물리주바라. 도장밥 마르기도 전에 홀랑 팔아묵고 입 싹 닦고 날 놈들이데이."

그런 이유로 아버지나 다른 아버지의 사촌들이 아니라 지현의 몫으로 포도밭이 떨어졌다는 것은 알지만 그래도 억울하고 속상했다.

연희가 갑자기 전화해 취직 자리가 어쩌고 하는 소릴 하지 않았더라면 한동안 생각하지 않았을 불만들을 드러낼 필요가 없었을 텐데, 취직 얘기가 나오고 서울 갈 일이 생기고 손에 쥐기만 하면 될 취직 자리를 놓아버려야 할지도 모를 상황이 되자 모든 것이, 모든 사람이 다 불만스럽고 밉고 짜증이 났다.

지현이 분해서 씩씩거리고 있는데 휴대폰이 울렸다. 엄마였다.

[서울 올라와.]

"정말?"

지현이 발딱 일어나 앉았다.

"정말 나 서울 가? 농사 안 지어도 돼? 밭 포기하는 거야? 나 취직해?"

[땅을 왜 포기해? 너 그 땅 포기하고 싶어?]

"아니, 그건 아니지만…… 그럼 왜 오라고?"

[넓지?]

"뭐가?"

[땅 말이야.]

"엄청 넓어."

[그런 땅을 왜 포기해?]

"그러니까 그럴 거면서 왜 서울 오라고?"

[너 회사에 휴가 내고 내려간 걸로 했잖아. 아니야?]

"맞아."

[어느 회사가 휴가를 그렇게 오래 줘. 휴가 끝났다 하고 올라와.]

"그리고?"

[슬슬 눈치 봐서 꼭 오라지 않으시고 취직해도 될 만하면 하든지.]

"꼭 오라고 하시면?"

[또 내려가야지.]

"휴가 또 받았다고 해?"

[휴가 그렇게 자주 주는 회사가 어디 있어?]

"그럼 뭐라고 해?"

[사표 냈다 해야지.]

세상에, 이렇게 주도면밀할 수가!

"엄마, 지금 나 복장 터뜨리려고 작정했어?"

[복장은 무슨, 나이도 어린 계집애가 복장 타령이야.]

"그럼 뭐냐고!"

[가만 생각해 보니까 너 백조라는 말 하기 싫어서 직장 다닌다고 했는데, 그래서 휴가 받아 내려가는 거라 했는데 휴가를 그렇게 오래 내주는 회사가 어디 있나 싶더라고. 아버지도 그러시고.

잠깐 올라왔다 가면 머리도 식힐 겸 나쁘지 않을 것 같고…….]

"엄마, 정말 짜증나고 신경질나는 거 알아?"

[짜증나고 신경질날 게 뭐야, 지금은 힘들지만 조금만 버티면 그 땅 다 네 거잖아.]

"아, 몰라몰라. 끊어."

[올라와.]

"모른다고!"

지현은 신경질적으로 전화를 끊어버렸다.

그놈의 땅, 땅. 가만 보니 지현이 좋자고 물려받는 게 아니라 엄마, 아버지 좋자고 물려받는 땅이었다. 고생은 지현이 혼자 생으로 하고 있는데 어째 지현이 물려받을 땅으로 팔자 고치겠다 벼르는 사람은 엉뚱한 사람인지. 엄마, 아버지니 영 엉뚱한 것은 아니지만. 그래도! 해도 너무한다 싶었다.

한숨을 푹 내쉬며 드러누웠던 지현은 화는 나지만 엄마 말이 틀린 말은 아니라고 생각하며 일어났다. 휴가 내고 내려왔다고 했는데 마냥 눌러앉아 있는 건 앞뒤가 맞지 않았다. 쉴 겸 서울에 올라갈 건수가 생긴 것이 나쁠 것도 없고. 하지만 또다시 휴가를 얻었다 거짓말하는 것은 불가능했다. 다시 김천으로 내려올 땐 사표를 냈다고 하든 포도밭을 포기하든 둘 중의 하나를 선택해 완전히 해결을 봐야 했다. 엄마나 아버지 때문에 포도밭을 포기하는 것은 있을 수 없는 일이다. 지현 역시 엄청난 영토를 확인하고 나자 땅에 대한 욕심이 생겨났기에 되도록 포기는 할 수 없다는 쪽으로 가닥을 잡았고. 그렇다면 다니지도 않은 직장이지만 사표를 냈다 하고 포도밭에 눌러앉은 척을 해야 하는 것만 남았는데 그렇게 하면 정말 빼도 박도 못하고 이 년은 시골에서 징역살이를 해야 하는 것이 분명했다. 어느 쪽도 지현을 행복하게 해주지 않는, 이래나 저래나 지현만 괴로웠다.

어쨌거나 서울 갈 기회는 놓치지 말자 싶어 서울에 다녀와야겠다는 말을 하기 위해 밖으로 나왔을 때 집 안은 텅 비어 있었다. 택기도 그새 말도 없이 홍이네 집에 수제비를 먹으러 갔는지 없었고 할아버지는 아직 밭에서 돌아오지 않은 것 같았다.

"어쩌지?"

지현은 일단 짐을 싸두고 누구든 오면 곧장 출발할 채비를 마쳐놓고 기다렸다. 그런데 어떻게 된 노릇인지 택기도, 할아버지도 날이 저물도록 돌아오지 않았다. 점심도 거르고 저녁을 먹을 때가 됐는데도 두 남자는 감감무소식이었다. 택기와 할아버지가 돌아온 것은 지현이 엄마에게 전화를 걸어 할아버지고 일꾼이고 나가서는 감감무소식이라며 한바탕 신경질을 부렸을 때였다.

"할아버지, 저 내일 서울에 좀 다녀올게요."

저녁을 먹는 자리에서 지현이 어렵게 입을 열었다.

"와?"

할아버지가 그새 도망가냐는 얼굴로 물었다. 곁에 있는 택기 표정 역시 고약했다.

"그게……."

"인자부터 얼마나 바빠지는데 서울 간다카노. 오늘은 비가 와서 그라지만 내일부터 수확해서 전국으로 올려 보내고 해야 카는데 이리 바쁜데 니 간다고?"

"바쁜 줄은 아는데……."

"못하겠나?"

"아뇨, 그게 아니라……."

"와? 애비가 오라카더나?"

"아뇨."

"농사 안 짓고는 밭 안 물리준다. 니도 알제? 니 알아서 해라."

할아버지가 입도 못 떼게 몰아붙였다.

"회사요."

"회사? 와? 책상에 앉아 펜대 굴리는 게 더 편하나?"

"그게 아니라 휴가, 휴가 내고 온 거라 해결을 봐야 할 것 같아
서요."

"무슨 해결? 니 농사짓기 싫어가 일부러 그라는 거 아이가?"

할아버지는 계속해서 맹렬하게 몰아세웠다. 상이라도 뒤엎을
듯한 표정이었다. 김천에 와서 할아버지의 저런 무서운 표정은 오
늘 처음 보는 것 같았다.

"그런 거 아니에요. 포도밭 일을 계속하려면 사표를 내야 하잖
아요. 휴가가 끝나서요."

지현은 할아버지 기세에 눌려 사표 내는 쪽을 선택하고 말았다.

"아, 사표 낼라고?"

그제야 할아버지의 표정이 누그러졌다.

"사표를 내든 다시 다니든……."

"다시 다닌다고?"

할아버지의 눈이 도끼눈이 됐다.

"다시 다니는 게 아니라 해결 지으려구요."

"아, 그래? 그라면 언제 갈래?"

"내일요, 새벽에 갈게요."

"언제 올래?"

"다음 주에나……."

"사표 낸다면서 그리 오래 걸리나? 뭐가 그리 오래 걸리노? 그냥 전화하면 안 되나? 일손이 딸리가 얼매나 바쁜지 아나?"

"그게요……."

지현이 쩔쩔매는데 택기가 끼어들었다.

"휴가 내서 왔잖아요, 영감님. 다니던 직장인데 전화로 그만둔다는 거 예의가 아니에요. 사표 내고 하던 일 후임자에게 넘겨주고 하려면 시간 좀 걸려요."

택기의 말이 맞다는 듯 지현이 크게 고개를 주억거렸다.

"그래? 그라면 니 알아서 해라."

"네."

"택기 니가 내일 새벽에 역에 데려다 주고 온나."

"예, 영감님."

저녁상을 치우고 시무룩한 얼굴로 부엌에서 나오는데 택기가 방에서 나오다가 지현을 쳐다봤다.

"왜요?"

"내일 첫차 탈 거예요?"

"그러려구요."

"첫차가 새벽 4시 51분이고 두 번째 열차는 7시 47분이에요."

"4시 51분요? 그렇게 빠른 것도 있어요?"

"새벽 1시 20분 차도 있어요."

"1시 20분요? 그럼 그걸 탈까? 그걸 탈게요. 차라리 잠 안 자고 기다리다 그걸 타는 게 낫겠어요."

"그 차는 안 타는 게 좋겠어요."

"왜요?"

"밤이잖아요. 서울 도착해도 다섯 시도 안 된 시간이에요. 새벽에 타서 아침에 도착하는 게 좋겠어요."

"밤이면 어때요, 자면서 가면 되잖아요. 한 시 몇 분요? 그걸 탈게요. 데려다 줄 수 있죠?"

"내일 가요."

"못 데려다 줘요?"

"내일 가요."

택기가 고집스럽게 내일 가란 말만 했다.

이럴 거면 1시 20분에 있다는 열차 얘긴 꺼내지나 말지.

"내일 7시 47분 열차 예약할게요."

"어떻게 예약해요? 전화로 돼요?"

"기차 자주 타는 편이라 회원증 있어요. 인터넷이나 전화로 예약 가능해요."

'시골 총각이 서울 여자보다 낫네.'

"그래요, 그럼. 그렇게 해줘요."

지현은 풀 죽은 얼굴로 방에 들어와 드러누웠다.

"엄만 엄마대로 난리고 할아버진 할아버지대로 난리고. 휴⋯⋯."

저절로 한숨이 새어나왔다. 이놈의 포도밭이 뭐라고 중간에 끼여 달달 볶이나 한숨만 나왔다.

서울에 다녀오겠다 할 때 푸르르 성을 내시던 할아버지의 모습을 생각하자 진짜 깨끗하게 땅을 포기한다 쳐도 유산 필요없으니 나 서울 갈랍니다 하는 말은 못할 것 같았다. 할아버지의 직설적인 으름장.

"농사 안 짓고는 밭 안 물리준다!"

물려줄 것 같으면 이것저것 토 달지 말고 그냥 물려주실 것이지 왜 부득부득 농사는 지으라는 건지.

지현이 투덜거리며 눕는데 대문 열렸다 닫히는 소리가 들렸다.

"누구지?"

지현이 문을 열자 밖에는 아무도 없었다.

"혹시 택기 씨, 홍이 그 여자 만나러 가는 거 아니야? 이 밤에 뭘 할려고?"

지현은 의심과 불만이 섞인 눈으로 닫힌 대문을 쳐다보다가 방문을 닫고 이불로 기어들어 왔다.

"이 밤에 남자와 여자가 만나면…… 헉?"

지현은 다시 벌떡 일어났다. 지현의 머리 속에는 야릇한 상상들이 스멀거리며 피어오르기 시작했다. 가령 택기의 가슴에 쓰러지듯 안겨오는 홍이의 모습이라든지 홍이의 야무진 입술에 입술 박치기를 하는 택기의!

"어머, 별꼴이야."

지현이 새파랗게 성이 난 얼굴로 깐죽거렸다.

"지들도 연애한다 그거지? 흥!"

지현은 아까보다 더 열이 치미는 것을 느끼며 신경질적으로 이불을 뒤집어쓰고 누워버렸다.

"다녀올게요, 할아버지."

"니 오고 싶으마 오고, 오기 싫으면 오지 마라."

다녀오겠다며 인사하는 손녀에게 이 무슨 괴팍스러운 대꾸인지. 지현은 갑자기 너무 서운하고 불쾌해 눈물이 날 것 같았다. 지현이 아무리 못미더워도 그렇지 그래도 열흘이 넘게 지냈는데 저런 대꾸가 어디 있단 말인가. 진정으로 밭을 물려주고 싶은 손녀라 치면 저것이 암만 해도 서울로 도망을 치는 것 같다 한들 꼬셔서라도 돌아오게 해야 하는 것이 아닌가.

지현이 속이 상한 얼굴로 돌아서서 택기가 문 앞에 세워둔 트럭에 올라타려는데 언제 풀어놓았는지 똥개들이 꼬랑지를 흔들며 다리 사이로 감겨오고 난리였다.

"저리 가."

차마 소리를 못 지르겠고 어금니를 꽉 다물고 윽박지르는데 할아버지가 고함을 쳤다.

"치아라! 느그들 좋다 안 하는데 뭐 한다고 비비고 지랄이고!"

지현이 뜨악한 얼굴로 할아버지를 쳐다보자 심술이 덕지덕지 붙은 얼굴로 담배를 태워 물고 계셨다.

'내가 저 똥개들 미워하는 건 어떻게 아셨지?'

지현은 기가 죽을 대로 죽어 택기의 차에 올랐고 차 안에서 기다리고 있던 택기가 차를 출발시켰다.

"서운하셔서 그래요."

주둥이를 한 발은 내놓고 뚱한 얼굴로 앉아 있는 지현에게 택기가 말했다.

"뭐가요?"

"혹시나 서울 갔다가 다신 안 돌아올까 서운해서 저러신다고요."

"서운해하시는 것 같지 않아요. 꼴 보기 싫어하시는 것 같지."

"아니에요. 표현을 저렇게 하셔서 그렇지 많이 서운해하세요."

"서운해하는 방법도 여러 가지네요."

지현이 퉁명스레 대꾸하자 택기가 픽 웃었다.

"일도 잘 못하고 반찬도 못하는데 뭐가 서운하시겠어요?"

오늘 아침에 차려놓은 상을 보고 할아버지가 니는 딸아가(딸이, 여자가) 음식을 이래(이렇게) 못해가(못해서) 어짜노? 하시며 처음으로 반찬 타박을 하셨다. 갑자기 음식을 못하게 된 것이 아니라 주욱 이 정도 실력밖에 안 됐고 그래도 그동안엔 아무 말씀 없으시더니 오늘 아침 갑자기 트집을 잡으신 거다.

"할아버지 저러시는 것 보니까 정말 안 올까 봐요. 저렇게 계속 심술 부리시면 못 견딜 것 같아요."

지현의 말에 택기가 고개를 돌려 지현의 얼굴을 쳐다보다가 아무 말 없이 고개를 돌렸다.

"이거 어머님 갖다 드리세요."

어제 인터넷으로 예약해 놓은 표를 사고 한 이십 분쯤 시간이
남아 대기 의자에 잠깐 앉았다가 기차를 타려고 하는데 택기가 들
고 있던 쇼핑백을 지현에게 내밀었다.

"뭐예요?"

"참기름하고 들기름하고 말린 나물 몇 가지 샀어요."

"언제 이런 걸 다 샀어요?"

"포도하고 고춧가루하고 몇 가지 더 싸고 싶었는데 들고 가기
힘들 것 같아 이것만 샀어요. 서울 가서 여쭤보고 필요하시다 하
면 말해요. 택배로 보내 드리면 되니까."

"주겠다는 거 싫다하실 엄마가 아니에요."

지현의 말에 택기가 픽 웃었다.

"월요일에 오는 거예요?"

지현이 돌아서려는데 택기가 물었다.

"글쎄, 모르겠어요."

월요일이고 언제고 돌아오고 싶지 않았기에 지현의 대답이 애
매하게 나갔다.

"월요일에 와요."

"왜요? 온통 못하는 것들 천지라 내 얼굴만 보면 잔소리하면서,
설마 내가 보고 싶을 리는 없을 것이고. 면박 줄 사람 없어 심심할
까 봐 그래요?"

"표 예약할까 해서요."

그러면 그렇지.

"그건…… 내가 알아서 할게요."

"혹시 모르니까 전화해요, 표 못 구하면. 번호 외워놓아요."

"뭐 하러 외워요, 머리 아프게."

지현이 핸드백에서 휴대폰을 꺼내 건넸다.

"입력할 줄 알아요?"

택기는 말없이 휴대폰을 받아 휴대폰 번호를 입력해 주었다.

"갈게요."

역무원에게 표를 보이고 열차를 타러 들어갈 시간이 되자 지현이 그만 가보라고 했다. 태워줘서 고맙다는 인사도 하고.

"너무 늦게 오지 말아요."

지현이 역무원에게 표를 보이는데 택기가 말했다.

이 사람, 내가 서울 가는 걸 서운해하는 게 아닐까 하는 얼굴로 지현이 쳐다보는데 택기가 영감님이 기다리실 거예요 하고 말해 김새게 만들었다. 택기가 서운해한다거나 설마 목 빼고 지현이 돌아올 날을 기다릴 리는 없겠지만 말이다.

지현은 서울행 열차를 타고 택기는 개령면으로 돌아갔다.

세엣

에피소드 1.

땅에 눈 돌아간 엄마와 죽어도 안 가고 싶은 지현의 대결.

"할아버지가 이런 것도 챙겨주셨니? 어머나, 이 냄새 좀 봐. 진짜 참기름이랑 들기름이야."

시골에서 짜온 참기름 들기름 한 병씩에 저토록 과하게 행복해하다니. 지현은 엄마의 가식적인 행동을 노려보고 있었다.

"오늘은 나물 반찬 해먹어야겠다. 아빠 좋아하시겠네."

"……."

"전화 드려야겠지? 참기름 들기름 잘 먹겠다고 말이야. 뭐, 다른 건 안 싸주셨니? 난 포도라도 한 박스 들려 보내실 줄 알았더니……. 너 왜 그렇게 쳐다보니?"

엄마가 가자미 눈을 하고 있는 지현을 쳐다봤다. 마치 무슨 일 있었니? 하는 얼굴로.

"취직할래. 나 시골 가기 싫어."

"왜 또 그래? 웃는 얼굴로 들어오구선."

"너무 힘들어, 엄마가 몰라서 그래. 새벽부터 얼마나 힘든지 알아?"

"엄마도 알아. 우리도 생각 안 한 것 아니야. 우리라고 뭐 좋겠니? 집에서 설거지도 제대로 안 하던 널 시골에 보내 농사짓게 하는 우린 좋겠냐고. 그래도 생각해 봐, 이건 산수야. 수학도 아니고 산수라고. 이 년 뒤에 네 통장에 들어 있을 동그라미를 세어보란 말이야. 취직해 받을 월급하고 비교가 되나. 한 푼 안 쓰고 고스란히 모은다 쳐도 택도 없어."

"엄마가 가서 농사지어. 그럼 되잖아."

"나도 그러고 싶은데 밭 물려받을 너더러 와서 지으라 하시잖니."

"엄마, 지금 즐겨?"

"즐기다니?"

"내 얼굴 좀 봐. 주근깨하고 기미 뻗친 것 좀 보라고! 하루 온종일 땡볕에서 일해 이 지경이 됐다고."

"엄마가 마사지 해줄게. 감자가 탄 얼굴에 좋다더라. 감자 갈아 붙여줄게."

"화상 입었어? 감자 갈아 붙이게? 취직하고 싶다고."

"그럼 오이 마사지 하지 뭐. 요즘 오이 제철이라 싱싱하고 좋아.

잘라 붙이지 말고 껍데기 갈아서 밀가루랑 반죽해 붙이면 더 좋아. 가기 전까지 날마다 해줄게. 화장품도 좋은 거 사줄게."

"지금 그런 소리가 아니잖아!"

지현이 울화통을 터뜨리자 엄마가 화르르 타오르는 얼굴로 지현을 노려봤다.

"네가 속으로 무슨 욕을 하든 엄만 그 포도밭 놓치면 죽을 것 같단 말이야!"

엄마가 몸부림치듯 솔직한 심정을 털어놓았다.

"우리가 가진 게 뭐가 있어? 응? 엄마도 땅 한번 손에 쥐어보고 싶다고. 엄마도 땅 가졌다고 토지세 한번 내보고 싶다고. 쉽게 생각해 봐, 한 이 년 고생한 후에 네가 하고 싶은 거 뭐든지 할 수 있어. 뭐라 그랬지? 너 예전에 액세서리 가게 하고 싶댔지? 그거 할 수 있어."

"그건 중학교 때야. 지금은 하기 싫어."

"그것 말고 다른 것도 할 수 있어."

"다른 것도 별로 하고 싶지 않아."

"그럼 아무것도 하지 말고 돈만 쓰고 살아도 돼."

엄마가 소프라노처럼 말했다.

"취직할래. 완전히 중노동이야!"

지현이 소리치자 엄마의 얼굴이 붉으락푸르락 했다.

"너 정말 포도밭 탐 안 나? 그게 엄청난 거금인데도? 솔직히 말해, 가슴에 손을 얹고 솔직히 말해. 포도밭 탐 안 난다면 너 당장 히말라야 올라가서 도 닦으며 성자 노릇이나 해."

"그건, 솔직히 탐이 나긴 하지만, 농사는 짓기 싫다고."

사람인데 어떻게 엄청난 포도밭이 탐이 안 날 수가 있겠는가. 하지만 농사짓는 것도 어떻게 마냥 좋다 할 수 있겠는가 말이다. 것도 순 거짓말이다.

"농사 안 지으면 안 준다잖아."

"그러니까 엄마가 농사지으라고."

"그 노친네가 엄만 필요없다시잖아. 이 년 농사짓고 물려받으면 그 다음부턴 네 마음대로 하란 말이야!"

엄마가 몸부림치듯 소리를 질렀다.

"엄마 소원도 하나 못 들어줘? 포도밭 물려받는 거 엄마 소원이라고!"

엄마가 악다구니를 썼고 지현은 일그러진 얼굴로 엄마를 쳐다봤다.

"엄마도 속상해. 너 집에 들어서는데 그 곱던 피부 다 망가지고 세상에 얼마나 일을 부려먹었으면 피부가 저 지경이 됐나 속이 무너졌다고. 살도 쏙 빠진 것 같고."

"못해도 3kg는 빠졌을 거야. 새벽 다섯 시에 일어나서 해질 때까지 죽도록 일했거든."

"저 손톱 좀 봐. 마디 굵어지고……."

"엄마, 지금 나 약 올려?"

"약은 무슨 약을 올려? 속상해서 하는 말이야."

"그러니까 엄마가 가. 아버지하고 두 분 손 꼭 잡고 가서 나 대신 농사지으란 말이야."

"지혁인 어쩌고. 고3인데 고3을 두고 어떻게 가?"

"정말 미쳐."

지현이 벌떡 일어나 냉장고에서 차가운 물을 꺼내 벌컥벌컥 들이켰다.

"화장실 새로 지어준다고 한 지가 언젠데 여태 기미도 안 보여. 그동안 내가 어떻게 씻었는지 알아? 씻을 수 있는 데는 마당 수도밖에 없다고. 하루 종일 푹 젖도록 땀을 흘리고도 씻을 수가 없어서 수건 적셔서 몸 닦아내는데도 할아버지는 못 봐주겠는지 물 많이 쓴다고 얼마나 난리를 치시는데."

"안 씻고 어떻게 살라고?"

"그러니까! 엄마, 같은 여자라서 하는 말인데 나 뒷물 어떻게 하는 줄 알아? 아, 쪽팔려. 바가지에 물 떠다 방에서 닦아! 뜨거운 물도 안 나온단 말이야!"

"어머머."

엄마는 너무나 안쓰러운 얼굴이 되어버렸다.

"바가지에다 물 떠서 방에 가지고 들어올 때마다 얼마나 기막힌 줄 알아? 나 다음 주부터 생리 시작할 텐데 엄마도 알잖아, 나 생리통 때문에 반쯤 죽는 거. 할아버지하고 일꾼하고 남자들만 있는데 불편해, 너무 불편해."

지현의 말에 엄마가 딱하기 그지없다는 얼굴로 바라봤다.

"그 노인네가 대체 왜 그런다니? 목욕탕은 만들어놓고 오라고 해야 할 것 아니야. 그 노인네가 장가를 안 가서 암것도 몰라서 그래."

"김천 내려가서 한 번도 제대로 못 씻었어. 물 아껴 쓰는 건 좋지만 그래도 씻게는 해줘야 할 것 아니야."

지현이 곧 울음을 터뜨릴 듯한 얼굴로 말하자 엄마가 너무나 미안하다는 얼굴로 지현을 바라보다 고개를 끄덕였다.

"그래, 알았어. 가기 싫음 가지 마."

이젠 엄마가 금방이라도 울음을 터뜨릴 것 같은 표정이 됐다. 시골 가서 씻지도 못한 딸이 안쓰러워 울려는 것인지 손에 다 쥔 땅을 포기해야 하는 것이 너무 억울해 울려고 하는 것인지 어느 쪽인지는 몰라도 엄마는 몹시…… 그래, 비참해 보였다.

"내가 정말, 손에 일억만 가졌더라도……."

엄마가 혼잣말처럼 중얼거렸다.

"일억만 손에 쥐었더라도 우리 귀한 딸 그 고생은 안 시켰을 텐데…… 없는 게 한이고 없는 게 죄다. 엄마가 너무 욕심을 부렸네. 내 팔자에 무슨 그런 땅을 쥐겠니. 미안하다."

엄마는 시골에서 가져온 참기름과 들기름 병을 냉장고에 집어넣더니 그대로 방으로 들어가 버렸다.

지현은 갑자기 미안해졌다. 엄마가 시골에서 아무리 불편하다 할지라도 사람이 못살겠는 곳에 마을이 들어앉겠냐며 또다시 버티라는 말을 반복하면 악악거리기라도 하겠는데 쓸쓸하기 그지없는 얼굴로 그만둬라 손 들어버리자 미안해 어쩔 줄 몰랐다. 정말 못 견디겠어서 못하겠다는 것인데, 씻는 것이며 뒷물하는 것이며 정말 너무 불편한 것이 사실인데, 과장이 아닌데도 지현은 왠지 엄마에게 너무 큰 실망을 안겨준 것 같아 마음이 좋지 않았다.

"아, 몰라. 내가 뭐 없는 말 해? 아우, 나도 몰라."

지현은 당장 가서 미안하다고, 시골 가겠다고 말하는 것도 엉뚱하고 솔직히 가고 싶지 않은 것을 억지로 가겠다 하는 것도 싫고, 미안함은 커지고 있는데 이도저도 길이 없어 짜증만 났다.

"괜히 항복 받아내려고 하는 것인지도 몰라."

지현은 엄마가 고단수 작전을 쓰는 것일지도 모른다고 생각하며 뒤틀어진 기분으로 방으로 들어와 버렸다.

에피소드 2.

땅에 눈 돌아갔던 엄마의 눈이 다시 되돌아오자 죽어도 안 가고 싶은 지현의 심경 변화.

엄마와 불편했던 대화를 되씹다가 잠들었던 지현이 아버지 목소리에 일어나 나가려는데 전혀 예상치 못했던 엄마의 말소리가 들렸다.

"보낼 때가 못 돼. 남자도 아니고 여자가 그런 데서 어떻게 살아? 내내 그런 데서 살았다면 몰라도. 나도 끈적거리는 건 못 견디는데 종일 땀 흘린 지현인 어떻겠냐고. 그놈의 노인네 골탕 먹이려고 작정을 했지. 목욕탕 하나도 안 만들어놓고 오라면 어떻게 해?"

"혼인을 안 하셔서 딸을 안 키워봐서 그래."

"아무리 안 키워봤대도 걸 몰라? 얘기 들어보니 내가 다 속상하더라고."

엄마의 목소리는 정말로 속상해하는 목소리였다.

"그래서 안 간대?"

"내가 가지 말라고 했어."

"땅 포기해?"

"포기하고 말아. 언젠 땅 차고앉았었어? 솔직히 웃기지 뭐. 줄 것 같으면 그냥 주고 말아야지 농사지어야 준단 건 뭐야? 나라에 기부를 하든 말든 알아서 하라고 해. 당신이 내일 전화해. 안 보낸다고. 기부하라고."

"펄쩍 뛸 줄 알았더니."

"웬만한 줄 알았지. 그런데 웬만한 게 뭐야. 애 씻지도 못하게 한다잖아. 샤워를 하는 것도 아니고 날마다 때 미는 것도 아니고 남자들만 있어서 애가 수건에 물 적셔 닦는데 것도 못 봐주더래."

"에이, 설마."

"지현이가 없는 말 해?"

"땀 흘린 거 아는데 그러실까."

"남자들이야 웃통 벗고 등목하면 그만이지만 지현이야 그럴 수 없잖아. 마당에 수돗가가 전부라 세상에 뒷물을 못해서 바가지에 물 떠다 방에 들어앉아 했대. 그게 무슨 짓이야?"

'못살아. 엄만 아버지한테 그런 소릴 왜 해!'

지현은 얼굴이 화끈 달아오르는 걸 느끼며 씩씩거렸다.

"에이, 참."

아버지가 혀를 찼다.

"왜 혀 차? 그런 것 가지고 난리냐 그거야?"

"아니야, 당숙 때문에 받쳐서 그래."

"안 보낼 거야. 당신도 땅 잊어버려."

"당신, 괜찮아?"

"괜찮아. 생각해 보니 노인네만 있는 것도 아니고 일꾼도 하나 같이 산다는데 것도 걸리고. 남자만 둘 있는 데서 지현이 혼자, 것도 싫어."

"알았어, 그럼."

"내일 전화해서 안 보낸다 그래."

"알았어. 지현이 좀 깨워봐."

"왜?"

"얘기 좀 해보게."

"무슨 얘길 해? 놔둬, 새벽 다섯 시에 일어나 해 질 때까지 종일 일했대. 얼굴이고 어디고 봐줄 수가 없어. 아주 핼쑥해졌어. 속상해, 정말. 자게 내버려 둬. 집에 왔는데 실컷 자게."

땅 포기한다고 내려가지 말라고 한 후 쓸쓸한 얼굴로 방에 들어가 버린 엄마를 보고 고단수 작전이라 생각했는데 고단수 작전이 아니라 정말로 포기할 생각인 모양이었다. 처음 당숙 할아버지가 땅 준달 때 늘어지게 하소연, 푸념, 신세 한탄을 하며 지현이 발버둥을 쳐도 버티라는 말만 하던 엄마라 이번에도 변경된 작전의 일환이지 했는데 그게 아닌 모양이었다. 진심으로 엄마가 지현을 안쓰러워하고 속상해한다는 것을 알자 지현은 낮보다 더욱 미안하고 이걸 어떻게 해야 하나 머리 속이 더 복잡해졌다.

"어떻게 하지?"

지현은 고민에 빠졌다.

"다시 가야 하나?"

에피소드 3.

땅에 돌아갔던 눈 완전히 되돌아온 엄마와 약간의 심경 변화를 일으킨 지현의 눈이 완전히 돌아가는 사건.

깨우지도 않았는데 새벽 다섯 시에 눈을 뜬 지현은 고작 열하루 있었을 뿐인데 벌써 몸에 김천 생활이 밴 모양이라고 생각하며 더 자보려고 뒤척거렸다. 하지만 더는 잠이 오지 않아 하는 수 없이 일어나 앉은 지현은 거실로 나와 텔레비전을 틀었다. 텔레비전에서도 눈에 쏙 들어오는 프로도 하지 않고 점점 더 지루해진 지현은 식구들이 곤하게 자고 있는 집 안을 부시럭거리며 돌아다니다 머리통이 텅 빈 기분으로 쌀독에서 쌀을 꺼내 씻어 밥을 안쳤다. 김천에서 같으면 진작에 밥 해먹고 밭에 일하러 나갈 시간인데 벗어나고 싶어 버둥거려 놓고선 막상 김천을 벗어나 오고 싶어 안달하던 곳에 왔건만 심심하고 따분했다.

집에 와봤자 오자마자 엄마와 한바탕 말싸움했지, 퇴근하고 오신 아버지도 뚱한 얼굴로 맞았지, 하나 있는 동생 놈은 고3이라 학교 끝나고 두 군데 학원 뱅뱅 돌다 열두 시 넘어서 들어와 잠깐 얼굴만 보고 쓰러져 잠들었지 재미가 하나도 없었다.

닦지 않고 담가둔 그릇이 싱크대 한가득, 엄마를 도와드려야지 하는 생각에서가 아니라 너무 심심해 멍한 얼굴로 설거지를 해놓고 그래도 시간이 남아 어제 시골에서 가져온 나물을 택기가 하던 대로 조물조물 갖은 양념해 주물러 놓고 꽤나 요란을 떨며 몸부림 치던 전기 압력밥솥이 밥 다 됐음 신호를 보내자 주걱으로 휘집어 놓고 나자 엄마가 방에서 나왔다.

"어머, 언제 일어났어?"

부엌에서 부시럭거리는 지현의 모습에 엄마가 깜짝 놀라며 물었다.

"다섯 시에."

지현이 퉁명스럽게 대꾸했다.

"뭐 하러 그렇게 일찍 일어나. 시골서 힘들었다면서 더 자지."

"잠이 안 와서."

"어머, 너 설거지했어? 어머, 나물도 무쳤어? 밥도 했네? 웬일이니?"

엄마가 놀라움을 금치 못했다.

"심심해서."

"깜짝 놀라겠다, 얘."

"놀라긴 뭘."

지현이 투덜거리는데 아버지도 나오셨다.

"여보, 지현이 좀 봐요. 새벽에 일어나서 이걸 다 했대요."

뭐 대단한 일이라고, 엄마가 아버지께 지현의 새벽 노동을 치하하자 아버지도 대견하다는 듯 칭찬을 하시는데 지현은 나이 스물여섯 먹도록 얼마나 집안일을 안 도왔으면 엄마 아버지가 저토록 감개무량해하실까 생각하니 오히려 낯 뜨거웠다.

나이가 몇인데 이제야 우리 딸 다 컸네 하는 기막힌 소리를 들으며 다 같이 아침을 먹고 아버지 먼저 출근하시고 동생이 두 번째로 학교에 가고 설거지하기 전에 커피 한 잔 할까 싶어 물을 올리는데 엄마가 손가방을 들고 방에서 나왔다.

　"어디 가?"

　"응."

　"어디? 커피 마시려고 하는데, 안 마셔?"

　"너 마셔. 엄마는 나가서 마실게."

　"어디 가는데?"

　"엄마 취직했어."

　취직이라는 단어에 지현이 고개를 홱 돌려 쳐다봤다.

　"취직? 무슨 취직? 어디?"

　취직하고 싶다 악쓰는 딸한테는 하지 말라더니 엄마가 취직을 했다니, 이게 무슨 소린가.

　"거창한 건 아니고 요 앞에 상가 슈퍼마켓, 계산대 자리 나서."

　"엄마 슈퍼에서 계산해?"

　지현이 충격받은 얼굴로 물었다.

　"왜, 왜 엄마가 슈퍼에서 일해?"

　"짐 나르는 거 아니야. 계산하는 거야. 서로 하려고 머리 터지는데 전에 하던 사람이 바로 윗집 형님이잖아. 형님이 소개해서 엄마가 넘겨받았어."

　"그러니까 엄마가 왜 계산을 하냐고."

　"왜는, 지혁이 고3이야."

"지혁이가 고3인데 그게 어떻다고?"

"학원 비가 얼만지 알아? 단과 학원 한 군데 더 다녀야 하는데 아버지 월급으론 어림없잖니."

"난 학원 안 다니고도 대학 갔어. 지혁이 학원 꼭 그렇게 보내야 해?"

"너 대학 갈 때하고 또 달라. 고액과외가 기본이란다. 고액과외는 못 시켜줘도 단과 학원은 보내줘야잖아. 학원 다니고 성적이 제법 올랐어. 성적도 안 오르고 학원 비만 갖다 바치면 재미없을 텐데 성적이 수월찮게 올랐어. 그래 봤자 몇 달인데 몇 달은 바라는 대로 해줘야지. 엄마 다섯 시면 와. 오면서 사과하고 오이 몇 개 사 올 테니 그걸로 마사지해, 우리 딸. 그 곱던 피부가 다 망가져서는."

엄마가 사랑이 담뿍 담긴 손길로 지현의 얼굴을 어루만지며 말했다.

"언제부터 한 거야?"

"일주일밖에 안 됐어. 거기 자리 나면 서로 하려고 얼마나 난리였는데. 엄마 갔다 올게."

지현은 엄마가 슈퍼마켓에서 일을 한다는 소리에 기막히고 속이 상해 서글픈 얼굴을 하고 있는데 엄마는 신바람난 사람처럼 집을 나섰다.

일하기 싫다는 사람 기어이 시골 보내 막노동하게 만들고 엄마, 아버지는 집에서 편하게 웃고 떠들며 버티라는 소리만 한다며 억울해했는데, 엄마가 슈퍼마켓에 일하러 가는 모습을 보자 여러 가지 감정이 겹치며 지현의 가슴을 두드려 대고 있었다.

지현은 엄마가 나간 대문을 망연자실 바라보다가 주방으로 들어와 고무장갑을 끼고 설거지를 시작했다. 굳은 얼굴로 설거지를 끝내고 나와 청소기를 돌리고 걸레질을 하고 더러워진 걸레를 빨기 위해 화장실로 들어가 대야에 물을 받는데 갑자기 아무 신호도 없이 눈물이 주루룩 흘러내렸다.

"왜 울어? 언제부터 그렇게 엄마 생각했다고?"

지현은 스물여섯 살 먹도록 별로 잘못하는 것인 줄도 모르고 철딱서니없게 살아놓고선 뭐 새삼스레 효녀인 척하냐며 스스로에게 빈정거렸다.

"막노동도 아니고 슈퍼에서 계산하는 게 뭐가 그렇게 힘들다고? 칫, 난 시골에서 농사지었구만."

한번 쏟아진 눈물은 가속이 붙은 듯 점점 더 많은 양의 눈물을 생산하더니 급기야 기하급수적으로 늘어나면서 홍수처럼 흘러내렸다.

모자란 생활비를 위해 혹은 자식 뒷바라지를 위해, 다른 여러 가지 이유로 일하러 나가는 엄마들이 어디 한둘이랴마는 지현은 세상에 있는 모든 엄마들 중에 일하러 나가는 엄마가 유일하게 우리 엄마밖에 없는 듯한 기분에 사로잡혀 갑자기 엄마가 너무 불쌍하고 왜 진작에 취직해 생활비에 보태지 못하고 허송세월을 했나 하는 자괴감에 살이 떨렸다.

"슈퍼 계산하는 일이 뭐가 그렇게 원통한 일이라고 울고 난리야."

당숙 할아버지의 땅 물려준다는 소리에 휙 돌아서 딸내미가 농사짓다 뼈가 부서지든 어쩌든 등골 빼먹을 생각인가 보다 속으로 원망만 들입다 해댄 자신을 한심스러워하며 대야에서 넘치고 있는 물을 잠그고 방으로 들어와 휴대폰에서 택기가 입력한 번호를 찾아 통화 버튼을 눌렀다.

[여보세요?]

"택기 씨? 나 지현이요."

[잘 도착했어요?]

지현은 감정에 복받쳐 있었기에 택기가 무척 반가워한다는 것도 알아차리지 못했다.

"네, 바쁘죠?"

[괜찮아요.]

"저기요, 부탁이 있어서요."

[뭐예요?]

"쌀이랑 고춧가루랑 포도랑 보내줄 수 있는 거 다 보내줄래요? 몽땅 다요."

지현이 울먹거리며 말했다.

[무슨 일 있어요?]

"아뇨."

[목소리가 왜 그래요?]

"아니, 그냥, 보내줄 수 있어요? 우리 엄마, 아버지 배 터지게 드시게요."

지현은 그만 울음을 쏟아내고 말았다.

[무슨 일이에요?]

택기가 걱정스럽게 물었다.

"아무 일 없어요. 우리 엄마하고 아버지 맛있는 포도 맛보게 해드리고 싶어서요."

[알았어요, 보내줄게요. 오늘 보낼게요.]

"내일 받을 수 있게 빨리 보내줘요."

[정말 아무 일 없어요?]

"없어요, 아무 일도 없어요."

지현이 코를 훌쩍거리며 말했다.

"택기 씨."

[말해요.]

"기차표 끊어줄래요? 나 내일 포도 오면 엄마랑 아버지랑 먹고 모레 아침에 갈래요."

[알았어요.]

"그만 끊을게요."

[그래요.]

지현은 전화를 끊고 나서 또다시 펑펑 울었다. 그리고 결심했다. 몸이 부서지는 한이 있더라도 농사지어서 당숙 할아버지의 땅을 물려받아 엄마 손에 쥐어드리겠다고.

[돌았니? 농사짓느라 취직을 안 하겠다니?]

다음날 취직을 할 수 없게 돼서 면접은 없던 일로 해달라는 지현의 전화에 연희가 기막혀하는 목소리로 말했다.

[너 진심이야?]

"그래."

지현이 뚱한 목소리로 말했다.

[만나자, 만나서 얘기해.]

"만나도 똑같아. 너한테는 정말 미안한데 취직은 물 건너갔어."

[그러니까 대체 이유가 뭐니? 누가 너한테 농사지으라고 땅이라도 물려준 거야?]

"그래."

[뭐?!]

"갑자기 땅이 생겨서 농사짓게 생겼어."

[너, 정말이야?]

"그래, 정말이야."

[얘가 농담하는 거야, 진짜야?]

"농담은…… 정말이야."

[너 토요일에 동창회 나올 거지?]

"아니, 내일 내려가려고. 못 가."

[그럼 지금 당장 만나!]

당장 만나자는 연희의 닦달에 할 수 없이 저녁때 연희의 회사 근처로 나갔다. 연희는 만나자마자 거품 물 태세로 땅에 대해 꼬치꼬치 캐물었다.

"정말 땅 물려받았어?"

"얘는, 정말이라니깐."

"어디? 어디 있는 땅인데?"

"김천."

"김천? 얼마나 되는데?"

"얘는, 뭘 그렇게 궁금해하니? 대단한 땅 아니야."

"대단이고 어쩌고, 우리 아버지 부동산 하시잖아."

"아, 그렇구나."

"요즘 서울에 돈 좀 있다는 사람들 시골에 밭 떼기라도 사두려고 난리도 아니래. 부동산 법 개정된다는 소문이 있어서 까다로워지기 전에 사려고. 밭이니, 논이니? 밭이든 논이든 하여튼 얼마나 돼? 몇 평?"

"포도밭이야."

"포도밭?"

"일만 평이라 했나?"

"일! 만! 평!!"

연희의 입이 쩍 벌어졌다.

"우와, 장난 아니다."

"그래, 장난 아니게 넓어. 김천에 있는 포도밭 거의 다 할아버지 땅이야."

"그걸 너한테 물려주신대?"

"응."

"너네 할아버지는 돌아가셨잖아? 어떤 할아버지?"

"할아버지끼리 사촌이시니까 아버지한테 당숙이셔."

"촌수 엄청 멀다. 그런데 왜 너한테 물려주셔?"

"결혼 안 하셔서 자식도 없으시고 젊은 시절에 좀 거칠게 사셨대. 그래서 형제들끼리도 꺼리시나 봐. 그 바람에 조카들이나 조카 손주들도 멀리하고. 어쩌다 날 좋게 보셨는지 고민하시다 나한테 물려주시기로 했대.”

“와, 너 운 텄다.”

“그런 거야?”

“당연하지. 어디서 누가 일만 평이나 되는 땅을 물려받니? 로또보다 더 좋아.”

“그렇지도 않아. 이 년 동안 농사지어야 주신다잖아. 홀랑 팔아 먹는 꼴 못 본다고.”

“이 년 동안 농사 못 짓겠니? 나 같아도 짓겠다. 이 년 농사짓고 그 땅 팔면 돈이 얼만데. 그걸로 하고 싶은 거 다 하고 얼마나 좋니?”

연희의 말에 지현이 얘, 우리 엄마랑 어째 똑같은 말을 하네 하고 생각했다.

“너 정말 땅 준다면 회사 때려치우고 내려가 농사지을 거야?”

“당연하지! 하지만 뭐 솔직히 농사짓는 건 싫긴 하지만.”

“농사짓는 거 힘들어. 야, 내 얼굴 좀 봐라.”

“피부 관리 받으면 금방 좋아져. 어쨌든 야, 너 좋겠다.”

연희가 부러운 얼굴로 쳐다봤다.

“우리 아버지 부동산만 이십 년째 하시는데도 돈 될 만한 땅은 한 평도 못 가졌잖아. 우리 아버지가 그러는데 땅이나 집, 상가 말고는 돈 되는 게 없대. 이젠 집도 재미없고 땅이나 상가라 하시더라고. 어디지? 예전에 아버지가 전라도에 땅을 잘못 사서 바닷물

빠지면 땅이 나오고 바닷물 들어오면 땅이 없어져서 완전 속았었
잖아."

"어떻게 부동산 하시면서 그런 땅을 사?"

"우리 아부지가 그러시는데 부동산 놈들 다 도둑놈들이래. 같
이 부동산 하는 사람한테까지 사기쳐서."

"그럼 네 아부지도 도둑놈이니?"

"건 아니고."

연희와 지현이 픽 웃는데 낯익은 얼굴이 카페로 들어왔다.

"얘, 쟤 규진이 아니니?"

"왜 아니야. 규진이 쟤 수습하고 있는 회사가 우리 회사랑 같은
빌딩이야. 점심 시간에 자주 만나. 너 만난다고 했더니 끝나면 온
다더라고."

"뭐 하러 말했어?"

"너하고 통화하고 있는데 만난 거야."

"졸업했니?"

"지난 가을 학기에 졸업했잖아."

"취직 빨리 했네."

"오랜만이다."

규진이 씩 웃으며 지현에게 먼저 인사했다.

"응."

지현이 어정쩡한 얼굴로 인사를 받았다. 좋게 끝난 사이도 아니
고 하도 오랜만에 만나니 기분이 이상했다.

다들 저녁을 안 먹었기에 자연스럽게 자리를 옮겨 낚지볶음 집

에서 저녁을 해결하고 다시 자리를 옮겨 호프집으로 온 세 사람은 별로 꺼내고 싶지 않은 대학 때 에피소드를 얘기하며 500cc짜리를 한 잔씩 비웠다.

"그래서 한탄강엔 절대 가지 말자고 맹세했었잖아."

규진이 한탄강으로 엠티를 갔을 때 레프팅 하다 빠져 죽을 뻔한 얘기를 하며 킬킬거렸다. 한탄강에서 죽는 사람이 하도 많아 먼저 죽은 사람이 혼자 죽기 서러워 다음 사람을 꼭 잡아간다는 소문이 퍼져 있던 터라 레프팅 하다 물에 빠졌던 규진이 귀신에게 잡혀가지 않기 위해 필사적으로 살려달라 비명을 질렀는데 막상 규진을 구하러 물에 들어가니 그곳은 무릎까지밖에 물이 차지 않는 얕은 곳이었다. 그냥 일어서면 그만인데 당황한 나머지 그렇게 얕은 물에서 발광을 친 것이다.

"무릎까지 오는 물에서 꼴깍 넘어갈 듯이 난리치던 거 생각하면 지금도 웃겨 죽겠다니까."

연희가 놀리자 규진의 얼굴이 벌게졌다.

"원래 규진이 너 엄살이 심했어."

"무슨 엄살이 심해?"

"야, 군대 있을 때 발뒤꿈치 까졌다고 뭔 시체 가루가 들어가서 운 나쁘면 잘라내야 될지도 모른다고 삥쳤었잖아. 지현아, 너도 기억나지?"

"나지, 그럼. 국군통합병원에서 만나게 될지도 모른다는 둥 했었잖아."

"야, 그땐 진짜 심했었어."

규진이 억울하다는 듯이 말했다.

규진과 연희가 재미나게 떠드는 동안에 묻는 말에 대꾸는 해주면서도 내내 시큰둥한 얼굴인 지현이 마음에 걸렸는지 규진이 어색하게 웃으며 지현을 쳐다봤다.

"지현아, 아직도 나한테 감정이 안 좋은 거야?"

말없이 듣고만 있는 지현이 걸렸는지 규진이 물었다.

"아주 나쁠 것도 없지만 그렇다고 좋을 것도 전혀 없지."

"지나간 일인데 그만 용서해 주라. 죽을 죄를 겼다."

오우, 꽤 쿨한 척하네.

"그래, 지나간 일인데 뭐. 지현아, 네가 용서해."

연희가 규진이를 거들었다.

"그때 생각하면 대가리 박고 싶은 사람은 나니까 잊어버려."

"그래, 잊어줄게."

지현이 픽 웃으며 말하자 규진이 미안하다 말하며 지현의 어깨를 두드렸다.

"연희는 만나는 남자 있다는 거 알고 지현이 넌? 애인 있어?"

"없어."

"나도 없는데. 지현아, 우리 그럼 다시 한 번?"

"됐어, 자식아."

지현이 눈을 흘기자 규진이 푸하 하고 웃음을 터뜨렸다.

"한 잔 마시자."

규진이 잔을 들었고 지현도 잔을 드는데 연희가 오늘 무슨 날이니? 하고 중얼거렸다.

"왜?"

"저기 태오 선배."

태오 선배라는 말에 지현이 고개를 돌리자 일행들과 함께 막 자리를 잡고 앉는 태오가 보였다. 진짜 무슨 날인가 보다. 첫 번째, 두 번째 남자를 한꺼번에 만나게 되다니.

자신을 쳐다보는 시선이 있다는 것을 의식했는지 태오가 고개를 돌렸다가 의외라는 표정을 짓더니 환하게 웃으며 지현이 있는 자리로 다가왔다. 지현의 혼을 빼놓던 저 환한 미소. 일명 살인미소.

"으아, 나 저 선배한테 한 짓이 있어서.안 만나고 싶은데."

규진이 쪽팔린다는 얼굴로 중얼거리는데 태오가 테이블 앞에 떡하니 버티고 섰다.

"어, 여기서 만나네?"

"안녕하셨어요?"

규진이 먼저 인사했다.

"어, 규진이 오랜만이네."

태오가 웃자 규진이 민망한 듯 웃었다. 태오는 그날의 그 사건을 완전히 털어버린 듯 전혀 내색하지 않는데도 규진은 아직도 한쪽 발이 저린 모양이다.

"지현이 오랜만이다. 지현인 정말 졸업하고 처음 보는 것 같네. 연희는 회사가 여의도에 있어서 가끔 봤지만."

태오가 말했고 지현은 자신도 모르게 가슴이 아련하게 쑤시는 동시에 얼굴이 붉어지는 것을 느꼈다.

태오, 이 남자에 대해서 말할 때가 온 것 같다.

지현의 두 번째 남자이자 규진이 놈 때문에 어쩔 수 없이 헤어지게 된 남자. 평발이라 면제되어 5주 훈련만 받고 나와 방송국에서 일하고 있는 중. 작년엔가 입봉 작품을 찍고 조금 있으면 미니시리즈를 할 것 같다는 소식이 들리더니 엄청 바쁜 척 동창회에도 나오는 법이 없었고 졸업하고 나서 만나고 싶어도 징그럽게 만나지지 않던 남자.

오늘 우연인지 필연처럼 호프집에서 만났다. 태오 말대로 연희 회사도 여의도에 있고 태오가 다니는 방송국도 여의도에 있었다. 여의도에서 만나 밥집에 호프집까지 여의도 안에서 뱅뱅 돌았으니 이상할 것 없는 우연이다. 이상할 것 없는 우연인 동시에 징그럽게 만나지지 않던 남자가 전혀 예상도 기대도 안 한 상태에서 만나진 것이다. 이럴 땐 말하고 싶다. 유후! 라고.

아련하게 쑤시던 가슴이 살살 설렌다. 이렇게라도 만나진 것이 너무 좋은 척, 지나치게 반가운 척하지 않으려고 애쓰며 태오의 얼굴을 샅샅이 살피고 뜯어보고 감상한다. 내가 기억하고 있던 그때의 다정하고 친절하던 태오가 맞는지 쓸데없이 확인하듯. 그때의 태오가 맞는 것 같다. 전혀 늙지 않았지만—몇 살이나 먹었다고—나이 든 티가 싫지 않게 난다. 미소가 보기 좋다. 부드럽고 참기름 칠을 한 듯 윤기나는 매끄러운 목소리도 듣기 좋다.

요즘은 무슨 작품 하느냐, 연예인들 많이 알겠네 하는 질문을 규진과 연희가 번갈아 하고 태오는 늘 그랬듯이 잔잔한 미소를 머금고 작품보다는 지금은 극본 공모 기간이라 접수된 작품을 검토

중이라 했다. 몇 작품 했기에 일반 사람들보다는 연예인을 많이 알고 있긴 하지만 그래도 만든 작품이 몇 개 안 된 터라 아주 많이 알진 못한다고 겸손하게 답했다. 그러던 끝에 퍽 다정한 목소리로 지현에게 많이 탔네 하며 말을 걸었다.

"네, 좀 탔어요."

"벌써 해수욕장 다녀왔을 리는 없고 해외여행 다녀왔니?"

태오와 정면으로 시선이 마주치자 지현은 또다시 가슴이 쑤시는 것을 느꼈다.

영지 계집애와 바람난 규진과 어찌어찌 질질 끌다가 결국 헤어지고 두 번째로 만난 사람이 태오였다. 만났다는 말이 사귀었다는 것은 아니다. 잘되어가던 중에 파토가 나버렸으니까. 본격적으로 사귀기 전초전일 때 깨졌다는 말이다.

태오와는 같은 과는 아니었지만 같은 동아리에 속해 있어 자주 만났다. 지현뿐만 아니라 남자든 여자든 동아리 사람이라면 가리지 않고 친절하던 친절맨 태오. 규진이와 사귀고 있을 때엔 전혀 남자로 느껴지지 않던 선배일 뿐이었다. 그런데 규진이와 헤어지고 시간이 흐르다 보니 태오가 어느새 남자로 느껴지기 시작했다. 저 선배, 겪으면 겪을수록 괜찮다 생각하며 호감을 가졌을 때 즈음에 태오가 지현에게 관심을 주기 시작했다. 지현이 태오에게 관심을 주고 태오도 지현에게 관심을 주고, 두 사람이 연인으로 발전한 것은 어쩌면 당연한 수순이었다. 하지만 연인으로 발전하기 전에 브레이크가 걸려 버렸으니 지현에겐 두고두고 아쉬운 사람이기도 했다.

태오는 영화 감독 혹은 드라마 감독이 꿈이어서 영화 동아리에 가입한 것이었고, 지현은 국내에서 구하지 못하는 무삭제 원판 명화를 접할 기회가 많을 것 같아 영화 동아리에 가입했다. 인디 영화제에 출품할 영화도 동아리 내에서 두 편이나 제작해 출품했을 정도로 영화 동아리는 제법 활발한 활동을 보였는데 그중의 으뜸이 태오였다. 그의 열정은 참으로 대단해서 저 사람은 영화 감독이든 드라마 감독이든 둘 중 하나는 꼭 할 사람이라고 다들 그렇게 믿을 정도였다. 결국 원하던 대로 드라마 감독이 되고 말았고.

태오와 지현이 동아리 멤버에서 감정이 실린 관계가 된 계기는 상금이 오백만 원이나 걸린 단편 영화제에 출품할 영화를 제작하기 위해 팀을 가르게 됐고—쉽게 말해 한 팀은 소품 담당, 한 팀은 연기, 한 팀은 촬영부 이런 식으로—지현은 태오와 함께 촬영 스텝이 됐다. 당연히 태오와 붙어 있는 시간이 길 수밖에 없었다. 장소 헌팅을 다니고 혹 협찬을 해줄 수 있냐 부탁도 하러 다니고. 또 아이디어를 얻기 위해 함께 영화도 많이 보고 연극도 많이 보러 다녔다. 그러다 보니 태오와 둘만 있는 시간이 길어졌고 흔한 말로 그러다 정이 들었다고 할까? 단순 동아리 선배였던 태오가 남다르게 느껴졌고 태오 역시 다른 후배들과 동등하게 대하던 지현이라는 후배에게 이성적인 감정이 생겨난 것이다.

직접적으로 너와 사귀고 싶다고 말은 하지 않았지만 지현과 태오는 심중으로 서로가 교감하고 있다는 것을 충분히 느낄 수 있었다. 이제 곧 태오가 좋아한다거나 정식으로 사귀어보자 하는 말을 하겠구나 하고 기대하고 있을 즈음에 방해꾼이 나타났다.

무슨 퀴즈인지 뭔지에 응모했다가 당첨돼서 받은 티켓이라며 태오가 같이 이문세 콘서트에 가겠냐고 했고 지현은 흔쾌하게 동의했다. 이문세라는 가수를 아주 좋아하지도 그렇다고 싫어하지도 않는 노래 잘하는 가수 정도로만 생각하고 있었는데 막상 콘서트에 가서 노래를 듣고 분위기에 휩쓸리다 보니 이문세라는 가수도 너무 좋아지고 곁에 있는 태오도 더욱 좋아졌다. 군중심리라는 것이 그래서 무섭다는 것인지도 모르겠다. 이문세 노래에 취해 분위기에 도취되어 태오와 손도 잡고 어깨에 팔도 두르고 가벼운 스킨십까지 자연스레 하게 됐다.

콘서트가 끝나고 흐뭇하고 즐거운 기분으로 돌아오는 것까지는 완벽했다. 콘서트 때문인지는 몰라도 태오가 지현을 바라보는 두 눈엔 사랑이 뚝뚝 떨어지는 것처럼 느껴졌으니까 말이다. 그리고 태오가 무엇인가 말하려다 그만두고를 두어 번이나 반복했기에 지현은 그가 드디어 고백하려나 보다 엄청난 기대까지 품게 되었다. 그런데 어머나 세상에, 규진이 떡이 되도록 취해 집 앞에서 지현을 기다리고 있었다. 다른 이유는 없었다. 단지, '술을 좀 마셨는데 네가 너무 보고 싶어서'였다.

지현도 당황했지만 태오도 당황한 기색이 역력했다. 같은 동아리에 있었기 때문에 태오도 지현이 한때 규진과 사귀었다는 것을 알고 있었다. 태오와 같은 팀이 되어서 돌아다니며 자연스럽게 규진과 어떻게, 왜 헤어졌는지에 대해서도 말했었고. 규진과의 모든 스토리를 알고 있음에도 태오는 당황스럽고 불쾌한 모양이었다.

규진은 지까짓 놈이 뭔데, 무슨 권리인지 지현의 곁에 태오가 있는 것에 격분했다.

"어떻게 이럴 수 있어!"

하며 소리를 쳤고 태오에게 주먹을 휘둘렀다. 만취한 규진이 휘두른 주먹에 태오가 얻어맞은 것은 아니지만 태오는 맞은 것보다도 더 분노하고 실망한 표정이었다.

태오와 함께 있는 것에 규진이 지놈 배알이 틀어질 이유가 뭐라고, 헤어진 지가 언젠데, 헤어진 지 일 년도 더 됐구만 난데없이 나타나 네가 너무 보고 싶어서라며, 어떻게 이럴 수 있어 라고 소리치며 주먹을 휘두를 수 있단 말인가.

제 놈이 한 짓은? 제 놈은 어떻게 했는데 말이다.

술의 힘을 빌어 태오에게 계속 깐죽거리다 덤벼들고 그러다 토하고를 반복하던 규진을 어떻게 할 도리가 없어 규진과도 친하고 지현과도 친한 과 친구에게 전화를 걸어 규진을 해결해 달라 부탁했다. 삼십 분 정도 지났을 때 규진을 퇴장시켜 줄 과 동기 놈이 나타나 퍽 볼만한 상황이 연출된 것에 재밌어하며 규진을 끌고 가 주었다.

지현도 소똥 밟은 기분이, 태오도 채변 검사에서 수십 마리의 회충이 득시글거린다는 결과를 받은 기분이 되어버렸다.

다음날 학교에서 만난 규진에게 정색을 하고 지난밤의 실수에 대해 단단히 몰아붙이고 사과를 받아내는 한편 태오에겐 미안하다는 사과를 할 참이었는데 태오는 감쪽같이 동아리 선배로 돌아가 있었다.

두 번 다시 그런 말도 안 되는 짓 하지 말라고 맹렬하게 쏴붙이는 지현에게 규진은 네가 뭐라고 해도 아직도 사랑한다며 도저히 널 잊을 수가 없다며 매달렸다. 눈물겹게 매달리는 규진에게 매몰차게 안녕 하고 돌아섰는데 그런 지현의 마음도 알아주지 않고 태오는 마치 우리 둘 사이에 무슨 일이라도 있었니? 하는 얼굴로 지현을 대했다. 사람 무안하게스리 말이다.

함께 영화를 볼 일도, 연극을 볼 일도 없었다. 단편 영화제에 출품할 영화를 다 찍고 출품을 하고 나자 함께 헌팅을 다닐 일도 없었다. 동아리방에 가서 있으면 인사하고 없으면 그만인, 어쩌다 캠퍼스에서 만나면 늘 그랬듯이 친절히, 늘어지게 반가운 척해주는 것으로 끝이었다. 옛 남자와 아직 정리되지 않은 여자는 만나지 않겠다는 뜻인지 아니면 정말로 별다른 뜻 없이 한 팀이 되어서 움직이다 보니 다른 후배들보다는 조금 더 신경을 써주고 싶고 그래서 다른 녀석 데려가느니 공짜 티켓으로 한번 쏘자 싶어 콘서트도 함께 간 것인지. 혹은 관심이 조금 있어서 사귀자 대시해 보려던 찰나에 옛 남자가 초쳐서 김새 버린 것이거나. 어찌 되었든 그동안에 느꼈던 교감은 무엇이란 말인가. 착각? 착각이었다 하기엔 심상치 않았는데…….

태오의 태도가 예전으로 환원되자 결국 지현 혼자 북 치고 장구 친 격이 되어버렸다. 남자 쪽에서 안면을 바꾸는데 지현이 어쩌겠는가.

그렇게 태오와도 끝이 났다. 끝났다 할 수도 없다. 시작도 못해 본 것이나 다름없으니까. 그래서 지현에게 태오라는 남자는 아쉬움을 느끼게 하는 남자였다. 적어도 태오와 함께했던 그 짧은 시간 동안엔 정말 좋았었으니까. 그리고 규진이만 아니었더라면 이루어졌을지도 모르는데 하는 미련이 늘 남아 있었고.

"여행, 어디로 갔다 왔어?"
"해외여행 안 갔어요."
지현이 픽 웃으며 대꾸했다.
"해외여행이 아니라 얘 농사짓느라 탔어요."
연희의 말에 규진과 태오가 갑자기 무슨 농사냐는 얼굴로 쳐다봤다.
"농사꾼 됐다니깐요."
"농사라니?"
"네, 농사짓기로 했어요."
"아니, 어쩌다 농사를 짓는다는 거야. 무슨 농사야?"
"얘, 땅 부자 됐어요."
연희가 김천 포도밭에 대한 포문을 열었다.
"땅 부자?"
태오와 규진이 솔깃한 얼굴로 쳐다봤다.
"김천에 있는 포도밭을 통째로 물려받는대요."
"포도밭?"
"일만 평이래요, 일만 평."
연희의 일만 평 특별 강조에 마치 짠 듯이 똑같이 태오와 규진의 입이 쩍 벌어졌다.

"죽을 때까지 써도 다 못 쓸 돈방석에 올라앉았어요."

계집애, 과장은.

지현이 연희에게 그만 하라는 듯 눈을 흘기는데 규진의 눈빛이 눈도장을 찍으려는 듯 집요하게 지현의 얼굴을 따라다니는 것에 비해 태오는 웃으며 바라보고 있었다.

'뭐야, 규진이의 저 꾸리한 표정은?'

"일행이 있는 것 같은데 안 가셔도 돼요?"

연희가 물었다. 지현은 그딴 걸 네가 왜 신경 써서 태오 선배를 못 보내 안달이냐는 눈으로 노려봤고.

"어? 가야지."

태오가 아쉬운 얼굴로 일어났다.

"오랜만에 만났는데 아쉽다. 다음에 다시 만나서 술 한잔하자."

"그래요."

"저, 선배."

규진이 자리에서 일어났다.

"옛날엔 죄송했습니다."

"자식, 다 지난 일인데. 다음에 꼭 한번 보자."

"예."

"저, 선배, 전화번호 알려주세요."

지현이 이렇게는 도저히 그냥 보낼 수가 없어 말했다.

"그래, 그러자. 불러줄게."

태오는 지현에게 친절하게 번호를 알려주었고 자신의 핸드폰에도 지현을 비롯한 규진과 연희의 번호를 입력했다. 휴대폰은 이럴 때 참 유용하게 쓰이는 물건이다.

태오는 일행이 있는 자리로 돌아갔고 지현은 아쉬운 얼굴로 일행들과 즐겁게 어울리는 태오를 쳐다보고 있었다.

전철 끊어지기 전에 그만 일어나자며 자리를 파하고 태오가 있는 자리로 돌아 나오는데 태오가 환하게 웃으며 연락하자 하고 말했다. 그럼요 하고 언제든 환영한다는 얼굴로 대답하고 밖으로 나왔는데 규진이 놈이 들러붙었다.

"오랜만에 만났는데 차 한 잔 하자."

"차는 무슨, 지금껏 술 마시고. 늦었어, 집에 가야 해."

"커피 한 잔 해. 내가 살게."

"늦었어."

"그럼 데려다 줄게."

"괜찮아."

"데려다 줄게."

괜찮다는데도 규진은 부득부득 지현의 집 방향으로 가는 전철에 올라탔다.

"지금도 네 생각 많이 한다."

나란히 자리에 앉아 한 정거장을 지나왔을 때 성난 사람처럼 입을 꾹 다물고 있던 규진이 입을 열었다.

"뭐 하러?"

"그냥 생각나더라고. 너하고 헤어지고 처음에 정말 너무 힘들었어. 처음이라 그렇지 며칠 뒤엔 괜찮아지겠지 했는데 아니더라고. 며칠 뒤엔 괜찮을 거야 그러면서 벌써 몇 년이냐? 문득문득 너

하고 만든 기념일만 되면 막 슬프고…….”

애, 왜 또 이렇게 센치해진 거야?

지현이 고개 돌려 규진을 쳐다보니 규진은 아주 흠뻑 지난날의 회상에 젖어 있었다.

“생각나, 내가 처음 고백하던 날? 막 설레고 수줍어하면서 말했잖아. 네 생일날 케이크에 초 꽂아두고 축하하던 날 말이야.”

고백 아닌데. 우리 사귈래, 그랬는데. 전혀 설레지도, 수줍어하지도 않고 순 장난치듯 사귀자 했는데. 애, 지금 어떤 년이랑 착각하는 거야?

“내가 기억하는 건 언제나 네가 웃던 얼굴하고, 날 바라보던 네 눈빛하고, 너하고 앞으로 어떻게 하자 하던 계획하고, 어떻게 됐으면 좋겠다 했던 바람들이야. 아직도 기억이 나. 그리고 네가 떠나던 날 내가 흘리던 눈물…….”

가만, 가만, 이거 어디서 많이 듣던 노랫말이다. 규진이 놈 기술적으로 수정을 가했지만 그걸 내가 모를까 봐? 틀킬 염려 없이 유명하지 않은 노래를 고르든지! 브라운 아이즈의 ‘벌써 일 년’ 노래 가사 아닌가. 와, 진짜 강적이다. 군대 갈 때 했던 그 짓을 지금껏 하다니!

“I believe in you I believe in your mind 다시 시작한 널 알면서…….”

지현이 노래를 흥얼거리자 규진의 얼굴이 민망할 정도로 새빨개졌다.

지현은 웃음을 터뜨렸고 규진은 두 정거장을 더 따라온 후 내려

버렸다. 지현이 두 정거장을 지나칠 때까지 웃음을 멈추지 않았기 때문이다.

　휴대폰을 들고 뭐 마려운 강아지마냥 안절부절 어수선하게 방 안을 왔다 갔다 하던 지현은 연락하자고 했으니 설마 딴소리는 안 할 거라고, 혹 성가시다 하더라도 태오 선배 성격상 싫은 내색은 하지 않을 것이라 생각하며 기어이 태오가 일러준 번호로 전화를 걸었다.

[여보세요?]

"태오 선배."

[지현이구나.]

"아직 술집이에요?"

[아니야, 집에 가고 있어. 잘 들어갔니?]

"네, 그냥 좀 아쉬워서요."

[그래, 나도 좀 아쉽더라. 오랜만에 만났는데 말이야.]

"네……. 잘 지내셨죠?"

[잘 지냈어.]

"전화해서 귀찮은 건 아닌지 모르겠어요."

[귀찮긴. 만나서 반가웠고 지금도 전화해 줘서 좋아.]

"졸업하고 한 번도 못 만났었잖아요."

[그랬지. 나도 방송국에 적응하느라고 동창회며 모임에 나가지 못했었어. 지현이는 하나도 안 변했더라.]

"변할 게 뭐 있어요. 얼마나 됐다고."

[그렇긴 하지. 아참, 그래서 농사는 어때? 지을 만한 거야?]

"지을 만하지 않아요. 힘들어요."

[힘들 것 같더라. 우리 부모님도 포항에서 농사지으시잖아. 농사짓는 거 힘들어.]

아, 맞다. 그랬다. 태오 선배의 고향이 경상도 포항이라 했었다.

[언제 내려가는 거야?]

"내일 내려가요."

[내일 가는구나. 아쉽네. 언제 또 오는 거야?]

"글쎄, 포도철이 끝나야 올 것 같아요."

[그렇겠구나, 나도 내일부터 촬영이야. 미니시리즈 들어가거든. 조감독이지만.]

"미니시리즈면 꽤 오래 가겠네요?"

[석 달은 매달려야지.]

"그렇군요……."

내일이라도 태오 선배가 시간 된다면 김천 가는 걸 하루 더 미룰 수도 있는데 아쉬웠다.

[포도 농사는 어때? 힘들지?]

"네, 힘들어요. 그런데 포도밭 물려주실 할아버지가 농사 안 지으면 땅 안 준다 하셔서요."

[그냥 주면 팔아먹을까 봐 그러시나 보다.]

"맞아요, 그거예요."

[그럴 수 있어. 우리 아버지도 내가 장남인데도 나한테 안 주신대. 학교 다닐 땐 공부한다, 취직하고 나선 바쁘다는 핑계로 농사

일 거들어드린 적 거의 없거든. 아마 내 밑에 동생이 물려받을 거야. 도시로 나올 욕심 없이 눌러앉아 농사짓겠다 하더라고. 팔아먹지 않고 농사일을 물려받겠다는 자식한테 물려주는 게 제일 좋고. 나도 부모님 계시는 고향 집이 없어지면 서운할 것 같고.]

"욕심 안 나요?"

[욕심나지. 포항도 많이 발전해서 아버지 땅도 값이 많이 오른 것 같더라고. 그래도 별수있냐? 혹 나대지라도 떼어주시겠다면 감사하게 받는 거고, 것도 못 주겠다시면 할 수 없지. 농사 오래 지으신 분들은 도시 사람들이 어떻게 하든 갖고 있는 집 한 채는 잃지 않고 보존하려는 것처럼 땅을 그렇게 생각하시거든. 아무리 많이 준대도 돌아가실 때까진 살던 집에서 밭 돌보며 살고 싶으신 거야. 땅값이 뛰어 하루아침에 떼부자가 되게 생겨도 말이지. 약삭빠른 계산을 할 줄 몰라서가 아니고 정이 들어서지. 아마 포도밭 물려주신다는 할아버지도 그래서일 거야.]

웬만하면 좋은 게 좋은 거라고 암만 내 정신이 피곤하고 손해 보는 것 같다 싶어도 좋게 생각하자 주의던 태오 선배는 지금도 여전했다.

[땅 물려받으면 팔고 서울로 오는 거야?]

"아직 잘 모르겠어요. 농사짓는 거 봐서 싹수 보이면 물려주시고 안 그럼 안 주실지도 몰라요. 솔직히…… 그냥 포기하자니 아까워서요."

[아깝지, 당연히. 그런 행운이 자주 오는 게 아니라 평생에 한번 있을까 말까 한 행운이니까 놓치지 마.]

"놓치기 싫죠, 그런데 농사도 짓기 싫어요."

[그래, 그 마음 알겠다. 나부터도 상사한테 싫은 소리 듣고 날마다 죽겠다는 소리 하면서도 막상 농사지으라면 못할 것 같은데 뭐. 농사짓는 게 백 배는 속 편한 줄 알면서도 말이다.]

"선배하고 이렇게 편하게 얘기하니까 좋아요."

[그래, 나도 좋다. 대학 땐 땅이니 뭐니 그런 거 몰랐는데 지금 이런 얘기 하는 것 보니까 나이가 들었다 해야 하나 철이 들었다 해야 하나, 그런 생각도 들고.]

"애인 있어요?"

지현이 조심스레 물었다. 제발 애인 없다고 말해 주길 고대하며.

[애인…….]

태오가 막 대답할 찰나인데 갑자기 휴대폰에서 다른 전화가 걸려왔다는 신호가 들렸다.

'젠장, 누구야?'

"저 선배, 미안한데 전화가 왔거든요? 잠깐만 기다려 주세요."

[알았어.]

지현은 하필 이럴 때 누가 전화질이냐며 투덜거리며 통화 버튼을 눌렀다.

"여보세요?"

[장택기예요.]

"택기 씨."

이 남자가 잠도 안 자고 전화는 왜 했을까 싶다.

[내일 아침 7시 40분 열찬데 시간 괜찮죠?]

"아, 기차표요? 7시 40분요?"

[빨라요?]

"아뇨. 근데 혹시 더 빠른 거 없어요? 출근 시간이라 너무 붐빌 것 같은데."

[그래요? 5시 50분도 있긴 한데.]

"그걸로 해주세요."

[너무 이르지 않아요?]

"택시 타면 돼요."

[택시 위험하지 않아요?]

"택시가 뭐가 위험해요. 5시 50분 차로 해주세요."

[알았어요, 잠깐만요.]

휴대폰으로 컴퓨터 자판 두드리는 소리가 들렸다.

[예약했어요, 번호 받아 적어요. 내 회원 번호예요.]

"잠깐만요."

지현은 얼른 메모지를 찾아 택기가 불러주는 번호를 받아 적었다.

[번호 불러주면 표 내줄 거예요. 결재했으니까 돈 낼 필요 없어요.]

"나도 돈 있는데. 올 때도 택기 씨가 돈 냈잖아요."

[택시 말고 다른 거 없어요?]

"그 시간엔 전철도 안 다녀요. 택시 괜찮아요."

[……알았어요. 내일 봐요.]

"김천 가면 곧장 밭으로 나갈게요."

[알았어요.]

전화를 끊은 지현은 회원 번호가 적힌 메모지를 지갑 안에 넣으며 재빨리 통화 버튼을 눌렀다.

"오래 기다렸죠?"

[삐…… 삐…….]

지현이 숨차게 말하는데 전화는 끊어져 있었다. 태오가 기다리지 못하고 끊은 것인지 기계적 오류인지는 몰라도 태오와의 통화는 그것으로 끝이었다. 지현은 다시 걸까 하다가 그만뒀다. 너무 매달리는 것처럼 보일 수도 있겠다 싶어서였다. 지현은 서운해하며 휴대폰을 내려놓고 한숨을 내쉬었다.

"참 괜찮은 사람인데……."

태오 말이다.

"아, 내일부터 또 중노동이구나."

포도밭 일 말이다.

고된 일을 생각하면 죽어도 내려가기 싫은데 슈퍼마켓에 일자리 구했다고 좋아라 하는 엄마를 생각하면 안 내려갈 수 없었다. 포도밭 물려받아 엄마 손에 쥐어주겠다 결심했으니 실천해야지.

지현은 태오와 잘 영근 포도송이가 교차되는 것을 느끼며 잠이 들었다.

네엿

지현이 개찰구를 빠져나와 역 정문을 향해 걷는데 지현을 막아서는 그림자가 있었으니 택기였다.

"어떻게 나왔어요?"

지현이 깜짝 놀라며 한편으론 반가운 얼굴로 말했다.

"바쁜 시간 아니에요?"

"괜찮아요."

택기가 가방을 달라는 듯 손을 내밀었고 지현이 괜찮다며 주지 않으려 하자 택기가 강제로 지현의 가방을 들었다.

"할아버지 저 오는 거 아세요?"

"말씀드렸어요."

"예정보다 빨리 와서 심통 안 내시겠네요."

지현의 말에 택기가 픽 웃었다.

김천역 앞 주차장으로 와서 택기가 몰고 온 트럭에 올라타던 지현은 택기에게서 뭔가 달라진 점을 발견하고 쳐다봤다.

"머리 잘랐어요?"

"예."

"깔끔하네요."

"……"

"저 근데 몇 살이에요?"

"서른하나예요."

"나보다 다섯 살이나 많네요."

"……서울에서 무슨 일 있었어요?"

"아뇨."

"왜 울었어요?"

"운 거 아니에요."

지현은 모른 척해주지 쑥스럽게 왜 묻나 싶었다.

"오기 싫은데 억지로 가라 해서 울었어요?"

"아니에요!"

지현이 펄쩍 뛰었다.

"사표 낸 거예요?"

"네?"

사표라는 말에 지현이 당황해하며 택기를 쳐다봤다.

"안 냈어요?"

"아니, 그게 아니라…… 냈어요."

이런 사소한 거짓말은 아무렇지 않은 듯 척척 해주면 얼마나 좋으랴. 그냥 평상시대로 하면 될 걸 괜히 혼자 찔려하는 바람에 얼굴까지 빨개졌다.

"내기 싫은데 억지로 냈어요?"

"아니에요."

"그런데 왜 얼굴이 안 좋아요?"

"저기요."

"말해요."

"실은, 회사 안 다녔어요."

지현이 빨개진 얼굴로 말하자 택기가 지현을 쳐다봤다.

"그냥 놀고 있었어요. 직장 다니던 거 아니에요."

"……."

"할아버지한테 백수로 논 지 몇 년 된다는 말 하기 싫어서 아버지가 그냥 회사 다닌다 했던 거예요."

"그럼 왜 사표 낸다고 서울 갔어요?"

"엄마가, 휴가 냈다고 내려갔는데 너무 오래 있음 티 난다고……."

지현의 말이 끝나기 무섭게 택기가 너털웃음을 터뜨렸다.

"웃지 말아요, 창피하게."

지현이 파르르 성을 냈지만 택기는 웃음을 멈추지 않았다.

"백수로 놀고 있는데 영감님이 땅 준다시니까 신나서 달려온 거예요?"

"그런 거 아니에요. 오고 싶어서 온 줄 알아요? 농사짓는 거 좋아라 할 사람이 누가 있어요?"

"포도에 전혀 애정이 없으면서 단지 땅 받아챙길 심보로 왔다면 물려받기 힘들 거예요."

택기가 정색을 하고 말했다.

"알고 있어요. 그래서 농사지으러 왔잖아요! 농사지어서 땅 물려받을 거예요. 땅만 물려받아 봐요, 택기 씨를 제일 먼저 잘라 버릴 테니까."

지현의 말에 택기가 픽 웃었다.

"웃지 말아요. 정말로 뼈 부서지게 일해서 물려받을 테니까."

지현이 오기가 난 얼굴로 말했다.

"갑자기 왜 뼈 부서지게 일할 생각을 하셨습니까?"

"빈정거리지 말아요. 나도 엄마가 슈퍼마켓에서 일만 안 했더라도……."

지현은 갑자기 또 주책맞게 울컥거려 입을 다물어 버렸다.

"안 가도 돼. 억지로 갈 필요 없어."

연희와 헤어지고 집으로 돌아온 지현이 내일 김천으로 내려가겠다고 하자 엄마가 조금도 기쁘지 않은 얼굴로 말했다.

"아니야, 갈 거야."

"가고 싶지 않다 했잖아. 엄마 욕심 버렸어. 신경 쓰지 말고 집에 있어. 취직 자리 알아보려고 온 거 아니야?"

"아니야. 연희한테 취직 못한다 했어."

"왜?"

"그냥 농사지으러 갈래. 땅 물려받을 거야. 일한 거 아깝고 억울해서라도 물려받아야겠어."

"고작 열흘 일하고는 뭐가 억울해? 가지 마. 들어보니 농사일은 둘째 치고 힘들겠어. 씻지도 못하고."

"지금 슈퍼 문 열었을까?"

"왜?"

"생리대 왕창 사가지고 가게."

"문 닫았지."

"그럼 김천 가서 사야겠다."

"지현아, 안 가도 돼. 엄마 괜찮아."

"나도 괜찮아. 갈 거야. 땅 물려받아서 엄마 손에 쥐어줄 테니까 소원대로 펑펑 써봐. 동창회 갈 때 폼도 잡고."

"펑펑은 무슨. 거기가 얼마나 힘든지 알게 됐는데 너 가도 엄마 맘 안 편해. 펑펑 안 써도 좋아. 폼 잡을 것도 없고. 안 나가면 그만인 걸 뭐."

"하여튼 땅 물려받음 슈퍼에서 일 안 해도 되잖아."

"너 엄마 슈퍼에서 일해서 그거 보기 싫어 그래?"

"보기 싫고 속상하고 하여튼 갈 거야."

"계산하는 거야. 계산하는 게 얼마나 좋은 줄 알아? 치매도 안 걸리고 좋대. 오죽하면 노인들 화투라도 치라고 하잖아."

"됐어. 엄마도 집에 앉아 화투 패를 띠든 고스톱을 치든 해, 그럼."

"언제부터 엄마 생각해 줬다고 이래?"

"지금부터 생각 좀 슬슬 해주려고."

"기집애."

곱게 흘기는 엄마의 눈이 붉게 충혈되는 것을 봤었다.

'엄마…….'

지현이 우는 줄 알았는지 택기가 차 안에 있던 티슈를 몇 장 뽑아주었다.

"필요없어요. 하여튼 정신 차리고 일할 거예요. 그 지긋지긋한 잔소리 그만 듣고 욕도 안 먹을 거예요."

"나도 잔소리하고 싶지 않아요."

"내가 백수로 놀았다고 하니까 한심해 보이죠?"

"놀고 싶어서 놀았겠어요?"

"맞아요, 놀고 싶어서 논 거 아니에요. 나도 취직해 보려고 이력서만 백 장은 썼을 거예요. 나중엔 이력서에 붙이는 사진도 찍기 싫어질 정도로 말이에요. 취직 한번 해보겠다고 100% 성공하는 면접 노하우 책만 열 권도 넘게 읽고 나 나름대로는 정말 필사적이었어요. 엄만 좋은 대학 나와 자존심에 중소기업엔 안 들어가고 대기업만 바라보다 낙동강 오리 알 됐다 오해하는데 그렇지 않아요. 어디든 일단은 들어가 보려고 가리지 않고 이력서를 냈는데 한 군데서도 날 받아주겠다는 데가 없었어요. 얼마나 비참했는지 상상도 못하겠죠?"

지현이 한숨을 푹 내쉬었다.

"취직은 못했지만 포도 농사는 끝발나게 지어보겠다 결심했으니까 열심히 해볼 거예요."

"기대할게요."

"시내에 큰 슈퍼마켓에 좀 들렀다 가요."

"왜요?"

"살 게 있어요."

택기는 지현을 김천 시내에서 제일 큰 슈퍼라는 농협 마트에 데려다 주었고 지현은 생리대를 몇 뭉텅이 샀다. 따라 들어오지 말래도 억지로 따라 들어왔던 택기는 지현이 생리대를 쓸어담자 당황한 얼굴로 먼저 나가 있을게요 하고 나갔다.

"그러게 따라오지 말라니까……."

지현은 생리대를 보고 귀 뒤가 벌게진 택기를 생각하며 픽 웃었다.

집으로 돌아오자 한 번 예뻐해 준 적 없는 똥개들이 지현에게 달려나와 꼬리를 흔들고 난리였다.

"너희들은 내가 좋으니? 나 같음 아는 척도 안 하겠구만."

지현은 괜스레 똥개들에게 미안해졌다.

"아무래도 여기 오래 있을 것 같으니까 예뻐해 주려고 노력은 해보겠다만 암만 봐도 정이 들 것 같지는 않다."

지현이 무슨 소리를 하는지도 모르고 똥개들은 마냥 좋은지 꼬리를 흔들어댔다.

"할아버지! 저 왔어요!"

지현이 큰 소리로 외쳤지만 대답이 없었다.

"어디 가셨나?"

방으로 들어가려는데 경운기를 세워두었던 자리가 말끔히 헐리고 무엇인가가 지어지고 있었다.

"뭐예요?"

지현이 차를 세우고 들어오는 택기에게 물었다.

"화장실 겸 욕실을 짓고 있어. 필요하다 했잖아요."

할아버지한테 말 좀 해달라 부탁했는데 지현이 서울 간 사이 공사가 시작됐던 모양이다. 택기가 어떻게 할아버지를 구워 삶았는지 몰라도 수건에 물 적시는 꼴도 못 봐주시던 할아버지가 웬일인가 싶었다.

"일주일 정도 걸려요."

"할아버지한테 말해 줘서 고마워요. 옷 갈아입고 나올게요."

지현이 즐거워진 기분으로 짐을 풀고 옷을 갈아입고 나오자 택기가 마루에 밥상을 차려놓고 기다리고 있었다.

"할아버지는 안 계시나 봐요."

"밭에 계세요."

"우리끼리 먹어도 돼요?"

"먹어요. 밭에서 점심 드실 거예요."

밥을 먹던 지현이 뭔가 생각난 듯 택기를 쳐다봤다.

"저기요."

"왜요?"

"할아버지한테 나 백수였다는 거 말하지 마세요."

지현이 민망해하며 말하자 택기가 픽 웃었다.

"대학 졸업하고 취직도 못하고 놀았다 하면 할아버지 한심해하실 텐데 한심한 애 되기 싫어요."

"알았어요."

"그리구요."

"말해요."

"내가 돌아오니까 좋아요?"

지현의 물음에 택기가 물끄러미 쳐다봤다. 좋다 싫다 말은 않고 물끄러미 쳐다만 보자 쓸데없는 걸 물었다 싶어 무안해졌다.

"좋을 리가 없겠죠."

지현이 입술을 실룩거리며 중얼거렸다.

김천으로 돌아온 지 벌써 일주일. 일주일 중 이틀은 택기의 허락을 받아 쉴 수 있었다. 오자마자 게으름이냐고 야단할 줄 알았는데 지현이 이유를 들이대자 두말 않고 쉬게 해주었다.

"저기 오늘하고 내일만 쉴게요."

지현이 방문을 열고 마당에 있는 택기에게 부탁조로 말했다.

"왜요?"

"월중 행사가 시작돼서요."

지현이 김천으로 돌아오던 날 시내에서 왕창 사들인 생리대를 들어 보이자 택기가 못 볼 걸 본 듯 얼른 고개를 돌렸다.

"쉬어요."

"이틀만 쉴게요. 둘째 날, 셋째 날이 피크거든요."

"알았어요."

그렇게 생리 때문에 이틀을 쉬고 다시 포도밭으로 일을 나가려는데 택기가 더 쉬고 싶으면 쉬어도 된다고 말했다. 여자가 생리를 시작하면 기본 사오 일은 몹시 불편한 시기라는 것을 알고 있는 모양이었다.

"괜찮아요."

"오전엔 쉬고 점심 먹고 오후부터 해도 돼요."

"그럴까요?"

오전은 방 안에서 쉬다가 점심을 먹기 위해 집으로 온 택기와 할아버지, 이렇게 세 사람이 점심을 먹고 포도밭으로 떠나려고 하는데 갑자기 스피커가 어디에 붙어 있는지는 몰라도 방송이 흘러나왔다.

—아아, 들리는교? 아아, 아 이장입니다. (옆에 누가 있는 듯 좀 더 작은 목소리로)들리나 안 들리나? 아아, 딴 게 아이고 지금 노인정에서 돼지를 한 마리 잡아묵기로 했으니까 다들 노인정으로 나오시소. 날도 덥고 기력도 빠져가 이래가 살겠는교. 돼지 고기라도 몇 점 집어넣어야 안 되겠는교. 저짜게 황필만 영감님께서 돼지 한 마리를 내놓으셨으니까 얼른 나오시소.

무슨 방송이 저런 자유분방한 방송이 다 있나 싶었다.

"뭐라카노, 돼지 잡는다 카나."

할아버지가 방에서 내다보며 물었다.

"황 영감님이 돼지 한 마리 내놓으셨다 하네요."

"잘됐네, 느그도 가자."

할아버지가 화려한 속도를 뽐내며 방에서 나와 경운기에 오르셨다.

돼지를 잡는다고 해서 이미 잡은 돼지 살점을 구워 먹거나 보쌈

처럼 삶아서 김치에 싸먹거나 그도 아니면 삼겹살 정도라고 생각
했는데 웬걸 지현은 멋모르고 노인정에 따라갔다가 기절하는 줄
알았다.

황 영감님이 내놓으셨다는 돼지는 아직 멀쩡히 살아 있었다.

"저 돼지를 지금 잡는 건 아니겠죠?"

"지금 잡을 거예요."

택기의 대답에 지현의 얼굴은 사색이 됐다.

아니다 다를까, 마을 어르신들 몇 분이 공포에 떠는 돼지에게
달려들더니 그 자리에서 도살을 시작했다.

"악!"

지현은 새파랗게 질려 고개를 돌렸다. 고개를 돌려서 돼지 도살
장면은 보이지 않았지만 그 처절한 비명은 계속되고 있었다.

"미친다, 정말 미쳐."

지현은 그때부터 뛰기 시작했다. 돼지 비명이 들리지 않을 때까
지 죽도록 뛰었다. 뛰다 보니 포도밭이었고 멈춰 서서 헐떡거렸
다. 돼지에게 도끼인지 쇠망치인지를 휘두르던 장면이 떠오르자
속이 울렁거려 얼굴을 구기며 몸서리를 치는데 경운기 소리가 들
렸다. 뒤돌아보니 택기였다.

"괜찮아요?"

"괜찮치 않아요."

"와~ 진짜 빨리 뛰네요."

"약 올리지 말아요."

"뭘 그런 걸 가지고 놀라고 그래요?"

"그럼 안 놀라요? 세상에, 돼지를 잡는데. 전 태어나서 돼지 잡는 거 처음 봐요. 어릴 적에 우리 친할머니가 닭 잡을 때의 공포가 되살아나네요."

"닭 잡는 게 어때서요?"

"닭도 어지간히 잡았어야죠. 우리 할머니 서울서 방학 때 놀러 온 손주들 해먹일 거라고 닭을 잡으셨는데 멀쩡히 살아 있는 닭 두 마리의 모가지를 양 발바닥 밑에 딱 깔고 앉으셔서 닭이 죽을 때까지 아버지랑 대화를 나누셨다구요. 것도 활짝 웃으시면서."

지현이 울상인 얼굴로 말하자 택기가 웃음을 터뜨렸다.

"닭이 모가지가 밟혀서 푸드덕푸드덕 비명도 못 지르고 난리가 났는데 우리 할머닌 태연하게 아버지랑 얘기하셨다구요."

지현이 질린다는 얼굴로 말했다.

"우리가 집에서 먹는 돼지고기나 쇠고기 다 그렇게 도살해요."

"그래도 직접 보진 않잖아요."

"배 안 고파요?"

"안 고파요. 아주머니들은요?"

"아직 노인정에 계세요."

"택기 씬 왜 왔어요?"

"별로 생각이 없어서요."

"나 때문에 먹고 싶은데 못 먹는 거예요?"

"아니에요."

지현은 포도밭으로 들어와 그늘 아래 앉았다.

"당장 일 시작해야 해요?"

"더 쉬어요."

"비위가 많이 상했나 봐요."

"포도 먹을래요?"

"아뇨."

택기가 지현의 곁에 앉았다.

"돼지 자주 잡아요?"

"자주는 아니고 가끔요. 마을에 잔치가 있을 때나 그럴 때."

"적응 안 되네요."

지현의 시무룩한 얼굴로 말하자 택기가 웃었다. 지현이 일어나
자 택기가 더 쉬라고 말했다.

"이제 괜찮아요."

지현은 포도밭 창고로 들어가 목장갑과 원예용 가위를 들고 나
왔다.

"저 뒤쪽부터 해야죠?"

"예."

지현이 목장갑을 끼며 걸어가는데 택기가 모자를 씌워주었다.

"고마워요."

모자를 푹 눌러쓴 지현은 택기를 돌아봤다.

"백화점에 납품할 포도 따야죠?"

"예."

지현은 포도 나무를 살펴보며 다니다 알맞은 포도를 발견했다.
조금 높은 곳에 있었다. 지현은 근처에 있던 사다리를 끌고 와 나
무에 댔다. 사다리를 하루 이틀 탄 것도 아니고 이제 제법 잘 탔

다. 사다리 위로 올라간 지현은 아주 탐스럽게 익은 포도송이를 쳐다보며 꼭지에 가위를 댔다.

"잘 익었다, 정말."

지현이 꼭지를 막 자르려고 하는데 언제부터 있었는지 웽 하더니 벌이 날아올라 지현에게 돌진했다.

"아악!"

지현이 소리를 지르며 벌을 쫓기 위해 손사래를 치는데 기우뚱하더니 사다리가 넘어갔다.

"어머머."

지현이 중심을 잡아보려고 했지만 이미 늦은 때였다. 사다리와 함께 넘어가며 땅에 곤두박질치는구나 싶었는데 택기가 뛰어들어 지현을 받았고 두 사람은 한몸처럼 뭉쳐진 채 바닥에 쓰러지고 말았다.

"억!"

그리고 바닥에 부딪쳤다.

그런데 비명은 지현이 아니라 택기가 내질렀다. 택기가 숨넘어갈 듯이 헉헉거리며 지현을 밀쳐 내더니 두 손을 다리 사이에 구겨 넣고 허리는 못 편 채 데굴데굴 굴렀다.

자세를 잡을 겨를도 없이 뒤엉켜 쓰러졌는데 쓰러지면서 어떤 각도가 되었는지 몰라도 지현이 택기의 거시기, 아주 중요한 부분을 내리찍은 모양이었다.

지현이 어떻게 해야 될지 몰라 하며 민망해하는데 택기가 가까스로 몸을 일으키더니 구부정하게 구부린 채 저만치 갔다.

"저기요, 그곳은 무사한가요?"

지현은 너무 미안해서 물은 것인데 고개를 홱 돌린 택기는 당장이라도 지현을 죽일 것 같은 표정이었다.

"아니, 뭐, 저는 다른 뜻은 없고 무사한지…… 무사히 대는 이을 수 있을까 해서……."

택기는 아직도 하얗게 질린 얼굴로 지현을 노려보며 씩씩거리다 민망스럽기 그지없는 걸음으로 저 안쪽으로 도망쳐 버렸다.

갑자기 웃음이 터져 버린 지현은 입을 막고 웃기 시작했다.

"어쩌다가 그곳을…… 자손 못 볼 뻔했네."

지현은 보이지도 않는 곳에 숨어버린 택기를 생각하며 키득거리고 웃었다.

일을 끝내고 집으로 돌아오는 길에 지현은 자꾸만 택기의 아랫도리로 향하려는 눈길을 잡아붙드느라 애를 먹었다. 딴 뜻은 없고 괜찮은지 궁금해서인데 지금 표정으로 봐서는 무사한 듯도 해 보였다.

"저기요."

"왜요?"

"아깐 실수였어요."

"……."

"별일없겠죠?"

"뭐가요?"

"무사하죠?"

지현이 묻는데 택기가 갑자기 경운기를 멈췄다.

"무사하지 않음 책임질 거예요?"

"책임? 에이, 엄살은. 뭐 그 정도 가지고."

"엄살로 보여요?"

"아, 물론 남자가 그곳을 강타당하면 거의 죽음이라는 것은 알지만."

지현이 재밌어하며 말하는데 택기가 지현의 손목을 움켜잡았다.

"나중에 정말 잘못되면 어쩔 거예요?"

"잘못된다는 건 어떤 걸 두고 말하는 거예요?"

"자손을 못 보면 어쩔거냐구요! 책임질 거예요?"

"설마요……. 그런 엄청난 사태가 벌어지면 안 되죠."

"그러니까 재밌어하지 말아요."

"재밌지 않아요. 미안해요."

지현이 미안한 얼굴로 말하자 택기가 손을 놓주었다.

택기는 경운기를 다시 몰기 시작했고, 지현은 참으려고 참으려고 항문에 양껏 힘을 주었지만 결국 웃음을 터뜨리고 말았다.

"웃지 말아요!"

택기의 고함 소리를 들으면서도 지현의 웃음소리는 그치지 않았다.

김천으로 돌아오고 이 주일이 지날 동안에 꾀부리지 않고 실수하지 않으려고 애쓰며 일에 매달린 보람이 있었는지 택기에게 거의 잔소리를 듣지 않았다. 꾀도 부리지 않고 마을 아낙들과 똑같이 일하다 보니 몸이 녹아내릴 듯 고달팠지만 말이다. 그사이 목욕탕도 완성되었고 일하고 돌아와 샤워할 수 있게 되어 너무 좋았다. 완전 수세식 변기를 달아놓아 밤에 화장실 가는 것도 무섭지 않았고. 다만 매일같이 샤워하는 지현이 못마땅하신 할아버지가 한 바가지면 끝날 것을 물 많이 쓴다 타박하시는 통에 샤워도 할아버지 없을 때나 할아버지가 주무시고 있는 한밤중에 몰래 해야 했다.

지현이 수건을 들고 소리없이 방을 빠져나와 할아버지 방 불이 꺼진 것을 확인하고 화장실로 향했다. 화장실 앞에서 멈춘 지현은 택기가 일러준 대로 경운기 창고의 불을 켰다. 신식 화장실이 생기면서 없애야 했던 경운기 창고는 예전 푸세식 변소를 밀어버리고 만들었다. 경운기 창고에 불을 켜는 이유는 간단했다. 물 함부로 쓰는 걸 끔찍해하시는 할아버지에게 되도록 샤워하는 것을 들키지 않기 위해서였다. 경운기 창고는 신식 화장실 바로 옆에 있었기에 불을 켜두면 화장실 안도 제법 환해서 샤워하는 데 별문제가 없었다. 오밤중에 경운기 창고에 불이 켜지면 지현이 샤워 중이라는 신호였기에 택기도 화장실 근처에는 얼씬하지 않았다.

지현은 재빨리 화장실 안으로 들어와 옷을 벗고 샤워를 시작했다. 하루 온종일 흘리는 땀이 얼만데 어떻게 씻지 않고 자라는 말씀인지. 물 헤프게 쓴다고 타박할 것 같으면 이놈의 신식 화장실 만드나마나 아닌가. 몰래 도둑고양이처럼 숨어들어 샤워를 해도 씻을 수 있게 된 것이 더없이 기쁘지만 말이다.

할아버지가 주무실 때까지 끈적거리는 몸으로 기다리느라 죽을 지경이었는데 시원한 물이 몸에 닿자 너무나 상쾌했다. 땀으로 끈끈한 몸을 말끔히 닦아내고 머리까지 감은 지현이 수건으로 몸을 닦고 있는데 갑자기 창고에 있던 불이 꺼졌다. 그 순간!

"누가 창고에 불을 키났노!"

할아버지의 벼락같은 호통 소리가 들렸다.

심장이 덜컥 내려앉으며 물기를 미처 다 닦아내지도 못하고 팬티를 껴입기 시작하는데 할아버지의 그림자가 화장실을 향해 다가오는 것이 창문에 비쳤다.

"제가 일하고 있었어요. 일하다 뭐 좀 가지러 방에 잠깐 들어갔어요."

지현이 샤워 중이라는 걸 안 택기가 쫓아나오며 대답하는 소리가 들렸다.

"뭐 하는데?"

"경운기가 시원찮아서 손 좀 보려고요."

"그랬나? 그란데 누가 물 틀어났노, 와 물소리가 나노?"

이제 달랑 팬티 한 장 입었는데 할아버지가 문고리를 잡았다.

"제가 볼게요."

급히 택기가 막아섰다.

"와 물을 제대로 안 잠그노?"

"수도꼭지가 좀 엉성한 것 같더라고요."

"그라면 고치야지."

지현은 단지 샤워 좀 했을 뿐인데 무슨 대역죄를 지은 것마냥 바짝 얼어서 꼼짝도 못하고 옷 뭉텅이를 쥔 채 벌벌 떨고 있었다.

"예, 제가 손을 볼게요. 지금 들어오시는 거예요?"

'주무시는 줄 알았는데 나가셨던 모양이네. 이 밤중에 안 주무시고 어딜 다니시는 거야?'

"문 열어봐라. 어디가 샌다는 기고?"

"헉!"

지현이 재빨리 문 뒤로 몸을 숨기는데 벌컥 문이 열렸다.

"제가 손볼게요. 주무세요, 영감님."

택기가 먼저 안으로 들어와 할아버지가 화장실 안으로 들어오려는 것을 막으려고 애쓰며 문을 등지고 섰다.

"알았다. 지현이는 자나?"

"예, 자나 봐요."

"알았다. 불 키고 고쳐 놓고 자라이."

"예."

할아버지가 걸어가는 소리가 들리고 열렸던 문이 닫히려나 싶은데 번쩍 하고 불이 들어왔다. 그리고 불이 들어오는 것과 동시에 택기가 몸을 돌리더니 지현을 쳐다봤다.

"헉!"

지현이 기겁한 얼굴로 옷 뭉텅이로 가슴을 가리고 돌아섰다. 택기도 얼른 고개를 돌리더니 헛기침을 하며 밖으로 나갔다.

"못살아, 못살아. 미쳐, 미친다고!"

지현은 서둘러 옷을 껴입기 시작했다. 몸에 물기가 있으니 브래지어도 빨리 채워지지 않았고 티셔츠는 물론이고 바지도 잘 안 들어갔다.

억지로 옷을 다 껴입은 지현은 수건을 머리에 뒤집어쓰고 백 미터 달리기를 하듯 방으로 내달렸다. 방으로 날다시피 들어온 지현은 문을 닫아걸고 머리를 쥐어뜯었다.

"아이, 정말 미쳐!"

지현이 이불을 뒤집어썼다.

"샤워 맘 놓고 하게 해달라고 시위라도 하든지 해야지."

지현이 이불 안에서 몸부림쳤다.

"쪽팔려!"

다음날 지현이 부엌으로 들어가자 쌀을 씻고 있던 택기가 일부러 지현을 피했다. 지현도 택기를 피했다.

"내가 할게요."

지현이 시선을 마주치지 않으려고 애쓰며 말하자 택기가 슬그머니 씻던 쌀을 놓고 냉장고로 갔다. 지현이 쌀을 씻어 안치고 택기가 반찬을 만들고 지현이 조수 노릇을 하는 동안 지현과 택기는 서로를 외면하며 입도 벙긋하지 않았다.

상을 다 차리고 웬일로 아직도 안 나오시는 할아버지를 깨워야겠다 생각하며 지현이 부엌을 나가려는데 택기도 같은 생각이었는지 부엌 문으로 움직이다 부딪치고 말았다.

"내가 할아버지 깨울게요."

"그래요."

얼른 부엌을 나온 지현은 할아버지 방 앞에서 다소곳한 목소리로 진지 드시라 말했다.

"안 묵을란다. 느그나 묵어라."

심통맞은 할아버지의 대답이 들렸다.

부엌으로 돌아온 지현은 안 드신대요 하며 택기의 맞은편 자리에 앉아 수저를 들었다.

"저 혹시, 어제 나 샤워하는 거 할아버지가 아시고 아침 안 드신다는 거예요? 심술나셔서요?"

"그런 거 아닐 거예요."

"그런데 왜 아침을 안 드신다 할까요?"

"다른 일이 있으실 거예요."

"네. 그런데 할아버지 심통 내실 때마다 겁나요."

"원래 말투가 그러시잖아요."

"그래도 정말 적응 안 되네요."

밥 한 숟갈 떠서 입에 집어넣고 택기의 눈치를 보던 지현이 다시 입을 열었다.

"저 혹시……."

"뭐요?"

"어제…… 그러니까 화장실에서……."

밥을 뜨던 택기의 손놀림이 멈췄다.

"별로…… 볼 것도 없죠?"

"푸……."

택기가 입을 막고 웃기 시작했다.

지현이 새빨개진 얼굴로 노려보는데 택기는 웃음을 참기가 힘든지 어금니까지 틀어물며 웃었다.

"웃지 말아요."

지현이 이를 갈며 경고하자 택기가 물을 마시며 웃음을 진정시켰다.

"내가 샤워도 내 맘대로 못하고 눈치를 봐야 한다니, 서러워 죽겠는데 웃음이 나요?"

지현이 씩씩거리고 중얼거리다 코가 나오는 듯하자 신경질적으로 손등으로 쓱 닦아냈다.

'감기 걸린 모양이네. 갑자기 왜 코가 나와?'

지현이 숟가락으로 밥을 움푹 뜨는데 그릇에 담긴 하얀 쌀밥 위에 빨간 물이 뚝 떨어졌다. 택기가 먼저 보고 고개를 들었고 지현이 어머 하며 고개를 들자 기다렸다는 듯 양쪽 코에서 주욱 코피가 흘러내렸다.

"코피!"

택기가 놀란 얼굴로 벌떡 일어나더니 휴지를 가져와 코를 막아주었다.

"얼마나 죽도록 일했으면 코피가 다 나요. 것도 쌍코피가."

"코피 난다고 죽지 않아요."

"누가 죽는대요? 그만큼 죽도록 일했다는 거예요."

"알아요, 열심히 한 거."

양쪽 코에 휴지를 쑤셔 넣어주더니 택기가 휴지를 한 움큼 둘둘 말아 쥐고는 싱크대로 가서 물에 적셔왔다. 물에 적신 휴지로 지현의 손등에 묻은 코피를 닦아내 주던 택기가 낮은 목소리로 오늘은 쉬어요 하고 말했다.

"쉬어도 돼요?"

"쉬어요."

"오늘 물건 나가잖아요."

"괜찮아요."

"아니에요, 안 쉴래요. 할아버지 나 방에 들어앉아 있는 거 싫어하실 거예요."

"내가 말씀드릴게요."

"말하지 마세요. 할아버지 심술 내시면 심장 떨려요. 그냥 나갈래요."

지현이 코에 쑤셔 넣어둔 휴지를 빼내는데 택기가 피가 떨어진 밥을 걷어내 주었다.

"그만 먹을래요."

"더 먹어요."

"이상하게 입맛이 없어요."

지현이 새 휴지를 뜯어 코에 쑤셔 넣고 자리에서 일어나자 택기가 안쓰러운 듯 쳐다봤다. 지현은 잘못 본 거겠지, 설마 저 남자가 날 안쓰러워하겠어? 하고 생각하며 가스레인지에 커피 물을 올려놓았다.

"빈 속에 커피 마시면 안 좋아요."

택기가 말했고 지현은 심드렁하게 괜찮아요 하고 대꾸했다.

지현이 커피를 끓여 마루로 나와 마시고 있는데 택기가 개밥을 들고 나왔다.

"내가 줄게요."

지현이 벌떡 일어나자 택기가 웬일이냐는 얼굴로 쳐다봤다.

"똥개들하고 친해져 보기로 했거든요."

"좀 작은 놈은 진숙이고, 큰 놈은 진팔이에요."

"이름이 있었어요?"

"있어요."

"진숙이 진팔이 재밌네요. 설마 진돗개 혈통일 리는 없고 왜 진숙이 진팔이에요?"

지현이 개밥을 받아 들고 개 우리로 가며 물었다. 진숙이 진팔이가 밥 냄새를 맡았는지 벌떡 일어서서 꼬리를 흔들고 난리였다.

"먹어, 진숙아, 진팔아."

지현이 밥통을 내려놔 주자 두 똥개가 주둥이를 처박고 할딱거리며 먹기 시작했다.

"저놈들 아비가 진돗개였어요. 어미는 진주 할머니네 똥개고."

택기가 경운기에 짐을 실으며 말했다.

"섞인 거예요?"

"예."

"그러니까 니들이 완전 똥개는 아니구나. 있지, 얘들아."

지현이 목소리를 낮추며 똥개들 앞에 앉았다.

"할아버지 안 계실 때 니들 목욕 좀 하자. 할아버지 계시면 사람 씻을 물도 없는데 개새끼 목욕시킨다고 야단하실 테니까."

지현의 말에 택기가 픽 웃었다.

"맛있니? 엄청 잘 먹는다, 니들. 옷 갈아입고 나올게요."

방으로 가던 지현은 혼잣말처럼 아, 햄버거나 하나 먹었으면 하고 중얼거렸다. 그 소리를 택기가 들었을 줄은 몰랐다.

밭으로 가서 오후에 서울로 올라갈 트럭에 실을 포도를 포장하고 있는데 조금 전까지 있던 택기가 보이지 않았다. 밭 깊숙이 들어갔나 보다며 아낙들과 부지런히 포장을 하고 개수를 세고 있는데 언제 왔는지 택기가 따라오라고 했다.

"왜요? 개수 세야 해요."

"안에 가서 포도 더 따와요."

"지금요? 여기도 많은데……."

지현이 포도 따는 것보다 박스 작업이 덜 힘든데 힘든 일만 시킨다며 뚱한 얼굴로 택기를 따라 밭 안으로 들어가자 택기가 불쑥 뭘 내밀었다.

"뭐예요?"

"먹어요, 아침 시원찮게 먹었잖아요."

"뭔데요?"

지현이 봉지를 펴고 들여다보자 햄버거와 포장 콜라가 들어 있었다.

"햄버거네요? 어디서 사 왔어요?"

"시내 나간 길에 사 왔어요. 먹고 싶다면서요."

지현은 감격스러운 얼굴로 택기를 쳐다보는데 택기는 무관심한 얼굴로 포도를 따기 시작했다.

"나 혼자 먹어요?"

"먹어요."

지현은 햄버거를 꺼내 포장을 벗겨내고 한입 베어 물었다.

"맛있다."

서울에서도 퍽 자주 먹는 편은 아니었지만 오랜만에 먹자 정말 맛있었다. 얼음이 채워진 콜라와 햄버거, 진짜 찰떡궁합이었다.

"아이스크림 먹고 싶다 하면 사다 줄 거예요?"

지현의 물음에 택기가 지현을 쳐다보며 픽 웃었다.

"다음엔 피자 먹고 싶다 해야지."

"먹고 싶으면 말해요. 사다 줄 테니."

"한번 먹어볼래요?"

"괜찮아요."

"이런 거 안 좋아해요? 맛있는데. 한 번만 먹어봐요."

"괜찮아요."

"괜찮다는 건 싫어한다는 건 아니죠? 한 번만 먹어봐요. 두 번은 나도 싫어요."

지현이 햄버거를 내밀자 택기가 햄버거와 지현을 번갈아 쳐다보다가 픽 웃으며 한입 베어 물었다.

"맛있죠?"

"맛있네요."

"거봐요, 맛있다 했잖아요. 여기요, 콜라."

지현이 콜라를 내밀자 택기가 지현이 빨아먹던 스트로우를 잠깐 쳐다보다가 입을 대고 빨아 마신 후 지현에게 돌려주었다.

"시원하죠?"

"그래요."

"다음번엔 새우 버거로 사다 줘요."

"알았어요."

지현이 씨익 웃으며 햄버거를 한입 더 베어 무는데 오빠! 하고 부르는 소리가 들렸다.

"오빠!"

이 아리따운 목소리의 주인은 당연 홍이었다.

'강낭콩이 왜 왔지?'

"이제 와?"

"네."

택기의 표정이 달라지는 것이 포착됐다.

"안녕하세요."

지현이 먼저 인사하자 홍이도 인사했다. 그녀는 인사하면서 지현이 손에 들고 있는 햄버거와 콜라를 쳐다봤다.

"오빠, 많이 바쁘죠?"

"조금."

"잠깐 못 쉬어요?"

"잠깐은 괜찮아."

'정말 목소리 곱다.'

홍이의 목소리가 부럽다고 생각하는 그때 주머니 속에 있던 휴대폰이 울렸다. 지현이 좀 들어달라는 듯 택기에게 콜라를 건네고 주머니에서 휴대폰을 꺼냈다.

"여보세요?"

[지현이?]

"네, 누구세요?"

[나 태오야.]

"아, 네, 태오 선배."

지현의 얼굴이 활짝 펴졌다. 태오 선배라는 지현의 말에 택기의 눈이 가늘어졌다.

[어디니?]

"김천이에요."

[어디? 포도밭?]

"네, 웬일이세요?"

"잠깐 얘기 좀 해요, 오빠."

"그래."

홍이가 택기와 딱 붙어서 얘기하는 것이 보였다.

[모레 경주 내려가. 경주에서 촬영이 있거든. 혹시나 시간이 되면 만날 수 있을까 싶어서. 촬영은 해봐야 아는 일이라 확실하진 않지만. 포항 집에도 잠깐 들러볼까 하거든.]

"저야 언제든지 괜찮아요. 제가 경주에 가도 되구요. 여기서 경주 엄청 가까워요."

지현이 어쩌다 택기와 눈이 마주쳤는데 택기의 표정이 굳어 있었다.

[내가 시간 되면 김천에 가도 되고. 일단 경주 내려가면 상황 봐서 다시 전화할게. 괜찮지?]

"네, 그러세요."

지현은 꼭 오라는 말은 속보여 차마 못하겠고 제발 그렇게 해주길 희망하며 대답하는데 택기와 홍이가 밭 안쪽으로 들어가는 게 보였다.

[그래, 다시 전화하자.]

"네."

태오 선배가 오면 참 좋겠다 생각하며 전화를 끊은 지현은 택기와 홍이가 멀어지는 쪽을 쳐다봤다.

'아니, 뭐 하길래 저렇게 깊숙이 들어가?'

지현은 들고 있던 햄버거를 우적 씹어 먹었다. 발밑에는 택기가 내려놓고 간 콜라가 있었고 콜라를 집어 든 지현은 택기와 홍이가 사람들 눈에 뜨이지 않는 곳에서 뭘 할까 생각했다.

"무슨 상관이야, 둘이서 뭘 하든."

싶으면서도 이상하게 마음에 걸렸다. 택기와 홍이가 그렇고 그런 사이라는 건 마을 사람들도 다 알고 지현도 알고 있는데 둘이 붙어 있는 것만 보면 괜히 명치끝이 간지러우며 샘이 나는 건 뭘까?

"왜 샘이 날까? 별꼴이야."

하면서도 지현은 도저히 궁금해 견딜 수가 없어서 택기와 홍이가 들어간 쪽으로 움직이기 시작했다.

"아니, 왜 내가 있음 말 못해? 왜 피하는 거야? 둘이 뭐 하려고?"

지현이 빈정거리며 안쪽으로 쭉 들어가자 저만치 서 있는 택기와 홍이가 보였다.

두 사람은 코가 닿을 듯이 딱 붙어서서 마주 보며 얘기하고 있었다. 무슨 얘기를 하는지 멀어서 알아들을 수는 없었지만 택기보다 더 잘 보이는 각도에 서 있는 홍이의 표정을 보자 사랑이 흘러넘치고 있었다.

"좋아 돌겠는 모양이네."

지현이 입술을 삐죽거렸다.

지현은 쓸데없이 심술을 부리며 돌아섰다. 두 사람 연애하는 거 뭐 하러 훔쳐보나 싶어서였다. 한심하게.

지현은 택기가 사다 준 햄버거를 우적우적 씹어 먹으며, 갑자기 햄버거가 왜 이렇게 맛이 없나 생각하며 아낙들이 포장 작업을 하고 있는 곳으로 돌아왔다.

태오 선배가 오겠다 했던 날이 되자 새벽부터 지현은 초조하게 휴대폰만 만지작거리고 있었다. 새벽이 지나고 아침이 되고 오후가 되자 지금쯤이면 전화할 때가 된 것 같은데 왜 안 할까 궁금해졌다. 저녁이 되도록 전화가 없자 하염없이 기다리느니 먼저 해볼까 하다가 참았다. 촬영 때문에 온다 했으니 바빠서 못하는 것이라고, 촬영 끝나면 전화할 것이라고 제발 해달라고 속으로 주문을 외우면서 말이다.

태오의 전화를 이토록 간절히 기다리는 걸 보니 아직도 태오에 대한 사랑이랄까, 태오를 향하는 마음이 남아 있는 모양이다. 만나보고 싶어도 징그럽게 만나지지 않아 어느 날엔가 포기했고 시간이 지나다 보니 가끔 생각이 나면 속 쓰려 하면서도 잊고 살았는데 우연히 다시 만나고 보니 새록새록 잊은 줄 알았던 아쉬움과 연정이 되살아났다.

규진과는 완전히 다른 스타일, 참 믿을 만한 사람이야라는 생각과 신뢰가 강했기에 태오가 태도를 바꿨을 때 너무나 속상했었다. 놓치기 싫었던 사람이다. 지현의 잘못이라고 할 수도 없는, 규진의 실수 때문에 헤어지게 되자 더욱 아깝고 안타까웠었다. 규진과 만났던 기간보다 태오와 함께했던 기간이 훨씬 짧았는데도 규진과 헤어질 때보다 몇 배는 더 속앓이를 해야 했다. 그만큼 태오라는 남자는 지현에게 많은 감정과 생각과 느낌을 준 남자였다.

"전화할 거야."

지현은 태오의 전화에 미련을 버리지 못했다.

태오는 다음날도 전화를 해주지 않았고 그 다음날도 전화가 없었다. 나흘째 되던 날 저녁이 지나 밤이 되어가는데 서울로 올라가는 길이라며 태오가 전화를 걸어왔고 지현은 무척이나 실망하고 말았다.

[일정이 너무 빡빡해서 포항 집에도 못 들렀어. 미안하다, 만나자는 말은 내가 해놓고선 약속을 못 지켜서.]

"아니에요, 바쁘신데요 뭘."

지현은 서운한 티를 내지 않으려고 애쓰며 대답했다.

[드라마 끝나면 포항에 한번 들러야 하니까 그때 연락할게. 한번 보자. 아니면 네가 서울 올라올 때 연락해도 되고.]

"그래요, 그렇게 해요."

[잘 지내고. 고생 많지?]

"고생은요 뭘."

[또 연락하자.]

"네."

지현은 김새 버려 멍하게 휴대폰만 쳐다보다가 집에서 나와 천천히 걷기 시작했다.

"솔직히 태오 선배 만나다고 해서 다시 사귈 수 있는 것도 아닌데 뭘."

지현은 서운함을 가라앉히려고 중얼거리며 한참을 걸었고 걷다보니 포도밭까지 오게 됐다. 한참 수확 철이라 요즘은 야간작업도 하고 있었기 때문에 포장 작업을 하는 곳에는 환하게 불이 켜져 있었다. 택기가 아직도 포도밭에 있을 테니 갈 때 경운기를 타고 가야지 하며 밭으로 들어갔는데 불만 켜져 있고 아무도 없었다.

"어디 갔지? 참 드시러 가셨나?"

포장 작업하는 곳에 아무도 없어 포도밭 안에 사람이 있을까 싶어 천천히 안으로 들어가는데 어디서 많이 듣던 목소리가 들렸다. 할아버지였다.

"할아버지도 여기 계셨나?"

목소리가 들리는 쪽으로 걸어가던 지현은 포도 나무 아래 앉아 있는 할아버지의 뒷모습을 보고 부르려다 멈칫했다. 할아버지는 혼자가 아니었다. 웬 할머니와 함께 앉아 있었다.

"뭣이 그래 어렵소. 누가 뭐라 할기라고?"

할아버지가 성이 난 목소리로 말했다.

"다 늙어서 무슨 남사시러운 짓이냐고 안 하겠는교."

할머니가 말했다.

"남사시럽기는 뭐가. 우리가 젊은 아들 하듯이 뭐라 카드라, 불륜이라 카든가? 그것도 아이고."

"불륜은 아니지만, 김 영감은 그렇다 해도 나는 과부 아인교."

저 할머니 어디서 봤더라? 맞다! 김치 준 할머니!

"과부는 재혼하면 안 되는가? 영감 죽은 지 십 년도 넘었는데 뭐가 어때서?"

"흉보지 안 보겠는교."

"흉보라면 보라 카고 우리만 신경 안 쓰마 되지."

"어떻게 신경을 안 써요. 신경 쓰이지."

"그래서 싫단 말인교?"

할아버지가 푸르르 성을 냈다.

"내 말은 다 늙어서 꼬부라짓는데 뭐 꼭 혼례를 치라야 하는가 그 말이지요."

"그라면 지금처럼 밤마다 숨어서 만나야 된다 그긴교?"

"하이고, 나도 잘 모르겠어요. 우짜야 되는지."

"우짜긴 뭘 우째. 혼례를 치르고 같이 살자 안 하요."

'어머.'

지현은 너무 놀라 입을 막았다.

'어머어머!'

지현은 웃음이 터질 것 같아 더욱 세게 입을 틀어막았다.

'어머머, 웬일이니? 할아버지 연애하신다.'

세상에 그럴 줄은 몰랐는데, 세상에 저 괴팍한 노인네가 연애를 하다니. 들어보니 할아버지는 하루라도 속히 할머니와 혼례를 치러서 함께 살고 싶은데 할머니는 마을 사람들이 흉볼 것이 두려워

망설이는 것 같았다.

"그래서 우짤끼요?"

"뭐를요?"

"화요일 날 제주도 가자 안 했는교."

"한참 바쁜데 우리끼리 제주도 가도 되겠는교?"

"택기가 알아서 할낀데 뭐. 갈끼요?"

"알았어요, 제주도는 가요."

"몰래 만나서 얘기하고 놀러도 다니면서 혼인은 와 안 한다 하는 기고?"

"말했잖아요, 마을 사람들이 뭐라 하겠냐고."

"마을 사람들이 뭐라 하등가 말등가!"

"아이고, 참. 와 이리 성을 내요."

"성 안 나게 생깃는교."

할아버지가 계속 푸르르 성을 냈다.

지현은 나 같음 저런 남자 뒤도 안 돌아보겠는데 내내 성만 내는 할아버지 뭐가 좋다고 할머니가 참아주시나 싶었다.

"한참 날 좋을 때 내가 좋다고 해도 다른 놈하고 혼인해 뿌고 늙어서라도 같이 살아보자 카는데 뭐시 남들 눈 무서버 못한다는 기고."

"그 얘기는 또 왜 꺼내요. 아부지가 그러면 김 영감하고는 안 된다카면서 죽은 영감하고 혼인을 시키는데 우짜라고요."

"그래, 그 영감태기하고 살아보이 좋던교?"

'어머, 할아버지 좀 봐. 너무 재밌다.'

지현은 질투하는 할아버지를 보자 너무 재밌었다. 웃음을 참느라 아랫배가 다 당겼다.

"그랄라면 만나지 말아요. 만나기만 하면 그 소리네."

할머니가 드디어 화가 났는지 털고 일어서는데 할아버지가 붙잡아 앉히셨다.

"내가 도망가자 안 카드나."

"도망을 어쩨 가요. 김 영감 만나는 거 알고 아부지한테 맞아죽을 뻔했구마는. 모르는교?"

"내하고 도망갔으면 와 맞아죽어."

"도망을 우째 치요. 그때 어쩨 됐는가 알고 있다 아인교."

"와 하필이면 진태 새끼하고 혼인을 했냐 그 말이다!"

할아버지가 버럭 화를 냈다.

"아부지가 하라 카는데 우짜라고요."

"진태 새끼하고 내하고 원쑨 거 모리나!"

"호랭이 담배 피우던 시절 얘기를 하믄서 내인테 성을 내면 우짜라고요."

"진태 새끼하고 혼인한다 케서 내가 확 지기삘라 카다가 참았는데."

"우째 됐던 간에 그래도 우리 아들 애비고 죽은 사람인데 그래 욕을 하면 우짜는교! 갈랍니더, 이 손 놓으소."

할머니가 또다시 벌떡 일어났다.

"앉아봐라."

"놓으소, 말 안 할라요."

"앉아보라 카이."

할아버지가 기어이 할머니를 눌러 앉혔다.

"진태는 진태고 그래서 어쩔 끼고."

"자꾸 뭣을 어쩔 끼라고 그라요."

"죽기 전에 한번 살아보자 안 카나."

"남사시럽게……."

"남사시럽기는 뭐가. 진태 새끼하고 혼인하라 할 땐 군소리없이 하고 내하고 사는 거는 싫나!"

"참말로 미치겠네. 아무 소리도 안 할라요, 놓으소."

할머니는 정말 성난 것 같았다. 할아버지의 손을 뿌리치는 것을 보고 지현은 살금살금 도망쳐 왔다.

"어머머, 할아버지 너무 웃긴다. 어머, 웬일이야?"

지현이 키득거리며 포도밭을 빠져나오는데 검은 그림자가 지현을 막아섰다. 지현이 깜짝 놀라 고개를 들자 택기가 서 있었다.

"여기서 뭐 해요?"

"아뇨, 뭐 그냥 바람 쐬러 나왔어요."

"걸어왔어요?"

"네. 들어올 땐 안 보이던데."

"저쪽 하우스에 갔다 왔어요."

"네……. 집에 언제 가요?"

"곧 가야죠."

"경운기 태워줘요."

"알았어요. 잠깐 기다려요."

택기가 지현이 나온 쪽으로 들어가려고 하자 지현이 재빨리 택기를 붙잡았다.

"가지 말아요."

"왜요?"

"저기…… 안에 할아버지 계세요."

"그래요? 그런데 왜요?"

"할머니랑 같이 계세요. 저기요……."

지현이 까르르 웃었다.

"할아버지 연애하세요."

지현이 뭐 대단한 비밀을 알아낸 듯 뿌듯해하며 말했다.

"알아요."

"알아요?"

"네, 알아요."

"할아버지가 할머니랑 결혼하고 싶어하는 것도 알아요?"

"알아요."

택기가 픽 웃으며 말했다.

"할아버지 결혼하자시는데 할머니가 싫다 하셔서 할아버지 뿔났어요."

"그것도 알아요."

"다 아네. 알면 진작 말 좀 해주지."

"마을 사람들 대부분은 다 아는데 영감님하고 할머니만 아무도 모르는 줄 아세요."

"정말요?"

지현은 웃음을 터뜨렸다.

"두 분 순진하시네요."

"보기 좋죠 뭐."

"네, 보기 좋아요. 재미도 있고. 제주도 가신대요."

"그래요? 갑시다."

택기가 앞서 걸었고 지현이 뒤따랐다.

"예전에 할아버지가 할머니 좋아하셨나 봐요."

"할머니도 영감님 좋아하셨대요."

"다른 분이랑 결혼하셨나 봐요."

"영감님이 젊은 시절에 소문이 안 좋아서 할머니 아버님께서 반대하셨대요. 그래서 할머니를 서둘러 다른 분한테 시집보냈대요."

택기가 경운기에 오르며 말했다.

"우리 할아버지가 그러셨는데 당숙 할아버지 젊었을 때…… 하여튼 별명이 개망나니였대요."

지현이 택기 옆에 앉으며 말했다.

"그랬다 하더라구요."

"그래서 할아버지 아예 마을을 떠나신 거예요? 할머니 때문에 상처받아서?"

"글쎄, 그전부터 좀 거칠었다 하더라구요."

"근데요, 솔직히…… 할아버지 같은 성격 가까이 지내긴 힘들 것 같아요. 화병 생길 것 같지 않아요?"

지현의 말에 택기는 웃기만 했다.

"마을 사람들도 다 알고 이젠 흉볼 것 같지도 않은데 할머니가 그만 결혼해 주신다 하셨으면 좋겠어요. 할아버지 성나서 부르르 하시더라구요."

"두 분 결혼하시면 좋죠."

"택기 씬 언제 결혼해요?"

지현이 물었지만 대답이 없었다.

"홍이 씨하고 결혼 안 해요?"

"하게 되면 하겠죠."

"홍이 씬 다른 데서 직장 다니는 거예요?"

"대구에서 간호사로 일해요."

"아."

"주말에만 와요."

"그렇구나. 간호사…… 좋은 직업을 가졌네요."

"그렇죠. 마을 어르신들한테 링거도 놔드리고."

"그렇겠네요."

지현은 고개를 돌려 택기를 쳐다봤다. 홍이와 결혼하게 되면 하겠다는 남자. 이상하다, 왜 아깝다는 생각이 들까. 홍이와 결혼해서 아깝다는 게 아니라—사실 택기보다 홍이가 아깝다면 모를까—다른 여자하고 결혼하는 걸 보고 있기엔 어쩐지 아까운 기분.

'무슨 엉뚱한 생각이야. 왜 아까워? 뭐가?'

지현은 서둘러 말도 안 되는 생각을 지웠다. 그런데도 여전히…… 조금 아까웠다.

할아버지 제주도로 떠나시던 전날 밤. 할머니가 함께할 여행 때문에 들떠서인지 몰라도 할아버지 기분은 아주 좋아 보였다.

"내일 일 보러 저기 좀 간데이."

저녁을 드시고 일어나시던 할아버지가 딴청을 피우시며 말했다.

"일 보러 어디 가시는데요?"

뻔히 알지만 지현은 장난기가 발동해 물었다.

"저기."

"저기가 어딘데요, 할아버지?"

"그런 데가 있다. 한 며칠 걸릴 끼다."

"혼자 가세요?"

"혼자 가지, 그라면."

할아버지가 과장된 목소리로 말했다.

'에이, 할머니랑 제주도 가시잖아요.'

지현은 피식 웃었다.

"니 혼자 하겠나?"

할아버지가 택기에게 물었다. 밭일 혼자 할 수 있겠냐 그 뜻이었다. 에이, 할아버지는 할머니랑 연애하시느라 진작부터 밭을 거들떠보지도 않아놓고선 새삼스레.

"내일부터 건넛마을에서 청년회 팀들이 도와주러 오기로 했어요."

"그랬나. 잘됐네."

"예, 걱정 마시고 다녀오세요."

"오야, 알았다."

할아버지가 부엌을 나가시고 지현이 크득거리며 재밌다며 중얼거리자 택기가 피식 웃었다.

"할아버지 할머니랑 자주 여행 가셨으면 좋겠어요."

"왜요?"

"할아버지 없을 때 맘 놓고 샤워 좀 하게요. 내일부터 해방이네."

지현이 콧노래를 부르며 일어나 설거지를 시작했다.

"할아버지 계셔도 그냥 씻어요."

"물 쓴다고 난리시잖아요."

"언제는 누구 눈치 봤어요?"

"어머, 그게 무슨 말이에요? 내가 철면피라도 된다는 말이에요?"

"아뇨, 씩씩하게 씻으란 말이에요. 땀 많이 흘리는데 안 씻고 어떻게 살아요."

"내가 하고 싶은 말이 그거예요. 할아버지는 할머니랑 연애하시느라 땀 안 흘리셔서 안 씻으셔도 될지 모르지만 난 안 씻으면 못살겠는데도 할아버지는 물만 쓰면 타박이시잖아요."

"영감님은 원래 잘 안 씻으셨어요."

"잘 안 씻는 건 집안 내력인가 봐요. 우리 할아버지도 웬만하면 안 씻고 넘어가려고 하셔서 할머니가 엄청 잔소리했었거든요. 몸에서 사람 냄새가 아니라 군내 난다고."

지현이 불결하다는 듯이 고개를 절레절레 저었다.

"내일부터 무척 바쁠 거예요. 본격적으로 수확해야 하거든요."

"각오하고 있어요."

"잘해봅시다."

"그래요, 잘해보자구요."

무척 바쁠 거라는 택기의 말은 빈말이 아니었다. 한 사람의 일
손이 아쉬울 만큼 새벽부터 밤늦게까지 정신없는 하루가 계속되
고 있었다. 그전부터도 바쁘긴 했지만 도시 사람들이 슬슬 휴가
날짜를 잡을 때 농촌은 혼이 빠지게 바빠졌다. 김천 인근의 도시
부터 멀게는 서울 농산물 시장에까지 포도를 올려 보내야 했기 때
문이다.

포도는 가장 맛이 좋을 때 따서 신선도가 떨어지기 전에 소비자
의 쟁반 위에 올려놓아야 제값을 받을 수가 있었다. 나무에 오래
매달아둔다고 점점 더 달고 맛나지는 것이 아니라 포도도 때가 있
기에 그때를 놓치지 않고 판매해야 했다.

마을 사람들로는 일손이 부족해 건넛마을에서 품앗이로 일해
줄 사람들이 온다고 하더니 새벽에 포도밭에 나가자 처음 보는 총
각들이 여러 명 나와 있었다. 이렇게 건넛마을 사람들이 도와주면
다음번엔 이 마을 사람들이 건넛마을로 넘어가 일을 도와준다 했
다. 품앗이는 참 좋은 것 같았다. 사람 사는 삶이 너무 비싸 본전
도 못 챙기는 경우가 허다한데 이렇게 서로 돕고 돈도 벌고 하니
말이다. 물론 몸은 고달프지만.

확실히 기운 좋은 총각들이 나서자 아낙들만 있을 때보다 속도

가 빨라졌다.

처음 건넛마을 총각들을 포도밭에서 만났을 때 택기가 지현을 이 포도밭의 주인인 김 영감님 손녀라고 소개를 시켰었는데 그 순간부터 지현은 김천에 오고 처음으로 대단한 인기를 끌었다. 서울에서 온 처녀라서가 아니라 그냥 처녀라는 것만으로도 시골 총각들을 흥분시키는 듯했다. 물론 드러내 놓고 헤벌쭉하는 것은 아니고 느물거리는 것도 아니고 참으로 담백하고 순수했고 또 지현에게 끔찍하게 친절했다. 일 도와주러 온 다섯 명의 총각 중엔 서른이 훌쩍 넘도록 장가를 못 간 노총각도 한 사람 끼어 있었지만 나머지 네 명은 노총각이 아니었다. 너무나 장가가고 싶어하는 노총각 아저씨가 제일 친절하긴 했지만 네 명의 젊은 총각들도 황송할 정도로 친절했다.

무거우니 들지 마라, 그늘에서 좀 쉬어라, 고생한다 등등 지현이 안쓰러워 못 견디겠다는 얼굴들을 하고 있었다.

"쟈들이 처자를 보더만 혼이 빠지는 갑네."

"눈꼴시러바서 못 봐주겠네."

"에잇, 문디 자슥들."

얼마나 총각들이 못 봐주게 굴었으면 아낙들이 돌아가며 한소리씩 했다.

그중 제일 나이 많은 노총각은 지현과 눈만 마주쳐도 얼굴을 붉힐 정도였다. 이 사람들이 무슨 수작이야? 하는 기분이 전혀 들지 않게 세상에 저렇게나 담백한 사람들이 있을까 싶을 만큼 마치 사춘기 소년을 보는 것처럼 맑은 총각들이었다.

점심을 먹을 때도 그렇고 참을 먹을 때도 지현을 챙겨 주지 못해 안달이었고 서로서로 지현을 훔쳐보느라 정신없는 한편 지현이 대체 어디에 시선을 주어야 할지 난감할 지경으로 관심 폭발이었다. 솔직히 은근히 그런 상황을 즐기기도 했고.

지현의 곁에 앉아 밥을 먹게 된 노총각은 밥을 다 먹을 때까지 낮술 마신 사람처럼 얼굴에 벌게져 있었는데, 오죽하면 동네 아낙이 아이고 고추장 필요없겠네. 니 얼굴 찍어 무마 되겠다 하고 놀렸을까. 태어나서 이토록 대단한 관심을 처음 받는 지현으로선 황송한 한편 즐겁기 그지없었다.

"하드 한 개 잡숫고 하세요."

지현이 사다리 위에서 포도를 따고 있는데 건넛마을 총각이 말했다. 총각의 손에는 하드가 들려 있었다.

"고맙습니다."

지현이 사다리에서 내려오는 동안—고작 두 계단이었다—건넛마을 총각은 사다리를 꼭 잡아주는 다정다감을 베풀었다.

"많이 덥지요?"

"네, 덥네요."

"한 개 드세요."

건넛마을 총각은 손수 껍질까지 까주었다.

"고맙습니다. 언제 사 오신 거예요?"

"하도 더버서요. 저기 농협 지소 옆에 가게서 사 왔어요."

"농협 지소도 있어요? 전 어디 있는지도 몰라요."

"서울서 오셔서 마을 구경을 안 하셨는가 베요."

"네, 구경할 시간도 없었거든요."

한참 더울 때라 시원한 빙과가 속에 들어가자 갈증이 다소 풀리는 듯했다.

"저는요, 김호준이라고 합니더."

"이름을 이제야 알겠네요."

"예."

"앞으로는 호준 씨라고 부를게요."

"그래 주시마 좋지요."

지현의 말에 호준이 얼굴을 붉히며 좋아했다.

"지현 씨는 형제가 어째 되십니까?"

"저하고 남동생 하나 있어요. 고3이에요. 나이 차이가 조금 있어요. 제가 큰딸이에요."

"부모님은 다 계시지요?"

"그럼요."

"저는 지가 막내라요. 위에 형님이 세 분 계시고."

"여자 형제는 없으시구요?"

"없어요, 전부 사내놈들이라 어무이가 고생하셨어요. 아부지는 돌아가싯고 어무이는 지금 큰형님이 모시고 있어요. 막내라 내는 어무이 돌볼 책임도 덜하고 동생들도 없어가 신경 쓸 것도 없고 좋아요."

지현은 호준이 무엇 때문에 저런 가족사까지 얘기하는지 그땐 알아듣지 못했다.

"호준이 이 자슥이 어디 갔노 했드마 지현 씨 꼬시고 있었는

갑네."

호준의 뒤편에서 건넛마을 총각들이 우르르 몰려오더니 호준을 향해 새끼 니 혼자 작전 짜나 하는 얼굴로 눈을 부라렸다.

"날도 더분데 지현 씨 너무 고생하는 것 같아 하드 한 개 드릴라고 왔지."

"하드는 내가 드릴라 캤드마. 한 개 더 드이소."

"아뇨, 이거면 충분해요."

지현이 부드럽게 사양하자 호준에게 딴죽을 걸던 남자가 아쉬운 듯한 표정을 지었다.

"농사짓기 힘드시지요?"

"처음엔 힘들었는데 지금은 단련이 된 것 같아요."

"지현 씨 오시고 이 개령면 총각들이 난리났지요?"

"글쎄요, 제가 본 총각은 택기 씨밖에 없어서…… 난리 안 났어요."

"택기 자슥 좋겠네."

"누가 아이라."

"택기 잘해주지요?"

"지금은 친절하신데, 처음엔 엄청 혼났어요. 일 못해서요."

"택기가 혼을 냈어요? 이 자슥 내가 혼내야 되겠구마."

"우리가 다 할 끼니까 지현 씨는 그늘에 가서 쉬세요."

"아니에요. 쉬면 택기 씨한테 또 혼날 거예요."

"택기가 뭐라 하마 내인테 말씀하세요. 내가 가만 안 있을 끼니까."

지현은 자신이 공주가 되어 마치 시종들을 부리는 듯한 기분이 들었다.

날마다 이렇게만 대접받는다면 무슨 일인들 못하리오.

"말씀만 하이소. 뭐 먹고 싶은 거 없어요?"

"없어요. 호준 씨가 하드 주셔서 이제 살 것 같아요."

지현의 대답에 호준의 얼굴이 활짝 펴졌다. 그때,

"일 시작하죠, 형님들!"

저만치서 택기가 곱지 않은 표정으로 지현 쪽을 쳐다보며 소리쳤다.

"알았다, 자슥아."

건넛마을 총각들이 택기 쪽으로 향했고 지현은 호준에게 고개를 까딱여 하드 준 것에 감사를 표한 후 사다리로 올라갔다.

"내일은 내가 줄 끼데이. 니는 끼지 마레이."

다른 총각들이 호준에게 괜히 눈을 부라리며 경고하는 소리를 들으며 지현은 픽 웃었다.

다음날도 폭발적인 건넛마을 총각들의 관심은 여전했다. 아니, 더욱 증폭됐다.

"이거 맛 좀 보세요."

지현이 포도밭에 도착하자마자 노총각 아저씨가 방울토마토를 한 광주리 내밀었다.

"방울토마토네요."

"제가 토마토 농사짓거든요."

"그러세요? 그런데 너무 많이 주셨어요."

"에이, 뭐 마네요. 싹 씻어왔으니까 그냥 드셔도 돼요."

"고맙습니다. 잘 먹을게요."

지현이 광주리를 받아 들자 노총각이 얼굴을 붉혔다.

"행님, 백날 가도 우리는 토마토 냄새도 못 맡겠더만 아가씨한
테는 그마이나 갖다 주는교."

다른 젊은 총각들이 놀렸다.

"느그도 드리라마."

"행님 그래 안 봤드마, 그라지 맙시데이."

"뭣을 그라지 마."

노총각이 후배 총각들에게 인상을 썼다.

더위가 절정에 달했을 때 총각들이 앞 다투어 하드를 내밀었고
지현은 할 수 없이 총각들이 내미는 하드 중에서 두 개를 골라잡
았다. 더는 못 먹는다고 미안하다고 하면서도 지현은 뿌듯함에 속
으로 쾌재를 불렀다. 지현에게 낙점을 받지 못한 총각들은 한풀이
꺾여 구시렁거렸고 지현에게 낙점된 총각들은 기가 살아 함박 웃
었다. 이게 무슨 남자 후궁 고르는 것도 아니고 단지 입맛에 맞다
싶은 하드를 골라잡았을 뿐인데 그런 단순한 것으로 남자들의 희
비가 엇갈리다니 갈수록 재밌는 인생이다.

지현은 일을 하는 내내 노총각 아저씨가 준 방울토마토 광주리
를 곁에 두고 한 알씩 집어먹었다. 방울토마토도 참 맛있고 달았
다. 과일이든 다른 것이든 갓 따낸 싱싱한 것이 최고였다. 어찌나
싱싱한지 입 안에 집어넣고 깨물 때마다 탁탁 싱그럽게 터지며 끝
맛이 무척 상쾌한 방울토마토였다.

노총각 아저씨는 지현이 연신 토마토를 집어먹는 것이 좋은지 싱글벙글이었다.

　"막걸리 한잔하실래요?"

　참을 먹는 자리에서 호준이 막걸리를 권했다.

　"아니에요."

　"술 못 드십니까?"

　"아뇨, 마시는데 술 마시면 일 못할 것 같아서요."

　"에이, 일 못하실 것 같으마 저쪽에서 한숨 주무시면 되지요. 한 잔 드이소."

　"술 마시면 얼굴이 빨개지는 체질이라 흉하거든요."

　"흉하기는요! 얼굴이 벌게죽죽해지마 얼마나 예쁜데. 지현 씨는 워낙에 고와서 벌게죽죽해지마 미스코리아 같을 깁니다."

　노총각 종식이 침까지 튀기며 말했다.

　오 마이 갓, 미스코리아까지 나왔다.

　"그럼 한 잔만 주세요."

　미스코리아까지 나온 마당에 한번 마셔보자 싶었다.

　"대신 전 맥주 마실게요."

　"그라실래요."

　호준이 막걸리 병을 내려놓고 맥주병을 들려는데 어느새 종식이 맥주병을 집어 들고 잔에 따랐다.

　"건배 한번 하시지요."

　종식이 잔을 집어 들며 말했다.

　지현이 잔을 들어 종식 아저씨한테 부딪치려는데 나머지 총각들도 벌 떼처럼 잔을 들어 지현의 잔에 부딪쳐 왔다.

"아따 꼬라지들 하고는. 눈꼴시러버가 몬 봐주게네. 지랄들도 오지게 하네."

"쟈들이 장가가고 싶어가 똥구멍에 불이 붙었구마는."

"오지랄도 엉가이 한다."

아낙들이 돌아가며 건넛마을 총각들을 타박했지만 지현을 떠받드는 것에 재미를 붙인 총각들은 끄떡도 하지 않았다.

택기는 몇 잔의 술과 함께 참을 먹는 동안에 단 한 마디도 하지 않았다. 건넛마을 총각들에게 둘러싸여 공주 대접 받는 지현은 택기가 심통이 덕지덕지 붙은 얼굴로 참으로 나온 수제비만 꾸역꾸역 먹고 있다는 것도 모르고 있었다.

노총각 아저씨 술만 받냐고 나머지 총각들이 하도 투덜거려서 하는 수 없이 맥주 한 잔을 더 받았는데 두 잔을 마시고 나자 얼굴이 후끈거렸다. 보나마나 빨개졌다 싶었다.

술을 영 못 마시는 것도 아니고 맥주 두세 병 정도는 거뜬히 마시는 지현이었지만 문제는 아까 말했다시피 얼굴이 빨개지는 데 있었다. 한 잔을 마시나 두 잔을 마시나 똑같이 빨개졌는데 지현은 술 마셔서 빨개진 자신의 얼굴이 보기 싫었지만 남자들은 아닌 모양이었다. 예전에 규진이 놈도 빨개진 지현의 얼굴이 섹시해서 좋다고 했었는데 지금도 얼굴이 붉어지자 총각들이 난리였다. 미스코리아 소리가 또 나왔다.

"혈색이 좋은 게 진짜로 예쁘네요."

"미스코리아구마."

"미스코리아보다 지현 씨가 훨씬 예쁘네. 미스코리아가 뭐 별
거가. 비쩍 말라가 키만 멀대같이 크고. 여자는 지현 씨처럼 아담
하이 그래야지."

어머나, 정말 왜들 이러실까. 이 총각들이 입 찢어지게 할 작정
인가 왜들 이렇게 적절한 칭찬들을 하실까. 너무 좋은데 대놓고 웃
지는 못하겠고 지현은 부끄러운 듯 술 때문에 후끈거리는 얼굴을
가리며 부끄러운 척했다. 사실 척은 아니다. 앞에 두고 욕을 해도
부끄럽지만 이렇게 칭찬만 늘어지게 해도 부끄럽긴 마찬가지다.

기분 좋게 나머지 일을 하고 있는데 대체 뭐가 못마땅한지 택기
가 화를 냈다.

"히죽거리지 말고 일 좀 해요!"

택기가 소리쳤고 지현은 무슨 엉뚱한 소리냐는 얼굴로 택기를
쳐다봤다.

"일하고 있잖아요."

"제대로 하란 말입니다."

"제대로 안 한 게 뭐가 있는데요?"

"히죽거릴 시간에 일하란 말입니다."

"남이사 히죽거리든 광녀같이 춤추든 내 일은 내가 알아서 할
테니까 신경 끄세요."

지현이 별꼴이라고 중얼거리며 고개를 싹 돌리자 택기가 활활
타오르는 열을 뿜어내며 가버렸다.

"건넛마을 총각들이 나한테 잘해주니까 약 오르는 모양이네."

지현은 저만치 걸어가는 택기의 뒤통수에 대고 입을 삐죽거리

다 똥침 시늉을 하는데 택기가 획 뒤돌아봤고 지현은 딴청을 피우며 외면했다. 택기는 지현을 노려보다가 가버렸다.

"하여튼 성질머리 하곤."

지현은 택기 때문에 좋던 기분 구길 필요 없다 생각하며 다시 히죽거리며 일을 시작했다.

연일 건넛마을 총각들의 대대적인 환영과 관심을 받으며 속으로 이것 참 살 만하군 하며 즐거운 비명을 지르던 지현은 건넛마을 총각들이 포도밭 일을 도와주는 날도 며칠 안 남았다 생각하자 아쉬워졌다. 며칠만 지나면 이런 관심과 환영도 끝이구나 싶은 생각 때문이었다.

방울토마토 챙겨다 주고, 어떤 날은 상추 뜯어다 주고, 또 한 날은 수박 한 통 가져다 주고 하던 종식이 민망할 정도로 새빨개진 얼굴로 야간작업하는 총각들을 남겨두고 집으로 가려는 지현에게 말을 걸었다. 얼마나 큰 용기를 냈는지 충분히 짐작하고도 남을 얼굴을 하고 말이다.

"한가해지면 토마토 하우스에 놀러오세요."

"토마토 하우스요?"

"택기가 알고 있으니까 데려다 달라 하면 돼요. 토마토 많이 드리께요."

"맞다, 종식 아저씨 토마토 하우스 농사짓는다 하셨죠?"

"에이, 아저씨가 뭐라요. 나도 총각인데."

종식이 얼굴을 붉히며 조금 서운하다는 듯 말했다.

"나도 종식 씨라 불러주세요."

"네, 그럴게요."

"꼭 오세요."

"네."

지현을 데려다 주기 위해 택기가 나오자 종식이 도망치듯 포도밭으로 가버렸는데 경운기에 오르는 택기의 표정이 예사롭지 않았다.

"무슨 얘기 한 거예요?"

"개인적인 일이에요."

지현은 약 올리려고 일부러 튕겼다.

"뭐라고 하더냐고요?"

"왜, 궁금해해요? 토마토 하우스에 놀러오래요. 토마토 준다고. 됐어요?"

"갈 거예요?"

"가고 싶지 않다 하기 그래서 간다고는 했는데 꼭 가고 싶은 건 아니에요. 구경 삼아 가보는 것도 나쁠 것 같진 않지만."

지현은 택기가 질투하는 것이라 생각하며 다소 뻐기는 듯 말했다.

"건넛마을 형님들 중 누구 마음에 드는 사람 있어요?"

"없어요."

"그런데 뭣 때문에 친절해요?"

택기가 상당히 삐딱한 어조로 물었다.

'이 사람 정말 질투하나?

"친절요? 친절은 내가 아니라 그분들이 더 친절하죠. 친절하게 하는 사람한테 화낼 이유가 없잖아요. 안 그래요?"

지현이 깐죽거렸다.

"지나쳐서 그래요."

"뭐가 지나치다는 거예요? 택기 씨도 봤다시피 버럭버럭 화만 내는 택기 씨하고는 다르게 얼마나 친절하고 상냥해요? 그런 분들한테는 당연히 나도 친절해야죠. 더구나 할아버지 밭에 와서 일해 주시는데 안 그래요? 그리고 택기 씨, 혹시 질투해요? 질투는 그냥 생길 리가 없고 혹시 나 좋아해요?"

지현의 물음에 택기가 어이없다는 듯 웃었다.

"아닌 줄은 알지만 아니면서 왜 그래요? 가만 보니까 내가 건넛마을 총각 아저씨들하고 친하게 지내는 게 되게 꼴 보기 싫은 모양이던데 왜 그러는 거예요?"

지현이 아니라고 잡아떼도 뭔가 수상한 냄새가 풍긴다는 어조로 물었다.

"저 형님 장가가고 싶어해요."

"그런데요?"

"혹시나 지현 씨하고 잘될 수 있을까 기대하고 있다구요."

"뭐라구요?!"

지현이 깜짝 놀라 쳐다봤다. 택기가 질투하는 것이 아니라 다른 이유가 있었다. 것도 기통 막힐 이유가.

"설마요."

"정말이에요. 그러니 괜히 형님 흔들어놓지 말고 처신 잘해요."

"무슨 처신요?"

"계속 친절하게 굴고 잘 웃고 하니까 지현 씨도 형님한테 관심

있는 줄 안다고요."

"아니, 친절하게 대하는 게 뭐가 잘못됐냐구요. 어머, 기막혀. 그분들이 친절하니까 나도 똑같이 한 것뿐인데 세상에, 어떻게 그렇게 오해를 하나? 이상한 사람이네. 친절하면 다 관심있는 건가?"

지현이 하도 기막혀 펄쩍 뛰며 말했다.

"순진하고 해맑아서 그래요. 진작부터 장가들고 싶어했던 것도 있고, 그래서 지현 씨가 다정하게 구니까 그런 줄 안다고요."

"아니에요! 절대 결단코 아니라구요! 마흔은 넘었겠더만 완전 도둑이야. 무슨 말도 안 되는 소릴."

지현이 씩씩거렸다.

"서른일곱이에요."

"설마, 마흔은 넘어 보이던데."

"볕에 많이 타고 전혀 꾸미지 않아서 그렇게 보이는 거예요."

"아니, 서른일곱은 뭐 나이 안 많아요? 나하고 열한 살 차인데 미쳤나 봐. 요즘은 여자도 연하남 찾는다구요. 연하남도 널리고 널렸는데 무슨 열한 살이나 많은 남자랑! 어우, 기막혀."

차마 시골 총각이 어떻게 서울 처녀한테 그럼 흑심을 품을 수 있냐고는 말할 수 없었다. 농촌 청년을 비하하는 발언이기도 했고 그런 말 하면 택기에게 한소리 쥐어 박힐 것 같았기 때문이다.

"그리고 말했다시피 택기 씨하고 할아버지한테 하도 넌더리나서 암만 친절해도 난 경상도 남자하고는 결혼 안 해요."

이건 진심이었다. 할아버지도 그렇고 택기도 그렇고 어지간히들 해야지 말이다. 원래 그런 성격이라고는 하지만 아직도 당최 적응이 안 되는 성격들이었다.

"억양이 거칠고 발음 때문에 그렇지 경상도 남자라고 해서 나쁜 사람은 아니에요."

"누가 나쁘대요? 내가 적응을 못하겠다는 거예요. 말 한마디를 해도 꼭 싸우는 사람 같고 시비 거는 것 같잖아요. 어디 하루 이틀이어야지 말이에요. 기분 좋을 땐 너무 과장되게 좋고 나쁠 땐 누구 한 사람 꼭 죽일 듯 으르렁거리고. 성격적 골다공증 환자 같아요."

"그런 병도 있어요?"

"도저히 해석 불가능한 성격이라는 말이에요. 내가 충고하는데요, 택기 씨가 나한테 하듯이 그렇게 인상 양껏 쓰면서 버럭버럭소리 지르면 홍이 씨한테 걷어차일 거예요. 하긴 홍이 씨한테야그렇게 할 리가 없겠지만요."

"경상도 남자들이 조금 그런 면이 있지만 마음이 나쁜 건 아니에요."

"마음이 나빠 그러는 게 아니더라도 당하는 사람한테는 상처라구요. 아까도 택기 씨 내가 하드 먹고 좀 쉬었다고 인상을 이렇게 쓰면서 시비 걸었잖아요."

지현이 택기의 표정을 흉내 내자 택기가 웃었다.

"하여튼 그러니까 괜히 형님 오해하게 굴지 말라고요."

"오해하게 군 적도 없구요, 또 며칠 있음 일하러 안 온다면서요."

종식이 그런 황당한 오해를 하는 줄도 모르고 폭발적인 관심에 마냥 좋아라 했다니 지현은 어이가 없었다.

집으로 온 지현은 포도밭으로 돌아가는 택기에게 고생하라는 말도 하지 않고 혼자 저녁을 차려 먹은 뒤 진숙이 진팔이에게 저녁밥을 가져다 주었다.

"정말 웃긴다, 얘들아. 친절하다고 관심있는 걸로 안다면 난 벌써 열여덟 번은 결혼했겠다."

지현은 생각할수록 기가 막혔다. 지현이 혼자 중얼거리는 동안 진숙이 진팔이는 밥을 먹느라 정신이 없었다.

"나 샤워할 거니까 누가 오면 냅다 물어버려. 알았지?"

지현의 말을 알아듣는지 진숙이 진팔이가 꼬리를 흔들었다.

목욕탕으로 들어와 훌훌 옷을 벗어 던진 지현은 간만에 속 시원하게 샤워를 했다. 할아버지도 없겠다 내친김에 때도 밀어버렸으면 좋겠는데 찬물에 때가 불 것 같지도 않고 일만 커질 것 같아 샤워로 만족했다.

젖은 머리에 수건을 감고 나오는데 전화벨이 울렸고 지현이 달려가 전화를 받으니 할아버지였다. 오늘 오시기로 했는데 일이 안 끝나 하루 더 있어야 할 것 같다는 전화였다. 포도밭은 어떻게 돌아가는지 전혀 궁금하지 않으신지 다른 말은 일절 없이 하루 더 있다 가겠다는 말만 하고 전화를 끊으셨다.

"오, 할아버지 재밌는 모양이시네."

대충 집안 청소를 해놓고 속옷을 빨아 방 안에 널어둔 뒤에 노총각 아저씨가 준 방울토마토를 먹으며 택기 방에서 텔레비전을 보고 있는데 안녕하세요 하는 인사 소리가 들려 깜짝 놀라며 뒤돌아보니 홍이었다. 들어오는 소리도 못 들었는데—하긴 대문은 거의

24시간 열려 있으니 누가 왔다고 해도 소리치지 않는 이상 모르는 수가 많다—택기 방문 앞에 서 있었다.

"안녕하세요."

"오빠요?"

"포도밭예요. 야간작업하고 있어요."

웬일인가 싶은데 생각해 보니 주말이었다. 홍이가 집으로 돌아오는 주말.

"아, 그래요? 난 집에 있을 줄 알고 왔는데."

"밭에 가보세요."

"그래야겠네요. 그런데 혼자 계세요? 할아버지도 밭에 계신가 보죠?"

"아뇨, 할아버진 어디 가셨어요. 원래는 오늘 돌아오시기로 했는데 하루 더 있다 오신다고 하네요."

"어디 가셨는데요?"

홍이의 표정이 자못 심각하게 바뀌었다.

"여행요."

"여행요? 그럼, 며칠 동안 택기 오빠랑 두 분이서만 계신 거예요?"

"네."

지현이 당연하지 않냐는 듯 대답했는데 홍이의 표정이 싸늘해졌다.

"안녕히 계세요."

홍이가 싹 돌아서더니 가버렸다.

"왜 저래? 별꼴이야."

지현이 틱틱거리며 다시 텔레비전으로 시선을 돌렸다. 그런데 홍이더러 택기는 밭에 있다고 했는데 홍이가 다녀가고 오 분도 지나지 않아 택기가 집으로 들어왔다.

"어? 홍이 씨 못 만났어요?"

"아뇨."

"여기 왔었는데 밭에 있다니까 밭으로 갔어요."

"그래요?"

"안 가보셔도 돼요?"

"이리로 다시 오겠죠."

둘이 싸웠나? 왜 이리 심드렁해?

"일찍 끝났네요?"

"오늘 일은 다 끝났어요."

"저 텔레비전 보고 있어요."

"이거 먹으면서 봐요."

택기가 피자 상자를 내밀었다.

"시내 갔다 왔어요?"

"부품 살 게 있어서 나간 길에 사 왔어요."

지현은 피자 뚜껑을 열었다. 얼마나 달려왔는지는 몰라도 마을에서 시내까지 꽤 먼 거린데 피자는 아직도 따끈했다.

"같이 먹어요."

지현이 피자 한쪽을 떼어내 입으로 가져가며 말했다.

"난 피자 같은 거 안 좋아해요."

택기가 경운기 창고에 불을 켜고 경운기를 들여다보며 말했다.

"경운기 탈났어요?"

"시동 거는 데 애먹었어요. 부품을 교체해야 할 것 같아요."

"경운기 너무 낡은 거 아니에요?"

"낡았죠."

"할아버지한테 한 대 사자고 해보세요."

"스스로 분해되지 않는 이상은 안 사실 거예요."

"물도 아끼고 경운기도 아끼고 그렇게 짜게 구시면서 여행 가셔서는 펑펑 쓰시나 봐요. 오늘 안 오신대요."

"안 오신대요?"

"전화 왔었어요, 내일 오신다고. 제주도로 비행기 표며 호텔 값이며 장난 아닐 텐데 여행 경비는 안 아끼시네요."

"좋죠 뭐. 할머님이랑 여행도 하시고 좀 쓰셔도 돼요. 영감님 젊은 시절엔 모르겠지만 제가 영감님을 알고 나서부터는 뭐든지 함부로 쓰신 적이 없어요."

"같이 먹어요. 택기 씬 일하고 난 피자 먹으려니까 미안해지려고 해요."

"미안해할 필요 없어요."

"같이 먹어줘요."

지현의 말에 택기가 픽 웃으며 일어나더니 마루에 걸어앉았다.

"자요."

지현이 피자를 내밀자 택기가 받아 들더니 한 번에 피자 반쪽을 우겨넣었다.

"할아버지랑 언제부터 같이 사신 거예요?"

"대학 다닐 때부터니까 육 년 됐네요."

"대학 나왔어요?"

지현이 약간 놀란 얼굴로 물었다.

"대학 나온 것 같지 않아요? 아니면 대학 나와 농사짓는 게 어울리지 않아 놀라는 거예요?"

"아니, 뭐 그냥…… 그냥 좀 놀라워요."

그냥 놀랍다기보다는 택기 말대로 대학 나온 것 같지 않았는데 나왔다니 놀랍고 대학 나와 농사짓는 게 어울리지 않아 놀랍기도 했다.

"그럼 다른 가족은 어디 사세요? 할아버지랑 사는 걸 보니까 다른 가족은 김천에 안 계신 가 봐요."

"몇 해 전에 구미로 가셨어요. 형님이 모시고 계시거든요."

"형님이 계세요?"

"형님 한 분하고 여동생 하나 있어요. 형님은 구미에서 회사 다니세요. 구미공단 들어봤죠? 여동생도 결혼해서 구미에서 살고."

"그렇구나. 그런데 무슨 과 나왔어요?"

"화학과 나왔어요."

"우와, 화학과면…… 과학 쪽에서 일해야 하지 않아요?"

"농사가 과학이잖아요."

택기가 망설이지 않고 대답했다.

"농사라는 게 땅 있고 씨만 있으면 그냥 될 것 같죠? 그렇지 않아요. 하나하나가 다 과학이에요. 포도밭 옆에 하우스 있죠?"

"멀리서만 봤어요."

"거기서 새로운 품종의 포도를 개발하고 있어요. 신맛은 줄이고 단맛은 더 강하고 영양학적으로도 한 단계 진보된 신종 포도요. 내일 보여줄게요."

"그랬군요……."

"영감님이 포도가 김천 특산물로 지정되었으면 하는 바람으로 품질이라든지 당도 측정 같은 것을 어떻게 하느냐 물으시더라구요. 대학 다닐 땐데 그때 교수님께 의뢰를 했었고 농과대 교수님하고 여기 김천에 있는 과학대학 교수님하고 연결이 되고 하면서 나도 관심을 갖게 됐어요. 개발만 잘하면 우리도 얼마든지 우리 브랜드를 붙여서 수출도 할 수 있겠다는 생각이 들더라구요. 우리 포도가 나오기 전에 칠레산 포도가 먼저 풀리잖아요. 포도 알 크고 껍질 잘 안 벗겨지는 포도 알죠?"

"알아요."

"그건 상하지 말라고 약을 잔뜩 뿌려요. 멀리서 배나 비행기 타고 넘어오는 거라 방부제를 안 뿌리면 상하거든요. 사람 몸에 굉장히 안 좋은 거죠. 그래서 방부제와 같은 역할을 하되 사람들에게 되도록 해가 적은 천연 방부제도 연구 중에 있어요."

"택기 씨가요?"

"아니오, 대학 연구팀이요."

"아……."

"대학 연구팀이 연구 중인 신약을 시험할 수 있도록 포도밭 일정 그루의 포도 나무를 무상으로 기증하셨고요. 영감님이 자비로 하우스도 만드셔서 신종 포도 나무를 키우고 계세요."

전혀 몰랐던 사실이다. 택기가 말하는 대학 연구팀은 농촌을 위해 유익한 연구를 하고 있었고 할아버지는 그 유익함을 서로 나누고 있었던 것이다. 아마도 포도밭을 나라에 기부한다고 했던 말은 대학 연구팀과의 협력 부분을 두고 하신 말인 것 같았다. 농사라는 게 땅 있겠다 씨만 가져다 뿌리거나 심으면 끝인 줄 알았다. 때마다 비가 내리면 그 비를 영양분 삼아 자라나고 알맹이가 영글면 따서 내다 팔고 그런 것인 줄 알았는데 그 속에 택기가 말하는 과학이라는 것이 있다니 놀라웠다. 약쌀이라는 것이나 유기농 농법 혹은, 지난번 텔레비전에서 보니 단단한 단감을 하루나 이틀 만에 물렁물렁한 연시와 같이 만드는 방법이 개발됐다고 그래서 감 농사를 짓는 그 마을 전체가 아주 부자 마을이 됐다는 기사를 봤었다. 기사를 보면서 그런 것도 있구나 싶었는데 것도 과학이었다. 신기했다.

"작년에는 포도주를 만들어 내다 팔려고 대량으로 담갔었는데 판로를 찾지 못해 실패했어요. 그래서 작년에는 손해를 좀 봤어요."

"포도주도 담았어요?"

"포도잼도 만들고 포도주도 만들고 포도로 할 수 있는 건 다 해보자 싶어서요. 중개인들이 너무 많이 뜯어먹는 데다 백화점도 그렇고 마트도 그렇고 브랜드가 없다 보니 선뜻 받아주겠다는 곳이 없더라고요. 농협에서 도와주긴 했는데 한 군데서 도와준다고 해서 되는 일도 아니고 홍보에도 문제가 있었고 결국 손해만 보고 접었어요."

"뭐든 마케팅이 제일 중요하죠. 마케팅 전략이 매출의 90%를 차지한다는 말도 있잖아요."

지현의 말에 택기가 뭐 좀 아네? 하는 얼굴로 쳐다봤다.

"비록 몇 년을 백조로 살긴 했지만 마케팅이 전공이었어요. 취직 시험 볼 때도 다 마케팅 쪽에 지원했었구요. 다 떨어졌지만."

"인재를 못 알아본 거죠."

"인재를 못 알아본 게 아니라 나보다 더 잘난 사람이 많은 탓이죠. 맛은요?"

"맛이야 좋았죠. 마셔볼래요?"

"있어요?"

"수천 병 만들어놓고 내다 판 건 이백 병도 되지 않아 그대로 있어요."

택기가 방에 들어가더니 아담한 사이즈의 포도주 병 하나를 들고 나왔다.

"이런 포도주 병이 너무……."

"너무 뭐요?"

"촌스럽네요, 특히 도안이. 병 모양은 시중에 나와 있는 포도주 병하고 거의 같은 수준인데 도안이 너무 촌스럽네요."

"같은 지적이 있었어요."

"얼마에 팔았어요?"

"할인 마트 같은 곳에는 외국에서 수입된 포도주 중에 오천 원 이하짜리도 많고 만 원 이하짜리도 많고 그래서 가격이 너무 비싸면 안 된다는 의견이 있어서 구천 원에 했었어요. 저가 포도주로."

"저가 포도주는 싼 맛은 있지만 싸구려라는 이미지가 강해요."

"그렇더라고요."

지현은 뚜껑을 열고 향을 맡았다.

"향은 굉장히 달콤하네요. 그런데 전 마셔본 포도주가 거의 없어서 어떤 게 좋은 포도주인지는 몰라요. 마셔볼게요."

"그래요."

지현은 부엌에서 유리잔 하나를 가져다 포도주를 따라 마셨다.

"술 같지가 않아요. 그냥 포도 주스 같아요. 포도 주스보다는 약간 알코올 기운이 있는 듯하지만, 그래도 굉장히 순하네요."

"조금 있음 술기운이 오를 거예요."

택기의 말이 맞았다. 마실 땐 포도 주스 같아 부담이 없어서 몇 잔을 연거푸 마셨는데 조금 있자 열기가 확 올라왔다.

"정말 맛있는 술이네요. 정말 맛있어요. 이렇게 맛있고 순하면 여자들이 좋아할 것 같은데."

"맛만 보면 다들 좋아할 것 같은데 맛을 봐주지 않으니 말이에요."

"그냥 덮어버리기엔 너무 아깝네요. 정말 맛있거든요. 피자하고도 잘 어울리고."

"잘 만들어진 포도주인데 알아주는 사람이 없어요."

"그런데 할아버지가 택기 씨한테 포도밭 물려주신다는 말씀 없으셨어요?"

생각해 보니 그것이 의문이었다. 그동안 택기와 할아버지를 두고 봤을 때 두 사람은 친할아버지와 친손자처럼 손발이 척척 맞았다. 택기는 힘든 밭일을 군소리없이 열심히 했고 할아버지는 그런 택기를 누구보다 믿고 있었고. 나 같으면, 대학 연구팀에게도 무상으로 실험용 포도 나무를 기증할 정도라면 남이나 혹은 지현과 같은 촌수 먼 친척에게 주느니 택기에게 물려줄 것 같은데 말이다.

"주신다고 하셨어요."

"그래요?"

"거절했어요."

"어머, 왜요?"

지현이 이해 못하겠다는 얼굴로 쳐다봤다.

"욕심이 생길 것 같아서요."

"무슨, 무슨 욕심요?"

"지금은 영감님 땅에서 농사 일 돕고 신종 포도 개발하는 재미만 느끼는데 만약에 영감님 땅이 내 땅이 되면 농사일이나 신종 포도 개발하는 것보다 이 돈을 어디다 쓸까 그걸 생각하게 될 것 같아서요."

택기의 말에 지현은 그 무슨 심오한 변명이냐는 얼굴로 쳐다봤다.

"돈 좀 쓰면 어때서요?"

"돈을 쓰는 게 문제가 아니라 신종 포도 같은 거 개발 안 해도 먹고사는 데 문제없으니 게을러질 것이다 그걸 경계하는 거죠."

이걸 그냥 우와 저 사람 대단한 사람이다 하며 받아들여야 하나 아니면 자기가 무슨 도인이라고 저토록 한 점 욕심도 없는 척 쇼하나 하고 받아들여야 하나 갈등됐다.

"영감님한테 포도밭 물려받으면 다 팔지 말고 반은 남겨둬요. 신종 포도 개발하면 지금보다 몇 배의 수입을 더 올릴 수 있으니까. 그럼 파는 것보다 안 파는 게 더 영리한 일이 될 거예요."

"할아버지가 물려주실 것 같아요? 악으로 버티면서 농사일 배우긴 하지만."

지현의 말에 택기가 픽 웃더니 경운기 창고의 불을 끄고 화장실로 들어갔다. 샤워를 하는지 물소리가 들렸다.

　"할 줄 아는 게 농사밖에 없는 줄 알았더니 아니네. 사람 함부로 판단할 게 못 되네."

　꽤 놀란 지현이 택기라는 사람 새롭게 보인다고 생각하며 피자에 포도주를 곁들여 먹고 있는데 화장실에서 택기가 지현을 소리쳐 불렀다.

　"왜요?"

　"미안한데 수건 좀 줄래요?"

　"알았어요."

　경운기를 만지다 곧장 화장실로 들어가는 바람에 수건을 챙기지 않은 모양이다. 지현이 깨끗한 수건을 들고 화장실로 가서 가볍게 문을 두드렸다. 문이 주먹 하나 들어갈 만큼 열리더니 택기의 손이 나왔고 지현이 손에 수건을 들려주자 문은 다시 닫혔다.

　"그런데 말이에요."

　문득 지현의 머리 속에 아이디어가 떠올랐다.

　"뭐가요?"

　"포도주요, 백화점이나 할인 마트 말고 다른 판로를 찾아보진 않았어요?"

　"다른 곳도 있나요?"

　"찾아보면 있을 것 같아서 말이에요."

　"글쎄, 다른 곳은 잘 모르겠어요."

　"내가 한번 찾아볼까…… 아, 그리구요, 이런 거 물어봐도 되는지 모르겠지만 포도밭은 돈으로 따지면 얼마나 돼요?"

"워낙 넓은 땅이니까 상당할 거예요."

"우리 엄마 동창회 갈 때 양껏 폼나게 만들어줄 수 있을까요?"

지현의 질문에 택기가 화장실 문을 열고 나오며 웃었다.

"여잔 좀 그런 게 있거든요."

"남자도 그런 거 있어요."

"그쵸? 있죠?"

"있어요."

"어머, 얼굴에 껍질 벗겨지네요. 선크림 안 써요?"

지현이 택기의 광대뼈를 쳐다보며 말했다.

"남자가 무슨, 괜찮아요."

"남자도 써야 해요. 하루 종일 자외선에 노출되는데. 못 들었어요? 자외선 때문에 빨리 노화된다잖아요. 난 빨리 늙기 싫거든요. 하긴 난 발라도 이 모양이 됐지만. 잠깐만요, 떼어줄게요. 보기 싫어요."

지현이 손을 들어 택기의 광대뼈 근처에 일어난 피부를 조심스레 걷어내는데 오빠! 하고 악을 쓰다시피 하는 목소리가 들렸다. 지현이 깜짝 놀라며 쳐다보자 홍이가 눈에서 불을 뿜어내며 노려보고 있었다.

"어, 홍이."

"지현 씨, 오빠 밭에 있다고 하지 않았어요?"

홍이가 새파랗게 따지고 들었다.

"네, 그런데 홍이 씨 가고……."

"집에 있으면서 왜 밭에 있다고 그래요? 밭에까지 갔다 왔잖아요!"

억울하고 약 올라 죽겠는 모양이다.

"아니, 그게 아니라, 홍이 씨 왔을 때만 하더라도……."

"지현 씨, 정말 이상한 사람이네요."

"이상한 게 아니라 내 말 좀 들어보세요, 그러니까 그게……."

"오빠, 나하고 얘기 좀 해요."

홍이가 번번이 지현의 말을 중간에 매몰차게 잘라내 버렸다. 지현이 어이가 없어 홍이를 쳐다보는데 홍이는 지현에게 양껏 눈을 흘기고는 먼저 나가 버렸다.

"내가 홍이 씨 왔었다고 말했잖아요. 왜 도로 밭에 안 가서 나만 나쁜 년 만들어요?"

지현이 홍이에게 당한 것을 택기에게 화풀이했다.

"내가 해명할게요."

"어우, 기막혀. 어머, 웬일이야? 아니, 홍이 씨 그렇게 안 봤더니 정말 이상한 사람 만드는 데 선수네."

택기가 약간 난처한 얼굴로 지현을 쳐다보다가 밖으로 나갔다.

"저게 닭 모가지를 치다 왔나 사람 말을 중간에 다 쳐내고 난리야? 내가 없으니까 없다고 하지 있는 사람을 없다고 하겠어? 장택기가 독립군도 아니고 뭣 땜에 숨기겠어?"

지현은 번번이 사람 말을 싹둑 잘라먹고 지 할 말만 퍼붓고 가버린 홍이 때문에 화가 나서 참을 수가 없었다.

"진숙이, 진팔이, 니들 내 말 들어. 앞으로 강낭콩 년 오면 방댕이를 물어뜯어 버려. 내가 시킨 대로 안 하면 앞으론 니들 밥풀때기 한 알 구경 못할 줄 알아!"

허리에 손을 척 얹어놓고 진숙이, 진팔이에게 엄중하게 명령한 지현은 씩씩거리며 방으로 들어왔다.

"생각할수록 괘씸하네. 당장 달려나가서 한소리 해?"

지현은 벌떡 일어났다가 다시 앉았다.

"흥, 지 애인 뺏길까 봐 겁나나 보지? 한 번만 더 까불어봐라. 정말 확 뺏어버려야지. 쯧."

홍이를 따라나간 택기는 한 시간이 넘도록 돌아오지 않았다. 밤 열 시가 넘어 열한 시가 가까워지는데 말이다.

"손이 발이 되도록 빌고 있나? 왜 안 오는 거야?"

이상하게 택기가 홍이하고만 있으면 신경이 쓰였다. 둘이서 무슨 얘기를 하고 무엇을 할지.

"잠이나 자자. 오든지 말든지."

지현은 불을 끄고 누웠다.

뒤척뒤척 잠을 들이지 못하는데 밖에 그림자가 어른거렸다. 택기가 돌아온 모양이다. 그림자로 택기가 방문을 두드리려는 듯 보여 지현이 몸을 일으키는데 망설이던 택기는 그냥 가버렸다. 잠시 후 택기 방의 방문 닫히는 소리가 들렸다.

"할 말 있으면 할 것이지……."

지현이 아쉬운 듯 중얼거리며 누웠다.

다섯

다음날 오신다 연락하셨던 할아버지가 식전 댓바람에 집으로 들어서기 무섭게 방으로 들어가 부서져라 문을 닫고 들어앉은 지 한나절 만에 밭에 나오셨다. 할머니와 여행 가셔서 무슨 일이 있었던 것인지 할아버지는 성이 머리 꼭대기까지 치솟아 있었다. 아침 드시라 하니 치아라! 고함 지르시고 밭에 나간다 해도 대꾸도 없으셨다. 방에 들어앉아 꼼짝을 안 하시더니 보기 흉할 정도로 구겨진 얼굴로 밭에 나오신 것이다. 건넛마을 총각들이 인사를 해도 받는 둥 마는 둥 밀쩡히 일 잘하는 아낙들과 총각들에게 한바탕 잔소리를 늘어놓으셨다.

"저 영감재이가 와 저라노? 와 씰데없이 허파를 히딱 디집고 난리고?"

개중 나이가 제일 많은 아낙이 안 해도 될 잔소리를 늘어놓고 계신 할아버지를 쳐다보며 말했다.

"누가 알겠는교."

"밸꼴이데이."

아낙들이 할아버지에게 눈을 흘기며 한 마디씩 하는 동안에 지현과 택기는 말없이 할아버지의 잔소리를 듣고 있었다.

"니 이거 할매한테 주고 온나."

한쪽으로 지현을 불러내신 할아버지가 지현에게 웬 봉투를 하나 내미셨다.

"뭐예요?"

"몰라도 된다. 김치 주던 할매 알제?"

"네."

"갔다 드리라."

"네."

지현은 할아버지가 주신 봉투를 들고 밭에서 나왔다.

궁금해서 만져 보니 안에 든 물건이 돈은 아니고 분명 편지인 것 같은데 보고 싶어도 구경 못하게 풀까지 발라 붙여놓으셨다.

할머니 집까지 꽤 먼 거리를 쉬엄쉬엄 걸어온 지현은 할머니 집 대문을 넘으며 할머니를 불렀다. 방문이 열리고 할머니가 지현을 내다보셨는데 정말 할아버지와 무슨 일이 있었는지 머리에 흰 끈을 질끈 동여매고 계셨다.

"와 왔노?"

"할아버지께서 이거 전해 드리라 해서요."

지현이 마루에 올라앉으며 할아버지가 준 편지를 내밀었다.

"그기 뭔데?"

"저도 모르겠어요."

"안 받을란다. 가꼬 가기라."

"받으세요. 그냥 가져가면 할아버지 역정 내실 거예요. 새벽에 오시면서부터 화내시기 시작해 지금 밭에 나오셔서 또 한바탕하셨어요."

"그놈의 드러분 성질머리 필요없다 케라."

"무슨 일 있으셨어요?"

"일은 무슨 일. 영감재이 성질 못 이겨가 난리 굿이제."

"일단은 받아주세요. 그냥 가져가면 할아버지 불벼락 떨어져요."

"아이고, 앵꼬바라. 누구는 성질없는 줄 아나."

할머니 역시 할아버지만큼 성이 나 있었다.

"저 그만 가요, 할머니."

"할배한테 가마 고대로 전해라이, 꼴 배기 싫으니까네 얼쩡거리지 말라고."

"……."

지현은 차마 그대로 전하겠다는 말을 할 수 없어 어색하게 웃으며 할머니 집을 나왔다.

좋아라 여행 가져놓고선 왜 싸우셨냐고 한마디 하고 싶은데, 내친김에 뭐 때문에 싸웠냐고 그간의 전말을 다 캐고 싶은데 그럴 수 없어 아쉬웠다.

"노인분들도 연애하시면서 싸우나 보네. 진짜 재밌다."

지현은 키득거리며 웃으면서도 두 분이 어쩐지 귀엽고 사랑스
럽다는 생각이 들었다.

지현이 할아버지와 할머니의 사랑싸움을 생각하면서 실실 웃으
며 밭으로 향하고 있는데 뒤에서 경운기 소리가 들렸다. 뒤돌아보
니 호준이었다.

"어디 갔다 오시는교?"

"할아버지 심부름요. 밭에 가시죠? 좀 태워주세요."

"얼른 타시소."

지현은 땡볕에 밭까지 걸어가지 않아 다행이다 생각하며 얼른
경운기에 올랐다.

"어디 다녀오세요?"

"하드 사러요. 막걸리하고 맥주도 사고."

"참 먹을 시간이네요."

"맞아요. 하드 한 개 드세요."

"아뇨, 가서 같이 먹죠 뭐."

"택기한테 들었는데 김 영감님이 포도밭 물려준다고 오라 했다
면서요?"

"네."

"그라마 밭 물려받으마 여서 계속 살 깁니까?"

"아뇨, 그건 아니고…… 서울 가야죠."

"그라마 밭을 팔 낍니까?"

호준이 약간 놀라는 듯한 얼굴로 물었다.

"그건 아직 생각 안 해봤어요."

솔직히 할아버지가 밭을 물려주시는 순간 냉큼 팔아먹고 서울로 튈 계획이었지만 곧이곧대로 말할 수는 없었다.

"할아버지가 일 년에서 이 년은 농사를 지어야 주신다고 하셨거든요. 그래서 할아버지가 물려주시고 나면 생각해 보려구요."

"그라마 일단은 여기 계시겠네요?"

"그럴 거예요. 농사철 끝나면 서울 올라가려구요. 추석에요."

"예……. 저, 혹시 말입니다, 택기하고 사귀요?"

"아뇨!"

지현이 손까지 내저으며 부정하자 호준의 표정이 요상하게 펴졌다.

"택기 씨는 여자 친구 있어요."

"그래요. 난 또 택기하고 지현 씨하고 사귀는 줄 알았네요."

"아니에요. 호준 씨는 여자 친구 있어요?"

"여자 친구는요 무슨, 없어요."

"결혼하실 때 되지 않았어요?"

"됐지요. 안 그래도 슬슬 하까 생각하고 있어요."

"예……."

대체 슬슬 하는 결혼은 어떤 것인지. 하여튼 경상도 말은 재밌다.

"지현 씨는 지를 딱 봤을 때 어떤 것 같습디까?"

"호준 씨요?"

"예."

"친절하고 재밌으시고 또…… 힘 좋구."

지현의 말에 호준이 우쭐한 듯 웃었다.

"제가요, 좋아하는 여자가 있는데."

"그러세요?"

"어째 고백을 하면 좋겠는지 좀 알려줄랍니까?"

"글쎄요…… 진심을 담아서 하면 통하지 않겠어요?"

"진심이요?"

"네."

"아, 진심."

호준이 지현을 쳐다보더니 며칠 동안 만나면서 처음으로 약간의 음흉함이 섞인 미소를 던졌다. 지현은 뭔가 이상하다는 것을 직감했다.

'이 남자 나한테 고백한다는 거 아니야?'

지난번에 형제 중 막내고 그래서 어머니를 모시는 것이나 동생들을 뒷바라지하는 것에 대한 책임은 적다느니 그런 소리도 한 것이 생각났다.

'오, 맙소사!'

"저 지현 씨, 사실은 제가 말입니다……."

"호준 씨는 어디 김씨예요?"

"아, 저요? 김해 김가라요."

"아, 나하고 똑같다. 족보 펼쳐 보면 어쩜 일가일 수도 있겠네요."

"예?!"

"동성동본이었구나."

지현은 일그러지고 있는 호준의 얼굴을 보며 더욱 활짝 웃었다.

"김해 김가였네요."

호준이 기운없는 목소리로 중얼거리더니 하이고 문디 하여튼 김해 김가는 씨가리가 많아…… 하며 한숨을 내쉬었다.

지현은 정말로 자신에게 고백하려던 모양이라 생각하며 안도의 한숨을 내쉬었다. 호준이 시골 총각이라 절대 안 된다기보다는 절대 지현의 타입이 아니었기 때문이다. 시골 사람, 도시 사람을 떠나 잠재적 대머리는 사양이다. 저 나이에 벌써 이마가 벗겨지기 시작했는데 앞으로 십 년 후엔 안 봐도 뻔하지 않겠는가. 갑자기 풀이 죽어버린 호준에게 조금 미안하지만 말이다.

지현이 호준과 함께 밭으로 들어가는데 저만치 서 있던 택기의 눈꼬리가 광대뼈 쪽으로 쪽 찢어지더니 눈빛이 사나워졌다.

"지현 씨, 한 개 드세요."

호준이 하드를 꺼내 지현에게 먼저 건네는데 갑자기 택기가 버럭 소리를 질렀다.

"일 안 하고 어디 갔다 오는 거예요!"

택기의 고함에 지현도, 호준도, 다른 아낙들도 깜짝 놀라며 쳐다봤다.

"아니, 왜 화를 내요?"

지현이 어이없어하며 물었다.

"다들 한참 일하는데 혼자 놀다 온 거 아니에요!"

택기가 또 고함을 질렀다.

"할아버지 심부름 다녀와요!"

지현이 택기를 정면으로 노려보며 맞받아 소리치자 구경하던 아낙들이 아이고, 저 처자도 보통이 아이네 하며 중얼거렸다.

"아니, 알지도 못하면서 왜 화를 내고 그래요! 내가 택기 씨나 할아버지 성질 받아주는 사람이에요? 뭣 때문에 소리 지르는 거예요!"

내친김에 지현이 더욱 맹렬하게 따지고 들었다. 지현의 목소리를 들었는지 건넛마을 총각들도 한 사람씩 나타났다.

사태 파악을 못해 실없이 고함을 질렀던 택기가 뻘쭘해졌다. 하지만 이대로 물러서기엔 너무 창피한지 기어이 한마디 더 걸쳤다.

"영감님 심부름 갔으면 얼른 갔다 와서 일해야 할 것 아니에요!"

"일하러 왔잖아요! 옆길로 샌 적도 없고 심부름 갔다가 오는 길에 호준 씨 만나서 곧장 타고 왔다고요! 내가 놀다 오는 거 봤어요? 어따 대고 맘 놓고 성질이에요!"

"옴마야, 지현이 쟈가 순댕인 줄 알았더마 아이네."

아낙들은 재밌어 죽겠는 모양이었다.

지현이 씩씩거리며 택기를 노려보고 있는데 밭 안쪽에서 할아버지가 나왔다.

"와 싸우노?"

"할아버지, 이제 저한테 심부름 시키지 마세요! 놀다 왔다고 지도 못하면서 택기 씨가 이 사람 많은 데서 성질내고 난리잖아요!"

지현은 할아버지한테도 따지고 들었다.

"할아버지나 장택기 씨나 이제 저한테 성질내지 마세요. 두 남자 성질내는 통에 노이로제 걸려 죽을 것 같아요. 포도밭에 환장하지 않았어요, 저. 주시면 받고 안 주시면 그만이에요. 저한테 화내지 마세요!"

지현은 양껏 퍼부어대고는 홱 돌아서서 호준이 주었던 하드를 돌려주고 밭을 나와 버렸다.

"니는 와 지현이한테 성을 내고 지랄이고!"

할아버지가 택기에게 소리치는 소리가 들렸지만 그러든지 말든지 지현은 집으로 돌아와 버렸다. 땡볕에 땀을 있는 대로 흘리며 한참을 걸어 집으로 온 지현은 냉장고에서 물을 꺼내 배가 부를 때까지 들이키고는 방에 들어가 누워버렸다.

생각할수록 뭐 저딴 인간이 다 있나 싶었다. 지가 뭔데, 지가 무슨 나라님이라도 되나? 나라님이라도 그렇지. 알지도 못하면서 그 사람 많은 데서 몰아붙이다니 완전 상식 이하였다. 지 성질 받아주러 포도밭에 온 것도 아니고, 처음 일 못할 땐 못하는 거 지적받는 것이라 참았지만 오늘 같은 일은 도저히 참을 수도 없었고 참아서도 안 될 일이었다.

"누굴 바보로 아나."

지현이 벌떡 일어나 분함에 숨을 몰아쉬고 있는데 경운기 소리가 들렸다.

"지현아."

할아버지가 불렀다. 집에까지 쫓아오신 모양이다.

"지현아."

할아버지가 또 불렀고 지현이 문을 활짝 열자 할아버지 옆에 서 있는 택기도 보였다.

"아깐 미안했어요. 영감님이 심부름 보낸 줄 몰랐어요."

"사과 안 받아줄 거예요. 필요없어요!"

지현이 너무나 매몰차게 대꾸하자 할아버지가 깜짝 놀란 듯이 쳐다봤다.

"미안하다 안 하나."

"설사 내가 어디서 좀 놀다 왔다 하더라도 사람들이 그렇게 많은 데서 사람을 몰아세우는 건 아니죠. 얼마나 날 우습게 봤으면 그따위로 했겠어요!"

"지현 씨 우습게 본 것 아니에요."

"듣고 싶지 않아요. 사과 받아주지 않을 거예요."

"지현 씨⋯⋯."

"가만있어 봐라. 저, 그리고 할매는 뭐라 카데?"

"누군 성질없냐구요, 앵꼽다 하시던대요?"

"뭐라?"

할아버지의 얼굴이 험악해졌다.

"꼴 배기 싫으니까 얼쩡거리지 마시래요!"

지현은 암만 할머니가 그대로 전하라 하셨어도 그럴 생각이 없었는데 분이 치밀다 보니 그만 그대로 전해 버리고 말았다.

"이놈의 할망구가 참말로 진짜 그래 말하더나? 니 똑바로 말해 봐라, 참말이가! 이 할망구가 미칫나, 진짜가 아이가!"

할아버지가 버럭 화를 냈다.

"제발 저한테 화 좀 내지 마세요."

지현이 정색을 하고 말하자 할아버지가 뜨끔한 얼굴로 한풀 꺾이셨다.

"니한테 화를 낸 것이 아니고⋯⋯."

"그냥 할머니랑 결혼하세요."

지현의 갑작스런 폭탄 발언에 할아버지도 놀라고 택기도 놀랐다.

"할아버지, 할머니 두 분 데이트하시는 거 마을 분들도 다 알고 저도 알아요. 할아버지는 아무도 모르는 줄 아시죠? 다 알아요. 일 보러 가신 게 아니라 할머니랑 제주도 여행 갔다 오신 거 다 안다구요. 그런데 말이죠, 할아버지가 만날 이렇게 화내시는데 할머니가 뭣 때문에 할아버지랑 결혼하시겠어요? 할머니가 오죽하면 다른 남자랑 결혼하셨겠냐구요! 할머니 다른 남자랑 결혼 안 하고 할아버지랑 결혼하셨더라면 할아버지 한 달 만에 이혼당하셨을 거예요. 지금이라도 할머니랑 행복하게 살고 싶으시면 제발 그 성질부터 좀 고치세요."

지현이 잘난 척 신나게 훈계 비슷하게 떠들고 났을 때였다.

할아버지는 입을 쩍 벌린 채 붉으락푸르락 곧 터져 버릴 듯한 얼굴로 지현을 쳐다보고 있었고 택기 표정은 설명이 불가능할 정도로 가관이었다.

'뭐야, 이 분위기? 이거 내가 잘못한 거야?'

할아버지의 얼굴이 일그러지기 시작했다. 무슨 의미인지는 몰라도 헛기침까지 하셨다.

'젠장, 지금 내가 무슨 소릴 한 거야?'

지현은 혀를 깨물고 싶은 기분이 되어버렸다.

"저 할아버지 땅 필요없어요. 서울 올라갈 거예요."

절대, 전혀 그럴 생각이 아니었는데 어쩌다 그만 오버를 하게 됐다. 땅이 필요없다니, 서울에 올라가겠다니. 생각없이, 너무 당황하는 바람에 확 내뱉고 나자 아이쿠야, 이거 큰일났다 싶었다.

할아버지도 택기도 두 번째로 깜짝 놀라며 지현을 쳐다봤다.

'어떡하지? 이게 아닌데 큰일났다.'

일단 폭격처럼 쏟아지고 있는 험상궂은 할아버지와 택기의 시선을 피하기 위해 지현은 확 돌아서서 짐을 싸기 시작했다.

땅 필요없다며 서울 가겠다 소리치고 말았으니 우선 짐 싸는 시늉은 해야겠는데 짐을 다 싼 다음엔 어떻게 해야 하나 난감했다. 할아버지랑 할머니 얘긴 왜 했을까, 새대가리 같으니라고. 그리고 땅 필요없으니 서울 간단 소리는 왜 또 했을까. 진짜 뇌가 개구리 수준이다.

"어허, 참말로……."

어허, 참말로 하는 할아버지의 말이 무엇을 뜻하는지는 몰라도 지현은 난감해 죽을 지경이었다. 할아버지는 방으로 들어가셨고 택기는 그 자리에 그대로 서 있었다. 지현이 뒤통수가 간지러워 방문을 닫으려는데 택기가 얼른 방문을 붙잡았다.

"미안해요, 지현 씨. 진심으로 미안해요."

"……."

필요없다고 말해야 하는 타임인데 그 말을 하면 정말로 서울로 가야 할 것 같았다. 땅 물려받아 엄마 호강시켜 주자 다짐하고 내려왔는데 욱하는 성질이 도가 지나쳐 쓸데없이 할아버지 비밀 연애까지 까발리고 여기까지 와버린 것이다.

"미안해요."

택기가 연거푸 사과를 했다. 그렇다고 해서 절대 안 받아준다 했는데 낼름 받아주자니 속없는 여자 같고 안 받아주면 또 난감하고. 어쨌거나 싸던 짐이니 마저 싸는 척은 해야 했다.

지현은 묵묵히 짐을 다 쌌고 시간을 끌기 위해 이불밖에 없는 텅 빈 방에 혹시 빠뜨린 물건은 없나 샅샅이 살핀 후 가방을 들고 밖으로 나왔다. 그러면서 속으로는 장택기 붙잡아라, 매달려라, 주문을 외고 있었다. 붙잡아주지 않으면 일이 정말 커진다.

"지현 씨."

택기가 불렀다. 됐다!

"역까지 태워다 줘요. 싫음 그만두고."

이럴려고 한 게 아닌데 대답은 영 딴판으로 튀어나왔다.

'네가 미쳤구나, 김지현.'

지현은 가슴을 치고 싶은 심정이 됐다. 지현은 인사를 해야 할 것 같아 할아버지 방을 쳐다봤다.

"저 가요. 안 나오셔도 돼요."

물론 아무런 대꾸도 없었다. 오히려 다행이었다. 정말 할아버지와 대면하고 싶지 않았다. 할아버지나 지현이나 똑같이 창피스러우니까.

지현이 가방을 질질 끌고 나오다 똥개들을 쳐다봤다.

"진숙아, 진팔아, 나 간다. 이 집 남자들한테 시달려 도망가는 거야. 니들도 여기서 오래 살다간 위장병 걸려 죽을 테니 알아서들 도망가."

지현이 마음에도 없는 소리를 계속 지껄이며 가방을 끌고 대문을 나서서 두세 걸음 걷는데 택기가 지현의 가방을 붙들었다.

"태워다 줄게요."

'뭐야, 이제 더 안 붙잡는 거야?'

붙잡아줄 줄 알았는데, 붙잡아 줘야 하는데 그래야 스토리가 진행되는데 태워다 준다니.

"필요없어요!"

지현이 바락 소리쳤다.

"미안해요."

택기가 미안하다고 말했다. 얼마나 다행인지.

'한 번만 더 사과해. 조금 더 강력하게 붙잡으란 말이야, 장택기!'

"가지 말아요. 미안해요."

'휴, 부처님.'

지현은 이 기회를 놓치면 안 된다 싶어 분노에 찬 시선이 아니라 너무 억울하고 속상하다는 시선으로 바꿔 택기를 노려봤다.

"정말 미안해요."

"진심이에요?"

"진심으로 미안해요."

장택기, 혼자 잘난 척은 다 하면서 이렇게 사과할 때 보면 쿨함을 지나 간도 쓸개도 없어 보인다. 물론 나쁘다는 뜻으로 말한 것은 아니다.

"앞으론…… 알지도 못하면서 사람 많은 데서 고함치지 말아요."

정말 멋진 건, 다 필요없으니 집어치워라 소리치는 것이지만 두 달 가까이 땡볕에서 고생한 보람도 없이 땅 포기하고 내려가자니 눈에 밟히는 사람이 많아 멋지게 날아버릴 수도 없었다. 대신 한 풀 꺾인 태도를 보이되 약속은 받아내야 했다. 함부로 소리치지 않도록.

"조심할게요."

"진짜죠?"

"진짜예요, 들어가요."

택기가 지현에게서 가방을 받아 들더니 집으로 들어갔고 지현은 속으론 더없이 안도하면서도 겉으론 네가 사과하니 가여워 봐준다는 얼굴로 못 이긴 척 따라 들어갔다.

"쉬어요."

"쉴 거예요."

"먹고 싶은 거 없어요?"

택기의 물음에 저 남자가 어울리지 않는 짓 한다는 듯 쳐다보자 택기가 민망한 듯 픽 웃더니 밭으로 나갔다.

지현은 방으로 들어가신 할아버지가 대체 어떤 얼굴을 하고 계실까 생각하며 머쓱한 기분으로 방으로 들어왔다.

해가 지자마자 나가신 할아버지도 안 오시고 밭에 있는 택기도 아직 안 오고 혼자 저녁을 먹어야 하나 하던 참인데 택기가 집으로 들어섰다.

"왔어요?"

낮에 한바탕했던 탓인지 택기를 보자 괜히 머쓱해졌다.

"화 풀렸어요?"

택기가 웃는 낯으로 물었다.

저렇게 웃으면 얼마나 괜찮은 사람으로 보이는데 좀 웃지, 얼굴 근육 당기게 화는 왜 내는지.

"그냥 뭐…… 혼자 저녁 먹을까 했는데 오네요. 할아버지 안 계세요. 여태 화나셨는지 나가 버리셨어요. 저녁 차릴게요."

"이리 와요. 통닭 먹어요."

택기가 평상에 통닭을 내려놓았다.

"웬 통닭이에요?"

"사과하는 의미로 사 왔어요. 맥주도 한잔해요."

지현이 머쓱한 얼굴로 쳐다보다 픽 웃자 택기도 웃었다.

"화해합시다."

"그래요, 해요."

지현이 평상에 앉자 택기가 통닭 포장을 풀고 닭 다리 하나를 집어주었다.

"특별히 다리 굵은 놈으로 골라 잡아 튀겼어요."

택기의 넉살에 지현이 별 싱거운 소리 다 한다며 웃었다.

"저기요, 근데 손 씻었어요?"

"아이고, 씻을게요."

택기가 집어 들었던 닭 다리를 내려놓고 수돗가로 갔고 지현은 다시 픽 웃으며 택기가 내려놓은 닭 다리를 들고 뜯기 시작했다.

　"맛있네요."

　"닭 잘 튀기는 집에서 샀어요."

　"밭일은 끝났어요?"

　"끝났어요. 내일부터는 건넛마을 형님들도 안 오실 거예요. 바쁜 일은 대충 끝났거든요."

　"인사도 못했네요."

　지현이 조금 아쉬운 듯 말했다. 한동안 건넛마을 총각들 덕분에 미스코리아로 살았는데 말이다.

　"서운해요?"

　"서운하다기보다는…… 공주 대접 받던 게 아쉽다는 말이죠."

　"내가 공주 대접 해줄게요."

　"소리나 지르지 마세요."

　택기가 웃으며 부엌으로 가더니 잔을 가지고 나왔다.

　"화해하는 거예요."

　"알았어요."

　택기가 두 개의 잔에 맥주를 채웠다.

　"한잔 마셔요."

　택기가 잔을 들었고 지현도 잔을 들었다.

　"이젠 시비 걸지 말아요."

　"알았어요."

　두 사람의 잔이 가볍게 부딪쳤고 똑같이 주욱 들이켰다.

"이제 기분 좀 풀렸어요?"

"화가 나도 오래 가는 성격은 아니에요. 제가 좀 물러 터진 성격이거든요. 물러 터진 대신에 뒤끝은 없지만."

"꽁하는 성격이 아니라 좋네요. 자기 할 말 다 하고 똑똑 부러지고 요즘 그런 여자 많잖아요. 그런데 실은 남자들한테는 그런 성격인 여자 별로예요."

"물러 터진 여자도 매력없다던데요?"

"물러 터진 것보다는 동글동글한 성격이 좋죠."

"남자도 뭐, 물러 터진 것도 별로고 할아버지나 택기 씨처럼 화잘 내는 남자도 매력없어요. 아깐 정말 기분 나빴다구요."

"알아요. 미안해요."

"홍이 씨가 택기 씨 막 화내면 싫어하지 않아요?"

지현의 질문에 택기는 아무 대답이 없었다.

'좋을 리가 있나. 그래도 홍이 씨 대단하네, 저 성격을 받아주다니.'

"할아버지요."

"예."

"할머니랑 결혼하시라는 말, 나도 모르게 불쑥 나와버렸어요. 할아버지 충격받으신 것 같던데. 실수한 것 같아요."

"어차피 영감님은 결혼하고 싶어하시니까 잘한 일이에요."

"할아버지 할머니랑 데이트하시는 거 숨기고 싶어하셨는데 내가 폭로한 것 같아서요."

"어쩌면 누군가 폭로해 줬으면 하고 바라셨을지도 몰라요."

"그래요?"

지현이 키득거리고 웃자 택기도 웃었다.

지현은 다 먹은 닭 다리 뼈를 내려놓고 다른 살점을 집어 들고 뜯었다.

"그래도 할아버지한테 너무 막 해댄 것 같아요. 한 달 만에 이혼 당하셨을 거란 말도 그렇고……."

지현의 말에 택기가 웃음을 터뜨렸다.

"화나셨을 거예요."

"나중에 잘못했다 하세요."

"그러려구요."

"일 끝나면 서울 올라갈 거예요?"

"여기서 별로 할 일 없으면 올라가야죠."

"그럼 내년 농사철에 내려올 거예요?"

"왜요? 내가 서울 간다니까 싫어요?"

택기는 가볍게 웃을 뿐 그렇다 아니다 대답이 없었다.

"한 잔 더 줘요."

지현이 잔을 내밀자 택기가 채워주었고 지현은 혼자서 주욱 들 이켰다.

"시골 평상에 앉아 통닭에 맥주 마시는 것도 꽤 운치있네요."

"요즘은 돈 있다는 사람들 일부러 시골에 내려와 집 지어놓고 산다잖아요. 웰빙이네 뭐네 해서."

"집만 잘 지어놓는다면 시골에서 사는 것도 괜찮을 것 같아요. 그런데 여긴 솔직히 좀 불편해요. 할아버지가 안 계시면 모를까 계실 때는 눈치 보여서 씻지도 못하잖아요."

"영감님이야 뭐 할머님하고 혼인하시면……."

택기는 무슨 말을 하려 했는지 몰라도 말끝을 흐렸다.

"홍이 씨하고 결혼하면 홍이 씬 간호사 일 그만두는 거예요?"

"……."

"두 사람, 잘 어울려요."

"홍이하고 나……."

택기가 말을 하려고 하는데 방 안에 있던 지현의 휴대폰이 울렸다.

"어, 잠깐만요."

지현은 맥주 잔을 내려놓고 방으로 뛰어가 전화를 받았다.

"여보세요?"

[지현이?]

"누구세요?"

[나 태오야. 목소리 잊은 거야?]

"태오 선배!"

지현의 목소리가 꾀꼬리처럼 높아졌다.

[잘 있지?]

"그럼요."

[김천이지?]

"네."

[여기 포항이야.]

"포항요?"

[휴가 받아 왔어. 내일 서울 올라가는 길에 들를까 하는데 괜찮겠어?]

"내일요? 그럼요, 괜찮아요."

[어떻게 가는지 알려줄래?]

"그러니까 여기가요……."

지현은 마을 이름을 알려주고 어디서 들어와서 어디로 오면 된다고 아는 대로 설명하고 끊었다.

"어머, 어머."

지현은 내일 도착할 사람인데도 태오가 온다고 하자 갑자기 마음이 바빠졌다.

"어떡하지?"

지현은 가방을 뒤져 입을 만한 옷을 찾아냈다. 그래 봤자 김천 내려올 때 입었던 옷이 유일했지만.

"옷은 됐고, 화장은 내일 아침에 하면 되고…… 마사지라도 할까? 오이, 그래, 오이라도 붙이자."

지현이 방에서 나오자 택기가 쳐다봤다.

"더 안 먹어요?"

"미안해요. 그만 먹을게요. 갑자기 좀 바빠졌어요."

지현은 부리나케 부엌으로 가서 오이를 얇게 저민 다음 그릇에 담아 나왔다.

"뭐 해요?"

혼자서 맥주를 따라 마시던 택기가 물었다.

"마사지 좀 하려구요."

"누가 온대요?"

"네."

지현이 방에 들어가 누워 오이를 얼굴에 올려놓기 시작했다.

"통닭 더 먹지 그래요?"

"아니에요, 그만 먹을래요. 넘어갈 것 같지 않아요."

태오가 뭐라고 닭이 안 넘어갈까 싶지만 태오가 온다고 하는 순간 진짜 아무것도 먹고 싶은 생각이 없어졌다.

"저기요, 택기 씨."

"예."

"미안한데요, 이 오이 좀 올려놔 줄래요?"

지현의 말에 택기가 방으로 들어왔다.

"누가 오는데 그래요?"

택기가 오이를 올려놓으며 물었다.

"아는 사람요. 학교 선배예요."

"이름이 태오예요?"

"네, 이태오예요."

"남자예요?"

"네, 남자예요."

"고흐 동생 이름이 태오던데."

"맞아요."

"친해요?"

"친하다기보다는⋯⋯ 실은 예전에 사랑하던 사람요."

지현의 대답이 끝나자 택기의 손놀림이 일순간 정지됐다.

"사랑하던…… 사람요?"

"사랑했었는데 규진이 그 빌어먹을 자식 때문에…… 하여튼 다른 사람 때문에 헤어지게 됐거든요. 지난번에 서울 올라갔을 때 필연처럼 다시 만나게 된 거예요."

지현이 들뜬 목소리로 말했다.

"어쩜 하나도 안 변한 거 있죠? 얼마나 반가웠는지 몰라요. 태오 선배도 무척 반가워하더라구요. 굉장히 다정하고 부드럽고, 많이 좋아했었는데……."

"뭐 하는 사람이에요?"

"드라마 감독이에요. 방송국요. 그 선배 집이 포항인데 포항 내려왔다가 들른대요."

"지금도 좋아하는 거예요?"

"글쎄, 잘 모르겠어요. 근데 있죠, 막 들뜨고 설레고 그래요. 내일 온다는 말을 하는데 막 가슴이 떨리는 거 있죠."

"다 됐어요."

아직 빈자리가 많은 것 같은데 갑자기 택기가 오이를 내려놓고 일어났다.

"여기도 좀 붙여줘요."

"직접 붙여요."

택기는 뭐가 틀어졌는지 쌩하니 나가 버렸다.

"뭐야, 붙이다 말고 나가는 건?"

지현은 저놈의 이상한 성질병이 또 도진 모양이라 생각하며 더듬더듬 오이를 붙였다.

"하여튼 이해 못할 성격이야."

그날 밤 지현은 한숨도 못 잤다. 그리고 이상하게도 택기 역시 잠을 못 이루는지 밤새도록 들락거렸다.

태오 선배에게서 포항에서 김천으로 출발했다는 연락을 받은 것이 오전 아홉 시. 포항 부모님 댁에서 출발하니까 두 시간 내에 올 수 있다는 말을 듣고 지현은 부리나케 택기를 찾았다.

"집에 데려다 주세요."

"왜요?"

"어제 말한 손님이 오신대서요. 부탁해요. 집에 좀 데려다 줘요. 이러고 만날 수는 없잖아요."

택기는 잔소리하지 않고 지현을 집으로 데려다 주었고 지현은 부리나케 꽃단장을 시작했다.

촬영 때문에 대구에 내려오는 길에 만나자 했던 약속이 깨지고 무척 서운해했었다. 아무래도 서울에 올라가서야 다시 만날 수 있을 것이라며 기대도 하지 않았는데 태오 선배가 오겠다 한 것이다.

지현은 많이 타버리고 거칠어진 피부를 정성을 다해 화장했다. 어제 오이 마사지를 했다지만 하루 만에 피부가 백옥처럼 매끄러워지는 것은 아니었다. 화장도 얼마 만에 하는 것인지 마스카라 바르는데 손이 다 떨릴 지경이었다. 그토록 정성 들여 화장을 했는데도 흑인 얼굴에 땀띠분 바른 것처럼 허옇게 뜨고 난리도 아니었다.

"어떡하지? 지우면 더 엉망인데."

지현이 속이 상했다. 누구보다 잘 보이고 싶은 사람인데 화장이 이 지경이니.

유달리 허옇게 떠 보이는 부분을 휴지로 닦아내고 가까스로 외계인을 면하게 만든 다음 입고 있던 작업복을 벗어 던지고 서울에서 내려올 때 입었던 옷으로 갈아입었다. 그러니 아까보다 훨씬 나아 보였다.

"뭐라고 하지? 너무 반가워하면 안 되겠지?"

지현은 연신 거울을 들여다보며 태오를 만났을 때 지어 보일 표정을 연습했다.

"아무리 포항 부모님 댁에 들르는 길이라지만 나한테 아주 마음이 없다면 만나러 오겠다 하진 않겠지? 가깝다 하더라도 고속도로 타고 오는 길이 만만치 않은데 말이야."

지현은 뚜렷한 윤곽은 잡히지 않았지만 어떤 기대감을 갖게 되었다.

"계란 마사지도 할 걸 그랬나?"

지현이 불만스러운 듯 중얼거리며 방에서 나오는데 밭으로 갔을 것이라 생각했던 택기가 마당에 있었다. 택기는 꽃단장을 마친 지현을 퍽 탐탁지 않은 얼굴로 쳐다봤다.

"안 갔어요?"

"일 많지 않아요."

"하긴……."

건넛마을 총각들이 와서 도와주었을 때가 가장 바빴고 지금은 한숨 돌릴 수 있는 시기였다.

"저, 나 어때요?"

지현이 무조건 괜찮다는 대답을 기대하며 택기에게 물었는데 택기의 대답은 가관이었다.

"합성이네."

"뭐요? 하여튼, 관둬요!"

물은 내가 바보지 생각하며 입술을 삐죽거린 지현은 휴대폰으로 시간을 확인하며 대문 밖으로 나갔다.

"올 때가 된 것 같은데 마을을 못 찾나?"

지현이 대문 밖을 왔다 갔다 하며 초조하게 기다리는데 저만치서 먼지를 일으키며 달려오는 자동차가 보였다.

"저 차인가?"

지현이 목을 쭉 빼고 쳐다봤다. 예상대로 차는 지현이 서 있는 곳까지 곧장 달려왔고 집 앞에서 멈췄다. 차 문이 열렸고 그토록 고대하며 기다리던 태오가 내려섰다.

"선배!"

"어, 지현아."

태오가 지현아 하고 부를 때마다 콩닥거리는 이 가슴을 어찌하리오!

"집 찾는 데 힘들지 않았어요?"

지나치게 반가운 척 안 하기로 했는데 자신도 모르게 어금니까지 다 드러내며 너무 활짝 웃고 있었다.

"아니야, 쉽게 왔어."

"휴가예요?"

"어, 오늘 휴가 마지막 날이라 서울 올라가는 길에 잠깐 들렀어. 포도도 얻어먹자 싶고."

"잘 오셨어요."

그때 딸깍 하고 조수석의 문이 열리더니 저 여인은 누구인가, 웬 아리따운 여자가 내리더니 태오 곁에 서서 환하게 웃었다. 지현의 표정은 즉시 굳어졌고.

"누구⋯⋯."

"어, 인사해, 지현아. 수희야, 나랑 결혼할 사람."

"예?"

지현은 일그러지려는 얼굴 근육을 가까스로 잡아 붙들었다.

"결혼⋯⋯ 하세요?"

웃는 게 아니라 울상이 되어버린 기괴한 미소를 지으며 지현이 물었다.

"어, 이번에 부모님께 인사시키려고 같이 내려왔어. 수희야, 인사해. 말했지? 학교 후배 지현이. 포도밭 물려받는다고."

"말씀 많이 들었어요. 실례라고 그냥 가자는데도 태오 씨가 하도 포도 얻어먹고 가자 해서요. 결례죠?"

"네. 아, 아니, 그게 아니라 잘 오셨어요."

으아, 울고 싶다.

태오와 그와 결혼할 여자를 집으로 데리고 들어오자 똥개들과 놀고 있던 택기가 일어났다.

"학교 선배시고, 결혼할 분이래요."

지현이 너무나 슬픈 얼굴을 하고 소개했다.

"안녕하십니까."

택기와 태오 일행이 인사를 주고받는 동안에 지현은 부엌으로 들어와 커피 물을 올려놓았다.

밖에서는 택기와 태오의 얘기 소리가 들리고 있었고 지현은 너무나 허무하고 허탈하고, 서운하고, 민망한 기분으로 일회용 커피믹스의 껍질을 까고 있었다.

세상에, 그토록 공을 들여 꽃단장을 하고 기다렸는데 결혼할 여자를 데리고 오다니. 지난번 서울에서 만났을 땐 여자 있는 척 죽어도 안 하더니 이렇게 뒤통수를 칠 수 있단 말인가. 밭에서 달려와 화장을 하고 옷을 갈아입고 그냥 들르는 건 아닐 거라고 별생각을, 별 상상을 다 하며 기대했건만.

지현은 부엌 문턱에 서서 태오 곁에 있는 여자를 훔쳐봤다.

'예쁘다.'

신경질날 정도로 예쁜 여자였다. 어디가 좀 모자르고 암만 봐도 예쁜 구석이 없는 여자라면 흥, 저따위 여자에게 내가 질쏘냐 하며 한번 덤벼보겠는데 지현이 덤비기엔 상대가 되지 않을 정도로 예뻤다. 큰 키에 늘씬하고 정갈해 보이는 이미지. 화장을 한 것 같지도 않은데 3박 4일 마사지샵에서 스페셜 관리를 받은 듯 뽀얀 피부가 물을 먹은 듯 싱싱해 보였다. 옷차림은 어떤가. 정장 바지 같은 걸 입고 있었고 평범한 스트라이프 블라우스를 입고 있는데 딱 보면 커리어우먼! 하고 말할 정도로 세련되고 참 지적으로 보였다.

지현은 한숨을 내쉬며 돌아섰고 끓고 있는 냄비를 뒤엎었으면 좋겠다 생각하며 커피믹스를 잔에 털어넣었다.

지현이 커피를 들고 나가자 태오와 태오의 결혼할 여자가 약속한 듯 동시에 환하게 웃었다. 태오의 미소는 여전히 멋졌다. 태오와 결혼할 여자의 미소도 멋지고. 그게 더 신경질났다.

"앞뒤가 뚫려서 참 시원하겠어요."

태오의 여자가 물었다.

"네, 시원해요."

"왜 세 잔이야?"

태오가 물었다.

"택기 씬 밤에 잠 안 온다고 커피 안 마셔요."

"어, 지현이가 챙겨 주는 거야?"

"예?"

"지현이가 아무리 땅을 물려받는데도 그 힘든 농사를 어떻게 지으려는 걸까 했는데 이유가 있었네. 남자 친구 있다고 말해 주지 그랬어?"

아니, 이건 또 무슨 소리야?

지현이 황당하다는 얼굴로 택기를 쳐다보자 택기는 가타부타 말이 없었다.

지현은 서둘러 아무 사이 아니라고 그냥 일꾼일 뿐이라고 해명하려다 관뒀다. 누군 결혼할 사람을 데려왔는데 누군 쓸쓸히 속앓이를 해야 하나 싶어서.

"포도 얻어먹을 수 있죠?"

"그럼요. 얼마든지 드릴게요. 가실 때 몇 상자 실어드릴게요."

"그럴 수는 없죠. 그냥 먹고 가겠습니다."

"아닙니다, 선물로 드릴게요."

태오와 택기가 지현을 빼놓고 지들끼리 잘도 통했다.

"포도밭 물려받으신다구요?"

태오의 여자가 물었다.

"뭐, 네……."

"좋으시겠어요. 부러워요."

태오의 여자가 말했다, 부럽다고. 지현은 그저 일그러진 미소를 지을 뿐이었다. 당신은 나더러 부럽다지만 난 지금 당신을 부러워하고 있다 생각하면서.

태오 커플을 데리고 포도밭으로 온 지현은 내내 뚱한 얼굴로 택기를 따라 포도밭을 구경하는 태오 커플을 뒤따랐다. 택기는 신종 포도를 개발 중인 하우스에도 태오 커플을 데려갔는데 택기가 설명하는 소리는 하나도 귀에 들어오지 않고 태오가 성공만 하면 완전히 돈 덩어리네요 하는 소리만 들렸다. 그러니까 택기가 아니라 태오 목소리만 들렸다는 것이다.

"수희 어떠니?"

"예?"

"수희."

태오가 디지털 카메라로 포도송이를 찍고 있는 수희를 가리키며 물었다.

"예쁘네요. 잘 어울려요."

"좋은 여자야."

"그래 보여요. 뭐 하는 분이세요?"

"방송국 라디오 구성작가야."

"아, 그렇구나……."

"택기 씨라는 분도 좋은 사람 같다."

"예? 아, 택기 씨요?"

"진작 말을 하지. 그럼 두 사람한테 선물이라도 하나 사 왔을 텐데."

무슨 말도 안 되는 소리. 왜, 나 혼자 있음 선물 못 사 오냐?

"언제, 결혼해요?"

"가을에. 추석 전에 하려고."

"그럼…… 9월?"

"9월 초나 빠르면 8월 말. 양가 부모님 다음 주 토요일에 상견례 하시면서 날 잡기로 했어."

"그렇구나……."

지현은 소리없이 한숨을 내쉬었다.

"와줄 거지?"

이 뻔뻔한 인간 좀 보소. 와줄 거냐고?

"그럴게요."

미쳤냐, 내가 거길 가게! 하고 소리치고 싶은데 그러지 못했다.

"택기 씨랑 같이 와."

태오는 아예 지현과 택기를 커플로 묶어버린 듯했다.

"뭐, 그럴 수 있음……."

지현은 확답은 하지 않고 말끝을 흐렸다.

택기는 태오에게 포도를 두 상자나 선물했고 태오는 단 한 번도 사양하는 말없이 냉큼 받아 챙기더니 지금부터 내달려야 내일 출근할 수 있을 것이라고 하며 결혼할 여자와 포도 상자를 태우고 서울로 떠나 버렸다. 이렇게나 허무할 수가.

저만치 사라지는 태오의 차를 쳐다보며 지현은 연거푸 한숨을 내쉬었다. 나쁜 놈, 치사한 새끼, 욕을 해대며.

"기분 괜찮아요?"

택기가 물었다.

"내 기분이 뭘 어때서요?"

지현이 괜히 택기에게 화를 냈다.

집으로 돌아와 쓸쓸하기 그지없는 얼굴로 평상에 앉은 지현은 땅이 꺼져라 한숨을 내쉬었다. 생각할수록 서운한 태오와 생각할수록 멍청했던 자신을 욕하면서.

"밭에 가요, 나."

"가요."

택기가 밭에 가고 혼자 있게 된 지현은 허무함에 사로잡혀 아무것도 하지 않고 평상에 드러누운 채 하늘을 올려다보고 있었다.

"좋은 여자야."

좋은 여자라며 사랑이 담뿍 담긴 시선으로 수희라는 여자를 쳐다보던 태오의 눈이 생각났다. 정말 많이 사랑하는 것 같았다. 많이 사랑하니까 결혼하는 거겠지만 지현은 너무 서운하고 속이 상했다.

"김칫국 잘 마셨다. 쪽팔려, 정말."

결혼할 여자가 있는 사람을 두고 별 이상스런 상상을 다 했으니 태오든 누구든 이 사실을 알면 얼마나 우스워하고 한심해할까.

"미쳤어, 정말."

어젯밤에 오이 마사지를 하면서 가슴이 설레느니 두근거리니 하는 소리를 택기에게 한 것이 생각나자 얼굴이 화끈거렸다.

"얼마나 멍청하게 생각할까. 정말 미쳐."

지현이 창피함에 몸서리치고 있는데 지난번 소주병에 갓 태어난 들쥐 새끼 술을 담아오셨던 할아버지가 이번엔 박카스 병 하나와 주전자를 들고 오셨다.

"할배는?"

"할아버지 노인정 가신 것 같아요."

"노인정에 없던데."

노인정이 아니라면 할머님 집에 가신 모양이다.

"이거 받아라."

할아버지가 박카스 병을 내밀었다.

"뭐예요?"

지현은 받아 들기가 두려운 얼굴로 물었다.

"지난번에 빌려 쓰고 남은 농약이다. 잘 썼다 케라."

"네."

지현은 박카스 병을 받아 들었다.

"이거는 막걸리다. 새로 내려서 한 사발 갖고 왔다. 할배 오면 드리라."

"네."

"니 농약 무면 안 된데이. 죽는데이."

"알아요, 할아버지. 안 먹어요."

"택기는?"

"밭예요."

"알았다. 간데이."

"네, 가세요."

지현은 다시 마루에 걸터앉으며 또 한숨을 내쉬었다. 그러다 곁에 있는 주전자를 쳐다봤다.

"막걸리나 한 사발 마실까? 기분도 더러운데 막걸리나 마시고 자야겠다."

부엌에서 밥공기를 들고 나온 지현은 먹걸리를 따른 뒤 주욱 들이켰다.

"캬~"

맛도 없고 아주 이상한, 뭔가 썩은 것도 같고 하여튼 이상한 맛이었다.

"이런 걸 왜 드시는 거야?"

지현은 엄마가 동생을 임신했을 때 그렇게 막걸리가 먹고 싶더라는 말을 기억하며 두 잔째를 따라 마셨다. 하여튼 이상한 맛인데도 또 마시게 되는 그런 술이 막걸리였다.

한 잔이 두 잔이 되고 세 잔이 되고 빈속에 네 잔까지 마셔 버린 지현은 알딸딸해져 서운하고 속상했던 기분이 어느 정도 무뎌졌다.

"다 마시면 할아버지한테 혼날 테니 그만 마셔야지."

지현은 좀 취했는지 밥공기를 저만치 치운다는 게 농약이 담겨 있던 박카스 병을 쓰러뜨렸다.

"농약은 무슨 냄새야?"

지현은 박카스 병을 따고 냄새를 맡아보았다. 아주 지독했다.

"아우, 지독해."

술김에 뚜껑도 닫지 않고 저만치 세워둔 채 몸이 무거워져 그냥 평상에 드러누운 지현은 결혼할 여자를 바라볼 때마다 사랑이 뚝뚝 떨어지던 태오의 얼굴을 생각하며 나쁜 놈 하고 중얼거리다 잠이 들어버렸다.

저녁에 집으로 돌아와 씻으려고 목욕탕으로 가던 택기는 평상에서 자고 있는 지현을 발견하고 흔들어 깨웠다.

"방에 들어가 자요."

하지만 아무리 흔들어 깨워도 지현은 일어나지 않았다. 그런데 지현의 주위에서 이상한 냄새가 났다. 주전자를 열어보니 막걸리가 들어 있었는데 막걸리 냄새가 아닌 독한 약 냄새가 코를 찔렀다. 많이 익숙한 냄새였다. 나뒹구는 밥그릇이 있었고, 그리고 뚜껑이 열린 박카스 병이 있었다. 박카스 병을 들고 냄새를 맡던 택기의 얼굴이 하얗게 질려 버렸다.

"이봐요, 지현 씨! 정신 차려요, 정신 차려봐요!"

농약인데 음료수인 줄 알고 들이킨 모양이라 생각한 택기가 지현을 붙잡고 뺨을 때리며 흔들어 깨웠지만 지현을 축 늘어진 채 깨어나지 못했다.

"이런 망할!"

택기는 지현을 들쳐 업고 밖으로 뛰어나와 트럭에 실었고 차에 오르자마자 내달리기 시작했다.

"이봐요, 이봐요, 일어나요! 정신 좀 차려봐요!"

시내에 있는 병원으로 달려가는 동안에 택기가 미친 듯이 지현의 몸을 흔들었지만 지현은 깨어나지 못했다.

"안 돼, 제발. 안 돼!"

병원에 도착하자마자 지현을 업고 응급실로 뛰어들어 간 택기는 농약을 먹었다며 응급실이 떠나갈 정도로 고함을 질렀다.

지현을 침대에 눕혀놓고 간호사와 의사들이 달려와 지현의 동공을 살피고 혈압을 체크하고 택기가 옆에서 제발 살려달라 애원하는데 지현이 움찔거렸다.

"얼마나 마신 겁니까?"

"글쎄, 많이 마신 것 같지는 않은데……."

의사의 지시에 간호사가 위세척 기계를 밀고 오고 다른 간호사가 지현의 팔에 링거 주사를 꽂는 순간 지현이 낯을 찡그리며 번쩍 눈을 떴다.

"환자, 내가 보입니까?"

의사가 물었다.

"지현 씨, 나 보여요?"

택기가 지현의 손을 잡으며 물었다.

"여기가 어디에요?"

"병원이에요."

"병원요? 웬 병원이에요?"

"농약 먹었잖아요!"

택기가 소리쳤다.

"농약요? 무슨, 난 막걸리 마셨는데……."

지현의 한마디에 의사, 간호사는 물론이고 택기도 맥이 풀려 버렸다.

"막걸리요?"

"막걸리 얼마나 마셨습니까?"

의사가 황당하다는 얼굴로 물었다.

"네 사발요."

지현이 영문을 모르겠다는 얼굴을 하고 몸을 일으키며 말했다.

"데리고 가시죠."

의사가 말했고 택기의 얼굴은 붉으락푸르락 난리도 아니었다.

농약 해프닝 후 병원을 나온 택기는 아직도 술이 덜 깨 약간씩 비틀거리는 지현을 무시무시한 눈으로 아래위로 훑어봤다.

"왜 그래요? 난 막걸리 마신 죄밖에 없는데……."

"막걸리 좀 마셨다고 그렇게 흔드는데도 몰라요?"

"아니, 난 머리가 띵해서 그냥 누웠는데 잠이 든 거예요. 내가 잠들면 좀 깊이 드는 경향이 있긴 하지만……."

"빨리 와요!"

택기가 소리쳤고 지현이 뒤따르다 휘청하자 택기가 얼른 붙잡아주었다.

"똑바로 걸어요!"

"술이 좀 덜 깨서 그래요!"

지현이 맞받아 소리치자 택기가 지현을 노려보다가 업혀요! 하고 소리쳤다.

"됐어요, 걸을 수 있어요."

택기가 확 돌아서더니 앞서 갔고 지현은 뚱한 얼굴로 택기의 뒤를 따랐다.

트럭에 오른 지현은 괜히 성질이라며 눈을 흘겼다.

"막걸리는 왜 마신 거예요!"

택기가 버럭 소리를 질렀다.

"아니, 그냥 좀 마셨어요. 마시면 안 돼요? 내가 미성년자도 아니고."

"농약 뚜껑은 왜 열어놓은 거예요? 쏟아지면 어쩌려고!"

"농약? 내가 뚜껑을 열어났나?"

"약 먹은 줄 알고 깜짝 놀랐잖아요!"

택기가 계속 버럭버럭 소리를 질렀다.

"내가 농약을 왜 먹어요! 그리고 누가 병원에 데려다 달라 했어요? 자기가 괜히 병원에 와서 쪽팔리게 해놓구선 나한테 화풀이에요!"

지현도 지지 않고 소리쳤다.

택기가 고개를 획 돌리더니 죽일 듯이 지현을 노려봤다.

"눈알 빠지겠네. 그만 노려봐요! 나도 쪽팔려요!"

"알았어요, 갑시다!"

"그래요, 가요!"

택기와 지현은 서로에게 으르렁거렸다.

"대체 막걸리는 왜 마신 겁니까?"

마을에 들어섰을 때 택기가 차를 세우며 물었다.

"그냥, 그냥……."

지현이 한숨을 내쉬었다.

"그냥 뭐요?"

"내가 좀 처량맞아서요."

"뭐가 처량맞는데요?"

"아까 그 선배 만나고 하여튼 좀…… 결혼할 여자가 있는 줄도 몰랐고 데려올 줄도 몰랐어요."

"다시 사귈 수 있을 거라 생각한 거예요?"

"꼭 그리 생각한 건 아니지만 나 만나러 온다고 하니까, 혹시 아직도 날 생각하나 싶었는데 결혼할 여자를 데려오니까…… 울적하고 서운하고, 꽃단장한 거 왜 했나 싶고. 한심해하고 있는데 마침 전에 들쥐 새끼 술 담아오셨던 할아버지가 막걸리를 가져오셨길래 마셨어요. 여자…… 정말 예쁘더라구요."

지현이 한숨 섞인 목소리로 말했다.

"너무 괜찮은 여자를 데려오니까 기도 좀 죽고……."

"기가 왜 죽어요? 비쩍 말라서 별 볼일 없던데."

"치…… 서울에선 완전 먹어주는 스타일이에요. 게다가 방송국 라디오 구성작가래요. 직업도 좋더라구요. 난 백순데."

"왜 백수예요? 포도밭 주인인데."

"주인은 무슨, 할아버지가 줄까 말깐데. 할머니랑 사귀는 거 폭로하고 땅 포기하고 서울 간대서 할아버지 열받아 안 주실 것 같아요."

"그래서 기죽은 거예요?"

"그냥 기가 죽더라구요. 건넛마을 총각들한테는 미스코리아 소리도 들었는데 그 여자 보니까 미스코리아가 다 얼어 죽었구나 싶고, 어젯밤에 오이 마사지까지 했는데도 이 꼴인 내가 우습기도 하고, 다른 여자랑 결혼할 남자 생각하면서 혼자 김칫국 마신 것 같아 창피하고, 택기 씨한테도 부끄럽고 창피하고……."

"그 여자보다 지현 씨가 훨 예뻐요."

"치……."

지현이 거짓말인 줄 알기에 씁쓸하게 웃었다.

"정말이에요."

"관둬요, 합성이라며요."

"농담이에요."

"열심히 화장한 사람한테 합성이라 해놓구선."

"농담한 거예요. 아까 그 여자 못 봤어요? 지현 씨 손님이라서 특별히 대학 연구실에서 준 천연 농약 뿌려 키운 포도 내놨어요. 그냥 먹어도 괜찮은 걸 지현 씨 손님이라 물에 몇 번이나 씻어서 내놓은 포도인데 먹을 때마다 휴지로 닦아 먹는 게 얼마나 얄미운지."

"맞아요. 나도 그거 보니 재수없더라구요. 얼마나 열심히 키운 포도인데. 보통 사람은 맛도 못 볼 포도인데 깔끔은, 진짜 재수없어."

"맞아요, 재수없어요."

깔끔이 죄가 될 수 없는데도 재수없다고까지 하며 욕을 하고나자 은근히 기분이 좋아 키득거리고 웃었다.

"깜짝 놀랐어요. 농약 병은 열려 있지, 흔들어 깨워도 정신이 없지."

택기의 말에 지현이 물끄러미 택기를 쳐다보다가 웃음을 터뜨렸다. 지현이 웃자 택기가 사람 놀란 건 생각도 않고 뭐가 재밌어서 웃냐는 듯이 노려봤다.

"얼마나 웃겼을까, 막걸리 마시고 잠든 사람을 농약 먹었다고 했으니. 아하하하하."

지현이 배를 잡고 웃자 택기도 무안해하다가 결국 웃었다.

"태오 선배 때문에 너무 속상했는데 택기 씨 때문에 웃게 되네요."

"다음부터는 술이든 농약이든 먹지 말아요. 잘못된 줄 알고 깜짝 놀랐으니까."

"죽은 줄 알았어요?"

"그럼 아니에요?"

"내가 농약을 왜 먹어요? 바보도 아니고."

"농약 먹는 사람 바보라 먹는 거 아니에요. 아차 하는 순간에 실수로 먹는 거지."

"걱정했어요?"

"그럼 걱정 안 해요?"

"택기 씨 그러니까 나 되게 생각해 주는 것 같아요."

"······."

"홍이 씨 보면 또 난리나겠네요. 그때 있죠, 택기 씨 집에 숨겨 놓고 밭에 있다고 홍이 씨가 쏘아붙이던 날요. 그날 너무 화나서 진숙이랑 진팔이한테 강낭콩 오면 방뎅이 물어뜯으라 했어요."

지현의 말에 택기가 시동을 걸려다가 큰 소리로 웃었다.

"홍이 어릴 적 별명이 강낭콩이었어요."

"강난홍 하는데 딱 강낭콩이 떠오르더라구요."

택기가 또 활짝 웃었다.

"택기 씨 이럴 때 보면 참 괜찮은 사람인데, 웃을 때요. 그런데 화내면 정말 꼴 보기 싫어요."

"요즘은 화 안 내잖아요."

"병원에서 오는 길에도 화내놓구선."

"그건 놀라서 그런 거고요."

"있죠, 태오 선배가 결혼식 때 오래요."

"갈 거예요?"

"모르겠어요, 지금은. 태오 선배는 나랑 택기 씨랑 사귀는 줄 알더라구요. 근데 일부러 아니라고 안 했어요. 자기는 결혼할 여자 데려왔는데 싱글인 척하려니까 싫더라구요. 택기 씨 이용해 먹은 것 같아 미안해요."

"괜찮아요, 용서해 줄게요."

"결혼식 때 택기 씨랑 같이 오라더라구요."

"같이 갈까요?"

"홍이 씨한테 뜯겨 죽게요?"

지현이 눈을 흘겼다.

"다음 주에 하루 외박할 거예요."

"왜요?"

"오전엔 대구에도 다녀와야 하고 과학대학 연구팀에게 가져다 줄 것도 있어서요."

"같은 김천인데 외박해요?"

"연구팀들하고 밤새야 할 것 같아요."

"대구 가면 홍이 씨 좋아하겠네요. 홍이 씨도 만날 거죠?"

"나 홍이하고 결혼할 사이 아니에요."

택기의 말에 지현이 깜짝 놀라며 쳐다봤다.

"아니에요?"

"아니에요."

"홍이 씨 좋아하는 거 아니에요? 아니, 둘이 서로 좋아하는 거 아니에요?"

"홍이 그냥 동생으로 생각해요. 홍이는 아닌 것 같지만."

"난 택기 씨도 홍이 좋아하는 줄 알았는데."

"홍이 예쁘고 좋은 여자인 줄은 아는데 동생 이상으로는 생각 하지 않아요."

"필이 안 통하는 거예요?"

"뭐, 그런 거예요."

"홍이 씨 서운해하겠다. 택기 씨 되게 좋아하는 것 같던데."

"……"

"근데요."

"뭐가요?"

"조금 웃긴 얘긴데, 홍이 씨랑 같이 있는 거 보면 막 질투나요."

지현의 말에 택기가 고개를 돌려 지현을 쳐다봤다.

"이상하게 질투나요. 둘이서 뭘 할까 싶고. 나 웃기죠?"

"아뇨."

"홍이 씨, 참 괜찮은 사람인데, 홍이 씨가 여자로 안 보이면 누가 여자로 보여요?"

지현의 질문이 갑작스러웠으나 택기의 얼굴이 빨갛게 물들었다.

"설마 내가 여자로 보이는 건 아니죠?"

"……"

"내가 여자로 보여요? 말해 봐요."

"……"

"난 어떻냐구요."

지현이 캐묻는데 택기가 갑자기 차를 세우더니 눈이 툭 튀어나오도록 부릅뜨고 지현을 똑바로 쳐다봤다.

"왜 그렇게 봐요? 에이, 농담이에요. 하여튼 그 성질은……."

"지현 씨, 괜찮은 사람이에요."

"정말요?"

지현이 씩 웃는데 택기가 지현의 손을 움켜잡았다.

"왜, 왜 그래요?"

지현이 조금 놀라며 택기를 쳐다보는데 택기가 힘이 잔뜩 들어간 눈으로 지현을 쳐다보다가 지현의 손을 놓아주었다.

"에이, 이 아저씨 폼 잡네."

약간 민망해진 지현이 분위기를 돌려보려고 농담을 지껄이는데 택기의 눈에 들어간 힘이 풀어지지 않았다.

"택기 씨 대구 가면 심심하겠네요."

지현이 혼잣말처럼 중얼거렸고 택기는 다시 출발했다.

"오늘 시내에서 포도 축제 하는데 같이 갈래요?"

"포도 축제요?"

"시에서 김천 포도를 알리려고 축제 해요. 작년에 시작해서 올해가 두 번째예요. 꽃게 축제나 새우 축제 같은 거 있잖아요."

"아~"

"축제에 오는 소비자하고 직거래로 포도도 팔고 해요. 영감님 밭 포도 말고도 김천에서 포도 농사짓는 곳은 다 와요. 포도 말고 다른 과일들도 내오고. 노래자랑도 하고 연예인도 오나 봐요."

"재밌겠다. 연예인 누구 와요?"

"나도 모르겠어요."

"조금 늦은 감이 있지 않아요?"

"그렇지도 않아요. 아직 수확할 포도가 많이 남았으니까."

"지금 가는 거예요?"

"밭에 가서 포도 상자 실어서 가야죠."

"그래요, 나도 가요. 그럼 외출복으로 입어야겠네요?"

"그렇게 해요."

지현은 입고 있던 작업복을 벗어 던지고 외출복으로 갈아입었다. 간단하게 화장도 하고.

밖에서 기다리고 있던 택기의 경운기에 오르려던 지현은 생각난 듯 내려섰다.

"포도주도 가지고 가요."

"소용없어요. 작년에 가져갔었는데 열 병도 못 팔고 가져왔어요."

"팔지 말고 포도 사는 사람한테 끼워주면 되잖아요. 창고에 쌓아뒀다면서요. 쌓아두느니 서비스로 주면 홍보도 되고 좋을 것 같아요."

"그래요, 그럼. 하우스 창고에 있으니까 밭에 가서 같이 실어요."

밭으로 와서 아낙들과 함께 축제에서 내다 팔 포도 상자와 포도주를 실은 지현은 축제 판매원으로 뽑힌 부녀회장 아줌마, 그리고 택기와 함께 축제 현장으로 떠났다.

일찍 출발한다고 했는데도 현장에 도착했을 땐 일찍 온 다른 판매자들이 많았다. 그 사람들이 좋은 자리를 다 차지하는 바람에 택기는 손님을 끌기엔 형편없는 자리를 배정받게 됐다.

"여긴 입구에서도 너무 멀고 자리가 안 좋은데. 장사할 땐 자리도 중요하거든요."

지현이 투덜거리자 택기가 할 수 없죠 하고 대꾸했다. 목소리를 들어보니 택기도 속상한 듯했다.

"저기 축제 현수막에 그려진 그림 꽤 귀엽네요."

파리만 날리고 앉은 지 한 시간이 지났건만 손님 구경하기 하늘에 별 따기라 지현이 지루한 얼굴로 축제 현장을 둘러보다 중얼거렸다.

"김천에서 만든 포도 캐릭터예요. 코미 남매라고 하는데 새코미, 달코미예요."

"새콤하고 달콤하다는 뜻이에요?"

"맞아요."

"저 캐릭터들만 봐도 포도가 먹고 싶겠구만 손님이 너무 없네요."

축제 시작된 지가 언젠데 한낮엔 너무 더워서 그런지 손님이 없었다. 시에서는 축제 장소를 내년이나 후년쯤에 아파트 공사가 시작될 공터에 마련했는데 손님이 너무 없었다. 시에서 홍보도 제법 했다고 하는데 아무리 기다려도 손님은 사막에서 바늘 찾기였다.

축제 현장에 온 지 네 시간이 지났건만 아직 한 상자도 팔지 못해 조바심도 났고 벌써 지치는 것 같았다. 부녀회장 아줌마도 마찬가지였다.

"이거 어째야 되겠노? 입구에 나가가 내가 좀 끌어오까?"

"저녁부터 올 거예요. 작년에도 한낮엔 손님 없었잖아요."

"암만 그래도 그렇지……."

"저기 가서 식사나 하시죠."

축제에는 음식을 파는 코너도 만들어져 있었기 때문에 세 사람은 간이 식당으로 들어가 늦은 점심을 먹었다. 점심을 먹고 네 시가 지나고 다섯 시쯤 되어가면서부터 한 사람씩 손님이 느는구나 싶은데 해가 넘어가자 본격적으로 손님이 밀려들기 시작했다. 몇 시간을 손님 구경도 못하고 진이 빠지게 기다렸던 터라 손님이 몰려들자 갑자기 바빠졌다. 하지만 문제는 아무리 손님이 몰려들어도 택기가 있는 판매점까지는 손님들이 들어오지 않는다는 것에 있었다. 게다가 노래자랑이 시작되면서 초대 가수로 온 아주 유명한 트로트 가수 때문에 손님들이 노래자랑에 정신이 팔려 더욱 불이익을 당해야 했다.

"어떡하죠?"

손님이 몰리면서 가까스로 포도 두 상자를 팔았다. 하지만 이러다간 가져온 포도를 도로 가져가게 될 상황이었다.

부녀회장 아줌마가 축제 마당을 휘젓고 다니며 손님을 끌어보려고 애를 썼지만 남의 손님 채간다며 하마터면 싸움이 날 뻔하자 자기가 죽어 호객 행위도 못하게 되고 말았다.

두 상자라지만 포도주까지 공짜로 끼워줬으니 포도 사간 사람이 입소문을 내줄 것이라 기대했지만 포도주발도 먹히지 않았다.

맥없이 앉아 밴드도 없이 노래방 기계 하나 설치해 놓고 기계음에 맞춰 노래하는 참가자들의 참 우스꽝스러운 모습을 먼발치에서 쳐다보던 지현의 머리 속에 좋은 아이디어가 떠올랐다.

"지금 신청할 수 있어요?"

"뭐요?"

"노래자랑요."

"노래자랑 나가려구요?"

"내가 이래 뵈도 노래방에서 90점 이하가 나온 적이 없거든요."

"정말 나가려구요?"

"오늘 가져온 포도 몽땅 다 팔고 갈 거니까 신청 좀 해줘요. 근데 일등 하면 뭐 준대요?"

"세탁기요."

"오오!! 이등은요?"

"선풍기던가?"

"선풍기는 됐고. 오케이, 세탁기!"

지현이 택기의 등을 떠밀자 택기가 못 이긴 척 노래자랑 주최 측에 가서 늦었지만 신청 좀 받아달라고 사정했다. 늦어서 신청이 안 되는데 하면서도 노래자랑에 참가한 사람들이 적었는지 냉큼 받아주었고 맨 마지막에 신청한 덕분에 지현은 끝 번호를 배정받았다.

"안 떨려요?"

택기가 자기가 떨린 듯 물었다.

"조금 떨리지만 포도를 위해서라면 뭘 못하겠어요."

"정말 노래 잘해요?"

"들어보고 놀라지 말아요. 내가 비디오만 좀 됐더라도 댄스 가수로 나가는 건데."

"댄스, 댄스 가수요?"

택기가 놀란 얼굴로 지현을 쳐다보는데 사회자가 마지막 참가자인 지현을 호명했고 지현은 날듯이 무대 위로 올라갔다.

"안녕하세요, 개령면에서 온 김지현입니다!!"

지현이 활짝 웃으며 인사하자 객석에 앉아 있던 나이 지긋한 아저씨들이 손뼉을 치고 난리였다.

"김지현 씨가 불러주실 노래는 쥬얼리의 니가 참 좋아!"

사회자가 뒤로 물러나면서 드디어 반주가 나오고 지현이 노래를 시작했다. 다소곳하게 서서 제대로 꾸민 미소를 흘리며. 요조숙녀처럼.

"온종일 정신없이 바쁘다가도 틈만 나면 니가 생각나. 언제부터 내 안에 살았니. 참 많이 웃게 돼, 너 때문에~"

지현이 요조숙녀를 벗어던지기 시작한 것은 그 다음 소절부터였다. 어깨로 리듬을 타기 시작하고 살짝 허리를 흔들기 시작했다.

"어느새 너의 모든 것들이 편해지나 봐, 부드러운 미소도 나즈막한 목소리도~"

어깨로 리듬을 타고 살짝 허리를 흔드는 것으로 만족하는 것도 여기까지였다. 다음 소절이 시작되자 지현은 본격적으로 율동을 시작했다.

"유~ 아직은 얘기할 수 없지만."

손바닥을 유연하게 펼치고 한쪽 팔은 객석을 향해 뻗으며 현란한 스텝을 밟기 시작했다.

"나 있잖아, 니가 정말 좋아~ 사랑이라 말하기 어설플지 몰라도 아주 솔직히 그냥 니가 참 좋아!"

지현은 그룹 쥬얼리가 하듯 그대로 박수까지 쳐 보였다. 그리고 마지막으로 섹시한 미소를 흘리는 것도 잊지 않았다. 객석에서는 아저씨들이 난리가 났고 아줌마들, 꼬마들도 박수를 치면 환호했다.

"엄마야, 쟈 좀 봐라. 아이고, 노래 잘하네."

부녀회장 아줌마는 벌어진 입을 다물 줄 몰랐고 택기 역시 놀란 듯, 너무나 사랑스러운 듯 미소 지으며 지현을 바라보고 있었다.

　"친구들 속에 너와 함께일 때면 조심스레 행복해지고 어쩌다가 니 옆에 앉으면 세상을 다 가진 기분이 드는 걸. 우연히 눈만 마주쳐도 괜스레 발끝만 보게 되고 조금씩 내 마음이 너에게 가고 있는걸. 이 세상에 두 사람 너와 나만 몰랐나 봐~"

　그때였다. 지현이 택기를 향해 몸을 돌리더니 택기를 똑바로 쳐다봤다. 그리고 택기를 향해 팔을 펼쳤다.

　"유~ 얼마나 잘할지는 몰라도 나 니 곁에 있고 싶어. 정말 하루하루 점점 더 커져 가는 이 느낌 다른 말보다 그냥 니가 참 좋아. 손잡을 땐 어떨까 우리 둘이 입맞춘다면~"

　그때 딩동댕 하고 합격을 알리는 실로폰 소리가 터져 나왔다.

　"예, 수고하셨습니다."

　사회자가 나오는데 지현은 무대에서 내려오지 않고 마이크를 들고 큰 소리로 외치기 시작했다.

　"저 끝에 있는 김 영감네 포도가 저희 매장이거든요! 포도 사러 오세요, 포도 사시면 포도주 한 병도 공짜로 드려요! 많이 와주세요!"

　지현은 팔을 머리 위로 들어 하트 모양까지 만든 다음에야 무대에서 내려왔다. 지현이 내려오자 택기가 웃으면서 쳐다봤다.

　"나 어땠어요?"

　"잘하던데요?"

　"세탁기 내가 타갈 거니까 두고 봐요."

　"지현 씨! 지현 씨!"

큰 소리로 지현의 이름을 외쳐 부르는 소리에 지현과 택기가 고개를 돌렸을 때 사람들을 헤치며 다가오는 건넛마을 노총각 아저씨 종식이 보였다.

"종식이 형님."

"어, 그래, 택기야. 아이고, 지현 씨, 내가 얼매나 놀랬는가, 진짜로 노래 잘하시데요."

종식이 약간 부끄러운 듯 지현을 쳐다보며 말했다.

"고맙습니다. 축제 오신 거예요?"

"나도 토마토 팔라고 안 왔습니까."

"많이 파셨어요?"

"얼매 못 팔았어요. 내가 진짜 깜짝 놀랐습니다. 아이고, 얼마나 고운지……."

종식이 황홀경에 빠진 눈으로 지현을 바라보며 말했다. 그 눈빛이 얼마나 적나라한지 머쓱해질 정도였다.

"무대가 환해지는 기 어디서 천사가 내려왔는 갑다 하면서 보니까 지현 씨 아입니까."

"오호호호호, 과장두."

"과장이 아니라요. 와, 이래 입고 있으니까 진짜 곱네요."

"고맙습니다."

"야들아, 손님 온다!"

부녀회장 아줌마의 외침 소리에 고개를 돌리자 지현의 무대 홍보가 효과가 있었는지 손님들이 몰려들고 있었다.

"저희 그만 가볼게요."

지현이 돌아서려는데 종식이 지현의 손을 붙들었다. 택기의 눈빛이 싸늘해졌다.

"왜, 왜 그러세요?"

"하우스에 한번 오이소. 꼭 한번 오이소."

"아, 네. 그럴게요."

"꼭 오이소."

"예, 예."

지현이 종식에게서 손을 잡아빼며 억지로 웃은 후 지현과 택기는 서둘러 매장으로 달려갔다.

"얼른 온나, 갑자기 손님이 몰려가 난리났다!"

부녀회장 아줌마가 신이 나서 소리쳤다.

"어서 오세요! 어서 오세요!"

"아가씨 노래 잘하대. 포도 좀 주소."

"네, 여기 맛 좀 보세요. 정말 맛있어요."

지현이 포도 알을 따서 노래 잘하더라며 칭찬하는 아저씨의 입에 직접 넣어주었다.

"맛있네."

"포도 사시면 이 포도주도 서비스로 드리거든요. 저희 밭에서 나는 포도로 집에서 직접 담근 포도주예요. 맛보세요."

지현이 종이컵에 포도주를 따라주었다.

"프랑스에서는요, 포도주 없는 식사는 태양이 없는 날과 같다고 할 만큼 포도주를 신이 주신 음료로 생각해요. 포도주는 프랑스산 포도주가 제일 유명한 것 아시죠? 보르도, 부루고뉴, 론느, 루아르

알자스, 상파뉴, 매독 등등 포도주에도 종류가 엄청나게 많은데요. 제일 알아주는 프랑스 포도주보다 더 맛있는 포도주가 저희 포도주예요. 포도주에 비타민과 무기질이 많은 것 아시죠? 주무시기 전에 포도주 한 잔 드시면 혈액순환에도 좋고, 혈액순환 되면 피부에도 좋구요, 성인병 예방에도 좋다는 결과가 나온 건 오래됐구요. 그냥 드릴 테니까 주무시기 전에 한 잔씩 드시고 주무세요."

"아따, 이 아가씨 아는 거 많네."

"맛있다, 진짜."

포도를 사러 온 사람들이 넋이 나간 얼굴로 지현의 설명을 듣더니 너도나도 한 상자씩 달라고 주문했다.

"얼만교?"

"만삼천 원이구요. 포도주 한 병 서비스로 드려요."

"두 상자 주소."

"네, 감사합니다! 택기 씨, 손님 두 상자요!"

"나도 한 상자 주소."

"네!"

"나도 주소."

"네, 네!"

"포도주만 따로 살 수 있어요?"

"다 드시면 박스에 찍힌 번호로 연락주세요. 한 병이라도 배달해 드릴게요."

지현이 꾀꼬리 같은 목소리로 외쳤다.

"택기 씨, 빨리 포도 챙겨 드리세요!"

지현의 외침에 포도 상자를 챙겨 건네던 택기는 방글방글 웃으며 꾀꼬리처럼 떠드는 지현을 바라보며 씩 웃었다. 지현의 또 다른 모습을 본 것 같았다. 처음에 왔을 땐 그저 게으르고 일하기 싫어하고 한심한 여자로밖에 보이지 않았는데 지현은 택기가 모르고 있던 매력을 가진 여자였다.

지현과 눈이 마주치자 지현이 씩 웃었고 택기 역시 미소도 답했다.

"아까 포도에 대해서 하던 말 알고 하는 말이에요?"

택기가 물었다.

"어디서 들은 기억이 있어서 떠들긴 했는데 맞는진 모르겠어요. 설마 알아듣겠어요?"

지현의 말에 택기가 웃었고 지현도 웃었다.

지현이 노래자랑에 나와 매장을 홍보하고 꼭 두 시간 만에 트럭에 싣고 왔던 포도는 몽땅 팔렸다. 그리고 지현은 일등을 해서 세탁기를 챙겼다.

부녀회장 아줌마가 축제에 구경 온 마을 사람들과 어울려 먼저 축제 현장을 떠나고 뒷정리를 한 후 선물로 받은 세탁기를 트럭에 실은 지현과 택기는 몹시 밝은 얼굴로 트럭에 올랐다.

"내가 세탁기 받을 거라고 했잖아요."

"훌륭해요."

"칭찬이죠?"

"그럼요. 오늘 정말 고생했어요."

"내 덕분인 줄 알라구요."

"알고 있어요."

지현이 의기양양하게 웃자 택기도 웃음을 터뜨렸다.

"오늘 보니까 내가 좀 쓸 만한 사람처럼 보이지 않아요?"

"예전부터 그랬어요."

"에이."

"정말이에요."

"오늘은 마음껏 칭찬을 받아들이도록 하죠."

지현이 거드름을 피우자 택기가 또 웃었다.

"배고프지 않아요?"

"아깐 장사하느라고 배고픈지 올랐는데 지금은 배고파요. 얼른
집에 가요."

"돈까스 사줄까요?"

"한턱 쏘는 거예요?"

"쏴야죠. 지현 씨 덕에 포도도 다 팔았는데."

"그럼 먹어드리죠."

택기가 또 웃었다.

택기는 지현을 데리고 화려하지는 않지만 이런 소도시에도 이
런 곳이 있네 싶은 레스토랑으로 갔다.

"마을에만 있어서 그런지 이런 데가 있을 줄 몰랐어요."

"시내엔 서울에 있는 거 거의 다 있어요."

"그러게요."

"지방 도시라고 해서 오지가 아니에요."

"정말 그래요."

"돈까스 말고 다른 거 먹고 싶은 거 말해요. 정식을 먹든지."

"정식이 제일 비싸요?"

"제일 비싸요."

"그럼 정식 먹을래요."

"그래요."

택기는 정식을 두 개 주문했다.

"피곤하죠?"

"피곤한데 포도 다 팔아서 기분은 좋아요."

"다 팔릴 줄 몰랐어요."

"나두요."

"그리고 지현 씨가 노래를 그렇게 잘할 줄도 몰랐어요."

"잘한다기보다는 이것도 기술이 좀 필요하거든요."

"무슨 기술요?"

"노래방에서 90점 이상 받는 기술요. 일단 큰 소리로 부르면 90점은 그냥 나오구요, 거기다 악을 조금 더 써주면 95점도 나오고. 목소리 크면 노래 꽤 잘하는 것처럼 들리거든요."

"기술이 아니라 정말 노래 잘했어요."

"어휴, 오늘 칭찬을 대대적으로 푸시네요."

지현이 놀리자 택기가 웃음을 터뜨렸다.

"너무 많이 웃으신다."

"웃음이 나네요."

지현과 택기는 서로를 바라보며 깔깔거리고 웃다가 갑자기 너무 친한 척한다는 생각이 들어 어색해하며 웃음을 그쳤다.

"축제는 언제까지 해요?"

"다음 주까지예요."

"그럼 매일 올라가서 노래해야 하는 거예요?"

"아뇨, 오늘 해준 것만으로도 고마워요."

종업원이 수프를 가져왔다.

"먹어요."

"네."

지현이 수프를 한 숟갈 떠먹고 나서 택기를 쳐다봤다.

"이런 데 자주 와요?"

"자주는 아니고 몇 번 왔었어요."

"누구랑요? 홍이 씨요?"

"예."

"지난번에 홍이 씨 여자로 보지 않는다 했었죠?"

"예."

"그래도 만약에 홍이 씨가 결혼하자고 하면 할 거예요?"

지현의 물음에 택기가 고개를 들고 지현을 쳐다봤다.

"왜 물어요?"

"아니, 뭐 그냥 궁금해서요."

"지현 씬 남자로 생각하지 않는데 결혼하자고 하면 할 거예요?"

"아뇨."

"나도 그래요."

"오래 알고 지낸 것 같던데."

"어릴 적부터 같이 자랐으니까요."

"그런데도 결혼할 생각은 없어요?"

"어릴 적부터 같이 자라서 늘 동생처럼 생각해서 그런가 봐요."

"그렇구나…… 그럼 어떤 여자가 좋아요? 이상형이 있을 것 아니에요."

"이상형 없어요."

"에이, 어떻게 이상형이 없어요?"

"이상형인 여자를 만날 수 있는 확률도 낮고 또 원래 이상형 같은 거 만든 적이 없어요."

"난 장동건이나 원빈 이런 타입 좋아하는데."

"그런 사람은 모든 여자들이 다 좋아하지 않아요?"

"그런가?"

"나도 전지현 좋아해요."

지현이 픽 웃자 택기도 웃었다.

"아까 노래하다가 후렴 부분에서 말이에요."

"네."

"팔 뻗었을 때 그거 나한테……."

택기가 말을 끝맺지 못했는데 정식 요리가 나왔다.

"맛있겠다."

지현이 나이프와 포크를 들고 고기를 썰기 시작했다.

"그래서요? 아까 뭐라고 했어요?"

지현이 고기 한 점을 입에 집어넣으며 물었다.

"아니에요, 먹어요."

"택기 씨도 먹어요."

"예."

지현은 배가 고팠던 터라 정신없이 먹기 시작했고 택기는 볼이 터지도록 고기를 우겨넣고 씹는 지현을 미소를 머금은 얼굴로 바라보고 있었다.

레스토랑을 나와 집으로 돌아가기 위해 차에 오른 지현은 안전띠를 매며 오늘 너무 무리한 거 아니냐고 물었다.

"괜찮아요."

"오랜만에 레스토랑 정식 먹어서 그런지 정말 맛있더라구요."

"다음에 또 사줄게요."

"그 말이 나오길 바랐죠. 잘 먹었어요."

"별말씀을요."

택기는 차가 출발하고 얼마 되지 않아 지현이 너무 조용해 고개를 돌려보니 어느새 잠들어 있었다. 택기는 많이 피곤했을 거다 싶었다. 예정에 없던 노래도 했지 남김없이 포도를 팔아치우기 위해 그토록 열심히였으니 말이다.

택기는 길가에 잠깐 차를 세운 후 안전띠를 풀었다. 불편하게 자는 지현이 안쓰러웠기 때문이다.

트럭 안에 있던 작은 담요를 둘둘 말아 불편하게 꺾인 지현의 고개에 받쳐 주기 위해 지현의 머리를 살며시 드는데 지현의 고개가 택기의 가슴에 쿵 하고 부딪쳤다. 지현은 부딪친 채로 계속 자고 있었다. 택기는 가슴이 두근거리는 것을 느끼며 한동안 꼼짝도 못하고 그 자세 그대로 멈춰 있었다. 지현의 코에서 나오는 따뜻

한 숨이 목덜미에 닿자 저절로 한숨까지 새어나왔다.

"후……."

택기는 어쩔 줄 몰라 하며 지현의 고개를 가슴으로 받치고 있다가 뭔가에 끌리듯 살며시 지현의 머리카락에 입을 맞추었다. 살며시 입술을 지현의 머리카락에 누르는데 지현이 갑자기 움직였고 택기가 깜짝 놀라자 지현이 배시시 눈을 뜨고 택기를 쳐다보더니 다시 등받이에 고개를 대고 잠들어 버렸다.

택기는 소리없이 한숨을 내쉬며 유리창과 지현의 머리 사이에 담요를 받쳐 준 후 픽 웃으며 다시 출발했다.

"지현이 니."

새벽에 아침을 먹으려고 막 수저를 드는데 할아버지가 지현을 노려보셨다.

"예."

"니 내 말 잘 들어라."

무슨 말을 하시려고. 그날 지현이 폭탄 선언의 복수를 지금 하시려나 싶었다.

"저기요, 할아버지 그날은 제가 너무 화가 나고 해서 저도 모르게……."

"할배, 할매하고 같이 살란다."

"네?!"

지현과 택기가 동시에 고개를 번쩍 들고 할아버지를 쳐다봤다.

"그냥 합칠 수는 없고, 허험, 이달 말에 노인정에서 조촐하게 혼인식을 하기로 했다."

"정말요?"

"그라마 참말이지."

"아, 축하해요, 할아버지. 그런데 할머니가 동의하셨어요?"

"그라마, 했지."

"아, 네."

"축하드립니다, 영감님."

"그라고 지현이 니."

"네?"

"땅 니 이름으로 싹 바까라."

"네?"

"땅 니한테 물리준다고."

"네! 벌써, 벌써요?"

"할매가 줄 끼면 빨리 주라고 해서 결정했다. 택기 니가 서류 알아서 처리해라."

"예, 영감님."

"그래도 대학 연구소에 기증한 포도는 건드리지 마라. 또 신종 포도 키우고 있는 비닐하우스는 팔아묵지 마라. 알았제."

"네……."

"바람이라면 니가 안 팔아묵고 힘이 들더라도 밭을 지키줬으마 싶은데 팔아묵는다 케도 우짜겠노."

"정말 주시는 거예요?"

"할배가 허튼소리 할 것 같나?"

"아뇨, 그냥 갑자기 너무 얼떨떨해서……."

"밥 묵자."

할아버지가 식사를 시작하셨고 지현도 택기도 식사를 시작했다. 하지만 지현은 포도밭이 드디어 손에 들어오게 되자 흥분 상태에 빠져 반 그릇도 못 먹고 남겼다.

"대구 갔다 오면 서류 처리할게요. 그래도 되죠?"

택기가 말했다.

"급할 것 없어요. 아직 서울에 알릴 생각도 없고."

"왜요?"

"그냥…… 막상 물려받으니까 기분이 이상하네요."

"어떻게 이상한데요?"

"잘 모르겠어요. 몇 달 안 되지만 포도밭에서 고생했던 것 때문에 그러나 팔아먹기 싫기도 하고 그냥 좀 이상해요."

할아버지가 땅을 물려주겠다는데 이상하게 심란해진 기분으로 안절부절못하던 지현은 집으로 전화를 걸었다.

"엄마?"

[어, 지현아. 왜 이렇게 오랜만에 전화해?]

"한참 바빴어. 이제 좀 한가해."

[그래? 수확 다 했어?]

"어, 거의."

[힘들지?]

"아니, 괜찮은데…… 저 할아버지 말이야."

[어, 왜? 땅 안 주신대?]

"아니, 그게 아니라……."

[주신대?]

"아니, 엄마. 그게, 할아버지 결혼하셔."

[뭐? 뭘 해?]

"결혼, 결혼하신다고."

[어머머머머머, 그게 무슨 소리니?]

"할아버지가 좋아하고 계시는 할머님이 계신데 이번 달 말에 노인정에서 결혼하신대."

[어머머머머머. 그 할머니 처녀야?]

"엄만, 할머니가 어떻게 처녀야?"

[그럼 두 번째 결혼이야?]

"그럼. 지난번에 할아버지 제사 음식이라고 주시던데?"

[자손 없어?]

"있는 것 같던데?"

[있어?]

"응. 왜?"

[할아버지, 그 할머니한테 홀랑 넘어가서 포도밭 그 할머니 자식들한테 퍼돌리는 거 아니야?]

하여튼 우리 엄마 못 말린다.

[말해 봐, 할아버지가 땅 준대 안 준대?]

"그런 말씀 아직 없었어."

할아버지가 땅 가지라 했다 하면 당장에 부동산으로 쫓아갈 것 같아 지현은 일단 숨겼다.

[뭔가 수상하다, 얘. 그 할머니 할아버지 땅 보고 결혼한다는 거 아니야? 그게 아니면 그 괴팍한 노인네 뭐가 좋다고 결혼을 하겠어. 다 늙어서.]

"그런 거 아니야. 예전에 젊었을 때 서로 좋아하셨는데 할머니 부모님이 반대하셔서 헤어지게 됐대."

[암만 그래도 그렇지. 다 늙은 양반들이 결혼은 무슨, 다 땅 때문이라고. 자식들한테 퍼돌리려고 할아버지하고 혼인하는 거라고.]

"제발 그러지 좀 마, 엄마!"

잘 알지도 못하면서 땅 뺏길까 무서워 함부로 말하는 엄마가 정말 싫었다.

"그런 거 아니야. 맘대로 생각하지 마."

[네가 몰라서 그래.]

"됐어, 그만 해. 올 거야, 말 거야?"

[어딜?]

"할아버지 결혼하시는데 안 올 거야?"

[가야겠다, 그래, 가야지. 가서 제대로 따져야겠다. 영감쟁이 내 딸 죽도록 고생시켜 놓고 엉뚱한 놈한테 땅만 줘봐라.]

"못살아, 정말."

지현은 전화를 끊어버렸다.

전화를 끊고 멍한 얼굴은 앉은 지현은 갑자기든 어쩌든 그토록 고대했던 땅을 할아버지가 물려주신다는데 주춤하는 이유가 뭘까 생각했다. 쌍수 들고 환영해야 하는 일이 아닌가. 택기가 대구에 다녀오면 처리하겠다는 그 서류라는 것 며칠 끌지 말고 당장 해치워주었음 하고 조바심 치는 것이 당연한 일인데 어쩐지 지현은 주춤했다. 이게 무슨 기분인지는 몰라도 조금 더 있다 주셔도 되는데 싶은 생각도 들고 저 포도밭을 과연 팔아버리는 것이 옳은가, 팔아서 우리 엄마 소원대로 좋은 집 사고, 차 사고, 넘치게 보석 사들여 동창회 나갈 때마다 양껏 폼 잡게 해주어야만 성공하는 것인가 그런 생각이 들었다.

"어유, 갑자기 왜 이러지?"

지현은 자신이 망설이는 이유가 어디에 있는지 알 수가 없었다. 무엇 때문에 망설이는지, 왜 주춤하는 것인지.

홀랑 팔아서 하루라도 빨리 서울에 올라가 편하게 살고 싶은 마음이 없는 것이 아닌데, 이젠 익숙해져서 포도밭에서 일하는 것이 고되긴 해도 죽겠다는 정도는 아니라지만 그래도 그 일이라는 것을 끝을 낼 수 있는데도 지현은 어쩐지 아깝다는 생각도 들었다.

"뭐가 아깝다는 거야?"

그걸 알 수가 없었다. 대체 뭐가 아까운 것인지.

"아, 모르겠다."

지현은 머리 속이 복잡해지는 것을 느꼈다. 유산 물려받으면 인생 활짝 펴는 것인 줄만 알았는데 꼭 그렇지만도 않다고 생각하며 지현은 다시 멍한 표정으로 대문 밖으로 보이는 넓디넓은 논을 바라보고 있었다.

여섯

"**내**일이 말복이제?"

"예."

"초복이고 중복이고 그냥 보냈으니까 말복은 찾아묵어야지. 진 팔이 잡자."

수박을 막 베어 물던 지현이 깜짝 놀라 할아버지를 쳐다봤다.

"진팔이를 잡자뇨?"

"말복이라 안 카나."

"그러니까 할아버지, 지금 그 말씀은 진팔이를 먹겠다 그 말씀 이세요?"

"그래. 복날 묵을라고 키았는데 묵어야지 와?"

"세상에, 세상에."

지현이 기가 막힌 얼굴로 수박을 내려놓고 할아버지를 쳐다봤다.

"할아버지, 어떻게 집에서 키우던 개를 잡아드실 수가 있어요?"

"뭐라?"

"아니, 복날마다 키우던 개를 잡아드신 거예요?"

"그라마 뭐 한다고 키우노? 똥 싸고, 밥만 처묵고, 하는 거 없는 저 개새끼들 복날에라도 묵을라고 키우지."

지현은 경악을 금치 못했다.

"내일 물 끓이라."

"안 돼요!"

지현이 버럭 악을 썼다.

"절대 안 돼요. 절대, 절대, 네버!"

"네, 네 뭐시기라? 야가 지금 뭐라 카노?"

"그럴 수 없어요, 할아버지."

"와?"

"진팔이 드시지 말라구요. 어떻게 개를 먹을 수가 있어요? 미개인도 아니고 어떻게 키우던 개를 잡아먹냐구요!"

"미개인?"

"아니, 미개인이라기보다는 몰상식하게, 아니, 하여튼 그럴 수 없어요. 프랑스 사람들이 들으면 난리나겠네요."

"내 갠데 니가 와? 내가 내 개새끼 묵는다는데, 뭐? 프랑스? 프랑스 놈 즈그들이 내인테 밥을 한 끼 사믹이나 개새끼 밥을 대주길 했나. 즈그가 와 난리고. 그래 할 짓거리가 없으마 발 닦고 잠이나 처 자라 케라!"

할아버지가 벌겋게 달아오른 얼굴로 성을 내셨다.

하긴 할아버지 말이 틀리진 않다. 프랑스 사람들이 무슨 권리로 남의 나라 고유의 식생활까지 간섭하며 콩 키워라 팥 키워라 할 수 있나, 지들도 최고급 요리라며 느려 터져 도망갈 생각도 못하는 불쌍한 달팽이를 잡아 잡숫는 주제들이. 하지만 프랑스니 뭐니를 떠나 하여튼 지현은 집에서 키운 개를 것도 이제 정이 들어 똥개새끼라도 예뻐 죽겠는 진팔이를 잡아드시는 꼴은 절대 두고 볼 수 없었다. 사철탕 집에 가서 한 그릇 사 드시는 것이라면 몰라도.

"진팔이는 안 돼요."

"와 안 돼!"

"저도 주인이잖아요. 포도밭하고 같이 개들도 다 물려주세요."

"안 줄란다. 내가 묵을란다."

"저도 안 된다구요!"

"어허, 참말로. 야가 와 이라노?"

"진팔이 절대 안 돼요."

"그라마 진숙이 묵으까?"

"안 된다구요!"

지현이 평상에서 펄쩍 뛰어내리며 소리쳤다.

"택기 씨도 개고기 먹어요? 택기 씨도 매년 복날마다 키우던 개 잡아치운 거예요?"

"매년은 아니고……."

"변태."

"뭐라노? 변태가 뭐고?"

할아버지가 택기에게 물었다.

"저, 아무래도 진팔이는 안 잡숫는 게 좋겠습니다, 영감님."

"와! 내 밥 미기 키운 개새끼 내가 와 못 묵어!"

할아버지가 또 성을 내셨다.

"암만 성내셔도 진팔이는 안 돼요! 제가 사수할 거예요!"

"허허."

"할머니한테 당장 달려가서 다 말씀드릴 거예요, 할아버지가 진팔이 잡아먹으려고 하신다고!"

"할매하고 같이 묵기로 했는데."

"헉."

지현은 어이가 없어 기절할 지경이었다.

할아버지가 방으로 들어가시고 진숙이와 진팔이가 있는 곳으로 온 지현은 어떻게 하면 애들을 할아버지 뱃속에 들어가지 않게 하고 살릴 수 있을까 생각했다.

지현이 곁에 쭈그리고 앉아 안쓰럽게 바라보자 진숙이와 진팔이가 곁으로 와 주둥이로 지현의 팔을 몇 번 비비고는 곁에 누웠다.

"할아버지가 니들 잡아드신댄다. 초복부터 드셨다면 씨가 마를 뻔했다."

지현이 진숙이를 쳐다봤다.

"너 과부 될 판이라고. 알아듣니?"

전혀 못 알아듣는 듯했다.

"내가 오늘밤에 풀어줄 테니까 니들 어디 도망가 있을래? 복날 넘어가면 돌아와."

"도망 안 갈 거예요."

택기가 다가오며 말했다.

"저리 가요, 변태."

"많이 안 먹어요, 난."

"됐어요."

지현이 눈을 흘기자 택기가 웃었다.

"하여튼 진팔이 잡기만 해요."

"안 해요. 영감님도 안 하실 거예요, 지현 씨가 펄쩍 뛰어서."

"안 되겠어요. 오늘 밤새 지켜야지."

"걱정 말아요. 영감님 포기하셨을 거예요."

"못 믿어요. 가만 보니까 할아버지 식탐 엄청나던데. 아까 못 봤
어요? 물 끓여라 하시는데 입에 침이 고여 있더라구요."

"설마요."

"정말이에요."

택기가 웃음을 터뜨렸다.

"걱정 마. 이 누나가 지켜줄게. 진숙이 과부 되면 불쌍해서 어떡
하니. 안 그래? 니들도 부부인데 죽더라도 자식은 보고 죽어야 할
것 아니야."

택기가 또 웃었다. 지현이 주먹을 불끈 쥐고 일어났다.

"만약에 택기 씨, 할아버지한테 동조하면 다신 안 볼 거예요."

"알았어요."

지현은 주먹을 불끈 쥔 채로 방으로 들어갔다.

무슨 일이 있어도 두 눈 똑바로 뜨고 진팔이를 사수하리라 다짐했는데 천근만근 내려앉는 눈까풀을 어떻게 할 수가 없었다.

"아, 졸려."

지현은 고개를 흔들며 밖에 있는 진팔이를 쳐다봤다.

"몇 시지?"

시계를 보자 자정이 훨씬 지난 시각이었다.

"주무시겠지? 설마 이 밤중에 사단을 내진 않으실 거야."

지현은 슬그머니 다리를 펴고 엎드렸다.

"아니지, 식탐이 얼마나 많은데."

지현은 엎드린 채 고개를 발딱 들고 눈을 부릅떴다. 하지만 그 것도 잠시 또다시 눈까풀은 내려앉기 시작했다.

"아, 돌겠다."

턱까지 받쳤건만 이놈의 졸음은 이겨낼 수가 없었다.

조는 한이 있더라도 완전히 잠들진 않으리라 했는데 어느새 잠이 들었던 모양이다. 졸졸졸 물소리가 들리는 듯했다. 사각사각 조심스런 발자국 소리도 들리는 듯했다.

'이게 무슨 소리지?'

잠결에 무슨 소릴까 하면서도 도저히 눈을 뜰 수가 없어 다시 잠 속으로 빠져드는데 속삭이는 듯한 할아버지의 목소리가 들렸다. 하지만 암만 속삭인다 한들 할아버지의 시커먼 속이 숨겨지랴.

"이리 오바라."

"헉!"

지현은 불에 덴 듯 깜짝 놀라 눈을 번쩍 떴다. 고개를 번쩍 들자 진팔이가 아닌 방문이 보였다. 분명히 문을 열어두고 잤는데 어느새 문이 닫혀 있었다. 누군가가 문을 닫은 모양이다. 누구긴 누구겠는가!

　"요리 온나. 잠깐 나가자."

　낮은 할아버지의 목소리. 지현은 소리없이 방문을 살짝 열었다. 할아버지가 진팔이를 끌어당기고 있었다. 그리고 수돗가에서는 커다란 들통에 물이 받아지고 있었다. 현장을 포착한 것이다.

　"이 새끼가 와 이라노. 따라오라 안 하나."

　죽음의 길목에 다다랐다는 것을 직감적으로 알았는지 진팔이는 따라가지 않으려고 뒷다리로 처절하게 버티고 있었고, 그런 진팔이를 할아버지는 힘으로 끌어당기고 있었다. 지현은 벌컥 문을 열어젖혔다.

　"할아버지!"

　지현이 마을이 떠나가도록 소리를 질렀다. 할아버지가 깜짝 놀라 진팔이 목에 걸려 있던 개 줄을 놓으며 지현을 쳐다봤다.

　"니 깼드나?"

　"지금 뭐 하시는 거예요?"

　"뭐 하기는 뭘 해. 개 냄새가 하도 나서 좀 씻기까 하고……."

　"사람 씻는 물도 아까워하시면서 개를 씻기신다구요?"

　"암만 물이 아까버도 일 년에 한 번은 씻긴다. 와."

　"그럼 왜 저 들통에 물은 왜 받으세요? 다라이에도 물이 있는데?"

"물? 물이 와 틀어져 있노?"

할아버지가 시치미를 딱 떼더니 얼른 수도를 잠그셨다.

"니는 와 잠 안 자고 나왔노?"

"진팔이 지키고 있어요."

"어허, 참말로."

할아버지는 진팔이를 쳐다보며 입맛을 다시더니 방으로 들어가셨다. 지현은 씩씩거리며 서 있다가 안 되겠다 싶어 베개를 들고 나와 평상에 드러누웠다.

"여기서 자면 설마 진팔이 잡아드실 생각은 못하시겠지."

지현이 베개를 베고 누워 자는 척하는데 얼마나 지났을까, 살며시 방문 열리는 소리가 들렸다.

"할아버지, 저 안 자요."

지현이 말하자 할아버지가 헛기침을 한 후 문을 닫았다.

다시 한참이 지나고 가물가물 잠 속으로 빠져드는데 또다시 문 열리는 소리가 들렸다.

"할아버지, 저 아직도 안 자요!"

"나예요."

택기가 나왔다.

"이번엔 택기 씨예요? 할아버지랑 번갈아 나와 진팔이 잡기로 작전 짠 거예요?"

"아니에요. 밤새 지킨 거예요?"

"할아버지가 진팔이 잡으려고 두 번이나 나오셨어요."

"내가 지킬게요. 들어가 자요."

"택기 씨도 못 믿어요. 난 죽어도 오늘 아침 반찬으로 진팔이를 먹고 싶은 생각이 없어요."

"진팔이 안 건드려요."

"못 믿어요. 여기서 잘 거예요."

"여름이라도 이불은 덥고 누워야죠."

택기가 지현의 방에서 이불을 들고 나와 덮어줬다.

"이불 덮으면 잠이 더 올 것 같은데……."

지현이 웅얼거리듯 말했다.

"자요, 내가 있을 테니까."

택기가 말했고, 지현은 곧 잠들었다.

뭔가 척척한 것이 얼굴을 건드리는 것 같아 일어나자 진숙이와 진팔이가 지현의 얼굴을 핥고 있었다.

"어, 아침이네. 진팔아, 너 무사했어?"

지현이 몸을 일으키자 두 똥개가 꼬리를 흔들며 좋아했다.

"진팔이 너, 내가 살려준 줄 알아. 진숙이 너도 내 덕에 과부 면한 거야. 근데 할아버지는 어디 계시니?"

지현이 평상에서 내려서는데 할아버지가 방에서 나오셨다.

"할아버지, 안녕히 주무셨어요?"

"니 땜에 한숨도 못 잤다."

할아버지가 심술난 얼굴로 말했다.

"오늘따라 진팔이가 더 튼실해 보이네요."

"드러바서 안 묵을 끼다."

할아버지가 씩씩거리며 집을 나가셨다. 지현이 기분 좋게 씩 웃는데 택기가 양복을 입고 나왔다.

"어디 가요?"

"대구요. 대구 갔다가 김천과학대학 연구실로 곧장 갈 거예요."

"아……."

"갔다 올게요."

"언제 와요?"

"내일요."

"심심하겠다."

"밥 먹어요. 부엌에 차려놨어요."

"내가 찾아 먹어도 되는데."

지현은 문밖까지 택기를 따라나갔다.

"먹고 싶은 거 없어요? 내일 사 올게요."

"없어요."

"오늘은 포도밭에 나가지 말아요. 집에 있어요."

"안 나가도 돼요?"

"할 일 없어요."

"알았어요."

택기가 트럭에 올랐다.

"들어가요."

"잘 갔다 와요."

택기의 트럭이 떠나자 지현은 이상하게 허전한 것을 느끼며 집으로 들어왔다.

"벌써 심심해진다."

지현은 우두커니 평상에 앉았다.

"진짜 심심하네."

지현은 텅 빈 집을 들러보며 중얼거렸다.

홍이가 찾아온 것은 저녁 일곱 시가 조금 넘어서였다. 밭에 먼저 들렀다 왔는지 택기 오빠가 밭에 없네요 하면서 집에 들어섰다. 토요일이라 집에 온 것 같은데 사귀는 사이가 아니라 해도 둘이 연락은 할 줄 알았는데 홍이는 택기가 대구에 갔다는 것을 전혀 모르고 있는 것 같았다. 그러자 은근히 고소하다는 기분에 지현은 다소 거드름을 피우며 말했다.

"오전에 대구 갔어요."

"대구요?"

홍이가 깜짝 놀라며 물었다.

"언제요?"

"오늘 아침 일찍요."

"왜요?"

"볼일있다구요."

"그래요?"

그런데 왜 나한테 연락을 안 했지 하는 얼굴로 홍이가 말했다.

"언제 온대요?"

"내일이나 모레쯤 오겠죠."

지현은 일부러 오전에 대구에 갔다가 다시 돌아와서 김천과학대학 연구실에서 밤을 새울 거라는 말은 하지 않았다. 말해 주기 싫었다.

"네, 알았어요."

홍이가 애써 섭섭한 마음을 감추려고 애쓰며 집을 나갔다.

"약 오르지, 강낭콩?"

어깨가 축 처져서 나가는 홍이의 뒷모습을 흐뭇하게 바라보던 지현은 순간 죽일 듯한 눈으로 진숙이와 진팔이를 노려봤다.

"야, 내가 뭐라고 했어. 강낭콩 오면 방댕이 물어뜯으라 했잖아! 이것들은 처먹고 싸는 것밖엔 몰라. 오늘부터 밥 없을 줄 알아!"

지현은 저 여자가 대체 무슨 말을 하는 거야 하는 눈으로 쳐다보는 진숙이와 진팔이를 양껏 째려보고는 방으로 들어왔다. 택기가 대구로 떠나고 나자 정말로 집이 텅 빈 것 같았다.

할머니와의 혼인을 공식 선언한 할아버지는 이젠 아예 드러내놓고 데이트를 즐기셨다. 한번 나가면 캄캄한 밤이 되어서야 돌아오셨고 요즘은 후하기가 이를 데 없었다. 나가시기 전에도 마냥 행복에 겨우신지 싱글벙글 기분 좋은 얼굴로 지현에게 니 목욕 안 하나? 목욕하고 싶으마 해라 하시며 한턱 쏘시더니 할매한테 갔다 오시겠다며 나가셨다. 나가신 지가 언젠데 홍이가 다녀가고도 한참이 지났건만 할아버지는 돌아오지 않으셨다.

혼자 맛없는 저녁을 차려 먹고 설거지를 하고 아직 여름이긴 했지만 오늘은 일을 안 해 땀도 흘리지 않고 아침저녁으로 제법 선선한 바람이 불었기에 샤워할 필요가 없어 세수하고 이만 닦고 방으로 들어와 누웠는데 휴대폰이 울렸다.

"여보세요?"

[나예요.]

"택기 씨!"

[자요?]

"아뇨. 너무 심심해서 뒹굴고 있었어요."

[방에 있어요?]

"네. 택기 씬 어디에요?"

[대학 연구실이에요. 밤새야 할 것 같아요.]

"대구는 갔다 온 거예요?"

[갔다 왔어요.]

"곧장 대학 연구실로 간 거예요?"

[예.]

"피곤하겠네요."

[괜찮아요. 커피 한 잔 마셨어요, 안 자려고. 영감님 오셨어요?]

"안 오셨어요. 할머니 만나러 가신다더니 소식이 없어요."

[뭐 했어요?]

"할 일이 없어서 뒹굴었다 했잖아요. 아참, 홍이 씨 다녀갔어요. 택기 씨 대구 간 거 모르고 있더라구요."

[그랬어요?]

"서운해하는 것 같던데. 전화 왔었죠?"

[연구실 안에 있어서 꺼뒀었어요.]

"전화 한번 해보지 그래요?"

[나중에 하죠 뭐.]

당장에 전화하지 않겠다고 하는 말에 왜 기분이 좋아지는지 지현은 얌체처럼 웃었다.

"저기, 대구 갔다가 오늘 돌아온다는 말은 안 했어요."

[왜요?]

"그냥…… 하기 싫어서요."

지현의 말에 택기가 가볍게 웃었다.

[자야죠?]

"아니에요. 심심했는데 잘됐어요. 되게 심심했거든요. 할아버지 안 계실 때 진숙이, 진팔이 목욕시켰어요. 할아버지 아시면 야단하실 거예요."

[잘했어요.]

"아무도 없으니까 정말 심심하네요."

[내 방에 책 있으니까 가져다 읽어요.]

"책이 아니라 택기 씨 방에 가서 텔레비전 봐도 돼요?"

[봐요.]

"있을 땐 모르겠더니 없으니까 굉장히 허전해요."

[그래요? 저녁은 먹었어요?]

"먹었어요. 혼자 먹으니까 맛도 없고. 택기 씬 먹었어요?"

[먹었어요.]

"잠깐이라도 집에 왔으면 좋았을걸. 혼자 밥 먹는데 되게 맛없더라구요."

[집에 들를 걸 그랬네요.]

"들를 시간이 있었어요?"

[사실은 없었어요.]

택기의 대답에 지현이 픽 웃었다.

"저기, 근데 말이에요."

[말해요.]

"할아버지가 땅 주신다고 했는데……."

[얼른 팔고 싶어요?]

"그게 아니라 기분이 이상해요."

[어떻게요?]

"꼭 팔아야 하나 싶기도 하고, 팔지 않음 어떻게 해야 하나 싶기도 하고…… 실은 엄마하고 통화했거든요. 할아버지 결혼하신다니까 내려오라고. 엄마가 혹시 할아버지가 할머니 자손들한테 땅 다 줘버리는 거 아니냐고 그러는데 갑자기 화가 막 나는 거예요."

지현의 말에 택기가 웃음을 터뜨렸다.

"그런 거 아니라고 말을 하면서도 이상하게 할아버지가 일찍 땅 물려주셨다 그 말이 안 나오더라구요. 당장에 팔아치우고 올라오라고 할 것 같아서 말이에요."

[서울 올라가기 싫어요?]

"올라가기 싫은 건 아닌데 아, 모르겠어요. 복잡해요. 일하던 거랑 택기 씨한테서 욕먹던 거 생각하면 얼른 팔아치우고 서울로 튀었음 싶은데 저 포도밭을 모르는 사람에게 팔아넘기는 것도 아깝고."

[아까워요?]

"아까워요. 이상하죠? 아까울 게 뭐가 있다고 아까워하는지."

[몇 달이라도 고생하면서 농사를 지어봐서 그래요.]

"그래서 그럴까요? 할아버지 할머니랑 결혼하시고, 이제 농사철 끝나면 별로 할 일도 없으니 서울 가서 친구들 만나 놀면 그만인데 정이 들었는지 여기 떠나서 서울 가는 게 좀 서운하기도 하고."

[……]

"행복한 고민 같죠?"

[행복해요?]

"아주 행복하진 않은 것 같아요. 살면서 이렇게 치열하게 고민해 보기도 처음이에요."

[철들었네요.]

"그러게요. 철든 것 같아요. 그런데 연구실엔 왜 간 거예요?"

[천연 비료 준 포도 잔류물 검사하러 온 거예요. 다른 것 몇 가지도 검사를 의뢰하고 이것저것 한꺼번에 처리해야 할 게 있어요.]

"그렇구나. 근데 거기서 꼭 밤을 새야 하는 거예요?"

[다들 밤새 일하는데 혼자 집에 가면 미안하잖아요. 영감님께서 실험용으로 포도밭을 기증하셨지만 매번 돈 한 푼 안 받고 검사나 시험을 해주시거든요.]

"하긴 그냥 집에 오면 얌체 같겠다. 그래도 무지 심심해요."

[지금 가요?]

"에이, 아니에요. 근데 택기 씨하고 얘기하는 거 참 편해요."

[나도 편해요.]

별로 중요하지 않은 얘긴데 어떻게 하다 보니 통화가 한 시간을 넘어서고 있었다. 한 시간이 넘게 통화한 줄도 모르고 휴대폰이 열을 받아 뜨거워질 때까지 통화를 하게 됐다.

"텔레비전 보러 갈게요."

[그래요, 텔레비전 보고 잘 자요.]

"택기 씨도 고생하세요."

전화를 끊고 택기의 방으로 가기 위해 방을 나오는데 할아버지
가 들어오셨다.

"이제 오세요?"

"어디 가노?"

"택기 씨 방에서 텔레비전 좀 보려구요."

"오야, 그래라. 택기 전화 왔드나?"

"네. 연구실이래요."

"할배는 잘란다."

"네, 주무세요."

할아버지가 방으로 들어가시는 걸 본 후 지현은 택기의 방으로
들어와 텔레비전을 틀었다. 연예인들이 무더기로 나와 입심자랑
하는 프로를 다 보고 자정 뉴스를 보다가 까무룩 잠이 들려는데
다시 휴대폰이 울렸다.

"여보세요?"

[자요?]

또 택기였다.

"잠들 뻔했네요. 왜 또 전화했어요? 심심해요?"

[예, 조금 심심하네요.]

"아직 연구실이에요?"

[예.]

"저기요, 택기 씨도 내가 없으니까 심심하죠?"

지현의 질문에 택기의 웃음소리가 들렸다.

[그래요, 심심해요.]

"나도 택기 씨 없으니까 심심하고 허전해요. 내일 아침에 일찍 와요?"

[그러려구요.]

"내일 오면 재밌게 놀아요."

[뭐 하고 재밌게 놀아요?]

"그냥 뭐, 아무거나……."

그러면서 지현이 늘어지게 하품을 했는데 그게 택기에게 들렸던 모양이다.

[그만 자요. 이젠 전화 안 할게요.]

"택기 씨 피곤하죠?"

[견딜 만해요. 영감님은요?]

"아까 들어오셔서 주무신다고 방에 들어가셨으니 아마 주무실 거예요."

지현이 다시 하품을 했다.

[미안해요, 자꾸 전화해서. 자요.]

"알았어요. 내일도 안 오면 진짜 심심할 것 같으니까 내일은 꼭 와요. 일찍."

[알았어요.]

지현은 전화를 끊고 다시 텔레비전으로 고개를 돌렸다. 프로가 끝났는지 애국가가 나오고 있었다. 지현은 텔레비전을 끄고 방으로 건너가야겠다고 생각하다가 그냥 잠들어 버렸다.

누가 몸을 흔드는 듯한 느낌에 부스스 눈을 뜨자 캄캄한 방 안에서 누군가가 지현을 내려다보고 있었다.

"지현 씨."

"어?"

정신을 차리고 보니 택기였다.

"언제 왔어요?"

"지금요."

"몇 시예요?"

"네 시 삼십 분요."

"미안해요. 그냥 잠들어 버렸어요."

지현이 몸을 일으켰다.

"왜 이렇게 일찍 왔어요? 밤새고 그냥 온 거예요?"

"일찍 오라고 했잖아요, 심심하다고."

"내가 심심하다고 해서 이렇게 일찍 온 거예요?"

"예."

"아직 캄캄한데 밤새고 운전하다가 졸면 어쩌려고. 이젠 그러지 말아요."

"걱정해 주는 거예요?"

"걱정되죠, 그럼."

"일찍 오라고 해서 왔어요."

"치…… 내가 보고 싶었나 보네요."

"맞아요."

"어서 자요. 건너갈게요."

"난 안 보고 싶었어요?"

택기가 물었다.

"보고 싶었어요. 보고 싶었으니까 일찍 오라고 했죠."

지현이 일어나려고 하는데 택기가 지현의 손을 붙잡았다. 지현이 택기를 쳐다보자 택기는 아무 말도 하지 않고 캄캄한 어둠 속에서 지현의 얼굴을 바라봤다.

"왜, 왜요?"

지현이 조금 당황하며 묻는데 택기가 손을 들더니 지현의 얼굴을 쓰다듬었다.

"왜…… 그래요?"

"그냥, 얼굴 만져 보고 싶어서요."

택기가 낮은 목소리로 말했다.

"대, 대략 뷁이에요?"

지현이 당황스러움을 감추기 위해 쓸데없이 중얼거리자 택기가 조금 웃었다.

"합성은 아니네요."

"됐어요."

지현이 눈을 흘기며 일어나려는데 택기가 다시 붙잡았다.

"아니, 왜 그래요?"

"보고 싶었어요."

"아까 말했잖아요. 뭐, 나도 다소, 보고 싶었는데……."

라고 더듬거리며 대꾸하는데 택기의 얼굴이 다가오기 시작했다.

"아니, 저기, 그러니까……."

얼굴이, 등이, 목덜미가 화끈거리며 지현이 어쩔 줄 몰라 하는 순간 택기의 입술이 내려오기 시작했다.

'어머, 어머……!'

지현은 심장이 터져 나갈 듯이 두근거리는 것을 느꼈다. 절대 못 믿겠지만, 키스 한두 번 해본 것도 아니고 말이다―두 번의 남자를 만나본 경험이 있으니―이렇게 가슴이 터질 듯 뛰는 것은 처음이었다. 금방이라도 터져서 피부 밖으로 튀어나올 것만 같았다. 어찌나 가슴이 뛰고 아직 입술이 닿지도 않았는데도 감전된 것처럼 짜릿한지 오줌이 다 마려울 지경이었다.

지현은 살포시 입술을 오므리고 파들파들 속눈썹을 떨어대며 눈을 감았다. 택기의 숨결이, 택기의 냄새가 코끝에 내려앉는 찰나였다.

"택기 왔드나?"

걸걸한 할아버지의 목소리가 문밖에서 들렸다.

"헉."

불에 덴 듯 누가 먼저랄 것도 없이 뚝 떨어졌고 지현은 이불 속으로 파고드는 한편 택기는 적극적으로 지현에게 이불을 뒤집어 씌웠다.

"예, 영감님."

"안 자고 왔드나?"

"예."

택기가 문을 열었다.

"피곤하겠네. 자라."

"벌써 일어나셨어요?"

"어제 일찍 잤다. 지현이는 아직 자는 갑네?"

이불 속에 숨은 지현은 할아버지의 입에서 자신의 이름이 나오자 심장이 뚝 떨어지는 것 같았다.

"예. 시장하시면 지금 상 차릴게요."

"아이다. 할매 집에 가서 묵을란다."

할머니 집에 가려고 일찍 일어나신 모양이었다. 원래 일어나는 시간이기도 하지만.

"자라."

"예."

잠시 후 할아버지가 나가시는 걸 확인한 택기가 이제 나와요 하고 말했다. 이불을 걷은 지현은 민망한 얼굴로 헝클어진 머리를 만지작거리며 택기의 쳐다보지 않으려고 애썼다.

"주무세요. 건너갈게요."

지현이 서둘러 택기의 방에서 나오려는데 택기가 지현을 막아서더니 방문을 닫아버렸다. 지현이 깜짝 놀라며 쳐다보자 택기의 눈이 이글거리고 있었다.

'오, 저 카리스마!'

택기의 저런 모습은 또 처음이었다. 굶주릴 대로 굶주린 시선.

시장기가 뚝뚝 떨어지고 있다. 지현이 흠칫 놀란 얼굴로, 아니, 행동을 기다리는 눈길로 쳐다보는 순간 택기가 지현의 얼굴을 감싸쥐더니 입술을 부딪쳐 왔다. 이글거리던 눈빛만큼이나 강하게, 강렬하게.

"느그 싸왔나?"
상에 머리를 박을 듯이 푹 숙이고 밥을 먹고 있는데 할아버지가 불쑥 물었다.
"네?"
지현이 고개를 들자 할아버지가 지현과 택기를 번갈아 쳐다보고 있었다.
"느그 와 요 며칠 동안 성이 나서 쳐다보도 안 하고 대가리 푹 처박고 밥 묵노?"
"아닙니다, 영감님."
"아니에요, 안 싸웠어요."
지현이 억지로 웃자 택기도 억지로 웃었다.
택기가 대구에서 돌아오던 날 새벽 택기와 기습키스를 나누고 이틀 밤이 지나도록 지현과 택기는 서로에게 죄지은 사람들처럼 외면하고 있었다. 어쩌다 그렇게 진행이 됐는지 모르지만 택기가 키스를 해왔고 지현은 거부하지 않고 받아들였다. 솔직히 말하면, 택기와의 키스 정말 멋졌다. 남자와 키스하면서 이렇게 가슴이 터질 듯 떨려보긴 처음이라고 말하는 것이 거짓말이 아닐 정도로 화려한 키스였다. 화려한 키스가 어떤 키스냐고 물어본다면 설명 불가능이지만. 어쨌든 화려한 키스를 나누었는데 문제는 그 후부터였다. 막상 키스가 끝나고 나자 두 사람 다 어쩔 줄 몰라 한 것이다. 지현은 여자라 그렇다 치더라도 무슨 남자가 키스할 땐 유려한 터프기술을 한껏 과시하더니 정작 키스가 끝나자 가늘게 떨기까지 하며 부끄러워했다. 마치 지현이 아니라 택기 자신이 당한 것처럼. 지현도 당황스럽고 부끄럽고 그만큼 만족스럽고, 얼굴은 빨개졌지 쥐구멍 어딨나 찾고 있는데 택기가 갑자기 다이빙 선수처럼 이불 속으로 뛰어들더니 뒤집어 써버렸다. 이렇게 황당할 수가. 아니, 이불은 왜 뒤집어 쓰는 거야? 화생방 훈련하나?

"청국장 띄워요? 이불은 왜 뒤집어 써요?"

지현은 황당해서 한 말인데 택기가 이불 안에서 쿡쿡거리고 웃었다. 지현은 아니, 뭐 저런 인간이 다 있나 하는 얼굴로 이불 밑에서 쌔쌔거리는 택기를 노려보다가 방을 나와 버렸고 그 후로 서로 마주칠까 두려워하며 피해 다니고 있었다. 그냥 좀 모른 척해주시면 좋았으련만 할아버지는 기어이 느그 싸왔나 하고 물어보신 것이다.

"서류는 어째 됐노?"

"알아보고 있는 중입니다만 지현 씨가 세금을 꽤 많이 내야 하더라고요."

"그것은 내야지. 세금 좀 적게 낼 수 있는 방법은 없는가 잘 알아보고."

"예."

"서울에 연락했드나?"

"할아버지 결혼하신다고 오시라고 했어요."

"땅 얘기는 안 했드나?"

"그게…… 저기, 할아버지."

"와?"

"아직은 부모님한테 땅 물려주셨단 말씀은 하지 마세요."

"와?"

"아직은 그냥……."

"와? 느그 아부지가 팔아묵을까 봐?"

"그런 것도 있고…… 생각 중이에요."

"무슨 생각?"

"택기 씨가 신종 포도도 개발 중이라 그러고 또 연구실에 기증한 나무도 있고 또……."

"니 농사지을라 그카나?"

할아버지가 놀랍다는 얼굴로 물었다.

"농사지을 자신은 없지만…… 하여튼 아직은 말씀하시지 마세요."

아직 땅을 팔고 서울로 갈 것이냐, 아니면 당장에 팔아치우긴 아까우니 더 두고 볼 것이냐 하는 것을 결정하지 못한 상태였다. 여전히 복잡하고 여전히 뭔가 아쉬웠기 때문이다.

"오야, 알았다."

식사를 끝내고 설거지하려는데 택기가 자기가 하겠다며 지현이 막 끼려던 고무장갑을 빼앗았다.

"됐어요. 내가 할게요."

"커피나 한 잔 마셔요."

"커피는 설거지하고 마시죠 뭐. 주세요."

지현이 고무장갑을 다시 뺏으려는데 택기가 지현의 손을 잡았다. 지현이 깜짝 놀라며 쳐다보자 택기가 옆에 서 있어요 하고 말했다.

"옆에서…… 뭐 해요?"

"그냥 서 있어요."

택기가 설거지를 시작했고 지현은 서 있으란다고 정말로 옆에 서서 택기가 설거지하는 걸 쳐다보고 있었다. 택기가 먼저 아무 말이나 해줬음 하면서 눈치를 보던 지현은 설거지가 거진 끝날 때까지도 택기가 아무 말도 하지 않자 기다리지 못하고 먼저 입을 열었다.

"그날요."

"예?"

"흠흠, 그날, 새벽에요."

"예……."

"내 입에서…… 냄새 났어요?"

"예?"

택기가 지현을 쳐다봤다.

"아니, 뭐, 갑자기 이불 속으로 뛰어들어서……."

"아니에요. 그게 아니라 부끄러워서……."

부끄러워서라는 택기의 말에 지현이 쳐다보자 택기의 얼굴이 고무장갑만큼이나 새빨개져 있었다.

"부끄러워서요?"

지현이 아니 이 남자가 무슨, 이라는 얼굴로 택기를 쳐다봤다. 장택기, 이 남자가 부끄러워했다니, 믿을 만한 소리를 해야지. 포도밭에서 버럭버럭 고함 지르고 인상 제대로 썼다 하면 무슨 저런 괴물이 다 있을까 싶을 만큼 고약한 남자가 부끄러웠다니. 도저히 못 믿을 소리였다.

"처음이라……."

처음? 처음이라는 택기의 말에 지현은 깜짝 놀랐다. 이건 보통 여자가 하는 대사가 아닌가.

세상에 서른이 넘은 남자가 이제야 처음으로 키스를 해본다니. 이걸 믿어야 하나 말아야 하나. 서른이 넘도록 이성하고 키스를 못해봤다는 것은 요즘 세상에 결코 자랑이 아니었다. 능력에 문제가 있는 것이지. 지현은 퍽 충격적으로 느껴졌다. 그리고 규진과 태오를 사귀는 동안에 다른 건 몰라도 키스는 해볼 만큼 해봤다는 걸 택기가 알면 얼마나 배신감 느낄까. 뭐, 배신감을 운운하기엔 상당히 이른 감이 있지만. 것도 능력이니까.

"정말 처음이에요?"

지현이 뚫어져라 쳐다보자 택기의 얼굴이 아까보다 더 빨개졌다.

"사귀던 여자 없었어요? 홍이 씨 말구요."

"없었어요."

"대학 다녔다면서요. 대학 때도 없었어요?"

"없었어요."

"대학 졸업하고도 정말 한 사람도 사귄 사람이 없었어요?"

"여기서 일하느라고……."

우와, 요즘 세상에 산삼보다 구하기 힘들다는 천연기념물 숫총각이 바로 앞에 있었다. 여자하고 키스도 못해본 천연기념물. 아니, 지현과 키스는 해봤으니 그 부분은 제외.

"고팠겠군요."

"예?"

택기가 무슨 소리냐는 듯 쳐다봤다.

"아니에요. 그런 게 있어요."

지현은 이 순진남 장택기를 달리 보기 시작했다. 아무리 시골 남자라지만 그래도 도시에서 대학도 다녔다는 사람이 여자 친구 하나 없었다니. 문제가 있나? 아니, 문제는 전혀 없어 보였다. 어제 키스로 확인했으니까 말이다.

"그만 쳐다봐요."

지현의 시선을 의식했는지 택기가 불만스럽게 말했다.

"알았어요."

지현은 싱크대 안으로 시선을 돌렸다가 갑자기 택기에 비해 자신이 너무 발랑 까져 보이는 것은 아닌가 생각하며 다시 택기를 쳐다봤다.

"택기 씨."

"예?"

"내가 되바라져 보이는 건 아니죠?"

지현의 물음에 택기가 씩 웃었다.

"설거지하고 나면 뭐 할 거예요?"

"왜요?"

"별로 할 일 없으면, 포도밭에나 가서 바람이나 쐬죠."

별로 할 일 없으면 영화라도 한 편 볼래요? 하는 게 정상인데 포도밭에나 가서 바람을 쐬자니. 멋대가리 하고는. 그런데 단지 바람만?

"뭐, 별로 할 일 없으니까 그러든지 하죠."

"커피 물 올려줘요?"

"그래 주면 고맙구요."

택기가 물을 올리고 지현이 커피믹스를 한 포 꺼내는데 밖에서 부르는 소리가 들렸다.

"누구죠?"

지현이 밖으로 나가보자 건넛마을 노총각 종식이 서 있었다. 것도 양복을 입고.

"어머, 웬일이세요?"

"방울토마토 하우스에 오신다고 하셨는데 소식이 없어가……."

"아, 네……."

"지금 바쁘세요?"

"아뇨, 별로 바쁠 건 없는데……."

"그럼 잠깐만 내하고 면담을 좀……."

면담이라.

"무슨 일이신데요?"

"아뇨, 뭐 별일은 아니고요."

"네."

지현이 어정쩡하게 웃으며 발에 신을 꿰는데 택기가 나왔다.

"종식이 형님 오셨어요?"

"어, 택기 있었네."

"웬일이세요?"

"어, 뭐, 그냥……."

노총각 아저씨 종식이 벌게진 얼굴로 우물거렸다.

"면담하시자는대요?"

지현이 말했고 택기가 약간 심통이 뻗치는 얼굴로 쳐다보다가 부엌으로 다시 들어갔다. 지현은 별로 내키지 않는 기분으로 종식을 따라 밖으로 나갔다.

"그동안 편케 지내셨습니까?"

"네, 그럼요. 종식 씨도 안녕하셨죠?"

"내야 뭐, 잘살았죠. 그란데 왜 하우스에 안 오셨어요?"

"아직 밭일이 다 안 끝나서요."

"예……."

"그런데 어디 가세요?"

"예, 조금만 더 가시면 됩니다."

종식이 지현을 데리고 간 곳은 개울가였다. 개울가에 종식이 몰고 온 듯한 트럭이 한 대 세워져 있었다.

"이번에 새로 따서요."

종식이 조수석 문을 열더니 방울토마토를 한 상자 꺼내주었다.

"안 주셔도 되는데……."

"맛보세요. 토마토 잘 드셨잖아요."

"고맙습니다. 잘 먹을게요. 이거 주시러 오셨어요?"

"영감님이 이달 말에 혼인을 하신다는 소문이 있던데."

"네, 맞아요."

"진짭니까?"

"네."

"아이고, 영감님 참 부럽네요. 장가도 가시고…… 나는 아직도 못 갔는데……."

종식이 나는 아직도 못 갔는데 하고 중얼거리는 부분에서 수줍은 듯 낯을 붉혔다.

"할아버지도 이제야 가시는 거예요. 첫 장가거든요."

"아, 그렇지요, 참."

종식이 순박하게 웃었다.

"경사스러운 일이라 축하도 드릴 겸 또……."

종식이 조수석에서 부시럭거리더니 또 다른 뭔가를 꺼냈다. 꽃다발이었다.

"이거……."

"무슨, 할아버지 드리라구요?"

지현이 토마토 상자를 내려놓으며 물었다.

"아닙니다. 영감님한테 꽃은 뭐 한다고 주겠는교. 지현 씨한테 바치는 꽃입니다."

바치는 꽃!

"꽃을 왜 저한테……."

"지현 씨!"

종식이 대단한 결단을 내린 듯한 표정으로 지현을 쳐다보다가 갑자기 무릎을 꿇었다.

"어머머, 왜 이러셔요?"

지현이 몹시도 당황한 얼굴로 한 걸음 물러섰다.

"지현 씨, 제가 지현 씨를 사모합니데이."

사모!

"제가 지현 씨를 억수로 사모합니데이. 지현 씨 때문에 밤에 잠도 몬 자고 할 짓이 아닙니데이."

"왜 잠을 못 주무시고 그러셔요."

"지현 씨 생각하느라고 날밤을 꼴깍 샙니데이. 그날 축제에서 우리 지현 씨가 율동을 하며 노래하는 모습을 보면서 마, 제가 디비지는 줄 알았다 아입니까."

"디, 디비지……."

"지현 씨, 지현 씨 때문에 몇 날 며칠 날밤을 까묵고 있습니다."

"잠은 주무셔야죠."

"저의 이 불타는 사랑을 쪼매 받아주이소!"

불타는!

"아니, 저 종식 씨……."

"마, 지현 씨가 내를 받아주시마 이 한 몸 뿌사지도록 노력 봉사 하겠습니다."

"아뇨, 종식 씨……."

"밥을 묵어도 맛도 엄고, 잠도 몬 자고, 오로지 지현 씨 생각뿐이다 아입니까."

"저, 종식 씨, 그러니까 저는요……."

"사모합니데이. 낼로 힘 좋은 종놈 하나 얻었다 생각하시고 받아주이소."

'미치겠다!'

"지현 씨!"

종식이 벌떡 일어나더니 지현의 손목을 움켜잡았다.

"왜 이러세요!"

지현이 얼른 종식의 손을 털어냈다.

"지현 씨, 제 마음을 모르시겠습니까!"

종식이 다시 지현의 손목을 움켜잡았다.

"알겠거든요? 알겠는데, 저기 그러니까, 저는요……."

종식이 갑자기 와락 하고 지현을 부둥켜안았다.

"알겠습니까!"

"컥! 왜 이래요!"

"아이구야, 보드라버레이. 가만 좀 있어보소. 착 앵기보소."

"왜 이러세요!"

지현이 펄쩍 뛰며 종식을 밀쳐 냈다.

"지현 씨!"

"저기요, 종식 씨, 이러실 게 아니라 제 말을 좀……."

"내 뼈다구가 가루가 돼가 포도밭 거름이 되도록 ……."

"결혼할 사람 있어요!"

지현이 버럭 소리쳤다. 결혼할 사람? 그런 사람은 없었지만 그렇게 하지 않으면 안 될 것 같았다.

"예?"

종식이 멍한 얼굴로 지현을 쳐다봤다.

"저는, 있거든요? 결혼할 사람이……."

한 몸 뿌사지도록 노력 봉사하겠다던 종식의 표정이 처절하게 일그러지고 있었다.

"진짭니까?"

종식이 돌처럼 굳은 얼굴로 물었다.

"네……."

"저번에는 없다 안 했습니까?"

"제가, 없다 했나요?"

그런 말 한 기억이 없는데 이게 무슨 말인가 싶었다.

"지난번엔 없다 안 했습니까!"

종식이 갑자기 소리를 버럭 질렀고, 지현은 주춤 물러났다.

"아니, 그땐 내가 왜 그랬을까요? 하여튼 있거든요?"

"그라마 못 받아주겠다 그 깁니까?"

"제 말은 받아드리고 싶어도 이미 결혼할 사람이 있으니까……."

종식이 일그러진 얼굴로 지현을 노려보듯 쳐다보더니 갑자기 지현에게 쥐어주었던 꽃다발을 확 빼앗아갔다.

"안녕히 계세요."

종식은 지현을 더없이 난처하게 만들어놓고 트럭에 올라탔다.

"저기, 토마토도 돌려 드릴까요?"

지현이 얼른 토마토 상자를 들어 올리며 물었다.

"됐습니더!"

종식이 버럭 소리를 지르더니 가버렸다.

"어머, 별일이야, 정말."

지현은 저만치 달아나는 종식의 트럭을 쳐다보다가 돌아섰다.

"한 몸 뽀사지도록 떠받들겠다던 사람이, 종놈 하나 얻었다 생각하라더니 결혼할 남자 있다니까 싹 달라지네. 하여튼 경상도 남자들은 이상해. 꽃은 줬음 땡이지 도로 빼앗아가는 건 뭐야?"

지현이 투덜거리며 나오다가 택기와 마주쳤다.

"여기 왜 왔어요?"

"아무 남자한테 그렇게 막 안기면 어떻게 해요!"

"누가 안겼다고 그래요? 종식 씨가 일방적으로 껴안았지."

"못 안게 했어야 할 것 아니에요!"

"아니, 정말 이 남자들이 왜 이래? 다 봤을 것 아니에요!"

지현이 소리치자 택기가 이글거리는 눈으로 노려보다가 다시 입을 열었다.

"결혼할 사람 있어요?"

택기가 굳은 얼굴로 물었다.

"갑자기 종식 씨가 꽃다발 주면서 받아달라 하고 그러니까 당황해서 그냥 한 말이죠."

"결혼할 사람 없는 거예요?"

"그런 사람이 어딨어요. 이거나 들어줘요. 무거워요."

지현이 토마토 상자를 내밀자 택기가 받아 들었다.

"그러니까 내가 처음부터 처신 잘하라 했잖아요."

"지나간 일은 왜 또 끄집어내요?"

"마음에 안 들어 그럽니다."

"관둬요!"

지현이 소리치고 쌩하니 가려는데 택기가 지현의 앞을 막아섰다.

"밭으로 안 갈래요?"

"가면 뭐 해요? 시비 걸 텐데."

"안 걸어요. 같이 가요."

"정말이에요?"

"정말이에요."

"알았어요."

지현은 택기와 함께 집에 잠깐 들러 토마토 상자를 내려놓고 택기와 함께 경운기를 타고 포도밭으로 갔다.

택기는 한동안 아무 말 없이 포도밭을 걸었고 지현도 말없이 택기를 따라 걸었다. 살랑살랑 바람이 불고 있었고 거의 대부분의 포도를 수확해 몇 송이 달려 있지 않았지만 달콤한 향기는 여전했다. 그때 문득 지현의 머리 속에 떠오르는 장면이 있었으니.

드라마 대장금.

등장인물:이영애, 지진희.

배경:궁(아니면 궁 밖). 하여튼 해가 질 듯 말 듯한 때.

민정호:기쁘십니까?

장금: 슬픕니다.

민정호: 슬프십니까?

장금: 기쁩니다.

민정호: 두려우십니까?

장금: 설렙니다.

민정호: 설레십니까?

장금: 두렵습니다.

두 사람 정말 잘 어울린다는 생각이 절로 나던 장면. 그 장면을 연상하며 택기와 걷는다 쳤을 때.

등장인물: 김지현, 장택기.

배경: 포도밭 안. 해가 질 듯 말 듯한 때.

택기: 기쁜교?

지현: 슬퍼요.

택기: 슬픈교?

지현: 기뻐요.

택기: 두렵는교?

지현: 설레요.

택기: 설레는교?

지현: 두려워요.

택기: (휙 돌아서서 인상을 쓰며) 이기 청개구리를 처묵었나, 와 디비 쪼고 지랄인교!

진짜 깬다.

그때였다.

"지현 씨."

택기가 휙 뒤돌아보며 지현을 불렀다. 택기의 저 눈빛! 그날 새벽에 키스하던 때의 눈빛과 흡사했다.

"왜, 왜요?"

지현은 또다시 가슴이 콩닥거리는 것을 느끼며 택기를 쳐다봤다.

"만약에, 만약에……."

활활 타오르는 눈빛과 함께 택기는 그 어느 때보다 신중해 보였다.

"만약에 뭐요?"

"만약에…… 내가 지현 씨한테 청혼한다면……."

지현의 눈이 동그래졌다.

"내가 청혼해도, 종식이 형님처럼 거절할 겁니까?"

지현은 아무 대답도 못하고 택기의 얼굴만 쳐다보고 있었다.

"내가 청혼해도……."

택기가 청혼을 한다? 안타깝게도 지현은 아직 거기까진 생각해 본 적이 없었다. 단지, 단 한 번 키스를 했을 뿐이니까. 키스했다고 이제 결혼만 남았구나 생각하는 사람이 어딨겠는가. 뭐, 신라시대 땐 그렇게 생각했을지 몰라도. 신라시대 때도 키스가 있었을까? 하여튼 지현은 결혼이며 택기의 청혼 등은 생각해 보지 않았기에 무슨 대답을 해야 할지 몰랐다.

"거절할 거예요?"

택기가 약간의 두려운 감정을 담고 물었다.

"저, 그게 아니라……."

참 난감했다. 생각해 본 적이 없는데 그걸 무슨 수로 알겠는가.

"저, 결혼은, 사랑하는 사람하고 하는 거잖아요. 키스 한 번 했다고 하는 게 아니잖아요."

지현은 되도록 택기에게 상처를 주지 않으려고 애쓰면서 입을 열었다.

"결혼은 사랑하는 사람하고 하는 거고, 키스가 아니라 사귀어 보고 너무 좋아서 이 사람하고 같이 안 살면 죽을 것 같아서, 그래서 하는 게 결혼 아니에요? 키스 한 번으로 결정을 내리기엔 결혼은 너무 중요한 거고…… 또 혹시 택기 씨가 나한테 키스한 것 때문에 책임감 같은 걸 느낀다면……."

"키스 한 번 한 것 때문에 청혼하겠다는 건 아니에요."

"그럼요?"

"지현 씨, 좋아합니다."

택기가 고백했다. 단지 지현 씨 좋아합니다라는 한마디였는데, 미사여구 하나 안 붙은 너무 담백해 밍밍한 한마디인데 어떻게 그 단순한 한마디가 지현의 가슴속 아주 중요한 부분에 빠르고도 정확하게 파고들고 있었다.

"저를…… 좋아한다고요?"

지현이 가슴속에 파고들어 거세지 않으면서도 무시 못할 높이로 출렁거리고 있는 감정의 파도에 설레며 다시 되물었다.

"예, 좋아합니다."

"언제, 부터요?"

"그러니까⋯⋯."

"그때 그 시점은 아니죠? 우리가, 키스하던, 그 시점."

"그 시점은 아니고 그 전 시점인 것 같아요."

"언제요?"

"지현 씨가 열흘 만에 서울 갔다 온다고 했을 때, 갑자기 너무 서운하고 허전했어요. 지현 씨가 없는 동안에 이상했어요, 여기 가."

택기가 자신의 가슴에 손을 댔다. 지현은 침을 꿀꺽 삼키며 택기의 손이 올려진 가슴을 쳐다봤다.

"그 후에도, 건넛마을 형님들하고 친하게 지낼 때 화나고 신경 질나고, 나 때문에 화가 나서 땅도 필요없다고 서울 가겠다 할 때 너무 겁났어요."

"겁이 나요?"

"지현 씨 가버리면 아무것도 못할 것 같더라고요. 정말, 병날 것 같았어요."

'세상에, 장택기가 저런 말을 하다니.'

지현은 이 묘한 감정이 감동인지 무엇인지 깨닫지 못한 상태로 택기를 바라보고 있었다.

"농약 먹은 줄 알았을 때 정말 캄캄했어요. 눈에 아무것도 안 보이고 가슴이 떨리고."

택기가 지금도 떨리는 듯 후욱 하고 한숨을 내뱉었다.

"축제 때 지현 씨 노래하는데…… 한순간도 눈을 뗄 수가 없었어요."

택기의 눈앞에서는 무대 위에서 사랑스러운 얼굴로 귀여운 춤을 추며 노래하는 지현의 모습이 펼쳐지고 있었다.

"지현 씨가 나한테로 팔을 뻗었을 때…… 감전되는 기분이 어떤 건지 그때 알게 됐어요. 그 느낌이 어떤지."

택기가 지금 이 순간 엄청난 볼트의 전기량에 감전이 된 얼굴로 속삭였다. 지현은 느끼고 있었다. 택기의 마음을, 택기의 진심을, 고스란히 절절하게.

그날 무대 위에서 노래할 때 택기에게 손을 뻗은 것은 사실이다. 노래를 부르다 보니 택기가 보였고 율동에 맛을 더하기 위해 손을 뻗은 것뿐이었다. 뜻을 담은 행동은 아니었다. 택기에게 마음을 전하기 위한 행동이 아니었다. 그땐 택기에 대해 특별한 감정을 갖고 있다 할 수 없었으니까. 그런데 지현은 지금 느끼고 있었다. 자신이 미처 깨닫지 못하는 사이에 어느새 택기를 향한, 택기에 대한 특별한 감정을 품고 있었다는 것을. 이제야 알았다, 택기의 고백을 들으면서. 지현 역시 갑자기 감전이 된 기분으로 택기를 바라보고 있었다.

"그날, 레스토랑에서 밥을 먹고 돌아오는 길에 조용해서 보니까 잠들었더라구요. 너무 고생했는데 불편하게 자는 걸 보니까 안쓰러웠어요. 그래서 차를 세우고 차에 있던 담요를 받쳐 주려고 지현 씨 고개를 조심스럽게 받쳤는데…… 지현 씨 머리가 내 가슴에 부딪쳤어요."

"그런 일이 있었어요?"

"지현 씨 모르고 자더라구요."

"네, 몰랐어요."

"그때, 지현 씨 머리가 내 가슴에 부딪치는데…… 폭발하는 줄 알았어요."

"뭐가요?"

"가슴이, 심장이……."

택기가 한숨을 내쉬었고 지현도 한숨을 내쉬었다. 두 사람 다 어느 순간 숨이 막힌다고 느꼈고, 그래서 후욱 내쉬었다.

"……지금 나한테 사랑 고백하는 거예요?"

"……그런 것 같아요."

택기가 붉어진 얼굴로 말했다.

"대구에 가 있는 동안 아무것도 손에 안 잡혔어요. 연구원들이 뭐라고 하는지 하나도 들리지 않고 전화하고 싶다는 생각밖에 없었어요."

"누구한테요?"

지현은 알면서도 물었다. 무슨 악취미인지, 알면서도 확인하고 싶었다.

"지현 씨한테요. 밤새도록 목소리 듣고 싶었어요."

택기가 한 걸음 다가서더니 조심스레 지현의 손을 잡았다.

"지현 씨 목소리 듣는 동안에…… 너무 행복했어요."

"저, 제가 알기론 그 정도면 중증인데……."

지현의 말에 택기가 고개를 끄덕였다.

"내일 꼭 오라는 소리를 들으니까 더는 견딜 수가 없어서 막 달려왔어요. 왔는데, 지현 씨가 내 방에 자고 있는 걸 보니까, 미치겠더라고요."

"왜요?"

"좋아서요. 너무 좋아서요. 내가 표현을 잘못해서 그렇지 미치게 좋았어요."

"……."

이놈의 침은 왜 이렇게 잘 고이는지 지현은 또 꼴깍 침을 삼켰다.

"내가 청혼한다면…… 받아줄래요?"

"……."

"싫어요?"

"아니, 잘 모르겠어요."

지현이 긴장한 얼굴로 말했다.

"나도 잘 모르겠어요."

정말 솔직한 대답이었다. 택기의 고백을 들으며 택기와 똑같이 지현의 가슴 역시 터질 듯이 두근거리고 있었는데 과연 이 감정이 택기를 사랑하는 감정인지 택기와 결혼하고 싶을 정도로 강하게 통하는 감정인지는 확신할 수 없었다. 그래서 어렵고, 그래서 망설여졌다. 아마도, 택기라는 남자 한 사람이 아니라 여러 가지가 지현을 망설이게 할 수도 있을 것이다. 포도밭, 포도밭을 얼른 물려받았으면 하는 부모님, 물려받는 즉시 팔아치우고 서울로 화려하게 재입성하길 바라는 일말의 바람, 시골 생활에 대한 힘겨움.
명확하게 그림이 잡힌 것은 아니지만 지현은 여러 가지 이유들로
망설이고 있을지도 몰랐다. 물론 택기와의 단 한 번의 키스로 청
혼을 받아들이는 것도 위험하고.

"알아요, 나한테 감정없다는 거. 아직 태오라는 선배를 마음에
두고 있다는 것도 알고……."

"아뇨, 그건 아니에요. 태오 선배를 마음에 둔 건 아니에요."

그래, 태오 때문에 망설이는 것은 절대 아니었다. 태오 때문이
아니라는 것은 분명히 알고 있었다.

"내가, 조금이라도 마음에 있는 거예요?"

"잘, 모르겠어요."

지현이 어렵게 말했다.

"휴, 알았어요."

택기가 실망한 얼굴로 돌아섰다.

"그냥 내 마음을 얘기하고 싶었어요. 부담 갖지 말아요."

택기가 기운없는 목소리로 말했다.

지현은 택기의 처진 어깨를 바라보다가 이것저것 여러 부분 걸
리는 장애물들은 일단 다 걷어치우고 장택기라는 한 사람, 저 남
자 하나만 두고 봤을 때 지현의 감정이 어떤지, 그에 대해 어떻게
생각하는지 생각해 봤다. 그러자 미완성일지라도 그림의 윤곽이
또렷해지기 시작했다.

"홍이 씨하고 같이 있는 것 보면 약 오르고 질투나고 대구 가 있
는 동안 너무 허전하고……."

택기가 돌아서서 지현을 바라봤다.

"전화해 줬을 때 정말 반갑고, 내가 꼭 오라고 했다고 그 새벽에 달려온 것 보고 좋으면서도 사고났으면 어땠을까 걱정되고, 그리고 그날 키스할 때 심장이 터져 나갈 것같이 두근거리고……."

택기가 한 걸음 다가왔다.

"택기 씨 고백하는 소리 들으면서 나도 이상하고, 여기가요."

지현이 자신의 가슴에 손을 댔다.

"그게, 사랑이라고 할 수는 없잖아요. 그게 사랑이라면……."

지현이 말을 채 끝내지 않았는데 택기가 팔을 뻗더니 지현을 힘껏 끌어당겨 안았다.

"그게 사랑이면 너무 싱겁잖아요……."

택기의 가슴에 안긴 채 지현이 떨리는 목소리로 말하는데 택기가 입술을 부딪쳐 왔다. 택기와의 두 번째 키스. 가슴이 터져 나갈 것 같은 두근거림이 또 시작됐다. 처음보다 더 강하게, 더 힘차게. 택기와의 키스는 오래도록 계속되고 있었다.

일곱

사랑에 빠진 남자를 알아보는 방법을 다섯 가지를 대라면 대답은 나도 모르겠다이다. 하지만 사랑을 고백한 남자가 취하는 행동 다섯 가지를 대라면 그건 댈 수 있을 것 같다. 택기를 예로 들어서 말이다. 사랑에 빠졌든 사랑을 고백했든 증상은 거기서 거 기겠지만.

1. 일단 뭐든 해주고 싶어 안달난다.
지현이 부엌으로 들어서는데 택기가 주스가 든 잔을 내밀었다.

"뭐예요?"

"토마토 주스예요. 종식이 형님이 준 토마토 갈았어요."

"나 마시라구요?"

"피부에 좋대요."

지현이 픽 웃으며 받아 들자 택기가 다 마셔요 하고 말했다.

"앞으론 커피 마시지 말고 주스 마셔요. 날마다 갈아줄 테니까."

"토마토 떨어지면요?"

"종식이 형님네 하우스 가서 사 올게요."

"너무 잘해주는 거 아니에요?"

"잘해주고 싶어요."

지현은 즐거운 기분으로 토마토 주스를 마시는데 할아버지가 불쑥 들어오시다가 묘한 표정으로 택기와 지현을 쳐다보셨다.

"느그 뭐 묵노?"

"토마토 주스요."

"영감님도 한 잔 드세요."

"토마토 주스? 토마토를 갈았단 말이가?"

"예."

"그냥 묵지 뭐 한다고 가노?"

"먹기 편하잖아요, 할아버지."

"맛있나?"

"네."

"한 잔 줘봐라."

택기가 주스를 한 잔 따라서 할아버지에게 드리자 할아버지는 먼저 냄새를 맡아보셨다. 냄새로는 1차 통과됐는지 한 모금 드셔 보시더니 썩 괜찮은 맛인지 토마토 주스 잔을 들고 나가시려다 다시 홱 돌아보셨다.

"느그 연애하나?"

"네?"

지현과 택기가 깜짝 놀라 할아버지를 쳐다봤다.

"말해 봐라. 느그 연애하나?"

"아뇨, 무슨 연애를……."

할아버지가 수상하다는 얼굴로 지현과 택기를 쳐다보다가 부엌을 나가셨다. 지현이 난처한 표정으로 토마토 주스를 마시다가 흘 끗 택기를 쳐다보니 택기가 지현을 바라보고 있었다.

"왜 그렇게 봐요?"

"아니에요."

택기가 굳은 얼굴로 부엌을 나가려고 하자 지현이 붙잡았다.

"화났어요?"

"아니에요."

"할아버지가 연애하냐고 물으시는데 내가 아니라고 해서 그런 거예요?"

"……아니에요."

택기가 다시 나가려고 하는데 지현이 더 강하게 붙잡았다.

"사귀자는…… 말도 안 했잖아요. 키스만, 두 번 하고……."

지현이 우물거리듯 말하자 택기가 지현을 뚫어져라 쳐다봤다.

"좋아한다고 했잖아요."

"사귀자는 말은 아니잖아요."

"사귀자고 하면 사귈 거예요?"

"그게, 그러니까……."

지현이 우물거리는데 택기가 지현에게 바짝 다가섰다.

"왜 그래요?"

"사귈래요?"

"네?"

지현이 눈을 동그랗게 뜨고 택기를 쳐다보는데 택기의 입술이 내려오고 있었다.

'오, 맙소사. 토마토 주스 못 마시게 생겼네.'

지현이 가슴이 콩닥거리는 것을 느끼며 내려오는 택기의 입술을 받으려는 찰나였다.

"주스 또 없나?"

할아버지가 부엌으로 들어오셨고 지현과 택기가 화들짝 놀라며 떨어졌다.

"느그 와 그래 놀라노?"

"우리가 놀랐나요?"

"느그 뭐 했드노?"

"아유, 할아버지두. 우리가 뭘 했다고……."

지현이 괜히 싱겁게 웃으며 말한 후 주스 잔을 들고 할아버지를 지나쳐 부엌을 나왔다.

"아고, 심장이야."

지현은 두근거리는 가슴을 진정시키려 애쓰며 방으로 들어갔다.

2. 놀라울 정도로 자상해진다.

샤워하려고 화장실로 가는데 택기가 기다리라고 하더니 부엌에서 언제 끓였는지 뜨거운 물을 한 통이나 들고 나왔다.

"말복 지나서 찬물에 샤워하면 안 좋아요."

"언제 끓였어요?"

"아까 올려놨어요."

"요즘 왜 이래요?"

"뭐가요?"

"너무 잘해주는 거 아니에요?"

"잘해주고 싶어요."

"너무 황송해지네요."

"황송해하지 않아도 돼요."

"너무 잘해주니까 이상하잖아요."

"샤워하고 나와요. 수제비 끓여줄게요."

"수제비요?"

"전에 먹고 싶다고 했잖아요."

"내가 그랬나?"

지현은 사람이 너무 변한 것 같다고 생각하며 샤워를 하고 나왔다. 택기는 정말로 수제비를 끓여놓고 기다리고 있었다.

"사람이 갑자기 바뀌면 이상해요."

"그냥 잘해주고 싶어서요."

"나하고 결혼하고 싶어서 꼬시는 거예요?"

지현의 말에 택기가 웃었다.

"이렇게 잘해주다가 언제 갑자기 돌변할지 몰라 겁나네요. 택기 씨 한성질 하잖아요."

"화내고 싶지도 않아요."

택기의 대답에 지현이 풋 하고 웃었다.

"정말로 나 좋아하는 것 같아요."

지현의 말에 택기가 지현을 쳐다봤다.

"정말 좋아해요."

"너무 정색하지 말아요, 이상하니까."

지현과 택기가 평상에서 수제비를 먹고 있는데 할아버지가 들어오셨다. 할아버지는 또다시 두 사람을 수상한 눈으로 바라보셨다.

"느그들 뭐 묵노?"

"수제비요. 같이 드세요, 할아버지."

"가져오겠습니다, 영감님."

"됐다. 나는 저녁 묵었다."

"네…….."

방으로 가실 줄 알았는데 할아버지가 평상에 걸터앉으시더니 수제비를 쳐다보고, 택기를 쳐다보고, 지현을 쳐다봤다.

"맛있나?"

"네."

"그래, 맛있게 묵어라."

맛있게 먹으라면서도 할아버지는 뭐랄까, 마치 형사 콜롬보가 된 듯한 시선으로 지현과 택기를 훑어보고 있었다.

"할아버지, 지문 채취하세요?"

지현의 말에 택기가 푸 하고 웃었고 할아버지는 헛기침을 하시더니 방으로 들어가셨다.

3. 욕이 는다.

포도밭에는 벌들이 제법 많다. 지현이 별로 거슬리게 한 것도 없는데 어느 망할 벌이 지현의 이마에 한 방 쏘고 달아났다. 지난 번에 벌을 피하느라 사다리에서 넘어질 때 택기와 쓰러지며 택기의 사타구니를 찍어 누른 적이 있었는데 이번엔 피하고 어쩌고 할 겨를도 없이 쏘이고 말았다. 벌에 쏘여본 것도 처음인데다 정말 펄쩍 뛸 정도로 아파서 지현이 소리를 지르고 난리가 났는데 더 난리인 사람이 택기였다. 퉁퉁 부어오르기 시작한 지현의 이마에 연고를 발라주며 갑자기 욕을 내뱉었다. 택기가 욕하는 걸 들은 건 이번이 처음이었다.

"쌍놈의 벌들을 다 잡아 죽이든지 해야지."

어찌나 거칠게 욕을 하는지. 하지만 그 욕에서 지현을 생각하는 마음이 절절하게 배어나왔다.

"있죠, 내가 좀 변태기가 있나 봐요."

지현의 엉뚱한 말에 택기가 쳐다봤다.

"무슨 말이에요?"

"택기 씨가 욕하는데 왜 이렇게 섹시해 보이죠?"

지현의 말에 택기가 웃음을 터뜨렸다.

"느껴져요?"

"뭘요?"

"택기 씨 점점 더 좋아지고 있는 거."

택기가 약간의 홍조를 띠며 씩 웃었다.

"좋아서 웃는 거죠?"

"좋아서 웃어요."

4. 질투의 화신이 된다.

건넛마을에서 일을 도와달라는 부탁을 하기 위해 집으로 전화를 걸어왔는데 전화를 건 사람은 호준이었고 받은 사람은 지현이었다.

"안녕하세요, 호준 씨."

[지현 씨, 목소리 들으니까 진짜 좋네요. 안녕하시지요?]

"그럼요. 호준 씨도 안녕하시죠?"

호준과의 통화는 딱 거기까지였다. 언제 왔는지 택기가 수화기를 낚아챘다.

"언제 가면 돼?"

[내일부터 한 열흘 정도 도와주어야겠는데.]

"알았어."

[지현 씨 좀 바까도라.]

"나갔어."

뻔히 옆에 있는데 나갔다 하더니 전화를 끊어버렸다. 그러더니 무서운 눈길로 지현을 노려봤다.

"호준이 놈하고 통화하니까 좋아요?"

"좋다기보다는……."

"앞으론 전화 받지 말아요. 내가 받을 테니."

택기는 온몸으로 분노를 발산하며 말했다.

"뭘 그렇게 화를 내요?"

"호준이 놈이랑 놀아나는데 그럼 화가 안 나요!"

"놀아나다뇨. 누가 들으면 화간이라도 저지른 줄 알겠네요."

"다른 남자랑 친한 척하지 말란 말이에요."

단지 호준과 통화를 했을 뿐인데 택기는 거짓말 조금 보태 길길이 뛰고 있었다.

"질투하는 거예요?"

"아니에요!"

"좋아요. 택기 씨 말고 다른 남자랑은 친한 척 안 할게요. 대신에! 택기 씨도 앞으론 홍이 씨하고 친하게 지내지 말아요."

"홍이하고는 아무 사이 아니라고 했잖아요. 홍이는 마을 동생으로……."

"하여튼! 홍이 씨하고 시시덕거리는 것 눈에 띄면 그땐 알아서 해요."

지현이 눈꼬리를 치켜뜨자 택기가 꼬리를 내렸다.

"불공평하잖아요."

"지극히 공평해요."

"그런 법이 어딨다고……."

택기가 툴툴거리며 나가 버렸다. 여자보다 남자의 질투가 더 무섭다. 그리고 더 귀엽다.

5. 제삼의 인물을 불청객으로 관주한다. 말하자면 할아버지 같은 사람.

어쩌다 할아버지가 불청객까지 됐나 모르겠다. 엄연히 이 집 주인인데 말이다. 그런데 어느 순간 정말로 할아버지는 불청객이 되어버렸다.

할아버지만 곁에 있으면 택기의 얼굴은 어딘가 몹시 불편한 사람의 얼굴이 됐다. 어디 안 나가시나 눈치를 보거나 되도록 할아버지가 계신 곳과 떨어져 있으려고 애를 썼다. 할아버지가 영 나가실 기미가 보이지 않으면 결국 택기는 지현과 밖으로 나가는 것을 택했는데 그럴 때마다 온갖 무언의 신호가 오갔다.

"영감님이 빨리 결혼하셔서 할머니 댁으로 가셨으면 좋겠어요."

이런 말을 할 정도였다.

"할머니 댁으로 가시면 뭐 하려구요?"

지현이 묻자 택기의 얼굴이 새빨개졌다. 은밀한 계획을 품고 있기라도 한 것처럼.

어쨌거나 택기는 키스를 한 후로, 아니, 사랑을 고백한 후로는 놀라울 정도로 다정하고 인정스럽게 굴고 있었다. 예전 지현에게 성질을 있는 대로 내던 그때의 택기의 모습을 찾아볼 수 없을 정도로 말이다. 사랑에 빠지면, 혹은 사랑을 고백하면 여자든 남자든 다 그렇게 변하기 마련이라 하지만 투박한 경상도 남자 택기를 놓고 봤을 땐 참으로 놀라운 변화였다.

호준 씨와 다정하게 통화했다는 이유로 길길이 뛰던 택기에게 복수할 날은 그리 오래지 않아 찾아왔다. 그것은 지현조차도 예기치 못한 질투를 폭발하게 만들었다. 택기와 홍이, 이 두 사람이 속닥거리고 있는 것을 목격한 순간 말하자면 눈에 불이 확 붙었다고나 할까? 지현은 몇 초 사이에 질투의 화신이 된 것이다.

그날은 홍이가 집에 오는 주말이었다. 지현은 택기와 함께 하우스에서 자라고 있는 신종 포도를 둘러보고 있었는데 택기의 휴대폰이 울렸다.

"어, 알았어."

받자마자 알았다며 전화를 끊은 택기는 잠깐 밭에 갔다 오겠다며 하우스를 떠났다. 지현은 밭에 있는 사람 중 한 사람이 택기를 불렀겠거니 대수롭지 않게 생각하다가 택기가 너무 오랫동안 돌아오지 않자 택기를 뒤따라 밭으로 갔다. 하지만 그곳에는 밭으로 간 줄 알았던 택기가 보이지 않았다. 작업장에도 없고, 창고에도 없었다.

"어디 갔지?"

안쪽으로 들어갔나 싶어 못을 길게 빼고 밭 안쪽을 쳐다보는데 팔랑팔랑 연두색 치마가 흔들리는 것이 보였다.

'연두색 치마?'

순간 지현의 눈이 쪽 찢어졌고 연두색 치마를 향해 돌진했다. 역시 그 연두색 치마의 주인은 홍이었다. 어디서 사 입었는지 4단 캉캉치마를 펄럭이며 눈꼴 시리도록 다정하게 택기와 마주 보고 서 있었다.

"딱 걸렸어."

지현은 도끼눈을 하고 씩씩 어깨를 흔들며 그 바람에 가슴까지 출렁거리며 두 사람의 곁으로 걸어갔다. 그리고 택기의 곁에 떡하니 멈춰 섰다. 홍이가 웬 불청객 하는 얼굴로 지현을 쳐다봤다.

'요것 봐라, 인사를 안 한다?'

"안녕하세요, 홍이 씨."

지현이 먼저 인사하자 마지못해 홍이가 안녕하세요 하고 인사를 했다.

"면담 중인가 봐요?"

지현이 택기에게 싸늘한 눈빛을 쏘아보내며 묻자 택기의 얼굴이 벌겋게 달아오르기 시작했다.

"홍이가 할 얘기가 있다고 해서요."

택기가 지현의 눈치를 보는 듯이 해명하자 홍이 무엇 때문에 그토록 저자세냐는 듯한 표정으로 택기를 쳐다봤다.

"그래서 얘기는 다 했어요?"

"아직······."

택기의 지현 눈치 보기가 계속되자 홍이의 표정이 더욱 심술궂게 변해갔다. 그러더니 갑자기 지현에게 시선을 못 박았다.

"시골 분 다 되셨네요."

홍이가 지현의 몸을 머리끝부터 발끝까지 훑어보며 다소 비아냥거리는 듯한 어조로 말했다. 그도 그럴 것이 홍이는 연두색 4단 캉캉치마를 멋스럽게 입고 있는데, 지현은 질리도록 화려한 꽃무늬 몸뻬를 입고 있었다.

"몸뻬가 썩 잘 어울리네요. 일자로 뚝 떨어지는 몸매도 기술적으로 커버해 주고."

지현은 뱃속에서 부글부글 열이 치받쳐 오르는 것을 느꼈다. 일그러지던 지현이 홍이를 향해 활짝 미소 지었다.

"이 바지 택기 씨가 장에 데려가서 골라준 거예요."

"오빠가요?"

비아냥거리던 홍이의 표정이 질투로 싹 달라졌다.

"지난번 축제 땐 홍이 씨랑 같이 갔다던 레스토랑에서 정식도 사줬는데. 홍이 씬 돈까스밖에 못 얻어먹었죠? 난 정식인데, 것도 스페셜 정식."

돈까스와 정식의 차이가 얼마나 큰지를 실감하는 순간이었다. 홍이가 기가 찬지 화가 나 견딜 수가 없어 그런지 가슴까지 들썩거리며 숨을 몰아쉬었다. 그때까지 입 다물고 있는 택기는 뭔지. 하긴 이렇게나 난처한 상황에서 무슨 수로 입을 열겠는가.

"연두색 치마 정말 예쁘네요."

지현이 옷을 칭찬했지만 홍이는 전혀 고맙지 않은 듯 흥 하는 표정을 지어 보였다.

"근데요, 그 치마 엉덩이 작은 사람이 입어야 지댄데. 엉덩이 큰 사람이 입으니까 진짜 간지 안 산다. 똥배도 튀어나와 보이고. 살 좀 빼고 입지 그랬어요. 하여튼 요즘은 유행이라 하면 무조건 다 어울리는 줄 안다니까."

홍이가 너무 약 올라 곧 숨넘어갈 듯한 얼굴로 지현을 노려봤다.

"저 오빠하고 할 얘기 있거든요? 자리 좀 비켜주실래요?"

홍이가 이를 갈며 말했다.

"내가 들으면 안 되는 얘긴가 봐요."

"당연하지 않아요?"

홍이가 택기의 팔에 팔짱을 꼈다.

'이런, 불여우!'

"나도 택기 씨하고 할 얘기가 있거든요."

지현 역시 택기의 팔짱을 끼며 말했다.

"그 손! 놓지 못해요!"

홍이가 더는 못 참겠다는 듯 빽 소리를 질렀다.

"못 놓지."

지현이 한껏 약 올리듯 말한 후 택기를 쳐다봤다.

"장택기, 렛츠 고."

그리고 다시 낮게 경고했다.

"안 따라오면 죽어."

지현이 택기의 팔을 확 잡아끌자 홍이가 택기의 팔을 놓치고 말았다.

"오빠!"

홍이가 소리치자 택기와 지현이 동시에 홍이를 뒤돌아봤다. 홍이의 타오르는 눈빛이 지현을 태울 듯 광선을 뿜어내고 있었다. 택기가 중간에 끼어 어쩔 줄 몰라 하며 지현의 눈치를 봤다. 지현이 눈알에 최대한 힘을 주고 택기를 노려보자 택기가 홍이를 미안한 듯 바라봤다.

"이따 저녁에 얘기하자."

"오빠!"

홍이가 어떻게 이럴 수 있냐는 얼굴로, 어떻게 연두색 4단 캉캉치마가 아니라 저 촌스런 몸뻬를 선택할 수 있냐는 듯 택기를 원망스레 쳐다봤다.

"이따 전화할게."

택기가 미안한 어조지만, 그래도 당연하지 않냐는 듯 지현에게로 돌아섰다. 지현은 끓는 물에 들어갔다 나온 사람처럼 확 달아올라 있는 홍이를 두고 택기의 손을 잡아끌고 포도밭에서 나왔다.

"홍이는 그냥 동생이라고 했잖아요."

"지금 홍이 씨 편 드는 거예요?"

"아니, 그게 아니라……."

"그렇게 안쓰러우면 가요, 안 잡을 테니까."

"그런 억지가 어딨어요?"

"전화 통화 금지예요."

"지현 씨, 질투하는 거예요?"

택기가 픽 웃으며 물었다.

"말해 봐요, 질투하는 거예요?"

"홍이 씨 앞에서 난처하게 만들었는데도 택기 씨는 좋아요?"

"좋아요, 지현 씨 질투하는 거 보니까."

세상에 이보다 더 순진하고 순수한 남자가 어디 또 있을까.

"하여튼 알아서 해요."

지현이 괜히 화난 척 돌아서는데 택기가 손을 잡았다.

"질투하는 거죠? 맞죠?"

"맞아요, 질투나 죽겠어요!"

지현이 소리치자 택기가 활짝 웃었다.

"질투나서 당장 달려가 강낭콩 4단 캉캉치마를 홀랑 벗겨 먼지떨이로 만들어 버릴까 생각 중이니까 자꾸 웃지 말아요!"

"내가 지현 씨한테 왔잖아요. 안 오면 죽인대서."

택기가 지현의 어깨에 팔을 둘렀다.

"따로국밥 먹으러 갈래요?"

"따로국밥이 뭐예요?"

"경상도에서 유명한 음식이에요. 먹으러 가요."

"할아버진요?"

"영감님이야 할머님 댁에서 드시겠죠."

"이젠 할아버지 저녁 같은 건 신경 안 쓰이나 봐요."

"지현 씨 외엔 신경 쓰이는 사람 없어요."

택기가 말했고 지현은 가슴속에 따뜻한 물결이 일렁이는 것을 느끼며 새침스럽게 택기를 노려보다가 픽 웃었다.

택기와 함께 시내로 나가 경상도에서 유명하다는 따로국밥을 맛보고 집으로 돌아오는 길에 지현은 콧노래를 부르는 택기를 쳐다봤다. 퉁명스럽기 그지없던 택기의 얼굴에 언제부턴가 늘 미소가 걸려 있었다. 콧노래도 자주 흥얼거렸고. 무엇이 택기의 표정을 저렇게 바꾸어놓고 흥겹게 만들었는지 짐작이 가긴 하지만 사랑이라는 것이 사람을 저렇게 바꾸어놓는다는 것이 꽤 흥미로웠다.

"기분이 좋은가 봐요."

지현이 묻자 택기가 고개를 끄덕였다.

"국밥 맛있었어요?"

"네. 입맛없을 때 먹으면 그만이겠어요."

"입맛없을 때 말해요, 언제든지 사줄 테니."

"요즘 인심이 너무 후해진 거 알아요?"

"그래요?"

택기가 씩 웃었다.

"인심도 후해지고 웃음도 헤퍼졌어요."

"지현 씨가 웃게 만들잖아요."

택기가 또 웃었다. 처음 장택기라는 사람을 만났을 땐 태어나서 지금껏 평생 단 한 번도 웃지 않고 산 사람처럼 보였는데 참 많이 변했다 싶다.

"택기 씨."

"왜요?"

"내가 좋아요?"

지현의 물음에 택기가 고개를 돌려 지현을 쳐다봤다.

"말해 봐요. 내가 좋아요?"

"내가 좋아하는 거 알잖아요."

"왜 좋아요?"

"왜 좋냐구요?"

"네."

"누가 그랬더라? 사람이 사람을 좋아하는 것에 이유를 붙이는 사람은 사랑을 모르는 거래요."

택기의 의외의 대답에 지현은 가슴이 울렁거리는 것을 느꼈다.

"그런 것 같아요. 사람이 사람을 좋아하는 건 이유없이 그냥 고마운 것 같아요."

"고마운 것이요?"

"예."

"어떻게 고마운 것이요?"

"아침에 일어나서 보고 싶은 사람 얼굴 보게 해줘서 고맙고, 먹고 싶은 음식 같이 먹어줘서 고맙고, 시간을 같이 나눠 쓸 수 있게 해줘서 고맙고, 나이가 들면 같이 늙어가는 모습을 볼 수 있어서 고맙고, 늙어가는 모습이 추한 게 아니라 늙는 모습도 아름답게 생각할 수 있어서 고마운 거."

"……."

지현은 이 남자 어디서 주워들었는지는 몰라도 괜히 사람 감동시키려고 언젠가는 써먹어야지 싶어 달달 외워둔 구절을 리플레이하는 모양이라고 생각하면서도 가슴이 감동으로 채워지는 것은 어쩔 수 없었다.

"지현 씨한테 늘 고마워요. 아침에 일어나면 밤사이 보고 싶었던 얼굴 보게 해줘서 고맙고, 같이 따로국밥 먹을 때 동무 해줘서 고맙고, 일할 때도 일하지 않을 때도 기분 좋게 해줘서 고맙고……."

택기가 지현을 바라봤다.

"늙어가면서도 늙지 않았다고, 늙었어도 여전히 예쁘다고 그런 얘기 하면서 그렇게 지냈으면 좋겠어요."

"그거 나한테 프러포즈하는 거예요?"

지현이 짐짓 새침스럽게 물었다.

"프러포즈 이렇게 재미없게 해서 되겠어요?"

"재밌게 할 프러포즈 구상 중이에요?"

"머리 터지게 구상 중이에요."

택기의 대답에 지현이 빙긋 웃었다.

"홍이 씨, 계속 택기 씨한테 껄떡거리던데 홍이 씨부터 해결을 좀 봐야 하지 않겠어요?"

껄떡거린다는 말에 택기가 웃음을 터뜨렸다.

"말하려고 해요."

"한 번만 더 홍이 씨가 택기 씨한테 껄떡대면 가만 안 둘 거예요."

"누구, 홍이요?"

"아뇨, 택기 씨요. 양다리로 간주하고 처절하게 응징해 주겠어요."

"절대 양다리 아니에요."

택기가 정색을 하고 말했다.

"하여튼 둘이 붙어 있는 꼴은 못 봐주니까 알아서 해요."

"홍이한테 말하려면 적어도 한 번은 붙어 있어야 하잖아요."

"최소 오 미터는 떨어져서 말해요. 오 미터 이상 거리를 두지 않으면 양다리로 간주하겠어요."

"가랑이 찢어지게 생겼네요."

택기가 웃으며 말했다.

택기와 집으로 돌아온 지현은 먼저 샤워를 하고 방으로 들어와 모기에게 물린 다리에 물파스를 바르고 있었다. 긁지 않고 놔뒀으면 이렇게 성나진 않았을 텐데 긁어대는 통에 상처가 나서 물파스가 닿자 쓰라렸다. 파스 냄새를 풀풀 풍기며 바르고 있는데 눈앞에서 아주 거들먹거리며 날아다니는 모기 한 마리가 보였다.

"요즘 모기는 사람을 겁도 안 내요. 이것들이 눈에 뵈는 게 없나."

지현은 두리번거리다가 방 안에 굴러다니던 신문지를 들고 일어났다.

"어제는 네가 내 피 빨아먹고 포식을 했겠지만 오늘은 바로 즉

사다."

지현이 모기 주제에 거들먹거리며 날다 벽에 사뿐히 내려앉는 모기를 향해 신문지를 세차게 찍어 누르는 순간 밖에서 오빠 하는 소리가 들렸다. 망할 놈의 오빠 소리! 지현이 방문 앞으로 가서 귀를 기울이자 택기가 방에서 나오는 소리가 들렸다.

"왔어?"

"전화한다 했잖아요."

"어, 일이 좀 있어서."

"지금 시간 되죠?"

"어."

"잠깐 나가요. 할 얘기 있어요. 중요한 얘기예요."

'저게 어디서 남의 남자를!'

"가요, 오빠."

홍이가 택기의 팔을 잡는 순간 지현의 방문이 벌컥 열리는가 싶더니 턱 높은 문지방에 웬 맨다리가 척하니 걸쳐 올라왔다. 발가락 끝부터 무릎을 지나 허벅지 위쪽까지. 홍이와 택기가 깜짝 놀라 쳐다보는데 지현의 코맹맹이 목소리가 들렸다.

"택기 씨, 나 다리에 파스 좀 발라줘요. 모기한테 너무 뜯겨서 빈혈 생기겠어요."

그리곤 지현의 머리가 쑥 나왔다.

"어머, 홍이 씨 왔네? 또 웬일이에요?"

"어머, 별꼴이야."

홍이가 못 볼 걸 봤다는 듯이 고개를 돌렸다.

"택기 씨."

지현이 목소리는 아양이 흘러넘치는 코맹맹이 소리이되 표정은 너 홍이 따라갔다간 내 손에 사단날 줄 알아라 바로 그것이었다.

택기가 침을 꿀꺽 삼키며 지현의 다리를 쳐다보다가 긴장한 얼굴로 지현의 방으로 다가오자 홍이가 금방이라도 졸도할 것 같은 얼굴로 택기를 쳐다봤다. 택기는 문턱에 걸터앉더니 지현이 건네주는 물파스를 들고 지현의 다리에 발라주기 시작했다.

"많이 물렸네요. 망할 놈의 모기새끼들을 다 잡아다 똥구멍에 박힌 피를 쪽 빨아 먹어버려야지."

택기가 화가 난 것인지 아니면 야릇하게 흥분한 것인지 모를 목소리로 중얼거렸다. 지현이 자신만만한 표정으로 홍이를 보고 씩 웃자 홍이가 주먹을 틀어쥐었다.

"어머, 미쳤어, 정말. 어우, 세상에."

홍이가 주먹을 틀어쥐고 팔짝팔짝 뛸 듯이 노려보다가 화르르 불꼬리를 남기며 나가 버렸다. 지현은 홍이가 나가는 것을 쳐다보며 승리감에 차서 웃다가 문득 택기가 휙 풀린 눈으로 지현의 다리를 쳐다보고 있는 것을 보게 됐다.

"어머, 뭐예요!"

지현이 문지방에서 다리를 내리고 문을 쾅 닫아버렸다.

"뭐야, 저 음흉한 눈빛은? 어머, 심장 떨려."

지현이 얼굴이 화끈 달아오르는 듯 손으로 부채질을 하는 그때 문밖의 택기 역시 심장이 떨려 후욱후욱 숨을 내쉬며 가슴을 쓸어내리고 있었다. 지현과 택기가 방문을 사이에 두고 숨을 몰아쉬고 있는데 택기가 지현을 불렀다.

"저, 지현 씨."

"왜요?"

"저기 산책 갈래요?"

"산책요? 어, 어디루요?"

"저기 마을 끝에 물레방앗간 있는데."

"어머머머머, 물레방앗간이래."

지현이 깜짝 놀라며 얼굴을 붉혔다.

"무, 물레방앗간요?"

"아, 아무 짓도 안 할 거예요."

"누가, 누가 아무 짓 하게 놔둔데요?"

"그러니까요. 그냥 산책하고 싶어서요, 둘이서."

"둘이서 하필이면 무슨 물레방앗간으로…… 정말 아무 짓도 안 하는 거죠?"

"안 해요, 절대."

설마, 물레방앗간인데 거기서 어떻게 아무 짓도 안 할 수 있단 말인가. 사지 멀쩡하고 혈기 펄펄 끓어오르는 대한의 남자가!

지현이 순진한 척 방문을 열고 밖으로 나오자 택기가 쑥스러운 듯 웃었다.

"가요."

"예."

지현은 택기와 함께 집을 나와 물레방앗간으로 향했다.

"예전엔 물레방앗간에서 쌀도 찧고 했다던데. 한 번도 구경을 못해봐서 어떻게 생겼나 궁금해서 가는 거예요."

지현이 다른 뜻은 없다는 듯 말했다.

"안 쓴 지 이십 년도 넘었어요. 떡 방앗간이 생기면서부터 안 써요. 그래서 사람들이 잘 안 가요."

"잘 안 가요?"

"거의…… 불도 없고, 그래서 잘 안 보이니까."

택기가 긴장된 목소리로 말했다.

'어머, 불도 없고 안 보이는데 왜 가자는 거야.'

지현은 가슴이 두근거리는 것을 느꼈다.

'음흉하기는.'

장택기, 상당히 음흉한 구석이 있다 싶으면서도 싫지 않은 건 또 무엇이람.

몰레방앗간이라는 곳에 다다르니 택기의 말대로 근처에 불도, 아무것도 없어 가까스로 형체만 알아볼 수 있을 정도로 어두웠다.

"너무 어두워서 아무것도 안 보이네요. 낮에 다시 와야겠어요."

지현이 내숭스럽게 말하는데 택기가 지현의 손을 잡았다.

"지현 씨."

택기가 지현의 이름을 속삭여 부르더니 지현의 어깨를 움켜잡았다.

"어머, 왜 이러세요."

불빛도 없는 곳이었지만 지현은 택기의 눈에서 활활 타오르고 있는 눈동자는 똑똑히 볼 수 있었다.

"지현 씨, 사랑합니다."

"알고 있어요."

"자, 잠깐, 잠깐만 안에 들어가면 안 될까요?"

택기가 긴장한 나머지 심하게 더듬으며 말했다.

"어딜요?"

뻔히 알면서 모른 척하기도 힘들다.

"물레, 방앗간 안에 잠깐만 들어갔다 나오면…… 좋을 듯…… 한데."

말하던 택기가 침을 꿀꺽 삼키자고 지현도 따라 침을 삼켰다.

"뭐가 좋은데요?"

"지현 씨."

택기가 지현을 끌어당겨 안았다. 지현은 택기의 심장이 당장 갈비뼈를 가르고 튀어나올 듯이 거세게 뜀박질하고 있는 것을 느끼자 입 안이 바짝바짝 말랐다.

"어머나, 왜 이러실까……."

지현이 양껏 내숭을 떠는데 택기의 입술이 내려오기 시작했다.

"누가 보면 어쩌시려고……."

"아무도 없어요."

택기가 속삭였고 막 택기의 입술이 내려앉을 찰나였다.

"캄캄한데 남사시럽기로 여는 와 오자 카는교."

이건 누구의 목소리?

사람 목소리에 깜짝 놀란 택기와 지현이 불에 덴 듯 서로에게 떨어지며 허둥지둥 근처에 있는 풀숲으로 숨어들었다.

"아이고, 참말로 늙어 꼬부라지가 이게 무슨 짓인교."

어디서 많이 듣던 목소리.

"늙어 꼬부라짓다고 남자 아이고 여자 아이가. 얼른 온나."

할아버지다!

곧 할아버지와 거의 끌려오다시피 하는 할머니가 모습을 드러
냈다.

"구신 나오겠구만."

"구신은 무신."

"여서 곰쥐 봤다 안 하던교."

"곰쥐는 쓸데없이. 퍼뜩 디가자."

할아버지가 할머니를 끌어당기자 할머니가 못 이긴 척 할아버
지를 따라 물레방앗간으로 들어갔다. 맙소사, 우리 할아버지, 할
머니 정말 별짓을 다 하신다!

지현과 택기는 어이없는 얼굴로 할아버지와 할머니에게 빼앗겨
버린 아지트 물레방앗간을 쳐다보다가 입을 막고 웃기 시작했다.

"가요."

택기가 끌어당겼고 지현은 입을 틀어막고 웃으며 물레방앗간을
벗어났다.

"에잇, 열받아."

집으로 돌아오는 길에 택기가 성이 나서 계속 투덜거렸다.

"잘 자요."

택기가 말했고 지현도 '잘 자요' 하고 방으로 들어와 자리에 누
웠는데 잠이 오지 않았다. 무슨 수로 잠이 오겠는가. 눈앞에서는
캄캄한 물레방앗간 앞에서 이글거리는 눈빛으로 바라보던 택기의

눈동자가 어른거리지, 어깨엔 거세게 움켜잡던 택기의 손길이 아직도 느껴지지.

"아……."

타 들어가는 한숨만 푹푹 내쉬는데 방문 소리가 들리는가 싶더니 곧이어 물 끼얹는 소리가 났다. 지현이 조심스레 일어나 손가락 한마디쯤 방문을 열고 보니,

"어허."

하는 괴성을 내며 웃통을 벗어 젖힌 택기가 머리에 찬물을 뒤집어쓰고 있었다.

한 바가지, 두 바가지.

"어허."

찬물을 뒤집어쓸 때마다 요상한 괴성을 내뱉는 택기.

"어머머."

지현은 꽤 그럴듯하게 잡힌 택기의 가슴 근육을 훔쳐보며 가슴을 토닥였다.

"열이 올랐어. 식히는 게야."

택기가 씩씩 숨을 몰아쉬더니 물을 뚝뚝 떨어뜨리며 방으로 들어갔다.

문을 닫고 야릇한 한숨을 내쉬던 지현의 눈에 꽤 그럴듯하게 잡혀 있던 택기의 가슴 근육이 어른거렸다.

"고픈 게야. 몹시……."

지현은 이불을 뒤집어 써버렸다.

그런데 과연 그 물레방앗간에서 무슨 일이 있었을까? 하여튼

할아버지는 자정이 다 된 시각에야 물레방앗간에서 돌아오셨다.

다음날.

"지현 씨?"

방문 밖에서 택기의 숨죽인 목소리가 들렸다. 지현이 방문을 열자 택기가 조용히 나오라고 손짓했다.

"왜요?"

"쉿, 얼른 나와요."

지현은 괜히 몸을 움츠리며 방에서 나오자 택기가 손을 잡더니 대문 밖으로 나갔다.

"어디 가요?"

"바람 쐬러 가자고요."

"할아버지 때문에 작게 말한 거예요?"

"예."

"오늘밤엔 할아버지 웬일로 할머니한테 안 가시네요."

"싸우셨나 봐요."

"또요?

대체 노인 분들이 싸울 일이 뭐가 있다고 하루가 멀다 하고 싸우시는지. 혼인 날도 잡아놨겠다 싸울 일도 없을 것 같은데 툭하면 싸움이시다. 서로 잘났네 하며 기 싸움하는 젊은이들도 아니고 말이다.

"그런데 어디 가요?"

"저 아래 참외밭 있어요. 원두막도 있고. 가서 얘기나 좀 하자구요."

얘기만?

"이 밤에 무슨 얘기요?"

"그냥 이런저런 얘기와 함께, 어제 물레방앗간에서 못다 한…… 그것도……."

"못다 한 그것이요?"

지현이 얼굴을 붉히자 택기가 지현의 손을 움켜잡고 참외밭으로 이끌었다.

해가 진 지 오래되었고, 집에서 나설 때 아홉 시가 넘은 시간이라 사방이 캄캄해 뭐가 뭔지 모르겠는데 택기가 참외밭이라고 알려주었다. 어둠이 눈에 익어 한참 들여다보자 채 수확하지 않은 참외 알이 보이긴 보였다.

택기는 지현의 손을 잡고 원두막으로 이끌었고 두 사람은 사방이 탁 트인 원두막 위에 올라가 앉았다.

"참외 먹을래요?"

"아뇨, 배불러요. 그런데 누구네 밭이에요?"

"저 아래 송 영감님네 밭이에요."

"요즘도 참외 서리 같은 거 해요? 아버지 그러시는데 옛날엔 수박 서리나 참외 서리 많이 하셨다는데."

"예전엔 그랬는데 요즘은 거의 없어요. 장난 삼아 하면 모를까."

"택기 씨도 해봤어요?"

"어릴 때 친구 놈들하고."

지현이 원두막 아래로 다리를 걸쳐 놓고 넓고 시원한 참외밭을 휘 둘러보는데 택기가 조금 더 다가앉더니 지현의 어깨에 팔을 둘렀다.

'슬슬 작전 시작인가?'

지현이 쑥스러운 듯 어깨를 조금 움츠리는데 택기가 지현의 얼굴을 쓰다듬었다. 에로틱한 손길!

"저기, 지현 씨."

택기가 조금 가라앉은 목소리로 불렀다.

"네?"

"저……."

"왜요?"

지현이 장택기 당신이 지금 무엇을 하려는지 이미 눈치챘으니 하려는 거 빨리 행동으로 옮기라는 듯 고개를 살짝 들자 택기의 입술이 다가오기 시작했다. 오늘따라 택기의 두툼한 입술이 무척이나 야성적으로 느껴진다. 눈에 콩깍지가 쓰이니 별게 다 야성적이다.

"택기 씨……."

"지현 씨, 오늘 정말 예뻐요."

택기가 억눌린 목소리로 속삭인다.

"저, 정말요? 택기 씨도…… 멋있어요."

"멋있어요? 어떻게요?"

"섹시한…… 사자."

택기의 입술이 살랑살랑 불어오는 바람과 함께 입술에 닿으려는 그때, 심장이 오그라들 것 같은 흥분을 느낀 지현이 사자의 갈퀴를 움켜잡듯 택기의 옷깃을 틀어잡는 순간이었다.

"거 누고!"

웬 걸걸한 고함 소리가 원두막을 향해 일직선으로 날아와 꽂혔다. 도둑질하다 들킨 놈처럼 기겁하며 떨어진 지현과 택기. 사방이 뻥 뚫린 원두막이라 숨을 곳이 없자 일단 지현은 엎드렸고 택기는 원두막 아래로 내려갔다.

"저 택깁니다, 영감님."

"누구? 택기?"

"예."

"밤에 거서 뭐 하노?"

"예, 바람 좀 쐬느라고요."

바람 쐰다 했으면 그냥 가주실 것이지 참외밭 주인인 송 영감이 기어이 원두막까지 왔다.

"쟈는 누고?"

숨는다고 숨었는데 엎드려 있는 지현을 봤는지 송 영감이 물었다.

"안녕하세요."

하는 수 없이 몸을 일으킨 지현이 원두막에서 내려서며 인사했다.

"거 업드리가 뭐 하노? 벌거지 잡나?"

"아뇨, 동전을 떨어뜨린 것 같아서 찾느라구요……."

"니는 누고?"

"포도밭 김 영감님 손녀입니다."

"아, 손녀구먼. 근데 느그 둘이서 이 밤에 여서 뭐 하고 있었드노?"

송 영감님이 집요한 시선으로 바라보며 물었다.

"덥기도 하고 바람 쐴 겸 나왔습니다. 참외밭 구경 못해봤다고 해서 구경도 시켜줄 겸⋯⋯."

택기가 궁색하게 변명했다.

"참외밭 구경할라면 낮에 오지 밤에 와?"

그 영감님 참으로 끈질기게 물고늘어진다.

"달도 밝고, 바람도 시원하고, 뭐, 그래서 아가야 나오너라 달맞이 가자 하는 그런 기분으로 나와봤어요."

지현이 어색하게 웃으며 말하는데 송 영감님의 표정이 퉁명스러워졌다.

"그믐날 무신 달놀이를 댕기노."

젠장, 그믐날이란다.

"그라고 달놀이 댕기는데 와 치마를 히딱 디비가 댕기노?"

송 영감님이 지현의 뒤태를 쳐다보며 물었다.

"네?"

지현이 깜짝 놀라며 고개를 돌리자 원두막 사다리에 걸려 쑥 기어올라 가 나풀거리는 치마가 보였다.

"어머!"

지현이 치마를 끌어당겨 여미며 서둘러 입을 열었다.

"그게, 사다리에 치마가 걸려서⋯⋯."

"퍼뜩 디가 자기라. 다 큰 것들이 오밤중에 이라고 댕기마 어른들이 뭐라 카겠노."

"아뇨, 할아버지 치마가 사다리에 걸려서⋯⋯."

"퍼뜩 디가그라."

진짜 아무 짓도 못했는데 괜한 오해를 받자 지현은 너무 억울했다. 송 영감님은 지현과 택기를 다시 한 번 샅샅이 훑어본 후 헛기침을 하며 먼저 참외밭을 나갔다.

"아이, 정말. 아우, 쪽팔려."

지현이 못살겠다는 듯 소리치며 먼저 달려나갔다.

"어허, 미치겠다, 정말."

택기 역시 번번이 방해받아 민망하고 안타까운 기분이 되어 오늘밤에도 찬물을 몇 바가지 뒤집어쓰게 생겼다고 생각하며 도망치듯 참외밭을 나왔다.

"연희야, 나 할 얘기 있어."

[서울 올라왔니?]

"아니, 김천이야."

[무슨 고민인데?]

지현은 아직까지 아리송한 자신의 감정을 추슬러 보는 방법으로 연희와의 상담을 택했다. 연희가 아직 연애 경험은 0%였지만 이론으로는 연희를 따라갈 사람이 없었다.

"있잖아, 남자가……."

[너 연애하니?]

"연애라기보다는, 그러니까 들어봐."

[남자가 그래서?]

지현은 택기와 있었던 일에 대해 소상하게 설명했다. 얘기를 하다 보니 다소 과장된 부분도 있긴 했지만―분명히 수제비를 집에서 먹었는데도 포도밭까지 수제비를 해왔더라 정도의 과장―지현은 택기가 얼마나 정성을 들이는지에 대해 최대한 제대로 전달하려고 애썼다.

　[진국인 것 같다, 네 말이 다 사실이라면.]

　"당연 사실이야."

　[정말 진국이네. 그러니까 그 사람이 거기 김천 사람이라는 거지?]

　"응."

　[몇 살이라고?]

　"서른하나."

　[다섯 살 차이면…….]

　"너무 나니?"

　[그렇지도 않지 뭐. 잘생겼어?]

　"음…… 응."

　처음엔 장택기라는 남자에게서 전혀 매력을 찾을 수가 없었는데 보면 볼수록 인물이 나는 것 같고 잘생긴 것 같았다.

　[잤니?]

　"아니!"

　지현이 펄쩍 뛰었다.

　[뭘 그렇게 펄쩍 뛰니? 요즘은 그날 만나 그날 자는 치들도 얼마나 많은데.]

　"안 잤어."

　[키스는?]

　"……."

　[대답이 없는 걸 보니 했군.]

"건 했지. 그런데 그 남자 여자랑 키스한 거 내가 처음이었대."

[걸 정말로 믿니? 바보 아니야?]

"내 말 들어봐, 야."

지현은 택기와 처음 키스했던 날, 그날의 상황을 또다시 소상하게 설명했다.

[세상에!]

"좀 찔리더라니까."

[너무했다. 그 나이가 되도록 키스도 못해봤다니.]

"나도 처음엔 안 믿겼는데 얼굴이 고무장갑만큼이나 새빨개졌더라니까."

[쇼하는 것 같진 않다, 얘.]

"쇼는 아니야."

[그런데 뭐가 고민이라는 거야?]

"그런 남자 어떠냐고."

[음…… 괜찮은 것 같아.]

"얼마나 괜찮은 것 같아?"

[우리 엄마가 그러는데 얼굴 생김새 뜯어먹고 사는 건 한 일이 년이고 일단 다정하고 곰살맞고 말 통하는 남자가 평생 간다고 하더라고. 말 통하고 아내하고 얘기하는 것 좋아하는 남자하고 사는 게 최고래. 물론 어느 정도의 정력도 중요하고. 아직 안 자봤다니 정력은 확인 못했겠다.]

"확인 못했어."

[그런데 문제는 연애할 땐 누구나 다 잘해준단 말이지. 결혼만

하면 180도 돌변해서 뚱침 맞은 기분 들게 하고.]

"현재는 무지하게 잘해줘."

[연애만 할 거야, 아님 결혼까지 생각하는 거야?]

"글쎄…… 아직 몰라."

[있지, 그거 한번 해볼래?]

"뭐?"

[울 언니가 가르쳐 준 건데 결혼해서 이 남자가 바람을 피울까 안 피울까 알아보는 방법.]

"뭔데?"

[내가 보기엔 신빙성이 전혀 없는데 울 언니는 철석같이 믿더라고.]

"어떤 방법인데?"

[바늘 있지, 실에 꿰어서 한 뼘쯤 실을 띄어서 잡아. 그럼 바늘이 실에 대롱대롱 매달리잖아.]

"어."

[그걸 그 남자 손목에 위에 올려놓은 다음에 눈을 감고 속으로 주문을 외는 거야. 바람피운다 안 피운다 이렇게.]

"그래서?"

[바늘이 동그라미를 그리면 바람을 안 피우는 거고, 일자로 흔들리면 십중팔구 바람을 피운대.]

"무슨 분신사바도 아니고."

[그 비슷한 건데 이건 귀신 부르는 건 아니고 하여튼 이걸로 알 수가 있대. 우리 언니랑 언니 친구들은 죄 해봤는데 100%더래.]

"정말?"

[한번 해봐.]

"알았어."

[해보고 연락 줘.]

"해보고 만약에 바람 안 피우는 걸로 나오면?"

[일단은 괜찮은 남자인 거지.]

"고작 바늘 놀이로 사람을 판단하는 건 진짜 한심하지만 재미 삼아 한번 해봐야겠다."

지현은 얼른 전화를 끊고 택기의 방으로 달려갔다.

"자요?"

"아뇨."

"들어가도 돼요?"

"들어와요."

택기가 문을 열어주었다.

"왜 안 잤어요? 텔레비전 보고 싶어요?"

"아뇨, 바늘이랑 실 있어요?"

"있어요. 꿰맬 것 있어요? 내가 해줄게요."

"아니에요. 일단 줘봐요."

지현은 택기가 준 바늘에 실을 꿰고 연희가 시킨 대로 실을 한 뼘 정도 늘어뜨린 후 붙잡았다.

"손목 좀 줘봐요."

"손목은 왜요?"

"줘봐요."

택기가 손을 내밀었다.

"눈 감아요."

"눈요?"

"빨리 감아요."

택기는 지현이 시키는 대로 눈을 감았고 지현은 택기의 손목 위에 바늘을 올려놓은 후 눈을 감고 주문을 외기 시작했다.

'장택기 바람피우냐 안 피우냐, 장택기 바람피우냐 안 피우냐……'

한 열 번쯤 주문을 외우고 쓸데없이 긴장하며 눈을 뜨는데 바늘이 택기의 손목 위에서 동그라미를 그리고 있었다.

"어머."

"뭐 하는 거예요?"

"암것도 아니에요. 잘 자요."

지현은 일어나려고 하자 택기가 재빨리 지현을 붙잡았다.

"그, 그냥 가요?"

"그럼요?"

"잠깐만 이리 와봐요."

택기가 지현을 끌어당기는데 지현이 택기의 손등을 딱 소리나게 쳤다.

"나 지금 좀 바빠요. 미안."

지현은 아쉬움으로 얼굴이 일그러지는 택기를 두고 재빨리 방으로 나와 연희에게 전화를 걸었다.

"얘, 동그라미 나왔어!"

[어쩌냐?]

"뭘 어째? 좋은 거 아니야?"

[그게 아니라…… 미안, 내가 뭔가 이상해서 언니한테 전화해 봤더니 바늘 그거 바람피우고 안 피우고가 아니라 아들이냐 딸이 냐래.]

"뭐?"

[동그라미면 아들이고 일자면 딸.]

지현이 어이가 없어 웃고 말았다.

[하여튼 동그라미니까 둘이 결혼하면 아들 낳겠네.]

"결혼할지 안 할지도 모르는데 벌써 아들은 무슨……."

[결혼하고 안 하고를 떠나서 일단은 괜찮은 남잔 것 같다. 네가 시골 총각하고 연애할 줄은 생각을 못해서 의외긴 하지만. 시골 사람이면 어떠니? 사람만 좋으면 되지. 들어보니 그 남자 정말 진 국이네.]

"근데 걸리는 게 하나 있긴 해."

[서울 안 온대지? 죽어도 시골서 살자 그러지?]

"그거 말고."

[뭔데?]

"이름이 좀 촌스러워."

[이름 촌스러운 게 무슨 상관이냐? 뭔데?]

"장택기."

[아하하하하하.]

연희가 웃음을 터뜨렸다.

[좀 촌스럽긴 하다. 그래도 비호감은 아니네. 임꺽정보다는 낫다. 사람 이름 갖고 떠들지 말자. 그래도 장택기는 좀 웃긴다.]

지현은 연희와 키득거리고 웃었다.

[결혼까지 생각하고 있는 거야?]

"글쎄, 아직. 갈수록 괜찮은 사람이라는 생각은 드는데 결혼까지 길게 볼 사람인지 아닌지 아직 갈팡질팡해."

[그 사람하고 같이 있음 가슴이 막 떨리고 그래?]

"가슴? 그러니까…… 어, 미치게 떨려."

사실이었다. 택기와 손만 잡아도 미치도록 가슴이 떨렸다.

[미치게 떨려?]

"응."

[키스할 때?]

"키스할 때도 그렇고 어떨 땐 눈만 마주쳐도 그렇고."

[완전히 빠졌네.]

"그런 거야?"

[완전히 안 빠졌음 눈만 마주쳐도 떨리겠니?]

"좀 통하는 것 같긴 하지?"

[엄청 통한다, 야. 그럼 그 사람하고 헤어졌을 때를 생각해 봐. 그 사람을 안 보고 산다 쳤을 때 견딜 수 있을 것 같든지 아니면 못 견딜 것 같든지. 둘 중의 하나는 답이 나오겠지.]

"안 보고도 살 것 같으면?"

[그럼 사랑하는 건 아니니까 결혼은 안 되고.]

"안 보곤 못살 것 같으면?"

[뭘 묻니? 안 보면 못살 것 같음 엄청 사랑하는 거니까 결혼해도 되는 거지. 갑자기 왜 맹한 척이야?]

"오랜만에 연애하니까 얼떠서 그래."

[좋겠다, 연애하고.]

"넌 아직 아무도 없어?"

[그래, 없다. 염장 지르지 말고 그만 끊어. 휴대폰 열받아서 뜨거워 죽겠어.]

"알았어. 또 연락할게."

[아참참, 그 남자 혹시 네가 물려받을 포도밭 탐나서 그런 것 같진 않아?]

"건 아니야. 확실해."

[무슨 근거로?]

"할아버지가 먼저 택기 씨한테 가라 그랬대. 그런데 포도밭 물려받음 욕심나서 일도 안 하고 신종 개발도 안 하고 게을러질 것 같아 싫다 했대."

[무슨 신선이냐?]

"그런 면이 있지."

[정말 그런 사람이라면…….]

"그런 사람이라면?"

[정말 괜찮은 남자잖아. 어디 그런 남자 또 없니?]

연희가 샘나는 듯이 말하자 지현이 은근히 기분이 좋아졌다.

지현은 전화를 끊고 연희가 말한 대로 택기를 보지 않고 살 때를 가정해 봤다.

"살 수 있을까, 못살 것 같을까?"

오래 생각할 것도 없었다. 택기와 좋아 지내기 전 택기가 단 하루 대구 연구실에 가느라 집을 비웠을 때 너무나 허전하고 공허해서 이상했었다. 좋아지기도 전에도 그랬는데 지금은 얼마나 더할까. 아주 숨넘어가게 그리워 못살 정도는 아니겠지만 가슴에 구멍이 뚫려 휑한 맞바람이 쳐댈 것은 분명했다.

"택기 씨랑 결혼하면……."

지현은 택기와의 결혼 생활에 대해 살짝 그려보기 시작했다.

"저기요, 택기 씨."

"예."

"저…… 할아버지 혼인 때문에 부모님이 내려오실 거거든요."

택기가 긴장한 얼굴로 지현을 쳐다봤다.

"오시면, 말씀드릴까 해요."

"무슨 말요?"

"택기 씨에 대해서요."

아까보다 택기의 얼굴이 더 긴장됐다.

"음…… 만약에, 만약에요."

"예."

택기가 침을 꿀꺽 삼켰다.

"일도 잘 못하고, 집안일도 그냥 그렇고, 음식 솜씨도 별로 없고…… 그런 여자가 있는데, 그런 여자가 좋아하는 남자가 있다면……."

지현이 쑥스러운 듯 얼굴을 붉혔다.

"그 여자가 그런데 자존심은 좀 있거든요?"

"예."

"그래서 남자가 청혼을 해주어야 결정을 내릴 것 같은데……."

"예."

"혹시 청혼할 생각이 있는지……."

지현이 조심스럽게 물었다.

"그 여자 분이……."

택기가 말했고 지현은 택기가 그 여자 분이 하고 말할 때 뜬금없이 긴장됐다.

"청혼하면 받아들인대요?"

택기의 물음에 지현이 쑥스러워하며 고개를 끄덕였다. 택기가 몹시 쑥스러운 얼굴로 지현을 바라보며 미소 지었다.

다음날이었다.

아침 일찍 어디를 갔을까 궁금해하는데 택기가 집으로 들어왔다.

"어디 갔다 와요?"

"같이 포도밭에 가요."

"일없잖아요."

"일있어요."

지현은 택기를 따라나섰고 트럭을 타고 포도밭으로 향했다.

"어디 갔다 온 거예요?"

"볼일이 있어서요."

"시내 갔다 온 거예요?"

"예."

"무슨 일인데요?"

"비밀이에요."

"정말 비밀이에요?"

지현이 토라진 듯이 물었는데도 택기는 끝내 말하지 않았다.

포도밭에 도착하자 택기가 지현의 손을 잡더니 포도밭 안쪽으로 이끌었다.

"장갑 없어도 돼요?"

"예."

"오늘 무슨 일 해요? 없는 줄 알았는데."

"중요한 일이에요."

택기는 포도밭 깊숙이 지현을 데리고 가자 그곳에는 경운기가 세워져 있었다. 택기가 늘 끌고 다니던 경운기.

"이리 와요."

택기가 경운기 앞에 지현을 세웠다.

"정말 멋지게 하고 싶은데…… 아직 능력이 이것밖에 안 되어서요."

"멋지게 뭐요?"

"텔레비전에서 보던 거 흉내 내보려고 애는 썼는데 마음에 안 들지도 몰라요."

"지금 혹시 나한테 청혼하려는 거예요?"

지현이 조심스레 묻자 택기가 고개를 끄덕였다. 택기는 부끄럽다는 얼굴로 지현을 바라보다가 경운기 짐칸으로 갔다. 짐칸엔 없던 비밀 포장이 덮어 씌워져 있었다. 택기는 망설이다가 포장지 한쪽을 잡더니 휙 젖혔고 그 순간 수십 개의 풍선이 하늘로 날아올랐다.

지현은 입을 쩍 벌린 채 하늘로 날아올라 가는 풍선을 바라봤다. 포도 나무 사이로 떠올라 하늘 높이 날아오르는 풍선, 비록 낡은 경운기 짐칸에서 튀어나온 풍선이지만 그 어느 때보다 아름답고 황홀하고 감동적이었다.

지현이 감동이 물결치는 눈으로 풍선을 바라보고 있는데 택기가 지현에게 다가와 손을 잡았다.

"지현 씨하고 같이 살고 싶어 죽겠어요."

택기가 작은 목소리로 말했다.

"좀 멋진 말 없어요?"

"정말 좋아해요. 사랑해요."

사랑한다는 말을 할 때 택기의 얼굴은 붉다 못해 검어졌다.

"같이 살아줘요."

"결혼해 달라 해요!"

"결혼해 줘요, 지현 씨."

"……같이 살아줄게요."

지현의 말에 택기가 웃음을 터뜨리더니 지현을 끌어안았다.

"사랑합니다."

"사랑해요."

두 사람의 입술이 부딪쳤다.

할아버지와 할머니의 결혼식이 홀기(혼례식 진행 순서)에 따라 진행되는 동안에 지현은 계속해서 택기를 훔쳐보고 있었다. 택기 역시 마찬가지였다. 틈만 나면 서로를 쳐다봤고 은밀한 미소를 주고받고 있었다.

서지석말(壻至席末) 신랑인 할아버지가 신랑의 자리인 동편 자리에 들어서자 다음으로, 무도부출(姆導婦出) 신랑의 시자(侍者: 귀인을 가까이 모시며 시중드는 사람)가 신부를 부축해서 나오는데 백포를 깔고 그 위를 밟고 나오셨다. 신랑신부가 모두 나오자 서동부서(壻東婦西) 신랑은 동편에 신부는 서편에서 초례상을 중앙에 두고 마주 섰다. 험상궂던 할아버지의 표정이 그 어느 때보다 행복해 보였다.

이젠 너무나 늙어버려 멋도, 근사함도 기대할 수 없을 것이라 생각했는데 오, 천만에, 활옷을 곱게 차려입으시고 족두리 쓰고 연지곤지를 찍은 할머니의 모습, 믿을 수 없을 정도로 아름답고 사랑스러워 보였다. 할아버지도 마찬가지였다. 어디서 다 구해오셨는지는 모르겠지만 사모를 쓰고 단령을 멋지게 차려입고 각대를 차고 목화를 신은 모습이 매우 멋져 보였다. 할아버지와 할머니가 서로를 바라보는 시선은 젊은이들 못지않게, 아니, 비교할수 없을 정도로 너무나 진실해 보였다.

신부가 신랑에게 두 번 절을 하고 신랑이 답례로 한 번 절을 하는 순서를 두 번 반복하는 교배례 다음으로 서읍부각궤좌(壻揖婦各机坐) 신랑인 할아버지가 신부인 할머니에게 읍하고 두 분이 자리에 각각 꿇어앉자 시자진찬(侍者進饌) 시자가 신랑신부에게 술잔을 각각 쥐어주었다. 그 다음으로 시자각침주(侍者各沈酒) 시자가 신랑신부의 술잔에 술을 채워주었다. 할머니는 말할 것도 없고 그 심통맞으신 할아버지마저도 잔을 들고 계신 손이 가늘게 떨리고 있었다.

두 분의 혼례식을 보면서 흥분한 사람은 지현이었다. 여자들은 결혼식에 다녀오면 나도 결혼하고 싶다는 생각을 하게 된다는데, 그 때문인지 몰라도 지현의 가슴이 그 어느 때보다 격하게 술렁거리고 있었다.

일반적인 결혼식, 그러니까 신랑은 양복을 입고 신부는 화려하거나 혹은 단아한 서양식 웨딩드레스를 입고 간략한 순서에 따라 다음 타자에게 결혼식장을 내주기 위해 헐레벌떡 해치우는 결혼식에는 몇 번 가봤었다. 그때도 결혼이라는 것은 참 근사한 거야라고 생각했었는데 할아버지와 할머니의 전통혼례식을 지켜보자 서양식 결혼에서는 전혀 느끼지 못했던 전혀 다른 설렘에 흥분하고 있었다. 아마도 택기라는 사람이 곁에 있기 때문일 것이다. 누구보다도 깊고 은밀하게 교감하고 있는 사람이 지현의 곁에 있기 때문일 것이다.

새벽에 서울을 출발하신 부모님도 혼인식에 참석하고 계셨다. 지현은 자신과 마찬가지로 잔뜩 들뜬 시선으로 할아버지의 혼례를 지켜보는 엄마를 바라봤다. 혼례식을 보면서 아버지와 결혼했던 그때를 떠올리고 있을지도 모를 일이었다.

지현은 혼인식이 끝나고 부모님과 함께 있게 되면 택기가 청혼했고 그 청혼을 받아들였다는 것을 부모님께 말씀드릴 생각이었다. 그때였다.

"인자 택기하고 홍이만 혼인하면 되겠네."

하는 소리가 들려왔다. 지현은 가슴이 쿵 떨어지는 기분에 사로잡히며 고개를 돌렸고 택기 옆에 홍이가 서 있는 것이 보였다. 홍이, 택기를 사랑하는 여자. 하지만 택기는 동생으로만 생각하는 여자.

혼인식이 시작될 땐 없었는데 뒤늦게 달려온 모양이었다. 오자마자 택기를 잡아챈 것이고. 지현은 갑자기 화가 나는 것을 느꼈다.

저 남자는 내 남잔데 네가 왜? 하는 기분에 사로잡혔다.

택기는 홍이를 여자로 보지 않는다지만 홍이나 다른 마을 어르신들은 두 사람을 공식 커플로 인정하자 지현은 화도 나고 의기소침해져 버렸다.

활짝 웃고 있던 얼굴이 점점 더 일그러졌고 어느 순간 지현은 더 웃지 않았다. 택기 역시 웃지 않고 있었다. 지현은 두 사람이 붙어 서 있는 것이 보기 싫어 슬그머니 빠져나와 버렸다.

"어디 가요?"

택기가 쫓아왔다.

"그냥 저기 가서 앉으려구요."

"가지 말아요."

"홍이 씨 왔네요."

"그래서 기분 안 좋아요?"

"아니, 뭐…… 네, 안 좋아요."

"홍이 생각 안 해요, 나."

"그래도 홍이 씬 택기 씨 좋아하고 또 마을 어르신들은 두 사람이 결혼하는 걸로 알던데……."

"내가 지현 씨 좋아하는 거 알잖아요."

"……"

"가요. 같이 축하해요."

"나 신경 쓰지 말아요."

"신경 쓰여요, 많이."

택기가 손을 내밀었고 지현이 픽 웃으며 잡으려고 하는데 홍이가 오빠 하며 달려왔다. 저놈의 오빠 소리 좀 안 듣고 살았으면 소원이 없겠다.

"오빠, 뭐 해? 식사하러 가요. 나 배고파."

홍이가 택기를 끌어당겼다, 지현과 같이 있는 꼴을 못 봐주겠다는 듯이.

"지현 씨도 가요."

택기가 지현을 챙기려는데 지현의 부모님이 지현을 불렀다.

"지현아!"

"어, 엄마."

지현이 택기에게 일그러진 미소를 지어 보이며 부모님이 계신 곳으로 갔다. 가면서 뒤돌아보자 홍이가 택기의 팔짱을 끼고 가는 것이 보였다.

"기분 더럽다, 진짜."

지현이 불쾌한 얼굴로 노려보며 중얼거렸다.

결혼식이 끝나고 나이 드신 분들은 노인정에서 뒤풀이를 하고 또 다른 사람들은 다른 장소에서 뒤풀이를 하는 동안에 지현은 부모님과 할아버지 집으로 돌아왔다. 택기는 홍이한테 끌려가 버렸기 때문에 같이 집에 가자는 소리도 할 수 없었다.

"할머니 집에서 같이 살기로 하셨다는데 그럼 이 집은 어떻게 되는 거니?"

엄마가 집을 둘러보며 물었다.

"택기 씨가 가지겠지."

"택기? 그 일꾼?"

"그냥 일꾼 아니야, 엄마. 대학도 나오고 대학 연구실에서 연구원들하고 같이 연구도 하고 그래."

"무슨 연구?"

"신종 포도도 만들고 천연 비료도 만들고. 할아버지가 포도 나무 중에 일정 부분은 대학에 기증하셨대."

"그래? 얼마나?"

"신약 시험할 수 있을 정도."

"많이?"

"꽤 되나봐."

"그럼 네가 다 갖는 거 아니야?"

"그렇게 말하지 마, 엄마. 정말 속물처럼 보여."

지현이 비위가 상한 듯 말하자 엄마가 좀 머쓱한지 알았어 하고 말했다.

"할아버지 좋은 일 하시는구나?"

아버지가 말했고 지현이 맞아요 하고 대답했다.

"그래서 말씀없으셔?"

"뭐?"

"땅 언제 준다는 말씀."

"어? 어, 그거? 글쎄, 아직······."

"할머니 자손들한테 다 돌린 거 아니야?"

"그런 거 아니야. 나 주신다 하셨으니까 주시겠지. 그리고 이 년
은 농사지어 보라 하셨잖아. 그리고 저 엄마······."

지현이 택기 얘기를 꺼내려는데 엄마가 지현의 말을 중간에서
잘랐다.

"그 일꾼 방은 어디니?"

"일꾼이라 하지 마. 택기 씨야."

지현은 엄마가 택기더러 일꾼이라 하자 너무 듣기 싫었다.

"할아버지 방 맞은편."

"네 방하고 떨어져 있지?"

"응."

"다행이다."

"뭐가?"

"총각이라며."

"그런데 왜?"

"농촌 총각들 장가 못 가 난리라는데 너한테 흑심 품을까 싶어
그렇지."

"엄마 농촌 총각 무시하지 마. 농촌 총각들도 요즘 인터넷 다 하
고 모르는 거 없어. 도시 사람들보다 훨씬 똑똑해. 농사도 과학적
으로 짓는다고."

지현이 정색을 하고 말하자 엄마와 아버지가 애 왜 이렇게 거품

물어? 하는 얼굴로 쳐다봤다.

"너 그 택기라는 총각하고 뭔 일 있어?"

"무슨 일?"

"왜 그렇게 편들어?"

"편드는 게 아니라 엄마가 모르면서 함부로 얘기하니까…… 사실, 그게 엄마……."

"도시 사람보다 똑똑하든 말든 평생 농사지어야 하니까 여자들이 시집을 안 오잖니."

엄마가 또 지현의 입을 막았다.

"농촌도 그렇게 나쁘지 않아. 편의 시설 다 해놨어."

"어머, 애 좀 봐. 수상하네. 여보, 애 좀 봐요."

"아까 보니 택기라는 청년 괜찮더라고."

"괜찮든 어쩌든, 당신 지현이 농촌으로 시집보낼 거예요? 어림없어!"

보아하니 엄마는 지현을 농촌 총각에게 시집보낼 생각이 전혀 1%도 없는 듯했다. 지현이 택기와 결혼하겠다 하면 거품이라도 물 것 같았다.

"뭐, 그건 아니지만……."

"너 정말 택기 총각하고 무슨 일 있는 거 아니야?"

엄마가 따지고 들었다.

"무슨 일은…… 있지, 엄마……."

"같이 농사짓고 일 배웠다잖아. 정이 들어 그렇겠지."

이번엔 아버지가 잘랐다.

"그런 정이면 몰라도 다른 정은 들지 마. 평생 농사지을 거야? 아예 꿈도 못 꾸게 처신 잘해, 이것아."

엄마가 이런 반응일 줄은 정말 몰랐다. 농촌 총각에게 이런 생각을 갖고 있는 엄마에게 택기와의 일을 깨낼 수가 없었다. 처신을 잘하라는 엄마한테 나 택기 씨와 결혼할 거야 하는 말이 쉽게 나오지 않았다. 지현은 일단은 넘어가고 저녁 먹으면서 천천히 얘기하는 것이 좋겠다고 생각했다.

"언제 가, 엄마?"

"오늘 저녁에 가야지."

"자고 가."

"네 동생 밥 줘야지."

"다 컸는데 뭐."

"남자는 늙어도 애야. 혼자 밥 하나를 못 차려 먹는다니까."

"저녁 먹고 가, 그럼."

"어디 포도밭이나 구경 좀 하자."

"엄청 먼데. 걸을 수 있어?"

"얼마든지 걸어. 가보자고."

이제나저제나 포도밭 물려받았다는 소릴 고대하는 부모님과 함께 포도밭으로 간 지현은 또 한바탕 엄마의 호들갑을 들어야 했다.

"세상에, 이게 몇 평이에요? 끝이 없네, 끝이 없어. 가는 길에 부동산에 들러 시세를 좀 알아봐야 하는 거 아니에요?"

엄마는 마냥 행복한 얼굴로 포도밭을 휘젓고 다녔다.

"팔자가 펴려나 봐요, 여보!"

"엄청나네."

저러시는 두 분한테 할아버지가 땅 지금 물려주신다 했다는 소리 하면 난리가 날 것 같았다.

답답해진 기분으로 부모님과 집으로 돌아왔는데 집에 홍이가 기다리고 있었다. 찢어지기 일보 직전인 얼굴을 하고.

"홍이 씨."

"나하고 얘기 좀 해요."

홍이가 날이 바짝 선 목소리로 말했다.

"무슨, 얘기요?"

"어떻게 그런 짓을 할 수 있어요!"

홍이가 소리쳤다.

"무슨, 무슨 짓이요? 그게 무슨 소리예요?"

"내가 진작부터 지현 씨 말도 안 되는 행동이 이상하다 했어요. 그게 여자가 할 짓이에요?"

"누구니? 이게 무슨 소리야?"

엄마가 놀란 얼굴로 홍이를 쳐다보며 물었다.

"어쩜, 그렇게 순진한 택기 오빠를 그따위로 천박하게 꼬실 수가 있어요? 무슨 짓 한 거예요? 택기 오빠한테 무슨 짓을 했냐구요!"

홍이가 당장에 머리채라도 뜯을 기세로 따지고 들었다.

"택기 씨를 꼬시다니? 천박? 얘, 지현아, 이게 무슨 소리니?"

"엄마, 저리 가봐. 아니, 내가 무슨 택기 씨를 꼬셨다는 거예요?"

"택기 오빠 나하고 결혼할 사람이에요. 마을 사람들도 다 알고 있는 사이라구요. 그런데 우리 사이에 끼어들어 남의 남자를 가로 채요? 대체 무슨 짓을 했는데 오빠가 지현 씨를 좋아한다고 하냐고요!"

홍이가 거의 몸부림에 가깝게 소리쳤다.

"말해 봐요. 무슨 짓 한 거예요? 내가 우리 택기 오빠를 아는데 웬만해서는 지현 씨 같은 여자한테 넘어갈 남자 아니에요. 무슨 짓 한 거예요? 무슨 짓이겠어? 지난번에 다리 걷어붙일 때 보니 뻔하지."

"아니, 이봐요, 홍이 씨."

"다리통 걷어붙인 걸로 모자라 뒹굴었어요?"

"뒹굴었다니? 그게 무슨 말이에요?"

"허구한 날 오빠 방에 들어앉아 있던데 뻔하지. 여자가 창피한 줄도 모르고."

"뭐가 어째요?"

"아니, 이게 무슨 소리야? 네가 일꾼 방에 왜 들어가?"

"일꾼이라 하지 말라고요!"

지현과 홍이가 동시에 소리쳤다.

"할 짓 없어 남의 남자를 뺏어요! 할아버지가 포도밭 물려준다니까 눈에 뵈는 게 없어요? 남의 남자든 누구든 다리만 털면 다 넘어올 줄 알았어요!"

"아니, 이 여자가 어따 대고 막말이에요!"

지현이 더 못 참고 소리쳤다. 지현이 소리치자 그럴 줄 몰랐는지 홍이가 주춤하며 물러섰다.

"남의 남자를 뺏다니? 택기 씨가 그러는데 홍이 씨 여자로 생각

안 한다고 했어요!"

"뭐라구요?"

홍이의 얼굴이 하얗게 질렸다.

"그리고 택기 씨한테 내가 무슨 짓을 한 게 아니라 택기 씨가 나한테 먼저 키스했어요! 좋아한다고 고백한 사람은 내가 아니라 장택기라구요! 청혼도 택기 씨가 했구요!"

"뭐, 뭐라구요! 키스, 뭐, 처, 청혼했다구요?"

"알지도 못하면서 어디서 큰소리예요!"

"둘이서 키스를 해요? 그리고 청혼했다구요? 오빠가 지현 씨한테 청혼했다구요?"

"그래요, 청혼!"

홍이가 곧 쓰러질 듯한 얼굴을 하던 그때였다. 택기가 집으로 들어섰고 지현과 홍이가 동시에 택기를 쳐다봤다.

"오빠, 오빠가 저 여자한테 키스했어? 청혼했어? 정말, 정말 오빠가 청혼했어?"

홍이가 금방이라도 울음을 터뜨릴 얼굴로 물었다.

"내가 아까 말했잖아."

"그냥 좋아한다고만 말했잖아!"

"홍아, 나중에 얘기하자."

"저 여자 뭐가 좋다는 거야? 저 여자가 오빠한테 무슨 짓을 한 거야?"

"홍아, 그렇게 말하지 마. 듣기 안 좋아."

"오빠가 저런 여잘 괜히 좋다 할 사람이 아니잖아. 저 여자가 무슨 짓을 한 건지는 모르겠지만 난 다 이해할 수 있어. 오빠, 제발 정신 좀 차려."

"그렇게 함부로 말하지 마, 홍아!"

택기가 화난 어조로 꾸짖자 홍이가 믿을 수 없다는 얼굴로 택기를 노려봤다.

"누가 너한테 청혼을 했다는 거야? 누가? 저 청년이 너한테 청혼을 했다고?"

엄마가 택기를 노려봤다.

"안녕하십니까, 어머님. 전……."

"어머니? 에라잇!"

엄마가 택기에게 달려들었다.

"너 이 자식아, 내 딸한테 무슨 짓을 한 거야!"

엄마가 냅다 택기의 머리채를 휘어잡더니 흔들기 시작했다.

"오빠!"

"엄마!"

"여보!"

지현과 아버지가 엄마에게 달려들고 홍이가 택기에게 달려들어 두 사람을 떼어놓기 위해 안간힘을 썼지만 엄마는 택기의 머리채를 놓아주지 않았다.

"내 딸한테 뭘 해? 이 나쁜 자식이!"

"엄마!"

"그만 해, 여보!"

지현과 아버지가 아무리 말려도 엄마의 공격은 끝날 줄을 몰랐다. 저러다간 택기가 대머리가 될 판이었다.

"엄마! 나 택기 씨 좋아한단 말이야!"

지현이 지붕이 날아갈 정도로 소리를 쳤고 엄마가 동작을 멈추며 지현을 쳐다봤다. 아버지도, 홍이도, 택기도 지현을 쳐다봤다.

"뭐라고?"

"택기 씨 좋아해. 택기 씨한테 그러지 마!"

지현이 택기의 머리채를 잡고 있는 엄마의 손을 떼어냈다.

"택기 씨한테 함부로 그러지 마, 엄마. 나 택기 씨하고 결혼할 거야."

지현이 택기를 막아서며 소리쳤다.

"너, 너……."

엄마가 기막혀 말도 안 나온다는 얼굴로 지현을 쳐다보는데 택기가 지현의 부모님 앞에 무릎을 꿇었다.

"지현 씨를 사랑합니다, 어머님, 아버님."

"뭐, 뭐……."

엄마가 혈압이 치솟은 얼굴로 쳐다보는데 홍이가 울음을 터뜨리며 나가 버렸다.

"어머, 세상에."

엄마가 평상에 주저앉았다.

곧 쓰러질 것 같은 엄마를 진정시킨 후 아버지가 지현을 밖으로 불러냈다. 시골 총각 장택기를 좋아한다는 딸의 고백을 들은 아버지는 일단은 충격을 받았지만 엄마만큼 절망적으로 생각하는 것 같지는 않았다.

"아버지도 시골 사람이야."

"……."

"그래도 아버진 도시에 올라가서 너희들 낳고 살아서 아주 시골 사람이라 할 수는 없지."

"……."

"얼마나 좋아하는 거냐?"

"많이요."

"정말 결혼 약속했어?"

"예."

"니들 만난 지 얼마나 됐다고?"

"……좋아요, 택기 씨가. 택기 씨 좋은 사람이에요."

"택기 청년이 나쁜 사람이라서 엄마가 저러는 거 아니야."

"알아요."

"부모는 다 똑같아서. 될 수 있으면 내 자식은 고생 안 하고 편하게 살았으면 하거든. 더욱이 딸은 더해."

"알아요."

"도시에서도 얼마든지 좋은 남자 찾을 수 있잖아."

"것도 알아요. 아는데 아버지, 택기 씨가 좋아요, 많이. 어디가 어떻게 좋은 게 아니라 그냥 좋아요, 그냥."

지현의 말에 아버지가 지현을 바라봤다.

"그냥 좋아?"

"네, 그냥 좋아요. 그냥…… 같이 있어주는 것만으로도 그냥 좋고 고마워요."

지현의 말에 아버지가 소리없이 한숨을 내쉬더니 피식 웃었다.

"네 엄마가 그랬다."

"뭐요?"

"네 엄마가 아버지한테 그랬다고. 얘기 들은 적 있지? 너희 외할아버지가 아버지하고 결혼하는 거 반대하셨다는 거."

"네."

"네 외가는 부자 소리 듣던 집안인데 아버지는 그때 별 볼일 없었거든."

"……."

"아버지보다 훨씬 조건 좋은 남자가 네 엄마하고 결혼하고 싶다고 했었어. 아마 그 남자하고 결혼했으면 지금보다 훨씬 편하게 살았을 거야. 의사라던가? 그래, 의사였지, 아마. 그런데 네 엄마가 싫다고 아버지하고 결혼했어. 그냥 아버지가 좋다고. 그 의사하고 비교해서 나을 것 하나 없는데도 그냥 아버지가 좋다하더라고."

"……."

"엄마, 나한테 말은 안 하지만 그 의사하고 결혼 안 한 거 후회할 거야. 그래서 네가 택기 청년 좋아한다는 말에 충격받았을지도 몰라. 네 엄마처럼 너도 고생할까 봐."

"땅 있는데요 뭐. 고생할 일 없어요."

"건 받아봐야 아는 거고."

"……받았어요, 아버지."

"어?"

이틀 전 택기가 모든 서류를 준비해 주었고 할아버지의 일만 평 포도밭은 지현의 것이 되었다. 이제 명시된 날짜까지 세금만 내면 그만이었다.

"받았어?"

"네, 할아버지가 주셨어요. 그런데 아버지, 포도밭 팔고 떠나기가 싫어요. 우리 포도 정말 맛있어요. 신종 포도도 개발에 거의 성공했고 그럼 수출도 하고. 땅 팔지 않아도 돈 많이 벌 수 있어요. 그럼 엄마, 아버지 더 큰 집 사주고 차도 사주고 할 수 있어요. 엄마 동창회 갈 때 폼나게 나가게 해줄 수 있어요. 땅 팔기 싫어요, 아버지."

"택기 청년 때문에?"

"아니라고는 말 못해요. 그런데 할아버지가 왜 일 년이든 이 년이든 와서 농사를 지어보라 하셨는지 알겠어요. 몇 달이지만, 고생했던 보람이 있어요. 너무 아까워요. 팔아버리기엔 너무 귀해요."

"여기서 살 수 있어?"

"……한번 해보고 싶어요, 아버지."

"시골에서 살 수 있겠어?"

"석 달이나 살았는데요 뭐. 해보고 싶어요."

아버지가 지현의 손을 잡았다. 그런데 지현을 바라보는 아버지의 눈이 촉촉하게 젖어 있었다.

"아버지, 서운하세요?"

"아니, 아니야."

아버지가 고개를 저었다.

"땅에 눈이 멀어서 가기 싫다는 너 여기 보내놓고 언제나 땅 주시려나 그 생각만 하고 살았는데, 아버지가 틀렸어."

"뭐가요?"

"우리 딸이 이렇게 어른이 됐을 줄은 몰랐어."

"아버지……."

"아직도 한참 어린앤 줄 알았는데…… 결혼할 나이가 됐네. 우리 딸이 벌써 결혼할 때가 됐다고 생각하니까 감격스러워서 그래. 막 태어나 아버지 팔 안에서 고물거리던 게 엊그제 같은데."

"……."

지현의 눈에도 눈물이 고였다.

"아버지가 네 엄마 호강은 못 시켜줬지만 그래도 아버지 인생에 여자는 네 엄마밖에 없는 줄 알고 살았어. 택기 청년도 그럴 것 같아. 그럼 되잖아. 돈은 좀 부족하더라도 그럼 돼."

"안 모자라요, 아버지. 땅 있잖아요."

지현의 말에 아버지가 눈물을 머금은 채 웃었다.

"그래, 내 딸은 복이 많아 돈도 많고 좋은 남자도 만나는구나."

"아버지……."

"그래도 당장 결혼은 안 돼. 최소한 일 년, 아니, 이 년은 만나보고 하는 거야."

"아버지, 결혼도 조건 붙어요? 땅이나 결혼이나 똑같네요."

지현이 하소연하자 아버지가 웃음을 터뜨렸다. 아버지의 웃음소리가 마을에 퍼져 나가고 있었다.

에필로그

어찌 되었는고 하니,

할아버지 혼인식 날 홍이가 찾아오는 바람에 지현이 택기와 결혼하고 싶다는 의사를 밝히기도 전에 그 사실이 들통났고 삽시간에 마을 전체에 소문이 나버렸다. 소문의 첫 발원지는 홍이었고, 바톤을 이어받은 홍이의 어머니가 사방팔방 소문을 낸 것이다. 소문은 결혼식 초야를 막 치르려던 할아버지와 할머니의 신혼방에까지 들어가게 됐다. 할아버지와 할머니는 그 길로 초야도 못 치르고—그분들께 초야라는 단어를 쓰는 것도 좀 뭣하지만—집으로 달려오셨다. 할아버지와 할머니는 무조건 택기와 지현의 편이 되어주셨다.

끝도 없이 치솟아오르고 있는 엄마의 혈압은 전혀 무시하고 침이 마르도록 택기를 칭찬하는 할아버지와 할머니 때문에 당장 서울로 가자며 엄마가 지현을 집에서 끌어내는 사태까지 벌어졌다.

일단은 엄마를 설득할 시간이 필요하다는 아버지의 충고에 따라 지현은 오밤중에 택기를 남겨두고 서울로 올라와야 했다. 그리고 그날부터 엄마와 치열한 공방전을 벌였다.

"절대 안 돼!"

"택기 씨하고 결혼할 거야."

"절대 안 된다고!"

"난 할 거야."

몇 날 며칠 같은 공방은 계속됐다.

추석이 오고 추석이 지나도록 엄마는 결코 택기와의 결혼을 허락하지 않았다. 아버지와 공모해 택기와 결혼해야 할아버지가 땅을 물려주겠다 했다는 거짓말까지 했는데도 말이다.

도저히 엄마를 설득시킬 방법이 없어 이 나이에 가출을 해야 하나, 확 불장난이라도 해서 임신을 핑계로 밀어붙여야 하나 심각하게 고민하는데 그날 밤 식탁에서 혼자 포도주를 마시고 있는 엄마를 보게 됐다. 지현이 김천에서 가지고 올라온 그 포도주였다.

"엄마."

"그래."

"혼자 뭐 해?"

"보면 몰라?"

"나 때문에 속상해 그래?"

"그럼 아니야?"

울적한 엄마의 표정을 보며 지현이 슬그머니 엄마의 곁에 앉았다.

"너도 한 잔 주랴?"

"응."

엄마가 포도주를 따라주었다.

"그냥 주스 같더니 몇 잔 들어가니까 확 오르네."

"맛있지?"

"여자가 마시기 딱이다."

"맞아. 이거 택기 씨가 만든 거야."

"칫."

"엄마……."

"아버지하고 얘기했어."

"무슨 얘기?"

"아버지가 그러시더라. 다른 건 몰라도 평생 너 하나만 여잔 줄 알고 살겠더라고. 택기 청년 말이야."

"응."

"여자가 능력없는 남자 만나 돈 고생하는 것도 힘들지만 남편 바람피우는 거 정말 고통스럽거든. 내 친구 년들, 동창회 때 온갖 멋 다 부리고 오는 년들 늘어지게 자식 자랑은 하면서도 남편 자랑은 죽어도 안 해. 그놈 얼른 죽어버렸으면 좋겠다던 년도 있더라. 왜 그런가 했더니 돈 좀 있다는 남자들 하나같이 세컨드를 두고 있더라고. 그년들은 남편 바람기 때문에 얼마나 맘고생했으면 얼른 죽어버렸으면 좋겠다는 소릴 할까 싶어. 엄마는 사고 싶은 것 열 개 중에 아홉 개를 못 사고 살았지만 그래도 네 아버지, 여자는 엄마밖에 없는 줄 알고 산 의리있는 남자야."

"아버지 멋진 사람이야."

"택기 총각도 아버지 같을 거래."

"그 사람 나 정말 너무 많이 좋아해 주고 위해줘, 엄마."

"연애할 땐 다 그래. 안 그런 놈들이 어디 있어?"

"결혼해서도 그렇게 해줄 것 같아."

"이런 맹추, 그놈이 뭐라 했는지 몰라도 그걸 다 믿어?"

"아버지가 좋게 보셨다면서."

"휴, 아버지 같기만 하다면 우리 딸 남편 바람기 때문에 속 썩을 일은 없겠지."

"돈 걱정도 없어. 땅 있잖아."

"그래, 이것아."

엄마가 눈을 흘겼다.

"포도 팔아서 엄마 좋은 옷도 사주고, 자가용도 사주고, 보석도 많이 사줄게."

"딸년은 시집가면 그만이야. 친정 챙길 겨를이 어딨어."

"난 챙길 수 있어. 내 땅인데 뭐."

"으이그, 철없긴. 나이만 먹었지 철도 없는 게 시집은 가고 싶어?"

엄마의 눈에 눈물이 고였다.

"응, 엄마."

"포도밭 팔아 현금 쥐고 있으면 도시에서 얼마든지 더 좋은 남자 고를 수 있는데 택기 그놈하고 살고 싶어?"

"응, 엄마. 그런데 엄마, 엄마가 몰라서 그러는데…… 거기 포도밭, 똥값이야."

"똥값이라니?"

"암만 만 평이라고 해도 평당 만 원도 안 해. 팔아봤자 폼도 못 내, 엄마. 포도 농사짓는 게 훨씬 더 이익이야."

"정말이야?"

"다 알아봤어."

"세상에, 평당 만 원도 안 하는 땅에서 금싸라기라도 나올 줄 알고 너 내려 보내 콩죽 같은 땀 흘리며 일하게 하고 시커먼 시골 놈한테 코 끼게 만든 거야?"

엄마가 어이없는 얼굴이 되어버렸다.

"엄마, 택기 씨가 볕에 타서 시커먼 시골 놈인 건 맞는데, 여물어. 엄청 여물어."

"여물어?"

"그 사람하고 살면 돈 없어 고생할 일은 없을 것 같아. 여자가 남자 만나서 결혼해 살면, 남편이 바람피우는 일도 없어야 하지만 돈 없어 고생하는 일도 없어야 하잖아. 안 그래, 엄마?"

"돈 고생, 그것도 정말 못할 짓이지."

엄마가 한숨을 내쉬며 말했다.

"그런데 시골 놈이 무슨 돈이 있대?"

"얼마인지는 나도 모르겠는데 김천 떠나오던 날 할아버지가 그러시더라고."

"뭐라고?"

"월급 받은 거 부모님 용돈 쓰시라고 보내 드리고 나머지 한 푼 안 쓰고 몽땅 모았다고. 어정쩡한 서울 남자보다 천 배는 나을 거라고."

"헤이그, 농사지어 받은 월급 얼마나 될 거라고. 하여튼 그 망나니 당숙 영감 때문에 엄마 속이 문드러져, 이것아."

엄마가 긴 한숨을 내쉬었다.

"그놈의 포도밭 때문에 하나밖에 없는 딸 시골에서 농사짓고 살게 만들었잖아."

"엄마."

지현이 엄마의 손을 꼭 붙잡자 엄마가 금새 뜨거워진 눈시울을 붉히며 지현을 쳐다봤다.

"꼭 그놈하고 해야겠어?"

엄마의 물음에 지현이 고개를 끄덕였다.

"잘살 수 있겠어?"

"응."

"너 처음 김천 갔을 때처럼 못산다고 날마다 전화 안 할 자신 있어?"

"응."

"하이고."

엄마가 지현을 끌어당겨 안았다.

"못살겠다 전화만 해봐, 당장 달려가서 그놈 머리털을 죄 뽑아버릴 테니까."

"엄마……."

지현은 엄마 품에 안겨 한참 동안 눈물을 흘렸다.

그렇게 해서 택기와의 결혼을 허락받았다.

"이 년째인데 아직도 구분을 못하면 어떻게 해요!"

어김없이 택기의 고함 소리가 날아들었다.

"지금 나한테 한 소리예요?"

지현이 찢어질 듯한 눈을 하고 노려보자 택기가 흠칫 놀라며 고개를 돌렸다. 지현이 씩씩거리며 택기 곁으로 걸어갔다.

"제89조 사람들 많은 데서 소리 지르지 않는다, 잊었어요?"

"3조지."

"3조는 나한테 무조건 소리 지르지 않는다예요!"

지현이 빽 소리를 지르고 포도밭을 나가 버렸다.

"김지현한테 절대 하면 안 되는 것을 270가지나 만들어놓으면 난 어떻게 살라고."

택기가 억울하다는 얼굴로 지현을 쳐다보다가 쫓아왔다.

"어디 가요?"

"집에 가요!"

"미안해요."

"필요없어요."

"미안해요."

택기가 지현의 손을 붙잡았다.

"잊었어요, 건넛마을 종식 씨는 자길 힘 좋은 종놈 하나 얻는다 생각하고 받아달라 했던 거?"

"힘드니까 밭에 나오지 말고 진팔이랑 진숙이랑 진돌이하고 놀라고 했잖아요."

"택기 씨 혼자 밭에서 고생하는 게 보기 싫어 나왔죠."

"미안해요. 다신 소리 안 지를게."

택기가 지현의 어깨에 팔을 둘렀다.

"그런데 나도 홍이하고 결혼했으면 김지현한테 하면 안 되는 270가지 조항 없이 큰소리치면서 살았을 텐데."

택기의 말에 지현이 눈을 새파랗게 뜨고 택기를 노려봤다.

"후회해요?"

"후회는 무슨. 한 300가지로 늘려달라는 말이지."

택기가 지현의 이마에 입을 맞추며 말했다.

"관둬요. 그렇게 억울하면 홍이 씨한테 가요!"

"그럼 지현 씨는 종식이 형한테 가려고요? 종식이 형보다는 그래도 내가 힘이 좋을 텐데."

"못됐어, 정말!"

지현이 택기의 손을 뿌리치며 소리치자 택기가 웃음을 터뜨렸다.

"이리 와요, 이리 와요."

택기가 지현의 손을 잡고 트럭으로 갔다.

"어디 가려구요?"

"따로국밥 먹으러 가요."

"따로국밥?"

택기는 지현의 기분을 풀어주는 방법을 알고 있었다. 김천에 와서 맛을 들인 따로국밥.

지현이 못 이기는 척 트럭에 올랐다.

"나간 길에 자동차도 보고 와요, 지현 씨 편하게."

"됐어요, 자동차는 무슨. 그런 데 쓸 돈이 어딨어요?"

"처가댁 올라갈 때 트럭 몰고 가기 안 좋잖아요."

"상관없어요. 자가용이 무슨 소용이야, 현금이 최고지. 자동차는 됐고 경운기나 바꿔요. 가는 길에 경운기 보러 가요."

"부품은 갈아주면 삼 년은 더 써요. 경운기야말로 쓸데없이 돈쓰는 거예요."

"할아버지하고 똑같아."

"지현 씨는 더해요."

지현과 택기가 마주 보며 웃었다.

따로국밥을 한 그릇씩 먹고 기분 좋게 마을로 돌아와 포도밭으로 향하는데 택기가 슬그머니 지현의 손을 잡았다.

"진팔이하고 진숙이도 자손을 봤는데…… 것도 아주 떼거지로."

택기의 말에 지현이 얼굴을 붉히며 택기를 쳐다봤다.

떼거지로 자손을 봤다는 말, 맞다. 진숙이는 임신을 했었고 한 번에 무려 여덟 마리를 낳았다. 그때 지현은 진팔이, 진숙이를 진돗개와 섞인 것이 아니라 완전 똥개로 확정지었다. 여덟 마리 중에 일곱 마리는 절대 잡아먹지 않고 키우겠다는 약속을 받아낸 후 마을에 분양했다. 물론 당숙 할아버지에겐 한 마리도 주지 않았다. 분명히 키워서 복날 잔치 음식으로 해치울 것이 분명했으니까. 여덟 마리 중 일곱 마리를 분양하고 남은 놈이 진돌이었다. 그렇게나 많이 분양을 했어도 아까울 것은 없었다. 진숙이는 현재 또 임신 중이었고 이번에 아홉 마리를 낳아 기록을 갱신해 줄지 몹시 궁금한 상황이니까.

"그런 똥개 놈들도 자손을 보는데……."

"흠, 그런데요?"

택기가 갑자기 트럭을 휙 돌렸다, 포도밭이 아닌 집으로.

집에 도착하자마자 택기가 지현의 손을 끌어당겼다.

"대낮에 이 무슨 흉한 짓이에요."

"대낮이면 어때요. 우리가 바람피우는 것도 아니고."

"그래두……."

지현이 조금 부끄러워하자 택기가 대문을 단단히 걸어잠갔다.

"됐죠?"

택기가 지현을 방으로 이끌었다.

"포도밭은 어쩌구요?"

"아주머니들이 알아서 할 텐데 뭐."

"아이, 정말 부끄럽게……."

"나도 부끄러워요."

택기가 지현을 방으로 데리고 들어가더니 굳게 문을 닫았다.

한여름 대낮에 문이 굳게 닫힌 택기와 지현이네 집 안방에서 한 시간 동안 무슨 일이 있었는지는 아무도 모른다.

작가후기

쓰면서 힘든 원고가 있고 반대로 무척 즐거운 원고가 있는데 포도밭 그 사나이는 쓰는 동안에 무척 즐거웠던 원고다.

친언니가 김천에서 포도밭 하는 집으로 시집을 갔다. 형부는 농사와는 전혀 무관한 직장인이었지만 외아들이다 보니 또 시어른이 편찮으셨기에 한 5년? 김천에서 지냈다. 하여튼 포도밭 사나이와 결혼을 한 것인데 소설 포도밭 그 사나이에 나오는 배경들과 에피소드는 거의 언니가 김천에서 생활하던 때의 얘기라 할 수 있겠다.

언니가 둘째를 임신했을 때 무시무시한 입덧에 시달렸던 언니 때문에 거의 굶다시피 하는 조카를 돌봐주기 위해 김천에 내려간 적이 있다.

언니네 집에 한쪽 발을 들여놓던 순간 제일 먼저 나를 맞이해 준 것이 두 마리의 똥개였다. 그 똥개 두 마리가 당숙 할아버지네 똥개의 모델이다.

언니가 막 결혼해 김천에 내려갔을 때 집 안에 화장실이 없어서 가뜩이나 변비 환자였던 언니가 한동안 고생했던 일과 원래 강아지든 고양이든 짐승을 싫어하던 언니에게 잘 보이기 위해 똥개 두 마리가 토끼 껍데기를 물어와 선물로 주었던 일, 들쥐 소주 때문에 기절했던 일, 근처에 방울토마토를 재배하던 집에서 방울토마토를 한 광주리 가져다 주었던 일, 그 모든 것이 포도밭 그 사나이 속의 에피소드가 됐다.

원래 언니네 집에는 흑염소도 한 마리 있었는데 언니가 둘째를 출산하고 산후 조리하느라 약으로 해먹었다고 한다. 그때 어떻게 키우던 흑염소를 약으로 먹을 수 있냐고 한소리 했던 기억이 있는데 그 흑염소 일을 할아버지가 말복 날 진팔이 잡아먹으려고 하는 사건으로 살짝 바꿨다. 노인정 앞에서 돼지 잡아먹는 일은 시골에서는 꽤 흔한 일인 듯하다. 그 일 역시 멋모르고 따라 나갔던 언니가 직접 목격하고 너무 놀라고 무서워 집으로 도망쳐 왔다는 얘기를 그대로 쓴 것이다.

땅 준다는 말에 무조건 김천으로 내려가라고 윽박지르는 엄마, 어쩌면 너무하다 싶을지도 모르겠다. 억지스러운 설정이라는 말이 나올지도 모르겠다는 생각은 한다.

집안이 한참 어려웠을 때 운 좋으면 우리한테 떨어질지도 모를 땅이 몇천 평이 생겨났었는데─운이 나빠 다른 사람에게 갔다─그때 그 땅이 사람이 살기엔 진짜 힘든 강원도 산골짜기에 있었는데도 한참 힘에 겨웠던 터라 만약에 우리한테 떨어지기만 하면 뒤도 돌아보지 말고 올라가 농사짓자 했던 적이 있다. 아니나 다를까, 그 땅 인근에 강원카지노가 들어서서 땅값이 많이 올랐다는 소릴 들었고 지금 생각해도 아까워 죽겠다.

포도밭 그 사나이에 나오는 물려받을 땅이 생겨나고 땅 소리에 대번에 눈이 돌아가는 엄마를 그렇게 이해해 주었으면 좋겠다. 살면서 너무 힘들었던 세월이라 조금이라도 보상받고 싶은 욕심이었다고.

또 엄마가 슈퍼마켓에서 계산하던 장면에 지현이의 심경에 변화가 오는 장면 역시, 한때 취직 같은 거 하지 않고 나 좋아하는 글만 쓰겠다며 들어앉아 있는 나에게 한마디 싫은 소리 하지 않으시던 엄마가,

'뭐든 시작을 했으면 끝장을 봐야 하는 거야, 고시 공부도 10년은 기다려 줘야 한다는데 글 쓰는 건 10년이 아니라 20년은 기다려 줘야 하는 일이다'

하시며 아버지 벌어오시는 걸로 부족해 식당일을 나가셨다.

엄마가 식당일 나가시는 걸 알고 얼마나 울었나 모른다. 울겠다고 운 것도 아닌데 극중 지현이처럼 갑작스럽게 서럽더니 펑펑 울었다.

철없었던 나, 다른 재주가 없으니 엄마 고생하는 것에 자극받았다고 당장에 취직을 할 수 있었던 것은 아니어서 그날부터 부지런히 청소도 하고 빨래도 하고 밥도 지었다. 그제야 밥하고 빨래하고 청소를 했으니 얼마나 철딱서니없는 인간이었는지.

딸과 엄마는 그런 관계인 것 같다. 철없을 땐 뭐가 그렇게 불만이 많은지 상대가 엄마라는 것도 잊고 싸우고 대들지만 그래도 돌아서면 누구보다 제일 안쓰럽고 제일 가슴에 걸리고 제일 잘 통하는 관계.

여름이라서, 무겁지 않고 다소 가볍더라도 신나게 시원하게 읽어재낄 수 있는 소설을 한번 써보고 싶다 생각하다가 작전 가을부터 쓰겠다며 제목을 떠벌리고 다니던 원고에 손을 댔다.

쓰면서 정말 신나게, 시원하게 읽어재낄 수 있도록 쓰자, 그렇게 쓰자 몇 번을 되새겼다. 내가 쓰면서 즐거우면 읽는 사람도 즐거울 거라고 생각하면서 참 즐거워하면서 썼다.

로맨스에서 카리스마 부족하고 재벌 아닌 남자를 주인공으로 두었을 때 실패할 확률이 90%라는 말도 들었다. 또한 로맨스에서 정사 장면이 빠지면 맹물에 파만 썰어넣은 국이라는 말도 들었지만, 실패와 성공을 떠나서 정말로 신나게 시원하게 읽어재낄 수 있는 소설로 기억되었으면 한다.

포도밭 그 사나이 중간중간 한 번씩 인터넷 용어가 나온다. 인터넷 소설 냄새를 풍길 수도 있겠다는 우려를 하지 않은 것은 아니지만 극 흐름을 깨뜨리지 않는 범위 내에서 한번 웃고 넘어갈 무엇인가를 찾다가 퍽 무리가 가지 않겠다는 생각에서 쓰기로 했다. 인터넷 용어를 거의 모르는 나를 위해 꼭 어울리는 용어를 골라준 양윤정에게 고맙다는 말을 하고 싶다. 또 대사와 문장을 수정하는 과정에서 자기 글 쓰느라 바쁘면서도 아이디어를 제공해 준 심경희 언니에게도 감사하다고 말하고 싶다. 그리고 지쳐 있는 김랑을 위해 기운 내라고 응원해 주신 발전소 독자님들과 원고를 읽고 아주 적절한 지적을 해주시고 리뷰를 주신 청어람의 김규진님과 이종민님께도 감사함을 전한다.

장마가 시작됐다. 이 장마가 끝나면 불타는 여름이 한 달 보름은 더위에 몸살을 앓게 할 것이다. 너무 더워 뭐 좀 시원한 것 없나 할 때 제법 시원하게, 제법 즐겁게 읽었다는 소리를 들었으면 그런 소망을 가져 본다.

2005년 7월
늘 노력하는 김랑.